LA FILLE DE LA NUIT

Paru dans Le Livre de Poche :

L'Armure de vengeance
Avis de tempête
Baignade accompagnée
La Captive de l'hiver
Les Cavaliers de la pyramide
La Chambre indienne
Le Château des poisons
Le Chien de minuit
Conan Lord
Les Emmurés
Les Enfants du crépuscule
L'enfer, c'est à quel étage ?
Iceberg Ltd
Le Labyrinthe de Pharaon
La Main froide
Le Manoir des sortilèges
Le Murmure des loups
Le Nuisible
Pèlerins des ténèbres
La Princesse noire
Les Prisonnières de Pharaon
Le Sourire noir

SERGE BRUSSOLO

La Fille de la nuit

ÉDITIONS DU MASQUE

Quoi ! Tu veux qu'on t'épargne et n'as rien épargné !
Songe aux fleuves de sang où ton bras s'est baigné

CORNEILLE, *Cinna.*

1

Certaines personnes ont un trou de mémoire... un trou dans leur emploi du temps... elle, elle avait tout cela à la fois puisqu'elle avait un trou dans la tête.

Un beau trou, du diamètre d'une pièce de cinq *cents*. Ça ne paraît pas beaucoup une pièce de cinq *cents*, mais il est des circonstances où l'on découvre que c'est *énorme*. Un gouffre. Un abîme.

Depuis plusieurs minutes déjà elle s'étonnait d'être encore en vie. Tout avait commencé avec cette toile d'araignée apparue au beau milieu du pare-brise. Une toile gigantesque qui s'était matérialisée en une fraction de seconde, lui bouchant tout l'horizon et la plongeant dans la stupeur. Il lui avait fallu un demi-siècle avant de comprendre qu'il s'agissait d'un réseau de fêlures dû à la pénétration d'un projectile à grande vitesse visant son front. D'abord elle s'était réjouie : si elle pouvait contempler le trou ouvert par la balle c'est que celle-ci l'avait manquée, n'est-ce pas ? Et puis elle avait commencé à éprouver une sensation bizarre du côté du cerveau. Un peu comme si elle avait un bocal à poissons rouges au creux de la boîte crânienne. Quelque chose qui faisait « floc-floc » entre ses oreilles. Une masse liquide instable habitée par des bêtes affolées donnant des coups de nageoire en tous sens.

Depuis, elle avait toujours les mains soudées au

volant, n'osant explorer son front ou ses tempes du bout de l'index. Elle avait peur de toucher quelque chose d'horrible. Un trou, pour dire la vérité. Un trou dans lequel son doigt se serait engouffré jusqu'à la deuxième phalange. Et pourtant elle n'avait pas mal. Elle se sentait juste engourdie, comme dans ces ascenseurs à grande vitesse qui vous propulsent au vingtième étage d'un building en moins de trois secondes.

Il lui semblait toutefois qu'un liquide lui coulait dans le cou, contournant son oreille droite pour suivre la crête de sa colonne vertébrale et se perdre dans le creux de ses reins, à la hauteur de l'élastique de sa culotte.

« Je ne suis pas morte, se répétait-elle. Ça ne m'a même pas fait mal ! » Elle eut envie de baisser la vitre, de se pencher à la portière et de faire la nique à son agresseur, puis elle se rendit compte qu'elle ne savait même pas qui lui avait tiré dessus.

La seule image qui flottait dans sa mémoire était celle de la balle s'approchant au ralenti. Elle avait mis des heures à percuter sa tête, forant son chemin dans l'air avec une infinie lenteur. Du moins la jeune femme en avait-elle l'impression. Il lui semblait encore la voir venir, petite bille d'acier polie, si brillante.

Au cours de la dernière seconde, elle avait surpris son visage se reflétant à la pointe du projectile comme dans un miroir minuscule. Un miroir déformant de fête foraine. Elle avait vu ses traits se dessiner à la surface de l'acier et elle avait été tentée de mettre à profit cette glace improvisée pour rajuster son maquillage.

Un petit miroir rond, se déplaçant dans l'air avec une paresse languide.

Elle haussa les épaules, il s'agissait sûrement d'un fantasme. Si la balle avait réellement été aussi lente, elle aurait eu le temps de baisser la tête, n'est-ce pas ? Pourquoi ne l'avait-elle pas fait, hein ?

Pourtant, en dépit de toute vraisemblance, elle gardait la conviction que le projectile s'était bel et bien approché de son visage au ralenti, freiné par une gélatine invisible.

« C'est idiot, pensa-t-elle. Maintenant, à cause de ce trou dans la tête, tu vas tout le temps être assaillie de pensées idiotes. Il vaudrait mieux t'y habituer. Une balle ne se déplace pas à la vitesse d'un... d'un... »

Elle se mordit les lèvres, ne trouvant pas le mot qu'elle cherchait. C'était celui d'une petite bête gluante, munie de cornes rétractiles et qui portait sa maison sur son dos. Elle se déplaçait en laissant derrière elle une longue traînée de bave scintillante... Bon sang ! Comment s'appelait-elle ? Les Français mangeaient ces bestioles avec du beurre d'ail. C'était répugnant.

Elle comprit soudain qu'il était inutile de s'acharner. La balle, en pénétrant dans son cerveau, avait écrasé le nom de l'animal, le faisant exploser telle une boule de Noël suspendue à la branche d'un sapin. C'était cassé... effacé. D'autres mots avaient probablement subi le même sort mais elle ne s'en apercevrait que lorsqu'ils lui feraient défaut et ce serait agaçant, surtout en public.

Elle eut une bouffée de haine pour le morceau de métal, si pointu qu'elle y avait surpris son visage déformé, le nez en museau de fouine. Pendant quelques secondes, l'ogive d'acier s'était tenue si près de son visage qu'elle avait pu dénombrer les rides naissantes au coin de ses paupières et eu le temps de penser qu'à trente ans ses amies en étaient déjà toutes à leur deuxième lifting.

Un instant avant, il y avait eu une flamme, une détonation. Le projectile était sorti de ce nuage de fumée. Et encore avant... (elle voulait dire : avant la déflagration) une silhouette s'était tenue quelque part devant la voiture, au bout du capot. Elle ne se rappelait rien d'autre. Pas même son nom, pas même qui elle était, ni où elle habitait.

Les informations fuyaient entre ses mains comme de petits poissons gluants s'agitant dans une flaque d'eau au milieu des débris d'un aquarium en miettes. C'était difficile de les attraper, ils se débattaient, ne comprenant pas qu'on essayait de leur sauver la vie. Ses souvenirs faisaient de même, lui glissant entre les doigts avec cette viscosité désagréable. Elle ne pouvait les retenir, ils coulaient d'elle, de sa tête fêlée qui se vidait de minute en minute.

Il aurait fallu tenter quelque chose, mais quoi ? Enfoncer un bouchon dans le trou béant de son front ? Elle n'en avait pas le courage.

Elle arrêta la voiture. Du moins ses mains le firent pour elle, bêtes bien dressées dont elle ignorait le fonctionnement. À présent elle se trouvait quelque part sur le flanc d'une montagne, dans un sentier poussiéreux. Elle ouvrit la portière et, un instant avant de descendre, s'examina dans le rétroviseur. Elle ne se reconnut pas. Quelqu'un la dévisageait au fond du miroir. Une figure très pâle, aux cheveux collés par le sang. Une femme en piteux état qui aurait mieux fait d'appeler au secours le plus vite possible, et sur la survie de laquelle elle n'aurait pas parié un dollar.

Un peu gênée, elle se détourna. Ce n'était pas elle, non... Qui alors ? Une inconnue ? Une femme qu'on venait d'agresser ? Il n'était pas convenable de l'épier ainsi, cela ne se faisait pas. C'était malsain. Pauvre fille à la tête trouée. Qui allait s'occuper d'elle ?

Elle posa un pied sur le sol en titubant. Elle ne souffrait toujours pas. « Si je n'ai pas mal ça ne peut pas être grave », songea-t-elle. Elle leva le nez pour tenter de déterminer où elle se trouvait. Au sommet de la colline se dressaient de grandes lettres blanches. En béton ou en métal découpé, elle ne savait pas. Plantées de guingois, elles formaient un mot : *Hollywood*. Elle se demanda ce que cela signifiait.

Elle ne l'avait jamais entendu prononcer de toute sa vie, elle était prête à le parier. *Hollywood*... Elle chercha dans sa mémoire... ou plutôt dans le bocal à poissons rouges fêlé qui lui servait de cerveau, mais ne trouva rien.

Elle toucha la portière. Ses doigts ne lui renvoyèrent aucune sensation. Ni froid, ni chaud. Rien. Rien qu'une vague impression... d'obstacle. Une résistance diffuse. Tout était en train de s'effacer, comme si quelqu'un éteignait les uns après les autres tous les interrupteurs placés dans sa tête.

Elle entrevit l'image d'une main abaissant une à une les manettes commandant les éclairages d'un théâtre. La salle disparaissait dans les ténèbres, puis les cintres, la scène. Seule une vague lumière subsistait encore dans la coulisse, balisant le chemin qu'allait emprunter le machiniste pour quitter la bâtisse. Elle voulut lui crier d'attendre encore un peu. Elle avait toujours eu peur de la nuit.

« Il ne te reste plus beaucoup de temps, pensa-t-elle. Fais ce que tu as à faire avant d'être plongée dans l'obscurité. »

Elle lança un bras à l'intérieur du véhicule pour attraper la grosse valise de plastique imputrescible qui aurait dû se trouver échouée sur le siège du passager, mais le bagage avait disparu ! Elle était pourtant certaine de l'avoir emportée avec elle. À plusieurs reprises, au cours du trajet, elle l'avait même touchée. Elle fut incapable de se rappeler si la valise était lourde ou légère... *et surtout ce qu'elle en avait fait*. L'avait-elle enterrée quelque part ? jetée dans une bouche d'égout ?

Elle s'extirpa de la voiture. Ses muscles étaient morts, ils bougeaient à son insu. Elle se regardait marcher mais ne percevait plus le contact du sol sous ses semelles.

Elle leva encore une fois la tête pour déchiffrer le mot bizarre fiché au sommet de la colline et découvrit avec terreur qu'elle en était désormais incapable. Elle ne savait plus lire. Les lettres se dressaient sous ses yeux à la manière de symboles énigmatiques.

Abandonnant l'automobile en travers du chemin, elle s'engagea sous les arbres. Une nécessité étrange la poussait en avant. Un instinct.

« Je suis en train de me changer en animal », songea-t-elle en se frayant un chemin au milieu des buissons.

Elle se demanda si elle était en train de mourir. Si c'était cela la mort... Le moment où l'âme se détache du corps pour s'élever vers le ciel en jetant du lest, tel un ballon dirigeable. Les souvenirs étaient comme des sacs de sable, il convenait de s'en défaire si l'on voulait prendre de l'altitude, voilà pourquoi sa tête se vidait, c'était la procédure normale. Quand son âme serait aussi vierge qu'une bande magnétique neuve, on l'implanterait dans un autre corps, et le cycle recommencerait.

Elle essaya une dernière fois de se rappeler son identité, puis réalisa qu'elle ne savait même plus si elle était une femme ou un homme. Ces notions devenaient de plus en plus confuses à chaque pas qu'elle faisait.

Le silence s'installa dans son esprit. Durant une dizaine de minutes elle continua à bouger, en état somnambulique puis, les mains vides, elle poursuivit son ascension jusqu'à la grande inscription mythique couronnant la colline. Elle s'abattit au pied du H, lettre qu'une starlette avait escaladée quelques années auparavant pour mieux se jeter dans le vide. Là elle s'effondra, le visage tourné vers le ciel.

Elle demeura là trois heures durant, jusqu'à ce qu'un groupe de touristes japonais la découvre au terme d'une randonnée conduite par un guide qui commentait les curiosités de la colline au moyen d'un mégaphone.

C'est ainsi que tout commença.

C'est ainsi qu'une jeune femme inconnue avec un trou dans la tête fit son entrée dans les annales de la médecine... et dans celles du crime.

2

Six mois plus tard.

La jeune femme se tenait dans un coin sombre de la bibliothèque de l'hôpital. Quiconque l'observait durant quelques minutes finissait par comprendre qu'elle s'appliquait à tenir la moitié droite de son visage dans l'ombre, de manière à masquer la cicatrice boursouflée zébrant son front. Selon l'éclairage, on remarquait également une déclivité à cet endroit, déclivité que ne parvenait pas à compenser la plaque d'acier que les chirurgiens avaient vissée dans son crâne pour obturer l'orifice d'entrée laissé par la balle. Ces particularités — prétendait-elle avec un sourire triste — la protégeaient de la « sollicitude poisseuse des hommes ». En réalité presque tout le monde la fuyait. On ne se privait pas de ricaner dans son dos en lui donnant les noms d'héroïnes de films d'horreur célèbres. Au début, elle avait essayé de prendre les choses avec amusement, en désarmant la méchanceté d'un trait d'humour, mais l'acharnement de ses compagnes d'hospitalisation l'avait blessée, et elle s'était peu à peu recroquevillée sous une carapace de froideur apparente qui la faisait qualifier « d'antipathique » par les filles de salle et les infirmières.

Elle n'avait guère plus d'une trentaine d'années, mais les épreuves de l'hospitalisation prolongée l'avaient marquée. Les opérations successives l'avaient longtemps obligée à se raser la tête, aussi ses cheveux ne commençaient-ils qu'à repousser, lui couvrant le crâne d'une toison courte, rêche, qui lui donnait l'apparence d'une couventine ayant ôté son voile. Elle avait été grande et mince, élancée et souple, elle était devenue maigre, avec des poignets grêles qui faisaient paraître ses mains interminables. Elle évoquait quelque oiseau fragile, difficile à apprivoiser. Un échassier gracieux aux plumes frissonnantes.

Elle souriait peu, et son regard prenait souvent une expression affolée pour un rien : une porte qui claquait, un livre tombant sur le sol. Elle avait sûrement été belle, mais sa figure émaciée était trop fiévreuse pour qu'on ait envie de la contempler plus de quelques secondes.

Elle lisait. Ou plutôt, elle se tenait assise à la table de lecture, un livre ouvert entre les mains. Elle avait beaucoup lu au cours des derniers mois, alors même qu'elle éprouvait encore de la difficulté à prononcer certains mots. On la surnommait « la miraculée », les infirmiers disaient en ricanant qu'elle aurait dû céder un peu de sa chance à John Kennedy, le jour fatidique où il était passé devant le dépôt de livres scolaires à Dallas. Ce n'était pas souvent qu'on survivait à une balle dans la tête et qu'on en sortait presque indemne.

On l'avait opérée trois fois. Les premiers temps, elle ne savait plus parler ni marcher, *ni rien*. Elle avait perdu le contrôle de ses sphincters et gémissait comme un bébé. Il avait fallu la rééduquer. Puis les choses avaient repris leur place. Elle avait très vite regagné le terrain perdu, passant des heures à la bibliothèque, penchée sur des encyclopédies.

« Elle lit vachement vite pour une nana qu'a un bout de cervelle en moins, grogna un jour Mildred Benz, hospitalisée pour un auto-avortement à l'eau savonneuse. Même moi qui suis parfaitement normale, j'arrive pas à la suivre. »

De temps à autre, la jeune femme souffrait de

migraines, mais elle n'en disait rien de peur de se voir interdire la salle de lecture. Elle potassait pour un curieux examen : celui qu'elle aurait à subir lorsque les portes de l'hôpital s'ouvriraient devant elle et qu'on lui dirait de se débrouiller seule.

Souvent, elle s'examinait dans la glace du cabinet de toilette, toute nue, avec la bizarre impression d'être en train de regarder une étrangère. Son corps n'avait pas d'histoire. Elle était grande, maigre, avec un ventre creux et des côtes saillantes. « Un sac d'os », pensait-elle.

— C'est rien, grommelait l'infirmière en chef, vous vous remplumerez en six mois. Je donnerais cher pour être comme vous !

Au début, la jeune femme passait de longues minutes à se dévisager, le nez tout près de la glace, essayant de découvrir son profil au moyen d'un petit miroir de poche. Elle se trouvait une tête à la Néfertiti. La peau mate, le cou long, la bouche épaisse. Peu de poitrine, des hanches minces, de longues cuisses de sprinteuse. Bien sûr, tout cela pouvait résulter des souffrances endurées. Avant d'échouer ici, elle avait pu être « potelée », trop bien nourrie, avec une chevelure qui lui tombait au milieu du dos et un joli coussinet de graisse sous la ligne du nombril. Elle n'avait probablement pas toujours eu cette allure d'évadée des camps de la mort !

Les cheveux très noirs, la peau mate, semblaient indiquer une origine vaguement latine. Une goutte de sang italien... espagnol ? Portoricain ? La fatigue du harcèlement chirurgical avait fait apparaître des filaments gris sur ses tempes. Elle avait arraché ces précoces cheveux blancs avec une frénésie proche de la peur superstitieuse.

Parfois, la nuit, elle touchait son corps nu sous le drap en se demandant si un homme l'avait aimée, caressée, fait jouir. C'était bizarre de ne plus rien se rappeler de tout ça. De choses aussi intimes qui auraient dû normalement tenir une place de choix dans sa mémoire.

Il ne fallait pas trop se plaindre, au moins maintenant elle avait un nom. Pas très original certes, mais un nom tout de même : *Jane Doe*. Le médecin qui s'occupait d'elle, le docteur Nigel Crook, lui avait expliqué que c'était là le patronyme conventionnel que la police attribuait à tous les cadavres inidentifiés ou inidentifiables : John Doe pour les hommes, Jane Doe pour les femmes. Elle portait donc un nom de cadavre. Elle se demandait parfois la tête que feraient les gens lorsqu'elle devrait se présenter à eux, une fois de retour dans le monde réel. C'était aussi facile à porter que Paula Frankenstein ou Marilyn Dracula.

— Pour être tout à fait précis, avait ajouté ce jour-là le docteur Crook, vous vous appelez Jane Doe 44-C, c'est l'identité provisoire sous laquelle vous êtes répertoriée dans les services de police de l'identité judiciaire. Votre dossier est en attente, mais on ne peut pas vous empêcher d'essayer de mener une vie normale, n'est-ce pas ? Il faudra bien tenter une réinsertion, un jour ou l'autre.

Oui, un jour ou l'autre. Mais le plus tard possible. Pour le moment elle se sentait bien à l'hôpital, elle n'avait pas envie de le quitter.

Elle s'ébroua, sortant de ses pensées. Quelqu'un venait de s'asseoir en face d'elle. Le docteur Crook, justement. Elle ne l'avait pas vu approcher. Elle était souvent distraite, avec une nette tendance à ne plus percevoir l'écoulement du temps. Il lui arrivait de rester une heure assise à la même place sans bouger le petit doigt, sans penser à rien. Crook disait quelque chose. Elle voyait ses lèvres bouger mais n'entendait pas. Elle dut accomplir un effort pour « retomber sur ses pieds ».

— Les différents examens permettent d'établir que vous avez environ trente ans, à cinq ans près, disait le médecin, vous n'avez jamais eu d'enfants ni subi d'avortement. Pas d'opérations avant « l'accident » qui vous a amenée ici. Denture parfaite, pas de maladie congénitale ou chronique. Absence de cicatrices notables ou de signes particuliers. Vos empreintes digitales ne sont pas fichées au FBI. La diffusion de votre photo n'a rien donné, personne ne vous a reconnue, mais ça ne veut pas dire grand-chose, sinon que vous aviez sans doute peu d'amis et que ceux-ci ne regardaient pas la télévision lorsque votre portrait est passé à l'antenne.

— Je suis amnésique ? s'enquit une fois de plus « Jane ».

Le médecin eut une grimace agacée qu'il tenta de dissimuler derrière un sourire de commande. C'était un homme au physique quelconque. Encore jeune mais déjà bedonnant et presque chauve. Son crâne brillait sous les néons des couloirs de l'hôpital tel un casque de footballeur bien astiqué.

— On a déjà abordé le sujet mille deux cents fois, dit-il en faisant un effort pour rester aimable. Je vous répéterai donc ce que je vous ai déjà dit. Oubliez tout ce que vous avez pu lire ou voir à la télévision au sujet de l'amnésie. Ce sont des conneries de romancier. Dans la réalité, *la plupart du temps*, les gens qui perdent la mémoire à la suite d'un choc la retrouvent rapidement, et en totalité, au bout de quelques jours à peine. Tout se remet très vite en place. C'est cela la fameuse « amnésie rétroactive » dont on nous rebat les oreilles, un simple épisode confusionnel qui demeure transitoire ; vingt-quatre, soixante-douze heures au pire. Quand le trou de mémoire dure plus longtemps, c'est qu'il est dû à un refoulement. Une fillette violée par son père choisira ainsi « d'oublier » la chose, et souffrira de névrose toute sa vie durant. Rien de tout cela ne vous concerne, *vous n'êtes pas amnésique*, c'est autre chose : la balle qui est entrée dans votre cerveau a détruit un beau paquet de cellules cérébrales. Elle a creusé un tunnel dans la matière grise et détruit irrémédiablement ce qui se trouvait stocké là. C'est un peu comme si on avait tiré une roquette incendiaire dans une salle des archives. Un grand nombre de dossiers ont brûlé. On en a sauvé quelques-uns, très peu. Les autres ont été réduits en cendres ; plonger les doigts dans ces cendres ne vous apprendrait rien.

Jane hocha la tête. Elle savait tout cela, mais elle ne se lassait pas de l'entendre une fois de plus, comme ces contes de fées qu'on murmure au chevet des enfants. Il y avait quelque chose de magique dans les propos du docteur Crook.

— Vous avez eu de la chance, dit le médecin. La balle qui vous a frappée n'a pas champignonné en pénétrant dans votre tête.

— Champi-quoi ?

— C'est un terme de balistique lésionnelle qui veut dire que le projectile s'écrase en touchant le corps. En s'aplatissant il chasse devant lui une plus grosse masse de tissu vivant, ce qui occasionne une cavité encore plus importante. Généralement, la balle, après une trajectoire interne de 5 centimètres, bascule sur elle-même de manière à provoquer un déchirement accru. Certains projectiles sont sadiquement bricolés dans ce but, pour se déstabiliser très vite et agrandir au maximum le canal de destruction tissulaire : on appelle cette zone un « crush ». Dans votre cas, le projectile s'est contenté de creuser un « neck » rectiligne et propre, peu profond. Et c'est là que vous êtes une véritable miraculée, car la traversée du pare-brise aurait dû normalement déformer la balle, ce qui l'aurait rendue encore plus redoutable. Or il n'y a rien de pire que d'être touché par une balle qui vient de transpercer un obstacle. Écrasée, aplatie, elle se comporte comme une toupie et vous charcute de l'intérieur aussi efficacement qu'un moulin à légumes.

Jane hocha la tête pour manifester un intérêt qu'elle était loin d'éprouver. Elle songea une fois de plus que seuls les hommes sont capables de se passionner pour ce genre de démonstrations.

— Il ne faut pas oublier non plus que les os du crâne sont extraordinairement durs, reprit Crook. C'est pour cela qu'il est déconseillé de se suicider en se tirant une balle dans la tête. Personnellement, j'ai opéré un type qui s'était foutu une balle de 357 Magnum dans la tempe, vous me croirez si vous voulez, mais le projectile s'était aplati sur l'os temporal sans même parvenir à le fêler ! C'est une simple question de résistance des matériaux. Vous avez entendu parler de la courbure protectrice de l'œuf ? On dit que si on pose le pied très exactement sur la ligne « équatoriale » d'un œuf frais on peut peser dessus de toutes ses forces sans parvenir à le faire éclater. C'est la même chose pour le crâne.

Il sourit, content de son anecdote. Il faisait partie de ces gens qui ont l'air de faire la grimace lorsqu'ils ouvrent la bouche. Les lèvres lui remontaient sur les babines, dévoilant de vilaines dents. Jane songea que ce détail trahissait une origine modeste, une famille pauvre où l'on n'avait pas les moyens d'envoyer un gosse chez l'orthodontiste.

— Vous n'êtes pas amnésique, répéta Crook. Vous êtes *effacée*. N'espérez pas récupérer ce que vous avez perdu. Vos archives personnelles ont été détruites, irrémédiablement. Je veux être bien clair là-dessus. Le passé ne vous reviendra pas par miracle, ni par bribes ni en totalité à l'occasion d'un flash éblouissant. Ça, ce sont des conneries de scénaristes hollywoodiens qui n'ont jamais mis les pieds dans un hôpital et s'obstinent à croire qu'il n'existe rien d'autre que la foutue « amnésie rétroactive psychologique ». Vous n'appartenez pas à cette catégorie de malades, malheureusement pour vous. Votre mémoire a été effacée comme une bande magnétique mise en présence d'un gros électroaimant. Ce qui était inscrit sur la bande est perdu. Tant pis. Pas la peine de pleurer dessus ou d'essayer d'écouter malgré tout la cassette. Vous n'entendriez rien, qu'un bruit de fond, avec parfois le vague écho d'une musique très lointaine, à peine audible, et qui ne vous apprendrait pas grand-chose. Vous me trouvez peut-être dur, mais je veux vous préserver de la tentation. Je sais ce qui se passe dans ces cas-là. J'ai vu des patients sombrer dans la mythomanie chronique parce qu'ils étaient incapables d'accepter ce qui leur arrivait.

— Alors j'ai tout perdu ? interrogea Jane.

— Oui, dites-vous que le camion de déménagement qui trimbalait vos meubles a loupé un virage sur Mulholland, qu'il s'est flanqué dans le ravin et a brûlé. Il ne subsiste rien de votre ancienne vie, et si personne ne se présente dans les semaines qui viennent pour vous raconter votre passé, vous devrez repartir de zéro.

— Pourtant, objecta la jeune femme, il me semble que j'ai parfois des images, des rêves. Lorsque je dors, j'ai l'impression de revoir des choses.

Crook grimaça en secouant la tête.

— Ne vous accrochez pas à ça, ce sont des mirages, des foutaises, dit-il en martelant les mots. Votre conscience n'est pas à l'aise dans l'appartement vide qu'est devenue votre mémoire, alors elle est tentée de la meubler au moyen de souvenirs factices. C'est un mécanisme compensatoire dont sont victimes les gens comme vous. Les choses qui vous « reviennent » sont des leurres, des fantasmes fabriqués de toutes pièces par votre inconscient. Ce « mobilier » est bricolé à partir de bribes de lectures, d'émissions de télé, d'images entr'aperçues dans des magazines. Rien de solide. Votre inconscient a horreur du vide, il panique, alors il invente, il se ment à lui-même, se raconte des histoires à dormir debout. Ne vous laissez pas duper. Dans les mois qui viennent votre esprit va vous servir le grand jeu : faux souvenirs, brusques impressions de déjà-vu, reconnaissances soudaines. Vous vous déplacerez constamment au bord de l'abîme. Si vous cédez au chant des sirènes vous deviendrez une schizophrène s'accrochant à un passé factice, à peu près aussi réel qu'un roman à l'eau de rose acheté dans un drugstore d'Alabama. Vous serez l'héroïne d'un feuilleton dont votre inconscient écrira chaque nuit un nouvel épisode.

— Je comprends, fit doucement Jane. Alors je ne suis plus rien ?

— Ce n'est pas tout à fait ça, dit Nigel Crook. En réalité c'est beaucoup plus passionnant.

— De quel point de vue ? ricana tristement la jeune femme. Du vôtre ou du mien ?

— Il faut voir les choses de manière positive, énonça le médecin. Ne pas s'écouter en pleurnichant. Une chance fabuleuse vous est offerte, celle de recommencer à zéro, c'est rare. Pas de remords, pas de regrets, pas de chagrins à traîner comme autant de boulets. Si vous avez eu un divorce merdique vous n'en savez plus rien, si votre petit ami vous battait, vous l'avez oublié, si vos parents étaient méchants avec vous, l'ardoise est effacée.

— Et si ces gens-là finissent par me retrouver ? murmura Jane avec une certaine hésitation. Qu'est-ce que je leur dirai ?

— Je vais être franc avec vous, lâcha le médecin. Il serait souhaitable que personne ne vous retrouve *jamais*. Cela leur évitera de grosses déceptions.

— Pourquoi ? Parce que je ne me souviendrai plus d'eux ?

— Non. Parce qu'il y a de grandes chances pour que vous ne soyez plus la même personne qu'avant l'accident. Je ne parle pas seulement des souvenirs, je fais allusion à toute votre personnalité, vos goûts, vos attitudes mentales.

— Je ne comprends pas.

— C'est un peu difficile à expliquer à une profane mais, lorsque quelqu'un subit une blessure profonde à la tête, comme c'est votre cas, il s'opère la plupart du temps une métamorphose de la personnalité. Cela a été vérifié cliniquement dans bien des cas. J'ai traité un comptable, père de famille tranquille, passionné de philatélie qui, après avoir eu la tête traversée par une tige de fer lors d'un accident de voiture était devenu amateur de hard-rock, alcoolique, et passait ses nuits dans les bars « cuir » de Sunset. Sa famille ne le reconnaissait plus. Il a fini par abandonner femme, enfants, boulot, pour se joindre à une bande de motards. Depuis on est sans nouvelles de lui. Je vous raconte ça pour vous faire comprendre que le traumatisme chirurgical avait entraîné une complète réorganisation cérébrale et la mise sur pied d'une nouvelle personnalité. Un être neuf était né, sans rapport aucun avec l'ancien. Un être qui n'aimait plus les mêmes aliments, les mêmes couleurs, les mêmes vêtements. Un inconnu.

— Vous voulez dire qu'il va m'arriver la même chose ?

— Cela s'est peut-être déjà produit, ma petite, et vous n'en savez rien. Une rupture s'est opérée à votre insu. Votre nouveau moi peut très bien n'entretenir aucun lien avec l'ancien. Disons que si vous découvriez soudain qui vous étiez *avant*, vous vous jugeriez sans doute infréquentable, ringarde, timorée, chiante, timide, bécasse.

Jane se mordit la lèvre inférieure.

— Ces changements, murmura-t-elle, se produisent-ils toujours dans le mauvais sens ?

Nigel Crook détourna le regard, trahissant sa gêne.

— Je ne ferai pas de jugement de valeur, dit-il enfin. Dans la plupart des cas le patient montre un profil plus volontaire, plus... *emporté*. Un peu comme si l'accident avait crevé le mur derrière lequel il entassait ses mauvais instincts. Il est souvent irritable, ne supporte pas la contradiction ou l'effort. Il change fréquemment d'opinion, suit son impulsion du moment. Il vit dans le moment présent et a tendance à exiger la satisfaction immédiate de ses envies.

— Comme un enfant ?

— Ou un vieillard. C'est vrai que ce profil a quelque chose de puéril, d'infantile, mais ce sont des cas extrêmes qui ne constituent pas une règle immuable.

Jane réalisa que ses mains chiffonnaient les pages du livre. Elle leur ordonna de rester en place, bien à plat sur la table.

— Alors je suis devenue quelqu'un d'autre ? résuma-t-elle. Une nouvelle femme ?

— C'est possible, c'est même fort probable si l'on se réfère aux statistiques cliniques. Ce que je voudrais vous faire comprendre c'est que vos souvenirs ne vous attendent pas sagement quelque part au bureau des objets trouvés. Et même si cela était, même si vous les récupériez, il y aurait de gros risques pour que ce soient désormais les souvenirs d'une autre. D'une fille avec qui vous avez, somme toute, peu d'atomes crochus, quelqu'un avec qui vous auriez fort peu de chances de devenir copine. Cela doit être bien clair dans votre esprit.

— Pourquoi personne ne m'a-t-il reconnue lors de la diffusion de l'avis de recherche ? interrogea Jane qui commençait à se sentir mal à l'aise. Je ne suis pas défigurée au point d'être inidentifiable. Si ?

Le médecin haussa les épaules.

— Ne faites pas la coquette, grommela-t-il. Vous n'avez qu'une grosse cicatrice au front, il suffira d'un peu de reconstruction plastique pour la faire disparaître, et en aucun cas elle ne modifie votre aspect général. Que personne ne vous ait reconnue ne nous apprend pas grand-chose. Cela permet tout juste de rassembler un faisceau de probabilités. On peut penser que vous êtes célibataire, peu insérée dans une communauté ou une collectivité. Vous exerciez probablement un travail à domicile. Vos doigts présentent des cals qui pourraient donner à penser que vous écriviez ou dessiniez beaucoup, mais ces deux talents ont très bien pu être effacés de vos aires cérébrales après l'accident. Ils seront peut-être remplacés par une autre forme de créativité lorsque votre cerveau aura achevé sa reconstruction. Vous avez vécu seule, sans petit ami, sans liaison suivie. Vous étiez sans doute entre deux histoires d'amour au moment de l'accident. À mon avis, vous déménagiez. Des milliers d'Américains changent continuellement de résidence tout au long de l'année. Il se peut que vous veniez du nord, de New York, qui sait ? Du Maine ?

— Ai-je un accent ?

— Non, mais ça ne signifie rien. Vous étiez à demi aphasique après la première intervention, on a dû vous réapprendre à parler, votre prononciation s'en est trouvée affectée. Vous avez maintenant un léger accent qui peut passer pour snob — bostonien ! — mais qui résulte de la rééducation.

Jane ferma les paupières. Elle se souvenait des séances d'orthophonie comme d'une torture.

— Vous aviez peut-être l'habitude de changer fréquemment de résidence, reprit Crook, ce qui justifierait que personne ne se soit inquiété de votre disparition. Une solitaire. Une rêveuse ? Une artiste ? Il ne faut pas s'obnubiler là-dessus, la réalité était peut-être toute différente et autrement désagréable. Imaginez-vous en call-girl. Une putain, ça exerce son négoce n'importe où, ça n'a pas vraiment de visage, ça ne sort que la nuit, et ses clients ne vont sûrement pas sauter sur le téléphone en découvrant qu'elle fait l'objet d'un avis de recherche !

— Vous êtes méchant.

— Pas du tout, je veux vous mettre en garde contre la tentation de l'embellissement. De l'inutile nostalgie. Ne vous mettez pas dans la tête que vous aviez le billet gagnant le gros lot dans la poche et que vous l'avez perdu.

— Quelqu'un a essayé de me tuer, observa Jane.

— Oui, mais qui ? Vous n'aviez ni bagages ni papiers d'identité quand on vous a trouvée. Le véhicule abandonné dans un sentier du Mont Lee avait été volé à Las Vegas deux semaines auparavant. Les flics pensent que vous avez été ramassée en stop par un individu peu recommandable. À un moment il a arrêté la voiture pour vous entraîner dans un bosquet et abuser de vous. Par bonheur vous lui avez échappé. Vous avez couru vers la voiture. Il a tiré alors que vous vous glissiez au volant. Ensuite, vous avez conduit en état second pendant une période indéterminée, jusqu'à ce que la perte de sang devienne réellement incapacitante. C'est une possibilité parmi cent autres. Il est également envisageable que vous soyez en réalité une sale petite délinquante. Vous avez volé cette voiture et l'on vous a tiré dessus au cours d'un braquage manqué. Qu'en pensez-vous ?

— Je ne sais pas.

— *Et c'est aussi bien.* Vous comprenez ? Laissez tout ça derrière vous. Je connais des gens qui donneraient un million de dollars pour être dans votre état, avec un cerveau passé à la tête d'effacement, sans aucun boulet à la cheville. Rien qui les tire en arrière. Vous étiez peut-être invivable ? Un vrai poison, et personne ne tient à vous récupérer, ni votre petit ami ni votre mère ! Ces gens-là détestent une personne que vous n'êtes plus. Vous aimiez le Coca-Cola, à présent vous abhorrez ça ! Vous ne mettiez que des jeans, aujourd'hui vous ne jurez plus que par la minijupe. Il ne vous serait jamais venu à l'idée de mettre un soutien-gorge, maintenant vous vous sentiriez toute nue sans lui. Je dis n'importe quoi, mais c'est pour vous faire saisir l'importance de la fracture. La balle et mon scalpel vous ont privée d'un bon morceau de tissu cérébral endommagé, qui sait ce qu'il y avait là-dedans ? Votre être mental s'est réorganisé après cicatrisation. C'est toujours comme ça que ça se passe : le corps s'adapte. Il va de l'avant, s'il lui manque des boulons, il bricole, il compense. Il déménage le mobilier de l'aire cérébrale nécrosée pour aller l'entreposer ailleurs. Il en perd en route, mais il s'arrange avec ce qui reste. Il a été programmé pour ça depuis la nuit des temps : l'auto-réparation.

— Pourquoi n'avais-je aucun papier d'identité sur moi ?

— Parce qu'on vous a dépouillée avant l'agression... ou après d'ailleurs, ça n'a pas d'importance. Votre valise était peut-être sur la banquette arrière de la voiture et un voyou l'a piquée pendant que vous tourniez de l'œil au pied de la lettre H de la réclame « Hollywood ».

— Je n'arrive plus à prononcer ce mot, remarqua Jane. Pas plus que celui de la bête à cornes qui porte sa maison sur son dos et se déplace en laissant une trace baveuse derrière elle. Vous voyez à quoi je fais allusion ?

— Oui, ce sont des séquelles d'aphasie, des courts-circuits mentaux.

— Comment étais-je habillée quand on m'a amenée ?

— Vous étiez couverte de sang, vos vêtements en étaient imprégnés. Je les ai fait nettoyer mais ils ne nous apprennent pas grand-chose. Ils proviennent d'une grande surface. Commodes et bon marché, anonymes. Le genre de frusques de chez Sears and Rœbuck qu'on enfile pour un long voyage en car ou en voiture. Rien dans les poches.

— Pourquoi n'y a-t-il eu qu'un passage pour l'avis de recherche ?

— Vous n'êtes pas toute seule dans ce cas. Chaque jour des centaines de personnes disparaissent en Amérique, sans qu'on sache comment et pourquoi. Des gens sans histoires qui s'évaporent dans la nature. Les flics sont débordés de cas similaires, les panneaux des commissariats sont recouverts de photos. Vous êtes perdue au milieu d'une foule de gens dont on est sans nouvelles. Votre cas n'est pas prioritaire. Lorsque j'ai manifesté une certaine impatience devant l'absence de résultat, un lieutenant m'a rétorqué qu'il était sans doute préférable de ne pas trop ébruiter votre signalement puisqu'on avait déjà essayé de vous faire la peau.

Jugeant qu'il avait assez perdu de temps avec la malade, le médecin esquissa un sourire, lui tapota la main et se leva. Il avait un pantalon froissé, taché de café. Jane s'étonna de remarquer ces détails. Où allait-elle chercher ce petit côté tatillon, un brin snob ?

Crook s'éloignait déjà. Elle ne lui en voulait pas, il lui avait consacré beaucoup de temps au cours des derniers mois. Bien qu'elle ne se rappelât pas grand-chose de sa vie antérieure, il était sûrement l'homme avec lequel elle avait entretenu la plus grande intimité. Quel amant, même le plus fougueux, peut en effet se vanter de vous avoir touché le cerveau du bout des doigts ?

Là où Crook se trompait, toutefois, c'est lorsqu'il imaginait que Jane voulait à tout prix rentrer en possession de son passé. En réalité, et bien que cela puisse paraître aberrant ou inhabituel, *elle n'avait aucune envie de retrouver la mémoire.*

Elle ne savait pas pourquoi, mais c'était une certitude solidement ancrée en elle. Il ne s'agissait pas d'un manque de curiosité, non, et si elle avait dû le définir, elle aurait prononcé le mot « instinct ». Un instinct animal qui lui soufflait à l'oreille des recommandations telles que : Ne regarde pas par-dessus ton épaule. File droit devant. Ne perds pas de temps à savoir.

Quand elle essayait d'être franche avec elle-même, elle ressentait une excitation trouble à se savoir neuve, débarrassée de tous les objets encombrants qui meublent l'affectivité d'une femme ordinaire dès qu'elle a dépassé la trentaine. Depuis qu'elle était à l'hôpital, elle avait eu maintes fois l'occasion de côtoyer les abonnés des consultations psychiatriques. Elle les entendait pleurnicher à n'en plus finir sur les tourments que leur avaient infligés leur père ou leur mère. À trente, quarante, cinquante ans, ils traînaient toujours à grand bruit les vieux boulets qu'on leur avait verrouillés à la cheville dans l'enfance. Jane jugeait cela pathétique... et un peu écœurant. Parfois elle se demandait si la proximité permanente de la souffrance n'était pas en train de l'insensibiliser.

« Est-ce que je deviendrais méchante ? » songeait-elle.

Elle savait cependant que la plupart des médecins suivaient une voie analogue. « Sinon c'est la déprime assurée ! lui avait expliqué un interne. Il faut se blinder, ou bien on finit alcoolique. »

« Non, je ne suis pas méchante, décidait-elle après chaque examen de conscience, c'est simplement que j'épaissis ma coquille... comme la bête à corne qui laisse derrière elle une trace baveuse et dont je ne parviens jamais à me rappeler le nom. »

Mais était-elle autre chose qu'une coquille ? Et si, en définitive, elle se résumait à cela : un œuf de pierre ne contenant qu'un peu de poussière grise ? Une enveloppe faite pour protéger la vie, mais ne recelant rien de vivant.

Elle ferma le livre, le remit en place sur l'étagère et quitta la salle de lecture pour aller faire un tour dans le jardin. Bien qu'étant installée à l'hôpital depuis six mois, elle n'avait pas d'amis et ne fréquentait personne. Au foyer, elle faisait bande à part. Les malades tuaient le temps en se racontant mutuellement leur vie, en se passant les photos de leurs proches. En face de ces mères de famille gorgées d'anecdotes, Jane était désemparée, désarmée. Qu'avait-elle à offrir en échange ? Son statut « d'amnésique » avait vite perdu toute saveur ; pour les autres elle était surtout « celle qui n'a rien à raconter ». Au vrai, elle n'avait guère envie de se lier avec ces prisonniers d'un passé encombrant. Ils lui faisaient l'effet de mal-logés coincés dans des maisons trop étroites remplies jusqu'au plafond d'armoires poussiéreuses aux étagères ployant sous un capharnaüm sans valeur. Oui, c'est ainsi qu'elle les voyait : étouffant dans une jungle de bibelots de pacotille.

Son cas était très différent. Elle faisait souvent le même rêve : nue, elle traversait les pièces toutes blanches d'un immense appartement vide. La lumière entrait à flots, éclairant la perspective du logement désert. Le soleil et la blancheur avaient quelque chose de grisant. Elle n'avait pas peur, au contraire ! Peu à peu l'exaltation la gagnait et elle se mettait à courir, poussant les portes, découvrant sans cesse de nouvelles pièces vides, immaculées, sans un grain de poussière. « C'est à moi, pensait-elle en touchant les murs, ça m'appartient ! J'en ferai ce que je voudrai ! »

Elle se réveillait à cet instant précis, vibrante de bonheur, dans l'étroite chambre particulière que lui avait fait attribuer le docteur Crook.

Elle ne l'avait dit à personne, mais elle conservait dans sa poche un petit calepin sur lequel elle essayait de recenser ses goûts personnels. C'était curieux, non, de ne même pas savoir ce qu'on aimait manger, lire ou porter comme vêtements ?

Elle avait réussi à déterminer qu'elle préférait les couleurs violentes aux teintes pastel ; le piment, le sel, aux nourritures fades. Par-dessus tout, elle détestait le sucre et tous ses dérivés : bonbons, pâtisseries, confitures. Ses goûts intellectuels la poussaient vers les romans policiers « durs », voire érotiques, les best-sellers d'épouvante qu'elle dévorait au cours de ses insomnies, s'attirant les remontrances des infirmières : « Il ne faut pas lire ces cochonneries, mon chou, vous allez vous gâter l'entendement ! »

La claustration lui pesait. Elle avait envie de choses absurdes et extrêmes : galoper nue sur une plage à la lisière des vagues, cramponnée à la crinière d'un cheval rouge emballé. Quoi d'autre encore ? Griffer le dos d'un homme, lui planter ses ongles au creux des reins, lui mordre la lèvre inférieure jusqu'au sang. Dans ses rêves, elle faisait ce genre de choses sans la moindre hésitation et en éprouvait, au réveil, une honte mêlée d'excitation. Elle était toutefois assez lucide pour savoir que ces scènes provenaient en droite ligne de mauvais films entr'aperçus à la télévision dans la salle commune où s'entassaient les malades en robes de chambre feutrées. Mais le fait que son esprit ait sélectionné ces séquences tendait à prouver qu'un instinct sauvage bouillonnait en elle. Elle n'en avait parlé à personne, surtout pas au psy qui la suivait régulièrement depuis son retour parmi les vivants. « C'est drôle comme j'ai tendance à mentir, songeait-elle parfois. Je suis dissimulatrice, par instinct, sans raison précise. Je fais de la rétention d'information, comme si tout ce que je disais allait être retenu contre moi. »

Elle s'engagea dans une des allées du parc, saluant d'un coup de tête poli les malades qui prenaient le soleil sur les bancs. Les mauvaises langues la surnommaient « la protégée du docteur Chauve », et jasaient sur leurs relations. On la jalousait à cause du temps que le médecin passait avec elle, de ses fréquentes visites et des articles qu'il écrivait sur son cas dans les revues médicales.

— Il va faire un livre sur vous, lui avait lancé une de ses voisines, avec votre photo en couverture, comme ça tout le monde saura que vous avez perdu la boule. Moi, je n'aimerais pas beaucoup ça.

Jane se déplaçait à l'abri des arbres car le soleil lui faisait mal à la tête et sa cicatrice supportait difficilement les expositions prolongées. Il lui arrivait souvent de la caresser du bout de l'index en se disant : « C'est par là que tout est parti, comme l'eau d'un aquarium qui se vide. Tout a fichu le camp, l'eau et les poissons. »

Elle n'en éprouvait aucune désolation, juste un peu de vertige, mais c'était un de ces vertiges qui vous saisissent devant un panorama magnifique. Le Grand Canyon ou la Vallée de la Mort.

Elle s'écarta pour laisser passer une vieille femme appuyée sur un déambulateur. Les allées étaient pleines d'une foule d'éclopés maussades attendant l'heure du repas. Sans même regarder par-dessus son épaule, Jane sut que quelqu'un s'approchait d'elle, quelqu'un qui allait lui adresser la parole. Ces prémonitions étaient fréquentes, comme si ses sens s'appliquaient à analyser en permanence l'environnement, alors même qu'elle n'y pensait pas consciemment.

— Comment va la belle inconnue ? fit la voix d'un jeune homme dans son dos.

C'était Christian Shane, un interne du service de neurologie. Un beau garçon qui avait la réputation de coucher sans scrupule avec les plus belles patientes de l'hôpital.

— S'il a des vues sur une fille, elle doit se faire à l'idée d'y passer ! radotait ce vilain chancre de Mildred Benz. De son plein gré ou durant son sommeil, car le beau Shane n'a pas peur d'utiliser l'hydrate de chloral quand son charme n'est pas assez puissant pour enfoncer les lignes ennemies ! On s'endort comme un ange et hop, le gentil docteur vous grimpe dessus, ni vu ni connu !

Jane restait convaincue qu'il s'agissait de pures calomnies ou de fantasmes développés par l'oisiveté de l'hospitalisation.

— Alors, questionna Shane, vous avez vu le patron ?

Jane raconta son entrevue avec Nigel Crook. Christian Shane provoquait toujours chez elle un excès de monologue, sans doute parce qu'il la mettait mal à l'aise. C'était un beau garçon, à la coupe de cheveux copiée sur celle de John Kennedy, à la denture impeccable, et qui aurait pu faire fortune en tant que *cover boy*. Trop sûr de lui, il avait la détestable manie de vous toucher à tout bout de champ, sans raison précise, vous effleurant tantôt l'épaule, le bras, le sein. Il faisait partie de ces médecins dont l'œil brille d'un éclat un peu trop fiévreux quand une patiente se déshabille au cours d'une consultation.

— Il dit que je suis devenue quelqu'un d'autre, résuma-t-elle en s'écartant d'un pas. Ça vous paraît possible ? Quelqu'un de complètement différent.

— Je ne suis pas toujours d'accord avec le vieux singe, fit Shane, mais là il est dans le vrai. Vous connaissez le cas Phineas Gage ? C'est un nom célèbre dans les annales médicales. Un type victime d'un accident en Angleterre, aux alentours de 1850. On a écrit des dizaines d'études là-dessus. Il travaillait dans une mine, installant des charges de poudre. Un jour tout lui a pété à la gueule, il a eu le cerveau traversé par une barre de fer. Il a survécu et même récupéré toutes ses facultés physiques, mais il a changé de personnalité. Docteur Jekyll et Mister Hyde. D'honnête travailleur il s'est transformé en canaille en l'espace de quelques mois.

— Mais pourquoi ?

— Parce que ses deux lobes préfrontaux avaient été transpercés. C'est là que s'élaborent en partie les émotions, les sentiments, la peur, l'agressivité, les pulsions sexuelles. Je simplifie pour vous rendre la chose compréhensible, mais dès qu'on tripatouille là-dedans, des trucs surprenants se déclenchent. On a vu des gens perdre tout sens moral, toute affectivité, devenir des morts-vivants à la suite de l'ablation d'une petite tumeur. D'autres au contraire ne tenaient plus en place, se lançaient dans une débauche effrénée. Vous sentiriez-vous tentée par la débauche, Jane ?

La jeune femme battit des paupières, au même instant, elle eut conscience de jouer la comédie, de feindre une timidité qu'elle ne ressentait nullement. Elle s'imagina plantant ses ongles dans les reins de Shane. Cela devait être amusant de faire gémir et saigner un tel bellâtre. Elle n'avait pas fait l'amour depuis son entrée à l'hôpital mais quelque chose d'obscur lui commandait de prolonger cette abstinence le plus longtemps possible. Pourquoi ? Elle n'en avait aucune idée.

— Le vieux est en train de vous transformer en cobaye, ricana le garçon. Vous savez que c'est lui qui règle vos frais d'hospitalisation ? Il veut vous garder à portée de la main pour vous disséquer la cervelle. Si ça continue, il va se faire une belle renommée sur votre dos. Articles, communications scientifiques, bouquins, la vraie gloire, quoi !

— Vous êtes méchant, observa Jane.

— Pas du tout, rétorqua Shane. En vous obligeant à rester ici, il retarde votre guérison, il serait grand temps que vous retourniez dans la vraie réalité. Ici vous êtes en marge, votre personnalité ne se reconstituera pas de cette manière.

— Je ne sais pas où aller et je ne sais rien faire, objecta Jane.

— Vous étiez une artiste, observa le jeune homme. J'ai relu votre dossier. Quand on vous a amenée, il y avait de l'encre de Chine sous vos ongles, et du graphite, comme en produit le fusain d'un dessinateur. Avez-vous fait des essais en ce sens ?

Jane hocha la tête. Elle avait essayé de dessiner et de peindre au cours d'interminables séances de thérapie créative, les résultats s'étaient révélés grotesques. Elle n'avait aucun talent pour le dessin. Un gosse de cinq ans aurait été plus habile qu'elle. Plus que tout, ces activités l'ennuyaient à mourir. Elle détestait la peinture, les musées, les expositions et les galeries d'art.

— Je voudrais vous demander un service, lança-t-elle sous le coup d'une impulsion.

— Oui ?

— Pourrais-je rentrer en possession des vêtements que je portais en arrivant ici ?

Shane fit la moue.

— Bien sûr, on les conserve dans un service

spécial à cause de l'enquête en cours. C'est là qu'on stocke les effets des victimes d'agression. Ces bouts de chiffons font en quelque sorte fonction de pièces à conviction, mais je peux les sortir pour une heure ou deux, personne ne s'en apercevra. L'infirmière m'a à la bonne.

Précision inutile. Toutes les infirmières avaient Christian Shane « à la bonne ».

— Ne vous hypnotisez pas sur ces vieilles frusques, fit le jeune homme en se remettant en marche. Vous n'en tirerez rien, les flics les ont déjà examinées sous toutes les coutures. Il faut penser à l'avenir. Essayez de vous habituer à l'idée de filer d'ici. Ne restez pas dans ce bocal. Vous allez devenir un cobaye, un cochon d'Inde. On va vous assommer de tests pour déterminer si votre sens moral a subi des altérations, si vos pulsions agressives se développent, on vous montrera des images pour déterminer vos fantasmes. Tout sera mesuré par des machines électroniques, quantifié, érigé en statistiques. Vous perdrez peu à peu toute chance de reconstruire votre vie. Vous n'en avez pas marre d'être ici ?

— Si, mentit Jane. Mais où aller ?

— Ça peut s'arranger, murmura Shane, je vais voir si on ne peut pas vous placer dans un centre de réadaptation progressive. On vous procurerait un petit boulot, un hébergement. Vous côtoieriez enfin des gens normaux.

Il continua un moment sur ce sujet mais Jane ne l'écoutait plus. Elle avait hâte de récupérer ses vêtements. Ils descendirent au deuxième sous-sol, dans une salle mal éclairée où des centaines de paquets s'entassaient sur des rayonnages métalliques. Shane dut faire du charme à la préposée pour obtenir ce qu'il voulait : une banale boîte en carton numérotée sur laquelle s'étalait le « nom » de Jane, son numéro de dossier et sa date d'entrée.

— Okay, fit le jeune homme en lui abandonnant le carton, voilà vos dépouilles. N'oubliez pas de les ramener lorsque vous aurez fini, et n'attrapez pas la migraine là-dessus. Aucun souvenir ne vous reviendra... et même si cela se produisait, n'y accordez pas trop d'importance.

Il s'éloigna dans les couloirs d'un pas rapide, sa blouse blanche flottant derrière lui, se donnant beaucoup de mal pour offrir l'image d'un homme pressé.

Jane serra la boîte contre sa poitrine. Des choses glissèrent à l'intérieur du carton dans un éboulement mou. Vêtements ? Chaussures ?

Elle poussa la porte d'une petite pièce où l'on entreposait les produits de nettoyage. Une table de fer occupait le centre du réduit, elle s'y installa, la boîte posée devant elle. Son cœur battait très vite, mais il ne s'agissait pas de peur ou d'angoisse, comme elle aurait pu s'y attendre. C'était une excitation plutôt agréable. Une de ces excitations un peu troubles qu'on accueille avec une joie honteuse parce qu'elles font soudain voler en morceaux une routine qui devenait insupportable. Et tant pis si tout cela doit engendrer une catastrophe.

Des deux mains, elle saisit le couvercle bosselé et le souleva. Entre les parois tout était en vrac. Jane saisit les vêtements un à un, les étala sur la table. Elle fut frappée par la teinte pastel du chemisier. Ces roses pâles, ces bleus layette ! C'était tout ce dont elle avait horreur. Des habits de petite fille modèle, de jeune ménagère désargentée. Mal coupés, achetés dans une grande surface. Même le tissu se révélait désagréable au toucher. Cela sentait le pauvre, l'étriqué, la fille qui tient à rester dans la foule. Les sous-vêtements avaient le même côté monastique, on aurait presque pu dire asexué.

« Ce n'est pas à moi », pensa Jane. Elle n'aurait su dire pourquoi, mais elle sentait que ces effets ne lui « correspondaient » pas. Tout était si moche. Du Nylon, de l'acrylique. Des frusques qu'on lave le soir dans le lavabo d'un motel miteux et qu'on met à sécher sur un cintre au-dessus de la baignoire. Elle n'aimait que la soie, les matières nobles, l'alpaga, le shantung, l'agneau. Elle n'en avait jamais porté depuis qu'elle s'était réveillée à l'hôpital mais elle le savait... d'instinct.

Elle examina les autres objets entassés au fond de la boîte. Des brimborions extraits de ses poches. Un livre taché de sang. De la poésie victorienne ! Des lectures d'institutrice ! Elle le parcourut du regard, fut incapable d'en lire plus d'une dizaine de lignes. Il y avait l'emballage d'une barre de chocolat malté au miel, confiserie qu'elle tenait en grande détestation. Une serviette périodique dans son emballage stérile, alors qu'elle n'utilisait que des tampons.

« Ça ne m'appartient pas, songea-t-elle une fois de plus. C'était à quelqu'un d'autre. »

Pour la première fois depuis son entretien avec le docteur Crook, elle prit conscience qu'elle avait bel et bien changé de personnalité. Elle avait été cette fille un peu fade, emballée dans des pelures de confection d'un rose écœurant, cette bécasse qui ânonnait de la poésie anglaise en grignotant des confiseries trop sucrées... mais elle avait changé.

Ce passé lui déplaisait, elle n'avait aucune envie de le connaître, de réintégrer cette enveloppe de jeune femme perdue dans la foule. Son instinct lui soufflait qu'elle était faite pour autre chose, pour vivre à une vitesse supérieure. Entre deux avions, deux voitures de sport, deux coupes de champagne français. Chiffonnant les vêtements, elle les lança dans le carton, pressée de s'en débarrasser.

Crook ne lui avait pas raconté d'histoires, la blessure avait restructuré sa personnalité. En ouvrant la boîte quelques minutes plus tôt elle avait cru mettre la main sur une vérité essentielle, elle n'y avait trouvé qu'un déguisement, le genre de fringues qu'elle aurait enfilées si elle avait voulu donner une image opposée de ce qu'elle était en réalité.

Elle ramassa le paquet et alla le rendre à la préposée, puis elle regagna sa chambre.

À ce moment-là, elle ignorait encore que dans trois heures et dix minutes on allait tenter de l'assassiner.

3

La chose se produisit alors qu'on éteignait partout les néons pour allumer les veilleuses réglementaires. La distribution de médicaments avait eu lieu un moment plus tôt et Jane avait avalé sans rechigner le somnifère léger qu'on lui prescrivait. Elle n'était jamais angoissée à l'idée de plonger dans le sommeil, et ses rêves se révélaient le plus souvent agréables ou d'une étrangeté captivante. Au début, elle les notait dans un carnet pour les raconter à son analyste, mais elle avait été tellement déçue par les interprétations réductrices de ce dernier qu'elle avait peu à peu renoncé. La grande obsession du bonhomme consistait, il est vrai, à lui faire avouer qu'elle refoulait ses besoins sexuels et qu'elle avait envie de coucher avec ses médecins traitants (lui compris, bien sûr).

Jane se déshabilla et enfila la chemise de nuit en coton rose que lui avait offerte le docteur Crook. Elle possédait ainsi quelques vêtements sans grande valeur donnés par les infirmières ou des voisines de chambre mises au courant de son grand dénuement. Sans cela, elle aurait été réduite à s'affubler des blouses informes allouées par les secours publics ou les visiteuses de la SALLY.

Elle s'étendit, réfléchissant à ce que lui avait dit Christian Shane. Avait-elle le droit d'exiger sa mise en liberté ? Pourquoi la lui aurait-on refusée, du reste, puisqu'elle ne constituait pas un danger pour l'ordre public ?

Un cobaye, avait insinué Shane. Crook prolongeait-il son séjour par simple commodité, pour l'avoir sous la main quand il avait besoin d'elle ?

Elle essaya d'analyser ce qu'elle éprouvait à l'idée de retrouver le monde réel. De l'angoisse ?

Non. Encore et toujours cette bizarre excitation teintée d'impatience. Elle n'avait pas peur, et quand elle jouait les affolées c'était à l'usage des médecins, dans un but qu'elle ne comprenait pas.

« Menteuse, pensa-t-elle. Tu mens tout le temps. Tu joues la comédie. »

C'était un réflexe, une attitude systématique indépendante de sa volonté. Elle ouvrait la bouche, et clic ! le mensonge tombait tout cuit sur sa langue.

Elle ferma les yeux, le somnifère agissait. Elle ne lui résista pas. Elle se mit à rêver. Elle se promenait nue dans le grand appartement blanc. Elle allait de l'avant, ne cessant d'ouvrir de nouvelles portes. C'était immense. Et puis soudain la poignée sur laquelle elle avait posé les doigts se changeait en serpent, le reptile escaladait son bras pour s'enrouler autour de sa gorge. Elle étouffait.

Elle se réveilla. Il faisait nuit. On avait éteint la veilleuse et quelqu'un se tenait au-dessus d'elle, une masse sombre dont les mains étaient nouées autour de sa gorge, l'étranglant. Elle se débattit, ses ongles griffèrent le tissu d'une blouse médicale. Elle n'avait plus de souffle, plus de force. Dans un dernier effort, elle lança son bras en direction de la table de nuit métallique, faisant basculer la carafe et le verre posés à son chevet. Ses oreilles bourdonnaient tant qu'elle ne perçut pas le fracas de la bouteille explosant sur le carrelage, mais l'agresseur, lui, s'en effraya. Ses mains se desserrèrent, il recula. Jane songea qu'elle aurait dû lui sauter au visage, lui arracher les yeux, hélas elle était au bord de la syncope. Elle devina que la porte s'entrouvrait et que l'assassin se glissait dans le couloir. La seconde d'après, l'infirmière de nuit faisait irruption en grondant : « Qu'est-ce qui se passe ici ? »

L'incident ne provoqua pas la réaction escomptée par la jeune femme. L'infirmière chef haussa les épaules quand Jane parla de tentative d'assassinat, et quand elle exhiba pour preuves les meurtrissures marbrant sa gorge, un interne prononça les mots « stigmates hystériques ».

L'hôpital accueillait chaque jour une pleine cargaison de blessés par balles, coups de couteau, de suicidés à l'agonie et de victimes d'overdoses en coma dépassé. Ses couloirs étaient à toute heure remplis d'une foule ensanglantée, gesticulante, vociférant des obscénités ou des prédictions apocalyptiques. Il y naissait des bébés atteints de mutations génétiques dues au crack, des nourrissons aveugles parce que venus au monde sans yeux, des monstres infirmes dont on ne savait que faire et qui, parfois, ne vivaient pas au-delà de quelques heures. Dans un tel contexte, les plaintes d'une patiente amnésique ne pesaient pas très lourd. L'incident fut signalé sur le rapport de nuit et communiqué au médecin de service qui le transmit au docteur Crook, sans commentaire particulier.

Passé le premier affolement, Jane s'était reprise avec une rapidité qui l'étonna elle-même. Tout se déroulait comme si son esprit avait l'habitude de ce genre « d'incident ». Au matin, elle avait examiné sa gorge dans le miroir du cabinet de toilette. De gros hématomes marbraient sa chair et elle éprouvait de la peine à déglutir. Quelqu'un avait essayé de la tuer, elle le savait. On aurait beau essayer de lui faire croire qu'elle était folle, elle n'en démordrait pas. Mais qui ? Il n'y a que dans les films policiers qu'un tueur s'introduit en toute impunité dans un hôpital en empruntant une blouse blanche et un stéthoscope. Dans la réalité les choses ne se déroulent pas aussi facilement, les infirmières se méfient des étrangers car beaucoup de petits malins tentent de se faufiler jusqu'à la pharmacie générale pour y voler de la morphine, des amphétamines ou des tranquillisants. Il y avait un garde en bas, dans le hall, qui filtrait les visiteurs. De plus, l'étage où se trouvait Jane était calme, un promeneur nocturne inconnu du personnel aurait immédiatement éveillé la méfiance des nurses.

Alors ?

« Alors c'était quelqu'un de familier, songea-t-elle. Un brancardier. Un médecin ? Quelqu'un dont la présence ne risquait pas de paraître étrange. »

Et pourquoi tenter de la supprimer aujourd'hui, précisément, alors qu'elle était là depuis six mois ?

« Qu'as-tu fait *hier* qui rompait avec la routine des semaines précédentes ? se demanda-t-elle. Quelle bizarrerie inhabituelle qui aurait pu affoler ton agresseur et le pousser à réagir avec tant de violence ? »

Elle passa en revue le film de la journée. Elle avait vu Crook et Christian Shane... et trente autres membres du personnel soignant, et encore plus de malades !

Crook lui avait une fois de plus expliqué qu'elle était devenue quelqu'un d'autre. Shane l'avait encouragée à reprendre sa liberté et lui avait permis d'examiner les vêtements qu'elle portait au moment de l'accident.

Les vêtements... C'était peut-être cela la clef du drame ? Ou encore la nouvelle qu'elle risquait de quitter l'hôpital ? Shane en avait-il parlé à quelqu'un ? La préposée à la garde-robe avait-elle prévenu un mystérieux monsieur X du fait que « l'amnésique » avait exigé de voir ses anciens habits ?

En quoi ces deux faits constituaient-ils une menace pour son agresseur ?

« Je n'ai aucune identité, nota-t-elle, c'est donc qu'on n'a nullement essayé de me faire passer pour quelqu'un d'autre. Et puis si cela était, on aurait pris la précaution de me défigurer, de faire disparaître mes empreintes digitales. Je suis moi, c'est-à-dire personne, et si l'on a consulté mon dossier on sait que je n'ai aucune chance de retrouver la mémoire. »

C'était sans réponse. À moins que quelque part, dans l'ombre, quelqu'un ne redoutât que son amnésie fût simulée ?

Elle se massa les tempes car la migraine la gagnait et la cicatrice de son front devenait douloureuse.

« Comme tu restes calme ! se dit-elle. On dirait que tu as fait ça toute ta vie. »

Puis elle se rappela les explications de Nigel Crook. Les atteintes des lobes frontaux engendraient souvent des pertes d'affectivité. Le patient devenait alors indifférent aux stimuli extérieurs. La mort d'un parent proche ne provoquait en lui aucune douleur, aucun intérêt. Devait-elle interpréter sa maîtrise de soi comme un symptôme de déshumanisation ? Cette perspective la fit frissonner d'angoisse.

Crook vint lui rendre visite sur le coup de dix heures. Il entra dans la chambre, une expression contrariée sur le visage, et s'approcha du lit pour examiner la gorge de Jane. Il eut ensuite un coup d'œil pour les mains de la patiente ; la jeune femme comprit qu'il comparait la taille des hématomes à la largeur de ses doigts.

— Je ne me suis pas étranglée moi-même, dit-elle un peu trop sèchement. Je ne suis pas folle.

Crook recula, pensif.

— Je ne prétends pas que vous l'ayez fait consciemment, fit-il. Vous avez pu agir en état somnambulique.

— Dans quel but ?

— Attirer l'attention. C'est l'histoire du gamin qui recommence à faire pipi au lit quand sa mère ramène un nouveau petit frère à la maison. Vous avez peut-être l'impression que nous nous intéressons moins à vous que par le passé ?

— C'est idiot.

— Un psy dirait que vous êtes partagée entre le

désir de quitter l'hôpital et la peur d'affronter le monde du dehors. Vous voulez rester ici, alors vous vous infligez des blessures qui justifieront votre maintien dans les lieux.

Jane haussa les épaules. Elle commençait à penser qu'elle aurait dû garder l'incident pour elle. Mais comment se protéger, ici, si le criminel faisait partie du personnel hospitalier ?

— Il ne vous viendrait pas à l'idée que mon agresseur de jadis a retrouvé ma trace ? lança-t-elle. Et qu'il essaye de finir le travail.

Crook fit la grimace. « Ou alors il sourit, songea Jane, avec lui pas moyen de savoir. »

— Ce n'est pas à écarter, admit le médecin. J'ai d'ailleurs prévenu l'officier de police qui s'occupe de votre dossier. Vous voyez, je ne néglige aucune hypothèse.

— Mais vous n'y croyez pas.

— L'affaire est peut-être très banale, vous savez. Les gens dont le cerveau a été lésé sont sujets aux hallucinations. Chez eux, les rêves prennent une intensité telle qu'ils paraissent réels et engendrent des stigmates d'ordre hystérique. Ainsi une femme qui rêve qu'on vient de la poignarder dans le ventre, fera une hémorragie interne. Vous avez bien sûr entendu parler de ces « miraculés » qui saignent presque sur commande, à l'imitation du Christ.

Jane soupira, elle n'avait aucune envie de subir une nouvelle conférence.

— Je vais réfléchir, annonça Crook en tournant les talons. Je vais tenter de voir ce qui serait le mieux pour vous. Il est peut-être temps qu'on vous sorte d'ici.

4

Le soir même, une infirmière vint faire signer à Jane un bon de sortie dégageant la responsabilité de l'administration et l'informa avec une moue pincée que le docteur Crook l'attendait sur le parking du personnel. On lui remit également un tube de somnifères préparés par le médecin à son intention ainsi qu'un calendrier des différentes consultations auxquelles elle devrait se rendre au cours des trois mois à venir.

— Mais bien sûr, vous faites comme vous voulez, siffla la nurse, vous pouvez choisir de vous faire suivre par votre médecin personnel.

À la façon dont elle avait appuyé sur *personnel*, Jane comprit que la chipie l'imaginait déjà dans les draps de Nigel Crook. Elle n'en fut pas outre mesure affligée. En faisant une dernière fois l'inventaire de ses quartiers, elle s'aperçut qu'elle n'avait rien à emporter à part quelques menues affaires de toilette bon marché qu'elle glissa dans un sac en plastique. Elle quitta la chambre sans aucune nostalgie et jugea inutile d'aller saluer ses voisines de couloir.

Crook l'attendait en bas, faisant les cent pas devant une grande voiture bleue que Jane ne put identifier. Elle ne connaissait aucune marque d'automobile et avait le plus grand mal à les mémoriser lorsqu'on les lui récitait. Ces noms lui paraissaient étranges, voire un peu grandiloquents, comme tous les patronymes inventés par des hommes.

Crook portait un costume de Nylon froissé, très banal. Le genre de vêtements qu'aurait affectionné un agent du FBI. Ne manquait que le petit chapeau étriqué. Jane haussa les épaules. Que savait-elle, après tout, des agents fédéraux ?

— Qu'est-ce que c'est ? demanda-t-elle en désignant le capot du véhicule.

— Une Plymouth, une Plymouth Reliant, répondit

mécaniquement le médecin. Vous avez envie de la conduire ?

— Non, je ne sais plus. Je n'ai sans doute jamais su.

— Vous vous trompez. Il y avait vos empreintes sur le volant de la voiture abandonnée sur le Mont Lee. Donc c'est bien vous qui conduisiez.

— Alors j'ai oublié.

Crook ouvrit la portière côté passager et Jane s'installa. La tête lui tournait un peu. Elle résista au besoin de gratter sa cicatrice. Quand elle était contrariée, l'afflux de sang provoquait une vive démangeaison dans le tissu fragile.

(*Menteuse*, lui souffla une voix, tu n'es pas contrariée. Excitée, oui. Mais pas contrariée.)

— Où allons-nous ? s'enquit-elle. Dans un foyer ? Une institution ?

Crook se glissa au volant. Sa bedaine le gênait, et il sentait la sueur comme tous les hommes trop empâtés que le moindre mouvement fait transpirer d'abondance.

— Non, fit-il, ça ne vous conviendrait pas. L'ambiance y est déprimante. J'ai une proposition à vous faire ; je ne sais pas si elle est bonne, mais elle aura au moins le mérite de vous sortir du milieu hospitalier. Je dispose d'une maison à Beverly Hills.

— Vous êtes donc si riche ? s'étonna Jane.

— Pas du tout, lâcha Crook en démarrant. La jouissance de la propriété m'a été accordée jusqu'à ma mort par un magnat du pétrole que j'ai sauvé de la paralysie générale en lui pompant un caillot dans le cerveau. Sans ma petite intervention, il était condamné à mener une vie de légume. Il a tenu à me remercier de cette manière un peu ostentatoire. Je dispose donc des clefs de cette baraque jusqu'à ce qu'il m'arrive en gros la même chose.

— Ça doit être plaisant.

— J'y vais rarement, je ne m'y sens pas à l'aise. C'est trop luxueux pour moi. Je me fais l'impression d'un pique-assiette et j'ai tendance à restreindre mon territoire à l'office. Le plus souvent je dors sur un canapé, dans mon sac de couchage.

Il parut hésiter puis lança :

— Je ne m'appelle pas Crook, vous savez ? Mon vrai nom c'est Ulysse Corcodiamantopoulos. Mon père était un immigré grec, il tenait une épicerie dans South Central. Comme il refusait de faire crédit, on le traitait souvent de canaille (crook), alors par défi, il a pris ce nom lorsqu'il s'est fait naturaliser. Beverly Hills n'est pas mon univers d'élection.

— C'est vrai qu'on y trouve des bouches d'incendie en or ?

— Seulement recouvertes de peinture dorée, n'exagérons rien. Et d'ailleurs c'est plutôt à Westwood.

Ils roulaient aussi vite que possible, essayant de se frayer un chemin dans le flot continu des véhicules encombrant le *freeway.*

— C'est une très belle maison, observa le médecin. Le parc est agréable et toutes les ouvertures sont protégées par un système d'alarme électronique. Vous devriez vous y sentir en sécurité.

— Qu'est-ce que j'y ferai ?

— Tout ce dont vous aurez envie. Mangez, prenez des bains de soleil, nagez dans la piscine, faites du vélo. Essayez de vous astreindre à un programme de remise en forme. Lorsque vous aurez repris quelques kilos je vous trouverai une occupation, un travail. Il y a un ordinateur là-bas, essayez de vous familiariser avec lui. J'aurai un tas de notes à vous faire taper.

Jane s'agita sur son siège.

— C'est vrai que vous avez réglé mes frais médicaux de votre poche ?

— Oui, vous n'étiez pas à la Blue Cross, n'est-ce pas ? Je voulais vous suivre, avoir le temps d'observer votre évolution. Je ne l'ai pas fait seulement pour vous, mais pour tous les gens qui se retrouveront un jour dans votre cas. C'est mon job de penser à des trucs comme ça. Ne vous inquiétez pas. Vous pourrez toujours me rembourser plus tard, quand vous aurez du travail. Je veux qu'une chose soit bien claire entre nous : je ne vous emmène pas là-bas pour vous draguer. J'ai une femme, des gosses, ma vie de famille me satisfait pleinement. Je ne suis pas du genre à coucher avec mes malades, je laisse ça à d'autres. J'essaye de vous guérir. Je sais ce qu'on racontait sur nous deux à l'hôpital. Les gens sont affreusement cons, je n'y peux rien, ça n'est pas opérable.

Jane essaya de déterminer si elle éprouvait une quelconque culpabilité à être ainsi prise en charge. Elle décida que non. « Après tout je lui sers de cobaye, n'est-ce pas ? se dit-elle. Ça mérite bien quelques compensations. » Son propre cynisme l'étonna, elle se serait crue plus sentimentale. Pour meubler le silence, elle lança :

— J'ai parfois le plus grand mal à différencier ma gauche de ma droite, c'est normal ?

— Oui, ça passera.

— J'ai des points insensibles sur le corps. Dans le dos, sur le ventre. Quand on les pique avec une aiguille ça saigne mais je n'ai pas mal. J'ai lu dans un livre qu'au Moyen Âge, on interprétait cela comme la preuve d'un pacte avec le diable.

— C'est vrai, et c'est pour cette raison qu'on a brûlé beaucoup d'hystériques. Dans votre cas, c'est l'une des conséquences de votre accident, certains nerfs ont été coupés de leur « base ». Ils transmettent toujours, le problème c'est qu'il n'y a plus personne au bout de la ligne pour écouter le message.

Crook sourit, et lança avec jovialité :

— Vous savez que vous fumiez avant d'être blessée ?

— C'est vrai ? s'étonna Jane.

— Oui, vous aviez les doigts et les dents jaunis par la nicotine et vos poumons présentaient de sérieuses traces d'encrassement. Je crois que vous n'éprouvez plus ce besoin aujourd'hui ?

— Non, avoua la jeune femme. J'ai même du mal à supporter les gens qui fument. L'odeur de la cigarette m'indispose.

— Vous voyez ! triompha Crook, c'est encore là un signe de votre restructuration psychique. Des tas de choses ont probablement changé dans votre corps. Si nous disposions de témoignages vérifiables, nous apprendrions que même vos zones érogènes se sont déplacées. Quelqu'un qui vous aurait connue jadis serait totalement déboussolé devant la femme que vous êtes devenue.

Le médecin se mit à monologuer comme il en avait l'habitude, mais Jane cessa de l'écouter. Elle observait les mains de l'homme sur le volant pour assimiler les différentes manœuvres nécessaires à la conduite du véhicule. Elle s'étonnait de se découvrir à ce point novice en la matière. Elle avait beau sonder sa mémoire, aucun écho ne daignait monter des tréfonds. Crook lui jeta un rapide coup d'œil et devina son trouble.

— Ne paniquez pas, fit-il, c'est normal. Quand un savoir est effacé, c'est pour toujours. J'ai eu un patient qui, après trois heures de coma, s'est réveillé en ayant tout oublié de sa langue maternelle. Il a fallu lui réapprendre tous les mots un à un, comme l'on fait avec les bébés.

— Curieux.

— Avec le cerveau tout est possible, c'est un domaine que nous commençons seulement à explorer. C'est comme si nous parcourions le cosmos à pied, il faut du temps.

Ils ne dirent plus grand-chose jusqu'à ce que la voiture atteigne les collines.

— Ah ! marmonna Crook en extirpant un boîtier d'ouverture électronique de sa poche. Il y a un petit problème. J'espère que cela ne vous impressionnera pas outre mesure. Le type qui me prête la maison : sa femme et son gosse sont morts dans l'accident qui a failli le laisser paralysé. Il pilotait un piper-cub qui a raté son atterrissage. Bref, leurs affaires sont encore dans la baraque. Le bonhomme n'a jamais remis les pieds ici, mais s'est opposé à ce qu'on jette quoi que ce soit. C'est un peu morbide mais très humain. Ça vous gêne ?

Jane haussa les sourcils. « Je m'en fiche, pensa-t-elle, je m'en fiche totalement ». Elle ne pouvait pas dire ça, elle choisit de mentir, une fois de plus.

— C'est triste et touchant, fit-elle à mi-voix. Je m'y habituerai.

Pourquoi était-elle aussi insensible ? L'atmosphère de l'hôpital l'avait-elle blasée à l'exemple de ces vieilles infirmières qui ne s'émeuvent plus de rien ? Ou bien cette dureté provenait-elle de son cerveau rafistolé ?

Elle eut l'impression que Crook l'observait du coin de l'œil, la sondant. « Petit salopard, pensa-t-elle, tu m'espionnes en permanence et tu prends des notes dans un coin de ta tête ! »

Elle commençait à voir clair dans son jeu : il l'avait amenée là par peur qu'elle ne s'enfuie de l'hôpital. Il tenait à son cher cobaye car sans lui, adieu les belles communications à l'assemblée de neuropathologie ! Fini les articles dans les revues médicales internationales ! Il n'essayait pas de la préparer à voler de ses propres ailes, il la changeait de vivarium, c'est tout.

Elle s'appliqua à dissimuler son irritation et concentra son attention sur le paysage. La voiture escaladait le flanc d'une colline boisée. Des îlots de végétation copieusement arrosée côtoyaient des zones de pelade laissant affleurer le roc nu. Un peu partout la terre ne demandait qu'à se changer en poussière rouge et à s'envoler à la première bourrasque. Chaque maison était une oasis arrachée au désert.

— C'est là, annonça le médecin en appuyant sur son boîtier magique.

Un haut portail de fer forgé s'ouvrit automatiquement. Des murs de trois mètres ceignaient la propriété. Des cyprès les dominaient. Jane se pencha à la portière : c'était aussi grand qu'un golf privé. De telles pelouses devaient engloutir chaque jour assez d'eau pour abreuver les animaux d'un zoo au plus fort de la canicule. Ce vert moelleux installait une atmosphère anglaise très différente de ce qu'on s'attendait à trouver au sommet d'une colline brûlée par le soleil.

Le portail se referma sitôt la voiture engagée dans l'allée. « Cellule photoélectrique », songea Jane.

— Il y a quelqu'un ? demanda-t-elle.

— Non, fit Crook. Juste une femme de ménage mexicaine qui passe tous les trois jours pour amener les provisions et faire le ménage. Les placards débordent de conserves et les congélateurs sont près d'exploser. Je viens très rarement, cependant la bonne femme continue à faire comme si une famille entière habitait là. J'ai essayé de lui expliquer le changement de contexte mais elle parle six mots d'anglais tout au plus. Alors elle jette ce qui est périmé et le remplace par des produits frais. Inutile de se casser la tête. Tout est géré par un cabinet d'avocats de Memphis.

— Votre ancien malade est bien généreux, ne comptez pas sur moi pour en faire autant !

— Ce n'est qu'une aumône pour lui, il possède dix maisons semblables rien qu'en Californie.

Il redevint sérieux pour déposer le boîtier de télécommande dans la paume de la jeune femme.

— Prenez, dit-il, j'en ai un autre. Ne le perdez pas, tout est commandé par cette boîte magique. Les sécurités se réenclenchent automatiquement dès que la porte d'entrée se referme. Si vous tentiez de l'ouvrir manuellement, l'alarme retentirait aussitôt au commissariat du district et les flics débarqueraient, flingue au poing. Je vais leur signaler que vous êtes là, pour éviter les méprises. Ils sont assez nerveux dans le coin.

Jane regarda la télécommande. Un bouton caoutchouté émergeait en son centre.

— Les fenêtres sont scellées, continua Crook. Personne ne pourra donc vous rendre visite. Vous serez en sécurité. Aucun visiteur nocturne n'essaiera de vous faire du mal.

Jane se mordit la lèvre.

— Vous ne me croyez pas, n'est-ce pas ? lança-t-elle. Vous continuez à penser que je me suis moi-même fait ces marques.

Crook prit le temps de descendre. Son costume était encore plus chiffonné que sur le parking de l'hôpital.

— Je ne sais pas, avoua-t-il. Avec les « préfrontaux » il faut s'attendre à tout. De toute manière il n'est pas impossible que quelqu'un se soit bel et bien introduit dans votre chambre. Un malade en maraude, un type en quête d'une bonne fortune. Les infirmières ne sont pas des matons.

Jane n'avait pas envie de plaider une fois de plus son dossier. Elle tourna le dos à la voiture et marcha vers la maison. C'était une grande bâtisse plate, aux parois presque entièrement vitrées. Une maison de verre transparente à l'extrême.

— Ne vous y trompez pas, lança Crook. Ça n'a rien de fragile, c'est du pare-brise de Boeing. Ça peut encaisser une tempête ou une décharge de chevrotine sans qu'apparaisse la plus petite fêlure.

Jane manœuvra le boîtier, la porte d'entrée coulissa en chuintant.

— Un chef-d'œuvre de la domotique, fit le médecin avec une fierté naïve. Les vitres se pigmentent d'elles-mêmes au fur et à mesure que se lève le soleil. Et vous pouvez choisir la couleur du pigment sur la console centrale : bleu, rose, jaune.

— Arrêtez, coupa Jane, dans deux minutes vous aurez l'air d'un agent immobilier.

Crook resta la bouche ouverte, une expression peinée sur le visage. Jane ne fit rien pour s'excuser, elle avait hâte qu'il s'en aille. Une maison de verre ! Un de ces labyrinthes de laboratoire où l'on fait courir les rats pour mesurer leur intelligence ! C'est tout ce qu'il avait su imaginer pour qu'elle se sente mieux !

Dans les minutes qui suivirent, le médecin lui fit parcourir les pièces principales. Cela sentait la richesse, l'opulence. Jane comprenait qu'il s'y sentît mal à l'aise. Dans un tel endroit on se faisait vite l'effet d'un parasite. Des rochers sculptés navajos tenaient lieu de décor. Les murs de certaines chambres avaient été découpés dans la paroi d'habitations troglodytes recouvertes de peintures indigènes. Des cactus fossiles, plus durs que la pierre, formaient un curieux jardin d'hiver. On était loin du bric-à-brac « Santa Fe » que les réserves indiennes bazardaient aux touristes peu regardants.

Le sol de la salle de réception était formé d'une gigantesque dalle de verre protégeant un dessin de sable coloré qui avait dû exiger des milliers d'heures de travail, et qu'un simple coup de vent aurait suffi à éparpiller.

— Voilà, conclut Nigel Crook. Installez-vous. Vous êtes en sécurité. Personne ne peut sauter le mur sans passer au travers d'un faisceau détecteur qui réagit aux masses en mouvement. Toutes les villas du coin sont équipées de gadgets analogues. L'écran protecteur se met en place dès que la nuit tombe. Si vous voulez sortir dans le parc après le coucher du soleil, désactivez le faisceau en cliquant sur la télécommande. Vous vous rappellerez ? Pour réenclencher l'écran, faites la même chose une fois rentrée dans la maison, okay ?

— Je ne sortirai pas la nuit, dit Jane.

— De toute manière le téléphone est relié à un satellite, vous n'avez donc pas à redouter que quelqu'un coupe les fils. J'ai mis mon numéro personnel en mémoire, n'hésitez pas à m'appeler à toute heure du jour ou de la nuit.

Il se répandit encore près d'un quart d'heure en

conseils divers que Jane n'écouta pas. La maison ne l'impressionnait nullement, elle avait la certitude d'avoir évolué jadis dans de semblables décors, mais il s'agissait peut-être d'un sentiment de fausse « reconnaissance », une illusion commune chez les « préfrontaux » comme disait si élégamment Nigel Crook.

Elle le regarda partir avec soulagement car sa présence lui pesait. Il n'était ni beau ni attendrissant, et comme beaucoup d'hommes de petite taille, il cédait facilement à la tentation de l'autoritarisme. De plus, elle avait toujours eu les hommes chauves en horreur. « *Toujours*, chez toi ça veut dire six mois ! » lui chuchota la voix goguenarde qui résonnait dans sa tête. Dès qu'elle entendit le portail se refermer, elle pivota sur elle-même et refit le tour de la maison. Une femme avait habité là, l'immense penderie était encore pleine de ses vêtements. Jane palpa les étoffes, coûteuses, qui provenaient toutes des couturiers de Rodeo Drive. Tiens, comment savait-elle cela ? Encore une fois cette impression de déjà-vu... Elle remarqua qu'elle fouillait sans vergogne dans les affaires de la femme morte. Aucune peur superstitieuse, aucun « respect », ne ralentissait ses gestes. Elle isola quelques effets utilisables. La morte avait à peu près sa taille, mais elle avait été d'une corpulence plus forte. Jane haussa les épaules, ce serait toujours mieux que les hardes de l'Armée du Salut qu'elle traînait depuis tout ce temps !

Elle ouvrit une commode de marbre, fit son choix dans les sous-vêtements de soie, puis elle alla prendre une douche dans une cabine automatisée où l'on aurait pu tenir un conseil d'administration. Des jets surgissaient de partout à la fois, et il suffisait de presser sur un bouton pour qu'un courant d'air chaud parfumé les remplace, vous séchant sans qu'il soit besoin d'attraper une serviette. Elle enfila un peignoir, examina son reflet dans la glace surplombant les lavabos d'onyx. Fichus cheveux courts qui repoussaient trop lentement. Elle avait l'air d'une Jeanne d'Arc trépanée, que son heaume aurait mal protégée. Il faudrait manger, remettre un peu de chair sur cette carcasse d'antilope sous-alimentée. Elle sortit, la lumière s'éteignit toute seule derrière elle.

Elle visita la chambre du gosse, bourrée de jouets électroniques, de cassettes vidéo, d'armes en plastique et d'une collection de battes de base-ball. Une bande dessinée était restée ouverte sur le lit, voisinant avec une paire de chaussettes sales. La femme de ménage mexicaine avait probablement ordre de ne pas franchir le seuil du sanctuaire.

Jane tenta de déterminer si ce spectacle la déprimait. Elle aurait été presque soulagée de se découvrir triste, attendrie, mélancolique, mais rien ne vibrait en elle, qu'une froide indifférence. Elle se fichait de ces gens que la richesse n'avait pu tenir à l'écart de la grande Faucheuse. Elle avait trop de problèmes personnels pour s'offrir le luxe de pleurer sur des inconnus !

« Au moins je ne suis pas hypocrite ! » décida-t-elle en quittant la pièce.

Puis elle se demanda si ce durcissement ne signalait pas qu'elle venait de franchir une nouvelle étape de la « maladie ». Elle s'effraya d'une possible dégradation de son sens moral. Allait-elle devenir une sorcière ? Une morte vivante incapable de s'émouvoir ?

« Tu es en train de changer, pensa-t-elle. Cela se fait peu à peu, presque à ton insu. C'est comme si un intrus s'était introduit chez toi par effraction. Pour le moment il se cache encore au grenier et ne sort que la nuit pour aller piller le réfrigérateur, mais un jour viendra où il s'installera en pays conquis. Il te chassera de ta maison. Si tu ne fais pas attention, tu vas devenir quelqu'un de détestable. Tu dois te surveiller. T'accrocher de toutes tes forces à ce qui fait encore de toi un être humain. »

Elle se mit à tourner en rond, une boule dans la

gorge, au bord des larmes. Ces sanglots la rassurèrent quelque peu. Si elle pleurait, c'est qu'elle n'était pas encore totalement inhumaine.

Elle écouta résonner ses pas. C'était une maison invivable, un caprice de nabab qu'on exhibe pour mettre sur le cul un client qu'on veut convaincre de signer un contrat avant les liqueurs. Une carte de visite plus qu'un vrai foyer.

Comme elle avait faim, elle prit le chemin de la cuisine. Crook n'avait pas menti, les placards et le congélateur étaient pleins à craquer, pourtant, au moment de saisir un carton de steaks d'autruche, elle se sentit paralysée. Une angoisse brutale s'empara d'elle comme si un signal d'alarme venait de retentir dans son esprit. Son estomac se noua et elle comprit qu'elle serait incapable d'avaler une bouchée des provisions entassées sur les clayettes de l'armoire frigorifique. Pourquoi ?

« Danger ! lui hurlait son instinct. Danger ! *Nourriture non décontaminée...* »

La boîte couverte de givre lui gelait le bout des doigts, elle la reposa à sa place, claqua la porte du congélateur. Nourriture non décontaminée. Qu'est-ce que ça voulait dire ? C'était absurde !

Troublée, elle prit la fuite, dérapa sur le sol trop glissant et se cogna l'épaule au montant d'une porte. Dehors la nuit tombait, à travers les cloisons transparentes le parc s'assombrissait.

« Ne t'affole pas, pensa-t-elle. Le faisceau de sécurité va se déclencher. Tu n'as rien à craindre, personne ne pourra venir te tordre le cou cette nuit. »

Elle se recroquevilla dans un fauteuil, ramenant sur ses cuisses les pans du peignoir d'éponge. Elle était toute seule dans une grande maison de verre, et elle mourait de faim à côté d'un réfrigérateur bourré de provisions succulentes.

Qu'est-ce qui n'allait pas chez elle, hein ?

Quelqu'un pouvait-il répondre à cette question ?

5

Quand l'obscurité submergea la maison, Jane alluma plusieurs lampes. Il suffisait pour cela de passer la main au-dessus d'une cellule photoélectrique ; la lumière jaillissait alors on ne savait d'où, de filaments noyés dans la masse de verre des parois qui répandaient une atmosphère d'aurore boréale. En jouant avec l'installation, elle finit par brancher la radio. La chaîne était réglée sur KTNN, une station navajo qui émettait depuis l'Arizona. Le programme de la nuit diffusait de la musique de pow wow, typiquement indienne. Jane avala le somnifère léger qu'on lui avait remis à l'hôpital. Elle craignait de ne pas dormir, or l'insomnie générait chez elle des migraines insoutenables qui duraient toute la journée du lendemain.

Pendant qu'elle se rendait à la cuisine, elle remarqua que la maison était pleine des signes d'une vie familiale brutalement interrompue : un calendrier vieux de trois ans sur lequel on avait porté des rendez-vous. Des pense-bêtes décolorés par le temps. Des dessins d'enfant maintenus par des aimants sur la porte du réfrigérateur. Le plus grand représentait un avion jaune s'élançant vers le soleil, trois personnes à son bord, une écriture de gosse y avait inscrit une légende : *Demain. On part dans le ciel. Papa est le pilote. C'est chouette* !

Jane examina le calendrier punaisé sur un panneau de liège. Quelqu'un avait entouré d'un cercle rouge le jeudi 12 mai 1993. *Aérodrome, 8 heures*, lisait-on. Après cette date toutes les cases étaient restées vierges.

« Ils allaient mourir, pensa Jane, et ils ne le savaient pas. »

Elle s'hypnotisa sur cette pensée pour tenter de voir si elle faisait naître en elle une certaine tristesse. Elle tremblait à l'idée de se découvrir indifférente.

« Si tu t'inquiètes, murmura-t-elle, c'est que ton cas n'est pas désespéré. Quand tu seras réellement devenue un robot, tu ne te poseras même plus ce genre de questions ! »

Elle examina la pièce, les instruments luisants, les gadgets électroniques. Un grand restaurant n'aurait pas été mieux équipé. Elle prit un verre, non pas le plus accessible mais un de la rangée du fond. Elle ne savait pas pourquoi, cela lui paraissait indispensable, c'est tout. Elle ne toucha pas aux bouteilles de Perrier et se contenta de l'eau du robinet. Elle avait décidé de ne plus s'étonner de rien, de suivre ses impulsions sans chercher à les analyser. Elle verrait cela plus tard. Des principes étranges semblaient gouverner ses gestes, sa façon de vivre. Une méfiance instinctive dont elle ne percevait pas les causes.

« Ton psy appellerait ça de la paranoïa », pensa-t-elle en avalant le comprimé. Elle gagna la chambre à coucher, ouvrit le lit, s'y étendit, les bras le long du corps. Dans la maison, les détecteurs avaient éteint la lumière dans les pièces vides. Jane observa le décor, tout autour d'elle. Une bibliothèque taillée dans la pierre contenait un grand nombre d'ouvrages ethnologiques relatifs aux Indiens d'Amérique. Des bibelots agrémentaient les étagères : calumet ancien, sac en cuir d'homme-médecine, bijoux d'os et de plume. Un roman victorien couvert de poussière attendait sur la table de chevet, un signet glissé entre les pages.

« J'aurais pu lire ce genre de truc, *avant* », pensa Jane. Combien de temps le bouquin resterait-il là, à attendre une lectrice que son aviateur maladroit de mari avait réduite en bouillie ? Cédant à la curiosité, elle prit le volume, examina le signet. C'était une demi-feuille de papier sur laquelle on avait dressé une liste de produits de beauté. L'écriture était féminine. Il s'agissait de crèmes destinées à retarder le vieillissement. Jane pouffa de rire. Nerveusement.

« Ce n'est pas parce que ça m'amuse, s'empressat-elle de penser, c'est juste nerveux. Oui, comme ces gens qui sont pris de fou rire dans les enterrements. Je ne suis pas mauvaise. »

Elle ferma les yeux. Elle allait dormir, elle ne risquait rien, il n'y avait pas de fenêtre et personne ne pouvait entrer dans la maison à moins d'y ouvrir une brèche à la dynamite. Tout était okay. Elle pouvait débrancher ses circuits. C'était curieux ces cloisons vitrées, on avait l'illusion de coucher en plein air, de reposer sur un lit installé au beau milieu d'une pelouse. Toute la maison fonctionnait sur ce principe. Seules quelques parois opaques assuraient le minimum d'intimité nécessaire aux endroits stratégiques, mais pour le reste, il fallait bel et bien se résoudre à vivre dans une maison de verre.

Elle glissa dans le sommeil et rêva de chevaux rouges galopant, la bouche pleine d'écume, et dont les sabots ferrés arrachaient des étincelles aux pierres du sol.

Ce fut la sensation de froid qui l'éveilla. Elle était couchée sur une surface dure qui sentait le désinfectant. Un carrelage dont la dureté lui meurtrissait les os. Elle roula sur le flanc pour découvrir qu'elle était allongée sur le sol de la cuisine et que le soleil brillait dans le ciel. Elle s'assit, les côtes endolories. Elle ne gardait pas le souvenir de s'être levée durant la nuit. Peut-être avait-elle eu soif ? Un malaise l'avait fauchée à quelques mètres de l'évier et...

Elle prit soudain conscience que quelque chose n'allait pas. La façon dont elle était habillée. Elle était affublée de manière bizarre : une blouse de femme de ménage, des socquettes, des pantoufles avachies. Ses mains disparaissaient dans ces gants de caoutchouc qu'on utilise d'ordinaire pour faire la vaisselle.

Elle prit appui sur une chaise pour se redresser. Elle éprouvait une gêne à la hauteur du ventre, comme si on lui avait ficelé un coussin autour des hanches pour épaissir sa silhouette. Elle se tâta de la main droite. C'était bien ça ! On l'avait déguisée pendant son sommeil, profitant des effets du somnifère pour la travestir en... en quoi, du reste ?

Elle chercha un miroir. Quand sa propre image lui fit face elle eut un hoquet de surprise. Elle avait pris vingt ans ! On l'avait maquillée de manière à la vieillir. Sa peau avait maintenant une teinte olivâtre, ses yeux étaient cernés, le tour de sa bouche creusé. On avait même pris soin de lui dessiner des rides sur le front, tout cela avec l'habileté d'un maquilleur de cinéma. À quinze mètres, l'illusion devait être parfaite. Elle avait désormais l'apparence d'une Mexicaine entre deux âges, au ventre ballonné, dont la tête disparaissait sous un fichu aux motifs hispaniques criards.

Ç'aurait pu être amusant, mais elle prit peur et arracha ces oripeaux avec véhémence. Qui lui avait joué ce tour ? Quelqu'un qui se cachait dans la maison ?

Nue, elle se mit à grelotter et courut en direction de la chambre. Elle se figea sur le seuil. Un grand désordre régnait sur la coiffeuse. Crèmes, poudres, fards gisaient pêle-mêle au milieu de mouchoirs et de serviettes en papier tachés. C'était donc là qu'on l'avait maquillée ? Mais comment avait-elle fait pour ne pas se réveiller ? Le somnifère n'était pas si puissant. À moins qu'on ne l'ait chloroformée pour la faire tenir tranquille ? Dans ce cas, elle aurait dû avoir la nausée.

Elle enfila le peignoir d'éponge gisant sur la descente de lit. « S'il n'y a personne dans la maison cela veut dire que c'est toi qui... » songea-t-elle en refoulant la panique qui montait en elle.

Une crise de somnambulisme ? À l'hôpital, le psy l'avait souvent tarabustée à ce propos, elle avait toujours répondu par la négative. *Non*, elle ne se levait pas la nuit. *Non*, elle n'avait jamais repris conscience dans un lieu incongru où elle ne se rappelait pas s'être rendue. Non.

« Ça n'aurait rien d'infamant, lui avait dit le thérapeute. Les crises de somnambulisme fonctionnent parfois comme des mimodrames analogues aux rêves. On peut y discerner la théâtralisation d'un conflit latent, d'une angoisse. »

Jane s'assit devant le miroir et entreprit de se démaquiller fébrilement. On n'avait pas lésiné sur le fond de teint. La couche était si épaisse qu'elle avait le visage amidonné.

On ? Qui ça *on* ?

« C'est toi, pensa-t-elle. Ce ne peut être que toi. Tu t'es levée au cours de la nuit pour te déguiser. Tu as pris les vêtements de la femme de ménage dans le vestiaire de l'office pour improviser un costume de bonne à tout faire mexicaine. »

Mais dans quel but ? Ça n'avait aucun sens. C'était absurde. Le visage enfin débarrassé des fards, elle alla prendre une douche.

« Ou alors c'est un tour de cochon du bon docteur Crook, se dit-elle sous le jet brûlant. Il possède une seconde télécommande, il est revenu pendant que tu dormais. Il t'a habillée, maquillée, et portée dans la cuisine pour te faire croire que tu es somnambule et que tu fais des choses bizarres dès que tu perds conscience. »

Elle sortit de la cabine, les dents serrées.

« Il veut peut-être te démontrer qu'il est encore trop tôt pour voler de tes propres ailes ? » dit-elle à voix basse. Ce n'était pas si idiot que ça en avait l'air. Crook tenait à son cobaye chéri. Il avait pu monter cette petite mise en scène pour la convaincre de rester à sa disposition, petite fille tremblante dans l'ombre du bon docteur.

À ce moment précis elle surprit son visage dans la glace, et l'expression méchante, calculatrice, imprimée sur ses traits l'effraya. C'était comme si elle venait d'entrevoir une femme inconnue l'épiant derrière la vitre embuée d'une fenêtre.

« Non, songea-t-elle aussitôt, ne rejette pas la faute sur Crook. C'est toi qui as fait ça. *Toi seule*. Et tu le sais bien. »

Elle s'habilla en puisant dans la garde-robe de la jeune femme morte. Elle prit quelque chose de très simple, une tenue de jogging rose et des chaussures de tennis. Ces dernières se révélèrent un peu trop grandes mais deux paires de chaussettes enfilées l'une sur l'autre résolurent le problème. Jane retourna à la cuisine. Elle mourait de faim et son estomac la tiraillait. Elle ouvrit le réfrigérateur sans parvenir à puiser dans les aliments entassés sur les clayettes. « Mon Dieu ! constata-t-elle, je suis comme ces chiens de garde qu'on dresse à n'accepter de nourriture que de la main de leur maître. »

Elle avait maintenant la certitude qu'une sorte de bizarre conditionnement présidait à tous ses actes depuis sa sortie de l'hôpital. Une peur vague qui la paralysait. Elle devait prendre une décision ou mourir de faim. Elle se rappela que le médecin, au moment de partir, avait laissé un peu d'argent dans une poterie mexicaine sur la cheminée ; elle alla chercher les billets. Il y avait assez pour faire quelques courses. Elle saisit la télécommande, déverrouilla la porte. À côté de la piscine, la veille, elle avait noté la présence d'un vélo luxueux, un VTT en fibre de verre. Au bas de la colline il y avait un supermarché où elle pourrait acheter de quoi manger. Elle enfourcha la bicyclette, pédala jusqu'au portail qu'elle ouvrit au moyen du boîtier magique. Au fait, combien y avait-il de ces boîtes en circulation ? Deux, trois, cinq, dix ? Cette forteresse apparente n'était peut-être qu'un moulin à vent où des étrangers allaient et venaient à leur guise dès que la pauvre Jane s'assoupissait du vilain sommeil des barbituriques ?

Elle s'élança sur la pente poussiéreuse, les mains

sur les freins. La route était déserte. Un quart d'heure plus tard, elle posait le pied sur le parking du supermarché entrevu la veille.

Elle abandonna le vélo à la porte. Il y avait un vigile. Il y avait beaucoup de vigiles à Beverly Hills. Certains lotissements y étaient entourés de véritables murailles de barbelés, tels des camps retranchés. On ne pouvait en franchir l'accès sans montrer patte blanche. Des familles fort convenables vivaient là, prisonnières volontaires d'un dispositif qui restreignait à l'extrême leur liberté de mouvement mais les protégeait de la lie urbaine. Ces villages fortifiés poussaient comme des champignons depuis quelques années ; ils comprenaient des écoles, des centres commerciaux, des cinémas, des complexes de loisirs. Certaines mères avouaient ne pas franchir les limites du secteur protégé plus d'une ou deux fois par an. Elles regardaient en direction de Los Angeles, comme jadis les pionnières de l'Ouest avaient dû scruter la prairie, dans la crainte de voir surgir à l'horizon l'inévitable horde indienne en maraude.

Jane entra dans le supermarché, prit un chariot. Des femmes en bigoudis allaient et venaient dans les travées, comptabilisant des coupons d'achats ou additionnant le montant de leurs dépenses sur des calculettes. Jane fit le tour des lieux, photographiant mentalement chaque client. *Il fallait...*

Et soudain les règles à observer défilèrent dans sa mémoire comme les commandements d'une très ancienne table de la loi dont elle aurait caressé les inscriptions en creux jusqu'à s'en faire saigner le bout des doigts.

Il ne fallait jamais faire ses courses deux fois de suite dans le même magasin, c'était une donnée fondamentale de prudence. Si l'on ne pouvait faire autrement en raison de l'absence d'autres centres d'approvisionnement, il était impératif de ne jamais acheter deux fois de suite les mêmes aliments. Pas de préférences, pas d'habitudes alimentaires. Ne jamais permettre à l'adversaire d'établir un profil de consommation.

« Même si tu as envie de cœurs de palmier à tous les repas, n'en achète qu'une fois par semaine, se récita la jeune femme. Il ne faut pas que ton ennemi puisse se dire : elle va encore prendre des cœurs de palmier. »

Le grand danger c'est cela : que quelqu'un ait la possibilité de préparer un échantillonnage de conserves empoisonnées. Particulièrement facile quand on a affaire à un monomaniaque en proie au fétichisme alimentaire. Il suffit d'ouvrir une boîte de conserve, de l'assaisonner de toxines botuliques, et de ressouder proprement l'emballage. Pour se procurer la toxine, pas besoin de dévaliser un laboratoire spécialisé, on la prélève sur le vieux stock de conserves périmées qu'on garde à la cave depuis tant d'années, en prévision de la chose.

Si l'homme à abattre est amateur de jambon en boîte, on prépare en secret une conserve de sa marque préférée. Il suffit ensuite d'opérer la substitution dans la travée du supermarché à la faveur d'un embouteillage organisé, ou en détournant son attention au moyen d'un petit scandale chronométré : dispute de ménagères, hurlement d'enfant pincé au bon moment. C'est là qu'il s'agit d'être rapide pour subtiliser la boîte de conserve inoffensive et la remplacer par celle qu'on a mitonnée dans le secret de son atelier, des gants de caoutchouc aux mains, un masque de chirurgien sur le visage. La toxine botulique est parfaitement naturelle et tue très vite, en quelques heures. Ensuite la famille du défunt n'a plus qu'à faire un procès au marchand de jambon injustement incriminé. C'est simple, comme tous les bons plans.

C'est pourquoi quelqu'un qui connaît le dessous des cartes ne se laissera jamais deviner. Il mangera tous les jours quelque chose de différent, même s'il n'aime pas ça. Il prendra garde à ne pas être prévisible, à acheter sans ordre, sans logique, de manière à ce qu'aucune fréquence ne puisse être statistiquement définie.

Quand il fera ses courses, il prendra soin de marquer secrètement ses achats. Pour cela, il usera d'un subterfuge lui permettant de laisser une trace sur l'emballage de l'aliment : trois petits trous d'épingle, une rayure en X... Ces signes infimes pourront être gravés au moyen d'une bague comme en utilisent les tricheurs, c'est-à-dire munie d'une minuscule pointe du côté « paume », ou de tout autre instrument facile à élaborer et n'attirant pas l'attention.

Ce qui importe, c'est bel et bien de marquer les achats de façon à pouvoir immédiatement détecter une éventuelle substitution. On ne consommera que les aliments ainsi décontaminés.

Le procédé, très simple à appliquer avec un peu d'entraînement, permettra d'éliminer les risques d'échanges qui peuvent survenir à tout moment : dans les travées au cours des inévitables bousculades, mais aussi à la caisse, car l'emballeur qui entasse les provisions dans un sac pendant que vous réglez vos achats peut avoir été soudoyé par l'ennemi. Ce risque est d'autant plus grand si le magasin ne comporte qu'une caisse, les autres pouvant avoir été mises hors d'usage dans le but de vous faire précisément passer là.

On prendra soin de changer le symbole choisi pour le marquage à chaque visite au supermarché. Encore une fois, il s'agit d'être rapide et d'échapper au regard d'un éventuel suiveur. Il est possible de biffer l'étiquette du produit avec le crayon qui sert à rayer la liste des commissions qu'on tiendra en évidence. Toujours se conformer au vieux truc des prestidigitateurs : agiter ostensiblement la main droite quand c'est la gauche qui agit.

Jane s'immobilisa, saisie d'un brusque vertige. La voix qui résonnait dans sa tête se tut aussitôt.

La jeune femme se cramponna au chariot, persuadée qu'elle allait avoir une syncope. Une ménagère la bouscula en grommelant, un gosse lança : « Pourquoi elle a la tête recousue la dame ? Elle est pas belle ! »

La voix s'était tue. Jane s'essuya le front d'un revers de manche. Tout son corps était trempé de sueur. Elle se remit en marche car un groupe de mères de famille la dévisageaient. Elle avançait, appuyée au chariot pour suppléer à la mollesse de ses jambes. Il lui semblait encore entendre la voix. C'était celle d'un homme, dure, sèche. Une voix d'instructeur donnant à un élève une leçon qu'il ne répétera pas deux fois.

Nourriture décontaminée... Elle savait maintenant ce que cela signifiait. La peur du poison, la peur paranoïaque du complot. Voilà pourquoi elle avait été incapable d'ouvrir une seule des conserves entreposées à la villa. Qui l'avait dressée à respecter de telles consignes ? Un père, un mari en proie à la manie de la persécution ? Ou bien cela reflétait-il un danger réel auquel elle avait été soumise à une période de sa vie ?

On la regardait, elle se décida à choisir une boîte de saucisses aux haricots sur un rayonnage. *Jamais la plus accessible. Surtout pas celle qui semble vous tendre les bras.*

« Oh ! Tais-toi donc ! » gémit-elle. Elle avait parlé à voix haute et quelqu'un se retourna. Elle décida de prendre la fuite, acheta du pain, du beurre. Nourritures essentielles qu'elle ferait durer. Elle paya en prenant conscience que le pain et le beurre étaient justement des aliments trop *prévisibles*... et qu'elle ne les avait pas *marqués*.

« Mais je ne les ai pas quittés du regard tout le temps que j'ai mis pour rejoindre la caisse ! » protesta-t-elle mentalement.

Aucune substitution n'avait pu se produire, et *l'ennemi* ne pouvait tout de même pas empoisonner tout le supermarché au cours de la nuit en prévision de son prochain passage.

« De toute manière personne ne savait que j'allais venir ! » triompha-t-elle.

— Pardon ? fit le vigile en short moulant bleu marine.

— Quoi ? bégaya Jane.

— Excusez-moi, dit l'homme, je pensais que vous me parliez.

Il la fixait de ses yeux durs, détaillant sa cicatrice à loisir alors que la plupart des gens détournaient le regard.

— Vous êtes nouvelle ici ? lança-t-il tandis qu'elle enfourchait le vélo après avoir calé le sac contenant les provisions entre son ventre et le guidon.

Elle balbutia quelque chose d'inaudible et s'éloigna à grands coups de pédales. C'était idiot. Les vigiles étaient souvent d'anciens flics, ou des retraités de la Police Militaire. Méfiants par nature, ils s'appliquaient à mémoriser toutes les têtes du secteur dont ils avaient la responsabilité. Certains se révélaient de redoutables physionomistes. Jane se lança à l'assaut de la colline. Il faisait chaud et elle dut bientôt mettre pied à terre pour marcher en poussant sa machine. Sa forme physique était déplorable. Si quelqu'un se lançait à sa poursuite elle serait incapable de courir au-delà de quelques dizaines de mètres. Elle s'arrêta au bord du chemin, ouvrit le paquet de pain pour en dévorer trois ou quatre tranches. Elle mourait de faim. Elle aurait englouti à elle seule tout un pain de viande ou un jambon à l'ananas. Elle aurait dû acheter un sandwich. Un submarine de belle taille, ou encore une grosse tranche de pastrami coincée entre deux pancakes de pomme de terre. Un hot-dog à la choucroute. Un...

La tête lui tournait. Elle mangea encore deux tranches de pain. Pourvu que le flic du supermarché ne l'ait pas suivie ! Quelle tête ferait-il en la découvrant ainsi, assise dans la poussière, comme une vagabonde. On détestait les pauvres à Beverly Hills, et tout ce qui ressemblait de près ou de loin à un hobo était refoulé hors du secteur. Elle espéra que sa tenue de jogging portant la griffe de Rodeo Drive avait rassuré le cerbère sur sa réelle appartenance au clan des nantis.

Le bruit d'une automobile grimpant la côte la contraignit à se lever. Par bonheur il ne s'agissait pas d'une voiture de patrouille. Elle ne se sentit en sécurité qu'une fois franchi le portail de la maison de verre.

6

Elle s'installa dans la cuisine, contemplant les maigres provisions déposées sur le plan de travail. Les « conseils » murmurés par la « voix » allaient et venaient dans son esprit. Elle décida de se livrer à une simulation à l'aide des conserves entassées dans les placards. Pendant une demi-heure, elle manipula boîtes et emballages, les « marquant » au moyen de symboles minuscules indiscernables pour tout regard non averti. Elle s'étonna de l'habileté déployée par ses mains au cours de cette activité. Ses doigts se révélaient déliés, d'une grande souplesse d'exécution, comme ceux d'un prestidigitateur... ou d'un pickpocket. Il lui sembla qu'elle aurait été capable de subtiliser un portefeuille dans la poche-poitrine d'un inconnu sans éveiller son attention. Cette idée l'excita plus que de raison et elle dut s'asperger le visage à l'eau froide pour retrouver son calme. Son cœur battait trop vite, elle en percevait les palpitations sourdes dans ses tempes.

« Vous ne savez plus dessiner, lui avait dit Crook,

mais votre talent resurgira peut-être sous une autre forme, dans un autre domaine. »

Elle eut un rire nerveux. Et si, d'artiste-peintre, elle allait devenir pickpocket ? Si tout allait s'inverser ? Se colorer de noir...

Elle observa ses doigts, saisit un crayon, un calepin qui traînaient sur le dessus du réfrigérateur et tenta de reproduire le visage du vigile. Elle ne réussit qu'à esquisser un fouillis de lignes où l'on aurait vainement cherché à distinguer une figure humaine. Un bonhomme « pomme de terre » comme en gribouillent les gosses de cinq ans ! Elle jeta le crayon, chiffonna la feuille de papier. À quoi bon ? Il était absurde de regarder en arrière. Que se passerait-il si elle finissait par découvrir qu'elle avait été une grande artiste dont les musées avaient acheté plusieurs œuvres ? Une artiste dont les doigts étaient aujourd'hui plus malhabiles que ceux d'un enfant.

Elle examina le problème sous divers angles pendant quelques minutes. L'art ne l'intéressait pas. L'idée de peindre un tableau la laissait froide alors que la perspective de voler un portefeuille dans la cohue d'un centre commercial l'excitait d'une façon presque sexuelle. « Je suis en train de devenir mauvaise », constata-t-elle, les mains moites. Comme chaque fois qu'elle réfléchissait trop, l'envie de dormir la submergea et elle dut gagner la salle de séjour pour s'allonger sur le grand sofa de cuir blanc. Elle bascula dans le sommeil dès que sa joue eut touché le coussin. Elle rêva d'un interminable mur de brique rouge barrant l'horizon, telle cette muraille chinoise dont elle avait vu des photos dans une encyclopédie. Jane courait, nue, le long de cet obstacle démesuré, cherchant une porte, une ouverture. Brusquement, un bruit sourd s'élevait de l'autre côté de l'enceinte et les briques commençaient à s'effriter. Un trou s'ouvrait, livrant le passage à une horde de chevaux rouges galopant flanc contre flanc dans un insupportable vacarme. Jane était si surprise par l'apparition qu'elle n'avait pas le temps de s'écarter. Les étalons la piétinaient, et elle sentait chacun de leurs sabots creuser un trou dans sa chair. Elle s'éveilla en suffoquant. Elle croyait n'avoir sommeillé qu'une minute alors qu'elle avait dormi plus de deux heures. Le cuir du canapé était trempé de sueur sous son corps.

Elle se dépouilla de son sweat-shirt pour s'éponger le visage et le torse. Le cauchemar l'avait tellement secouée que son cœur hésitait encore à reprendre un rythme normal.

Elle ne voulait pas savoir ce que signifiait le rêve. À l'hôpital, les habituées des séances d'analyse passaient leurs après-midi à s'interroger sur la signification des images peuplant leurs nuits. Jane avait toujours trouvé cette occupation d'un narcissisme insupportable. Elle choisit de prendre une douche. Une fois séchée, elle fouilla dans les affaires de la femme morte pour se composer un trousseau. Elle dénicha sans peine une valise au fond d'un placard et la remplit comme si elle se préparait pour un long voyage. « Au cas où... » se dit-elle en pliant les vêtements. En déplaçant une pile de slips, ses doigts rencontrèrent un flacon de pilules. De la Dexedrine. Une amphétamine qu'on prescrivait d'ordinaire aux apathiques ou aux grands déprimés. Il en restait une dizaine de comprimés au fond du tube. Elle le subtilisa. La vue de la valise bouclée la rassurait. Elle eut l'impression diffuse qu'elle avait longtemps vécu ainsi : un bagage à portée de la main, prête à lever le camp d'une minute à l'autre sur un simple appel téléphonique. Des amphétamines dans la poche pour combattre le sommeil et rester en alerte. Qui vivait de cette manière ? Les commis voyageurs... les journalistes... les instables... *les criminels en fuite.*

« Quelqu'un te poursuivait peut-être, corrigea-t-elle aussitôt. Quelqu'un qui voulait te faire la peau... et qui a fini par te rattraper. »

Elle s'allongea sur le lit et alluma la télévision sans mettre le son. Si Crook la laissait tomber, elle aurait au moins la possibilité de survivre en faisant les poches des touristes dans les quartiers folkloriques de L.A. : Olvera Street, Sunset. Ça devait être excitant de mettre les doigts sur un portefeuille devenu moite à force de frotter contre la poitrine d'un homme. Le cuir humide, chaud, devait avoir à cette minute quelque chose de vivant. Ensuite on l'ouvrait, comme on cisaille le ventre d'un poisson pour le vider de ses entrailles. Ici, les entrailles étaient vertes. D'un beau vert dollar. À la différence des chasseurs, on gardait les entrailles et on jetait la peau. Puis on recommençait.

Jane épongea la sueur qui perlait sur son front.

« As-tu déjà vécu cela ou inventes-tu ? se demanda-t-elle. Et si c'étaient des images provenant de films... des souvenirs de lectures ? »

Crook lui avait parlé d'une malade qui, à la suite d'une compression de la masse cervicale, était devenue incapable de différencier le réel de l'imaginaire. La pauvre femme s'était mise à croire que les personnages des séries télévisées vivaient dans la chambre voisine et qu'elle assistait à leurs mésaventures par le moyen de cette petite fenêtre munie de boutons qu'on avait installée au pied de son lit. « Je sais que ce n'est pas bien, répétait-elle, mais je ne peux pas m'empêcher de les épier. » Un beau jour, Crook avait découvert le téléviseur recouvert d'une serviette éponge : il s'agissait d'un « rideau » posé par sa patiente afin de préserver la vie privée des « gens d'à côté ».

« Maintenant je ne les regarde plus, lui avait avoué la malade, je me contente de les écouter, c'est moins grave. »

« Et si j'étais en train de me prendre pour l'héroïne d'un roman que j'ai lu juste avant d'être blessée ? » songea Jane.

Cela n'avait rien d'impossible. Christian Shane, le bel interne chéri des infirmières, lui avait parlé d'un caissier de banque touché à la tête au cours d'un braquage et qui, par la suite, n'avait plus été capable de dire autre chose que les derniers mots sortis de sa bouche au moment de l'impact : « Non, je ne connais pas la combinaison de la chambre forte. »

Pendant dix ans, jusqu'à ce qu'il succombe à une crise cardiaque, il avait répété cette unique phrase, celle prononcée à la seconde où sa vie avait basculé.

« Tu étais peut-être en train de lire un roman policier qui te passionnait, pensa Jane. Et des bribes d'intrigue se sont imprimées de façon indélébile dans ton cerveau ? Elles reviennent de temps à autre à la surface, comme des souvenirs factices. Rappelle-toi ce que te serinait Crook : ton cerveau a peur du vide, il cherche à se meubler par n'importe quel moyen, et il n'est pas trop regardant sur la provenance du matériau. »

Elle secoua la tête, non, ça ne collait pas. Avant, elle n'aurait jamais lu de romans policiers puisqu'elle se délectait de poésie victorienne ! Les thrillers, les histoires pleines de sang et de crimes, elle y avait pris goût pendant sa convalescence.

Le soir tombait. Elle avait faim mais la fatigue lui ôtait tout courage de se traîner jusqu'à l'office. Elle s'endormit les bras le long du corps, bercée par les images silencieuses qui défilaient sur l'écran du téléviseur.

Il devait être minuit quand elle eut la sensation que quelqu'un marchait dans le parc. Une silhouette s'approchait, collant son visage aux parois de verre de la maison pour tenter de discerner ce qui se passait à l'intérieur. Jane luttait pour s'arracher au sommeil. Elle savait qu'elle avait tort de rester immobile, offerte, alors que l'homme se rapprochait de la chambre. Il ne pouvait pas entrer puisqu'il n'y avait pas de fenêtre, mais son visage, déformé par la pression du verre, était hideux. Jane aurait voulu crier, saisir un objet et le projeter en direction de l'apparition. Elle ne voyait plus que ces traits écrasés, mongoloïdes, cette face camuse collée à la paroi et dont les yeux sondaient l'obscurité. L'inconnu faisait le tour de la maison, en toute impunité. De temps à autre, il donnait des coups de poing dans les cloisons vitrifiées pour tenter de localiser une ouverture. « Il a forcément déclenché l'alarme ! se dit Jane. Les flics vont arriver, garde ton calme. Dans cinq minutes ils seront là. »

Mais l'intrus prenait son temps. Jane le distinguait mieux à présent. Il avait les yeux bridés et la peau recuite d'un Indien. Sa bouche était mince et prise entre parenthèses par deux rides profondes comme des coupures. Ses cheveux flottaient sur ses épaules.

Il se tenait à trois mètres de la jeune femme maintenant, séparé d'elle seulement par l'épaisseur de la muraille de verre incassable. Il regardait le lit, les mains posées à plat sur la paroi.

« Ses doigts, pensa fébrilement Jane. Il va laisser des empreintes. Il faudra dire aux policiers de les relever ! »

Mais l'Indien, comme s'il lisait dans ses pensées, sourit méchamment et, tirant un chiffon de sa poche, entreprit de frotter les endroits qu'il avait touchés. Ses lèvres articulaient quelque chose. Un message qu'elle aurait dû pouvoir déchiffrer si elle n'avait pas été aussi affolée.

Je-re-vien-drai-et-je-te-tue-rai... crut-elle discerner.

Puis elle perdit connaissance. Quand elle ouvrit les yeux, elle se trouvait recroquevillée en chien de fusil dans la baignoire, les côtes endolories par le contact du fond émaillé. Elle ne gardait aucun souvenir d'avoir quitté le lit pour se réfugier ici. Et d'abord, pourquoi se cacher dans une baignoire plutôt que dans un placard ?

« Parce qu'à la différence des parois d'un placard, celles d'une baignoire sont assez épaisses pour arrêter une balle », lui souffla la voix de « l'instructeur », dans sa tête.

Elle se redressa avec peine, l'aube se levait. Bien que la climatisation de la maison ait compensé la température nocturne très basse, Jane claquait des dents. Avait-elle rêvé ? Quelqu'un s'était-il réellement introduit dans la maison au cours de la nuit ? Mais dans ce cas, les détecteurs n'auraient-ils pas déclenché l'alarme ?

« Pas si ton visiteur était revêtu d'une combinaison absorbant les ondes radar, lui chuchota une fois de plus la "voix" au fond de son crâne. De tels équipements existent. La C.I.A. en possède. Le principe est le même que celui des avions *furtifs*. »

Jane secoua la tête. C'était du délire. Elle avait rêvé, voilà tout. Rêvé, vraiment ? La matérialité des images, la finesse des détails, le vécu de l'incident, tout la dissuadait de choisir cette interprétation. Elle se leva et gagna la chambre pour s'approcher de la paroi vitrée derrière laquelle l'homme s'était tenu.

La pelouse ne conservait aucune trace de pas, mais cela ne prouvait rien. À cet endroit l'herbe était trop drue pour garder la moindre empreinte. Le téléphone sonna, faisant tressaillir la jeune femme. C'était Nigel Crook.

— Excusez-moi, fit-il, je n'ai pas pu vous appeler plus tôt, un 747 s'est crashé aux abords du LAX, les salles d'opération n'ont pas désempli depuis hier, je suis crevé. Comment allez-vous ?

— Quelqu'un est venu, cette nuit, ne put s'empêcher de balbutier Jane. Un homme... Il m'a regardée à travers le mur, il a dit qu'il reviendrait.

Il y eut un silence à l'autre bout du fil, puis Crook dit de cette voix trop calme qu'adoptent les médecins lorsqu'ils vous croient fou : « Racontez-moi ça, Jane, en prenant votre temps. »

La jeune femme s'en voulut de n'avoir pas su garder le silence. Les mots avaient jailli de sa bouche sans qu'elle puisse les arrêter. Elle s'efforça de présenter les faits aussi froidement que possible, en contrôlant sa voix.

— Écoutez, fit le médecin quand elle eut fini. Je ne peux pas rester très longtemps au téléphone, je redescends en salle dans vingt minutes, mais je crois qu'il n'y a pas lieu de vous affoler. Vous avez fait un mauvais rêve, c'est tout. Le contenu de l'incident parle de lui-même. Qui est votre agresseur ? Un Indien. Or la maison est pleine d'objets d'art indiens. Vous avez été influencée par l'étrangeté du cadre, rien de plus. Ce n'est qu'une image récurrente. Si quelqu'un avait franchi les limites du parc, l'alarme se serait déclenchée. Les sirènes développent 145 décibels, autant qu'un F15 s'arrachant du pont d'envol d'un porte-avions, je peux vous assurer que vous les auriez entendues. Personne n'est venu vous voir dormir, Jane. Cet « Indien » n'est qu'un fantôme fabriqué par vos angoisses. Je reconnais que la maison est un peu isolée, mais elle est très sûre. Je vais venir dès que les choses se seront calmées ici.

Jane le laissa monologuer jusqu'à ce qu'il se décide à raccrocher. Il ne l'avait pas convaincue. Alors qu'elle reposait le combiné sur son support, elle eut l'idée d'appeler Christian Shane. Il y avait un annuaire sur une étagère de l'office, et elle savait que le jeune médecin habitait Venice. Trouver son numéro ne fut pas trop difficile. Elle tomba sur un répondeur, laissa les coordonnées de la villa en demandant à Shane de la rappeler dès que possible. Elle raccrocha en redoutant d'avoir pris un ton un peu trop geignard.

Elle passa la matinée assise sur le canapé, à surveiller le parc à travers les murs transparents. Elle avait la curieuse impression d'être installée en sentinelle au sommet d'un mirador. Parfois, elle se retournait pour s'assurer que personne n'essayait de la prendre à revers. Mais le grand jardin était vide. Le téléphone sonna à midi. C'était Shane, il paraissait en colère.

— Bon sang ! grogna-t-il, qu'est-ce que vous foutez à Beverly Hills ? J'ai appris ce matin que Crook vous avait kidnappée. Pourquoi vous êtes-vous laissée faire ? C'est pour vous avoir sous la main qu'il vous a parquée là-bas.

Jane le coupa.

— Christian, il s'est passé quelque chose d'étrange cette nuit. J'en ai parlé à Crook, mais il ne veut pas me croire.

Elle lui raconta ce qu'elle avait déjà exposé à Nigel Crook, dans des termes à peu près analogues.

— Je n'aime pas ça, grommela Shane. J'ai fait une petite enquête ici, dans le quartier des hommes. Un type a disparu au nez et à la barbe des infirmières le jour même de votre départ. Il avait été hospitalisé quelques heures avant qu'on tente de vous étrangler, pour un malaise sur la voie publique. Pas de papiers d'identité. Il est arrivé inconscient, et est demeuré dans un grand état confusionnel quand il a repris connaissance. Les infirmières n'ont rien pu tirer de lui. Vous savez comment les choses se passent ici : on a cessé de faire attention à lui. Ce matin il avait fichu le camp, comme vous. C'est peut-être une coïncidence, mais c'est bizarre.

— Était-ce un... Indien ? demanda Jane.

— Je ne sais pas. L'infirmière de service ne se rappelle plus. On a été débordés, il y a eu un crash.

— Je sais, fit Jane, très tendue. Vous pensez que ce type aurait pu se faire hospitaliser pour m'approcher ?

— Possible. On est bien forcé d'y penser, n'est-ce pas ?

— Comment aurait-il retrouvé ma trace ici ?

— Il a pu jeter un coup d'œil à votre fiche de sortie. Vous savez bien qu'à cause de la réduction des dépenses de santé le personnel doit être partout à la fois.

Jane hésita.

— Christian, lâcha-t-elle enfin, pouvez-vous venir me chercher ? J'ai peur de rester toute seule ici.

Un silence embarrassé lui répondit.

— Jane, fit le jeune homme, je voudrais bien mais

ça me mettrait dans une situation impossible. Crook est mon patron, mon chef de service. S'il découvre que j'agis contre sa volonté, il me saquera sans l'ombre d'une hésitation.

La jeune femme serra les dents pour retenir la réplique acerbe qui lui montait aux lèvres.

— Je comprends, dit-elle froidement.

— Écoutez, fit Shane. Je vais vous donner le numéro de mon bip, appelez-moi si vous voyez de nouveau cet homme, je viendrai aussitôt.

— Bien sûr, dit Jane. Allez-y, je note.

Elle se demanda ce qui motivait la dérobade de l'interne, la peur de perdre sa place... ou celle de se retrouver mêlé à une affaire qui dépassait ses compétences habituelles ? Une affaire de meurtre, par exemple.

Ils échangèrent quelques banalités lénifiantes, puis Shane prétexta qu'on l'appelait aux urgences et raccrocha. « Aurait-il peur de moi ? » se demanda la jeune femme. Elle était déçue et troublée. Elle réalisa qu'elle aurait adoré être « sauvée » par le beau Christian. Elle ricana de sa propre naïveté. Il avait fait semblant de s'intéresser à elle pour capter son attention, rien de plus. Maintenant que les choses prenaient un tour plus compliqué il se débinait. Seul l'affreux petit Crook allait venir à la rescousse, avec sa calvitie, ses dents mal plantées, et sa bedaine en avant. Crook, le tripoteur de cerveaux.

Jane songea au tube de Dexedrine dans la valise. Dès la tombée du jour elle en avalerait deux afin de ne pas s'endormir. De cette façon, elle verrait bien si quelqu'un essayait de s'introduire dans la maison.

La migraine alluma sa pulsation douloureuse à l'arrière de son crâne au début de l'après-midi. Elle se força à manger quelques tranches de pain mais elle avait si mal à la tête qu'elle vomit ce qu'elle avait ingurgité. Elle prit une serviette, y entassa des glaçons et se l'appliqua sur la nuque. Il n'y avait pas grand-chose à faire, l'Exedrin, l'Anacin restaient sans effet. Crook avait laissé entendre qu'elle aurait peut-être à subir de telles céphalées jusqu'à un âge avancé. Elle ferma les yeux, s'étendit sur le canapé, et se relaxa comme on le lui avait appris. Il fallait se détacher de la douleur, la considérer de manière « externe ». Plus l'on s'énervait, plus les nerfs véhiculaient la souffrance à une vitesse accélérée. C'est du moins ce qu'elle avait retenu du bla-bla des médecins. Dès que son mal s'apaisa, elle s'endormit.

Elle fut réveillée par une main rude posée sur son épaule et qui la secouait.

— Qui êtes-vous ? criait l'homme. Que faites-vous là ?

Jane ouvrit les yeux. C'était Crook. Penché à son chevet, il la secouait sans ménagement. Pourquoi ne la reconnaissait-il pas ? Il la fixait pourtant, l'air à la fois égaré et mécontent.

— Où est la jeune femme qui se trouvait ici ? interrogea le médecin. Qui êtes-vous ? Comment avez-vous réussi à entrer dans cette maison ? Répondez ou j'appelle la police !

Jane se dégagea. Elle était si surprise qu'elle n'arrivait plus à parler.

— Docteur... balbutia-t-elle enfin, mais c'est moi, Jane.

Le médecin écarquilla les yeux, stupéfait. Il eut un mouvement de recul pour allumer une lampe car le soir tombait.

— Jane ! souffla-t-il. Bon sang ! Je ne vous avais pas reconnue. Pourquoi vous êtes-vous déguisée comme ça ? C'est hallucinant ! J'ai cru que quelqu'un s'était introduit dans la maison.

— Quelqu'un... Qu'est-ce que vous racontez ?

— Bon Dieu ! Mais allez donc voir la tête que vous avez !

Saisissant sa patiente par le bras, il la força à se redresser et la poussa vers la salle de bains. Tout d'abord, Jane ne distingua qu'une vieille femme dans le miroir du lavabo. Une clocharde affublée d'un turban crasseux, aux yeux cernés, aux rides profondes, la bouche craquelée par ces plis verticaux que creuse l'âge. Une robe informe enveloppait une silhouette pataude, aux seins énormes et flasques.

— Pourquoi ce déguisement ? interrogea Crook d'une voix qui avait retrouvé sa distance professionnelle. Il a dû vous falloir des heures pour réussir une telle transformation.

— Je n'en ai aucune idée, avoua Jane en s'appuyant au lavabo. C'est la deuxième fois que ça m'arrive. Je me suis déjà réveillée une fois dans cet état. Costumée en femme de ménage.

— Débarbouillez-vous, ordonna Crook, je vous attends dans le salon. Il faut que nous parlions de tout ça.

Jane dut utiliser une grande quantité de démaquillant pour reprendre son aspect naturel, et se faire deux shampooings, car ses cheveux avaient été « blanchis » au moyen d'une application de dentifrice délayé qui leur donnait un aspect gris et cassant. Le visage en feu, elle rejoignit Crook devant l'immense cheminée de la pièce principale. L'homme la regardait avec une curiosité non dissimulée. Une sorte d'avidité scientifique qui mit Jane mal à l'aise.

— C'est incroyable, dit-il. Dans la pénombre, la méprise était totale. C'est à croire que vous avez été maquilleuse à Hollywood. Et vous avez fait ça avec les moyens du bord. Pendant une minute j'ai vraiment été persuadé qu'une clocharde était entrée ici. Vous n'avez aucun souvenir d'avoir fait ça ?

— Non, murmura Jane en se laissant choir dans un fauteuil. Ça n'a aucun sens.

— Je ne suis pas d'accord. Les déguisements sont toujours très révélateurs, au contraire. Peut-être avez-vous éprouvé le besoin de vous travestir pour tromper celui qui vous cherche ? C'est l'explication la plus logique.

— La première fois j'étais aussi costumée en vieille femme.

— On peut penser que c'est par commodité, mais aussi pour une autre raison.

— Laquelle ?

— En psychologie, il existe une attitude répertoriée qu'on désigne sous le nom « d'identification à l'adversaire ». Elle consiste à se donner l'apparence physique, la manière de parler de cet ennemi pour devenir comme lui. En abolissant la différence on cesse de se sentir vulnérable.

— Vous sous-entendez que je suis persécutée par une vieille femme et que je prends inconsciemment son apparence pour lui échapper ?

— Ce n'est pas à exclure.

Jane émit un rire cassant.

— Excusez-moi, siffla-t-elle, mais ça ressemble à ces vieux films ringards sur le dédoublement de personnalité.

Crook ne sourit pas.

— Vous avez tort de plaisanter, dit-il, un peu pincé. Les personnalités multiples, ça existe bel et bien. Des centaines de personnes souffrent de ce genre d'aberration. On a même dû créer un centre d'étude spécialisé pour recenser tous les cas. Je ne pense pas, toutefois, que vous soyez en proie à ce type de problème. Vos crises de somnambulisme tentent de mettre en scène une crainte fondamentale. Il faudrait pouvoir les observer, les filmer pour les étudier. Nous apprendrions peut-être alors beaucoup de choses sur vous. Ce don du maquillage, cette tendance au déguisement. Je me demande si vous n'avez pas été comédienne. Une comédienne peu connue, habituée aux tournées de province, aux théâtres off-Broadway.

Il se leva, soudain excité par sa théorie, marcha jusqu'au bar pour se verser un doigt de bourbon.

— Je ne vous en offre pas, dit-il sans se retourner, ce n'est pas bon pour ce que vous avez.

Son verre à la main, il se mit à arpenter le salon.

À travers les cloisons transparentes, on discernait le parc envahi par l'obscurité.

— Je me demande, reprit Crook, s'il ne s'agirait pas de résurgences de comportements rituels, de ces choses qu'on accomplit presque en état second, vous voyez : le maquillage, l'habillement. C'est de la routine pour une comédienne qui doit rentrer en scène tous les soirs. Il n'est pas exclu que ces automatismes soient restés stockés dans une partie de votre cerveau, ils en sortent de temps à autre, dès que vous cessez de vous surveiller. Ils disparaîtront peu à peu, faute d'être entretenus par la pratique. Vous les « désapprendrez ».

— Comédienne ? grommela Jane. Avant j'étais artiste peintre... dessinatrice ou je ne sais quoi !

— Et alors ? Il n'y a pas d'incompatibilité flagrante, objecta Crook. Une comédienne prend souvent part à l'élaboration des décors, il lui arrive de dessiner ses costumes, surtout dans les petites troupes où tout le monde est polyvalent.

— D'accord, capitula la jeune femme. Mais ce n'est qu'une théorie, une de plus.

— Exact, admit le médecin. Il faut procéder scientifiquement. Je dois savoir ce que vous faites en état somnambulique. J'ai besoin de films, de bandes vidéo.

— Je ne veux pas retourner à l'hôpital, lança Jane. Je ne me sens pas en sécurité là-bas.

Crook fit un geste apaisant.

— Ne vous emballez pas, murmura-t-il. Il y a peut-être un moyen. Verriez-vous un inconvénient à ce qu'un « ange gardien » vienne habiter ici. Une jeune femme de ma connaissance, qui vous servirait de garde du corps et filmerait à l'occasion vos promenades nocturnes ?

— Non, balbutia Jane. En fait, je serais plutôt heureuse d'avoir de la compagnie.

— Okay, lâcha Crook. Alors les choses vont s'arranger. Je connais quelqu'un qui s'occupe de sécurité à Beverly Hills. Sarah Calhoun. Je lui ai rendu un service dans le passé. Elle pourra sûrement nous venir en aide. Je vais lui téléphoner pour prendre rendez-vous. Ce soir je dormirai ici, dans l'une des chambres d'amis, c'est toujours celles que j'utilise lorsque je viens. Je n'ai jamais pu me faire à l'idée de m'installer dans celle du maître de maison. J'ai remarqué que vous n'avez pas ce problème.

Jane se demanda si la remarque contenait une critique implicite. Avait-il vu la valise bouclée près de la table de chevet ? La penderie pillée ? Le grand lit défait ? Elle n'allait tout de même pas se sentir coupable ! Qu'y pouvait-elle s'il avait des complexes de fils d'immigré ?

À la seconde même où cette remarque traversait son esprit, elle songea : « Tiens, voilà encore la méchante fille qui parle à ta place. »

7

Ils partirent de très bonne heure pour Venice. Crook conduisait sans se livrer à ses habituels monologues. À son coup d'œil, Jane avait compris qu'il désapprouvait la liberté avec laquelle elle piochait dans la penderie de l'ancienne occupante des lieux. S'il espérait lui imposer des limites, il faisait fausse route. Elle n'entendait pas se laisser culpabiliser. Crook ne devait pas s'imaginer que le fait de triturer les cerveaux lui donnait des droits sur leurs propriétaires. Ils roulèrent, les dents serrées.

Venice correspondait à ce que Jane en avait vu à la télévision. Des arcades italiennes bordant une plage de sable presque blanc. Des jeunes gens en rollers, décrivant des arabesques au son d'un ghetto-blaster. Un homme habillé en Oncle Sam conduisant un cortège de chiens déguisés en cow-boys. Des fakirs, des sculpteurs de mousse à raser, des prêcheurs s'adressant à la foule dans le langage des sourds-muets, des tatoueurs dont l'encre « barométrique » changeait de couleur avec le temps. Une cour des miracles tonitruante et factice, de faux prophètes et de naïfs conciliants.

L'agence de sécurité se trouvait plantée au bord d'un ancien canal, dans une citerne de béton reconvertie en lofts munis de baies panoramiques. On y entrait en montrant patte blanche. Sur le toit, une enseigne aux lettres métalliques annonçait la raison sociale de l'établissement :

SECURITY ZONE C°

Maximum Armed Response.

Jane dut d'abord attendre que Nigel Crook s'entretienne avec la maîtresse des lieux. Elle jugea cet aparté humiliant. Maintenant qu'elle avait quitté l'hôpital, elle supportait de moins en moins l'impolitesse des médecins, cette manière odieuse qu'ils avaient de vous traiter comme un animal auquel on n'a pas de comptes à rendre.

Crook réapparut, pressé, s'excusant distraitement. On l'attendait déjà aux urgences, il ne pouvait s'attarder. Il abandonna Jane entre les mains de Sarah Calhoun à qui il avait laissé toute liberté d'intervention.

Jane avait dans un premier temps décidé de bouder, mais la prise de contact désarma sa mauvaise humeur.

Sarah Calhoun possédait ces cheveux incroyables propres aux Irlandaises : une toison rousse, crépue comme celle d'un mouton à qui on aurait fait un brushing. Des taches de rousseur marbraient son front et ses joues. Jane était étonnée qu'en bonne Californienne, Sarah ne se soit pas fait ôter ces myriades d'éphélides par dermo-abrasion. Les petites rides au coin des yeux avaient elles aussi quelque chose d'insolite dans une région où, grâce aux miracles de la chirurgie esthétique, les femmes avait vingt-cinq ans jusqu'à la ménopause. Sarah affichait son âge avec une indifférence qui frisait la provocation. Jane lui donnait la quarantaine. C'était une grande femme à la peau laiteuse, aux yeux scrutateurs. Elle portait une chemise de bûcheron à carreaux rouges et noirs et des jeans délavés. Ses mains et ses avant-bras laissaient voir une musculature nerveuse. La seule coquetterie de Sarah Calhoun semblait résider dans ce parfum français très coûteux dont elle s'aspergeait, sans doute parce qu'elle partageait cette obsession commune à toutes les femmes rousses : la fameuse odeur *sui generis* réputée si désagréable.

Jane, installée dans un fauteuil de cuir rouge, laissait courir son regard sur l'étendue du loft. À travers la baie vitrée à l'épreuve des balles, l'agitation de Venice prenait l'allure d'un film privé de son.

— Crook m'a dit que vous vous occupiez de sécurité, dit Jane, ça consiste en quoi ? Vous êtes garde du corps ?

Sarah sourit.

— Pas seulement, fit-elle. Nous essayons de faire face à la demande du marché de l'angoisse. Et cette demande devient de plus en plus exigeante au fil des années. Vous savez que beaucoup de gens ne se déplacent plus que revêtus de la tête aux pieds de combinaisons antiballes en Kevlar ? Avant on se contentait de gilets mais ça ne suffit plus. Désormais, nos clients veulent être couverts en totalité, même si cela doit les amener à suer sang et eau. C'est comme une épidémie de folie. On vit dans l'attente de la catastrophe. La seule vraie religion pour nombre de Californiens, c'est la paranoïa.

Elle se tut, le temps d'allumer un mince cigare. Cela aussi c'était étrange, quelqu'un qui fumait.

— Les anciennes victimes d'agressions ou de cambriolages sont les pires, reprit Sarah. Ceux-là sont prêts à vivre en reclus, à devenir prisonniers volontaires d'une cellule qu'ils ont eux-mêmes bâtie. En ce moment nous avons beaucoup d'abonnés qui exigent d'être écoutés en permanence.

— Écoutés ?

— Oui, nous avons placé des micros haute sensibilité chez eux, de manière à entendre tout ce qui se passe, et un surveillant écoute vingt-quatre heures sur vingt-quatre les conversations du client, avec sa permission, bien sûr. Nous possédons une autorisation signée de sa main.

— Mais pourquoi ?

— Phobie de l'agression, ces gens-là veulent qu'on puisse leur porter secours à tout moment. Notre présence invisible les rassure. Souvent ils nous parlent par l'entremise des micros, comme si nous étions dans la pièce. Ils monologuent, nous prennent à témoin, nous racontent leur vie. On dirait que ça leur plaît d'être devenus transparents, de n'avoir plus aucune intimité. Certains d'entre eux portent un micro autour du cou, à la manière d'un pendentif, pour qu'on puisse les suivre dans leurs déplacements, leurs repas d'affaires.

— C'est dingue, murmura Jane abasourdie. Mais ils ne coupent jamais le son ? Je veux dire quand ils sont avec une fille... ?

— Non, surtout pas, une agression pourrait se produire à ce moment-là. Ils sont intraitables sur ce point. Parfois, pour vérifier que nous sommes bien à l'écoute, ils nous téléphonent pour nous demander de répéter ce qu'ils viennent de dire au micro. Ils ne plaisantent pas. J'ai plus d'une fois objecté que les écoutes permanentes devenaient délicates *à certains moments* et qu'il serait peut-être plus agréable pour eux d'être en mesure de couper le son. Ils ont toujours refusé.

Sarah se redressa.

— Venez, dit-elle, je vais vous montrer notre salle de surveillance, vous aurez ainsi une meilleure appréciation du phénomène.

Elle poussa une porte blindée. Les deux femmes pénétrèrent dans une salle immense, un ancien atelier à poutrelles métalliques qu'on avait divisé en une infinité de cellules vitrées, comme un laboratoire de langues, ou le standard d'une société de vente par téléphone. Dans chaque isoloir, une opératrice, un casque d'écoute sur les oreilles, surveillait d'un œil morne le déroulement d'un gros magnétophone.

— Chaque fille suit la vie quotidienne d'un abonné, expliqua Sarah. Les bobines sont effacées à la fin de chaque journée, mais certains clients exigent qu'on les leur fasse porter par coursier.

— Par méfiance ou par fétichisme ? demanda Jane.

— La plupart sont des collectionneurs. Ils archivent les moments de leur vie et les classent chronologiquement sur des étagères. Je pense qu'ainsi ils ont l'impression d'avoir une existence bien remplie. C'est aussi un moyen de thésauriser le passé. De ne rien laisser perdre. Parfois, ils choisissent une cassette et réécoutent une conversation, l'enregistrement d'une soirée. Contrairement à ce qu'on pourrait penser, ils sélectionnent rarement une séquence sexuelle. Non, ce sont plutôt ce qu'il conviendrait d'appeler de « bons moments » : un repas entre amis, des blagues, une conversation intime au coin du feu, un échange téléphonique amoureux.

— Ils se constituent des stocks de souvenirs, observa Jane. Comme ça, s'ils leur arrivent un jour de perdre la mémoire, ils n'auront qu'à réécouter la totalité de leur magnétothèque pour réapprendre qui ils sont.

— Vous regrettez de ne pas disposer d'un tel moyen ? s'enquit Sarah en dévisageant Jane du coin de l'œil.

— Non, fit celle-ci. Aussi surprenant que cela puisse paraître, je ne tiens pas à savoir qui j'étais. Je sais que cette attitude dérange beaucoup de gens. À l'hôpital, mes voisines de chambre me considéraient comme un monstre. Je n'ai aucune curiosité pour ce qui a pu se passer avant mon accident. Je voudrais qu'on me laisse recommencer ma vie à zéro, c'est tout. Qu'on cesse de me poursuivre. Je suis consciente de bénéficier d'une chance peu courante.

Sarah hocha la tête. Les magnétophones tournaient en produisant des crissements d'insectes. Jane eut un regard chargé d'incompréhension pour toutes ces vies qui s'enroulaient sur des bobines de plastique.

— Il nous est arrivé d'empêcher plusieurs suicides, fit la femme rousse. Grâce aux micros, nous avons pu intervenir à temps.

— Vous écoutez nuit et jour ?

— Oui, les équipes se relaient. Beaucoup de nos clients sont insomniaques. Ils monologuent jusqu'à l'aube, assis dans leur lit. Les micros sont capables de capter un son à partir de 20 décibels, l'équivalent d'un bruissement de feuille. Cette possibilité de murmure encourage les confidences, les aveux. Nos clients n'attendent aucune réponse, ils ont juste besoin de savoir que quelqu'un les écoute, qu'il y a une oreille, quelque part, qui recueille leurs paroles.

— Vous placez aussi des caméras ?

— Bien sûr, il y a les fétichistes de l'image comme il y en a du son. Mais c'est moins courant. On accepte mieux d'être écouté qu'observé. Nous avons un système de caméras miniaturisées, à peine plus grosses qu'une pièce de cinquante *cents*. Le suivi est le même : observation permanente, enregistrement sur bandes, remises au client.

— C'est de l'auto-voyeurisme.

— Plutôt une façon de combattre le temps qui passe. Une journée dont on garde la trace enregistrée est une journée qui échappe à l'oubli.

— Ça doit prendre une place folle, non ? Toutes ces bandes, ces cassettes.

— Certains en tapissent les murs de leurs maisons, d'autres louent un entrepôt pour les conserver, d'autres encore les numérisent dans la mémoire d'un ordinateur. Ils parviennent ainsi à faire tenir un an de leur existence sur un disque laser.

— En font-ils des *Best of* ?

— Probablement. C'est une faiblesse bien humaine, et c'est en tout cas plus vivant que les albums de photos de nos parents.

Elles traversèrent la salle et Sarah ouvrit une autre porte métallique, démasquant une réserve aux étagères croulant sous le matériel électronique.

— Il y a là tous les gadgets d'espionnage et de contre-espionnage imaginables, fit-elle. Le dernier gadget à la mode, c'est le détecteur de mensonge portatif qu'on peut brancher sur un téléphone pour déterminer si votre correspondant vous dit la vérité. Très demandé par les patrons d'entreprises, les épouses et les maris jaloux, les parents inquiets des fréquentations de leurs enfants. Les polygraphes d'antan nécessitaient un long apprentissage, aujourd'hui tout a été conçu pour fournir au profane un diagnostic immédiat. Deux cadrans qui s'allument à tour de rôle : *vrai, faux* !

— En vous écoutant, j'ai l'impression que tout le monde est en train de devenir fou, siffla Jane.

— Fous non, terrifiés oui. Ils ont peur de tout : de la guerre raciale, du grand tremblement de terre qui engloutira Los Angeles, des mutations génétiques, de la disparition de la race blanche, des maladies fabriquées en laboratoire. Une compagnie comme celle que je dirige a au moins le mérite de leur éviter d'engranger des armes automatiques dans leur cave. À deux reprises, rien qu'au bruit, j'ai deviné que l'un de nos clients était en train de nettoyer puis de charger un pistolet. Je suis intervenue en urgence, j'ai bien fait, il avait perdu la tête et se préparait à tuer toute sa famille. Quand nous sommes arrivés, il venait juste d'abattre le chien. Ce jour-là, nous avons empêché un massacre.

Jane en avait assez de cette visite guidée. Seuls les

richards de Bel Air, Westwood ou Beverly Hills pouvaient se payer les anges gardiens de Sarah Calhoun !

— Crook m'a dit que vous lui deviez un service, dit-elle brusquement. Je suppose qu'il sous-entendait par là que vous ne lui facturerez pas la surveillance dont je ferai l'objet ?

Le visage de Sarah s'assombrit.

— Crook ne fait rien pour rien, dit-elle en éteignant son cigare sur la semelle de sa botte. Je lui suis redevable, c'est vrai. Venez, je vais vous montrer.

Sa main se referma sur le biceps de Jane, dure comme une poigne masculine.

— C'est à la cave, expliqua la femme rousse. Comme dans les histoires d'épouvante. Vous savez, c'est toujours là qu'on cache les monstres.

Un escalier de fer plongeait dans une vaste salle aux parois de brique uniformément peintes en blanc. Des rampes électriques spéciales diffusaient un éclairage recomposant le spectre de la lumière solaire. Un variateur permettait à l'utilisateur de choisir entre *plein soleil, nuageux, aurore, crépuscule, printemps, été*. En jouant sur les différents curseurs on finissait par composer un véritable cocktail de lumières où défilaient toutes les nuances solaires, de l'or le plus pur au rouge incandescent. Tout en bas, Jane distingua une curieuse installation qu'elle prit au premier abord pour un chapiteau de cirque plastifié et transparent. Cela tenait de la bulle d'isolement, du sas de décontamination et du campement saharien. Des réseaux de tuyaux alimentaient ce repaire qui ressemblait à une tente à oxygène géante. Un jeune homme nu se tenait au cœur de la bulle, assis devant une impressionnante rangée d'ordinateurs Cray. Il était beau, élancé, et nullement gêné de s'exhiber en tenue d'Adam.

— C'est mon fils, David, murmura Sarah. Il souffre d'une déficience immunitaire congénitale qui l'oblige à vivre en milieu stérile. Vous avez sûrement entendu parler de cette affection. Ce qui est pour nous un simple rhume le tuerait en l'espace de quelques heures. Il ne peut survivre que dans une atmosphère purifiée à l'extrême. Tout ce que nous lui faisons parvenir doit au préalable transiter par un sas de décontamination : objets, livres.

Le jeune homme se leva, sourit et esquissa un signe de bienvenue. Son corps, bien musclé, n'avait rien de maladif. Son crâne artificiellement bronzé était tondu au ras de la peau comme celui d'un soldat.

— Hi ! dit-il, je suis David, content d'avoir de la visite. Vous êtes une cliente prioritaire ou quoi ? Généralement ma mère évite de me montrer aux dames.

— Je suis Jane, dit la jeune femme. Vous avez l'air d'un extraterrestre en pleine forme.

— David a conçu tous les systèmes et tous les appareils que nous utilisons, expliqua Sarah. Les caméras, les micros, les émetteurs, les détecteurs. C'est un véritable génie scientifique.

— J'ai des loisirs, grimaça le jeune homme. Et c'est facile d'apprendre avec un bon ordinateur.

À cet instant le bipeur suspendu à la ceinture de Sarah Calhoun retentit.

— Excusez-moi, fit cette dernière, on a besoin de moi à la salle de surveillance. Je reviens dans un moment, profitez-en pour faire connaissance.

Elle s'éclipsa, laissant Jane et David face à face, séparés par la paroi de plastique de la bulle d'isolement.

— Vous êtes une nouvelle abonnée ? interrogea le jeune homme.

Jane plissa les yeux.

— Ne faites pas l'innocent, dit-elle. Je suis sûre que vous avez suivi notre conversation. Il y a des micros partout, n'est-ce pas ? Vous surveillez toute la bâtisse depuis cette cave. En tout cas c'est ce que je ferais, moi, si j'étais dans votre position.

— Bang ! Touché, ricana David en faisant mine de

se tirer une balle dans la tête. Oui, c'est vrai, j'ai en permanence l'oreille collée au mur et l'œil au trou de serrure, c'est une petite compensation que je m'octroie.

Jane fit quelques pas, examinant l'installation du malade. La bulle était agencée à peu de chose près comme un abri antiatomique : couchette métallique, placard, bibliothèque impressionnante, énorme téléviseur. Des pompes bourdonnaient dans la pénombre, derrière le campement et ses tunnels frissonnants.

— L'air est filtré et reconstitué en permanence, expliqua David. Aucun microbe ne doit pénétrer jusqu'à moi. C'est le docteur Crook qui est à l'origine de cette installation. Il en a dessiné les plans, je l'ai perfectionnée par la suite, quand j'ai commencé à m'intéresser à la technique.

Il hésita, puis lança avec un sourire d'excuse :

— Alors, vous aussi, vous êtes un monstre ?

— Oui, ricana Jane. Je suppose que vous avez fait l'objet d'un certain nombre de communications scientifiques... d'un livre à succès peut-être ?

— Crook est un chic type, fit David sur la défensive. Un mec bien. Ma mère n'avait pas beaucoup d'argent quand il est venu à notre secours.

Jane haussa les épaules.

— Possible, marmonna-t-elle. Au vrai, je m'en fous. Comment vivez-vous là-dedans sans devenir dingue ?

— Et vous, rétorqua le jeune homme, comment faites-vous pour supporter de vivre sans passé, sans souvenirs ? Comme un poisson rouge.

— Comme quoi ?

— Comme un poisson rouge. Des études ont montré que l'autonomie de leur mémoire ne dépasse pas une minute, après tout s'efface et ils repartent de zéro. Certains animaux leur ressemblent. On ne peut pas les apprivoiser parce qu'ils oublient qui vous êtes d'une heure sur l'autre. Ils ne retiennent aucun tour.

Essayer de les dresser ne sert à rien. Ils vivent portés par leur instinct, c'est tout. Vous êtes comme ça ?

— Je ne sais pas, murmura Jane. L'instinct, c'est ce qui est inné et ne s'efface jamais, c'est ça ?

— Oui. Des conduites de survie élémentaires, non apprises, héritées de l'espèce et inscrites dans les gènes.

— Alors je dois avoir de l'instinct, observa rêveusement la jeune femme. Oui. Un instinct bien chevillé au corps.

Elle battit des paupières, parut redescendre sur terre et demanda :

— Vous ne sortez vraiment jamais ?

— Non, avoua David, j'ai trop peur. Je possède bien une combinaison avec casque, bouteilles et tout le tremblement, mais je suis terrifié à l'idée qu'un dingue pourrait sectionner mon tuyau d'un coup de cutter.

— Ça... suffirait ? chuchota Jane.

— Oui. Ça suffirait, comme vous dites. J'inhalerais un microbe inoffensif... un truc comme le coryza, et je crèverais dans la nuit, les poumons remplis de pus.

— Alors vous restez là, derrière vos ordinateurs, à regarder les autres vivre ?

— Oui. Je suis branché sur le réseau de surveillance de ma mère et j'ai demandé l'autorisation de placer des caméras dans certaines boîtes de nuit, aux carrefours de plusieurs rues, dans des magasins, des restaurants. Ça me donne l'impression de m'évader. J'ai créé une Hot-line sur laquelle nos abonnés peuvent m'appeler jour et nuit, je les écoute, je parle avec eux. Une jeune femme, émue par ma situation, m'a autorisé à la filmer en permanence, même dans sa salle de bains. Elle ne triche pas, elle se lave devant moi, comme si nous étions intimes. Ce n'est pas du voyeurisme, j'ai une autorisation signée de sa main, je peux vous la montrer.

— Je vous crois, lâcha Jane. Je pense même qu'il se trouve des gens pour vous envier.

— M'envier ? Vraiment ?

— Oui. Avoir une fois pour toutes un vrai prétexte pour ne plus sortir de chez soi. Ça doit en faire rêver plus d'un.

David sourit.

— Vous êtes bizarre, fit-il, une lueur d'intérêt dans le regard. Vous n'êtes pas comme les autres. D'habitude les gens s'apitoient sur moi, me bassinent avec leur compassion. Vous, vous êtes... tranchante. Sauvage. Comme si la civilisation n'avait pas eu le temps de vous passer au papier de verre, de vous arrondir aux angles.

— C'est l'avantage d'avoir tout désappris, siffla Jane.

Elle s'immobilisa, fixant la paroi molle.

— Et pour le sexe, dit-elle, comment faites-vous ? Vous vivez comme un moine ?

David éclata de rire.

— Non, lança-t-il. Il y a un moyen. Allez au bout de la pièce, jusqu'à cet écran, vous voyez ?

Elle voyait. Une espèce de film translucide tendu sur un cadre rectangulaire et vertical qui formait l'une des parois de la bulle.

— C'est un matériau tout neuf, expliqua David. Un polymère utilisé dans l'aérospatiale. Il est extensible et indéchirable. Du moins les ongles et les dents ne peuvent-ils pas l'entamer. Regardez.

Il s'avança derrière l'écran, tendit la main en direction de la jeune femme. Le film translucide enveloppa son bras, ses doigts, comme l'aurait fait un gant de chirurgien. Sa main gainée de Nylon se posa sur l'épaule de Jane.

— L'élasticité est extrême, commenta le garçon. La pellicule peut épouser chaque partie de mon corps.

— Oh ! je comprends, fit la jeune femme. Vous voulez dire que votre mère vous envoie des femmes et que vous leur faites l'amour à travers cet écran.

— Je n'ai pas besoin de ma mère pour ça, rectifia

sèchement David. Je suis capable d'appeler une call-girl moi-même.

Jane examina avec curiosité la membrane qui enveloppait son interlocuteur à la manière d'un gigantesque placenta. Les mains tendues de David, recouvertes de Nylon, évoquaient celles d'un poupon de Celluloïd.

— Laissez-moi vous toucher, dit tout à coup le garçon. Vous voulez bien, hein ? Je n'ai pas souvent l'occasion de toucher une vraie femme, dites oui. Je vous en supplie.

— Ne bêtifiez pas, lança Jane. Touchez-moi si vous voulez. Les médecins ne font que ça depuis six mois. Je n'ai jamais connu autre chose. Tellement de gens m'ont vue nue que je n'ai plus aucune pudeur.

Les bras gantés de caoutchouc se posèrent sur elle. Elle ne résista pas. C'était asexué, même pas vivant. Elle avait l'illusion de se laisser aller entre les bras d'une poupée mécanique... d'un robot. Les doigts de plastique défaisaient les boutons de son corsage, se glissaient sous l'étoffe pour caresser ses seins. Elle ne réagit pas. David, lui, était entré en érection. Son pénis tendait la membrane comme pour la crever.

Jane se retint de pouffer de rire. Elle recula, se rajusta.

— Ça suffit, décida-t-elle, votre mère va revenir. Vous voulez qu'elle vous surprenne dans cet état ?

— Ma mère est heureuse de me savoir heureux. Pourquoi vous enfuyez-vous ? Je ne suis pas dangereux. C'est vous qui l'êtes pour moi, au contraire. Tout votre corps est un concentré de poisons, une culture de bacilles mortels. Un simple baiser me tuerait. Le monde entier est contagieux, c'est ça qui dérange les gens. Ils n'aiment pas se trouver en face de moi, ils ont peur de me transmettre leurs germes. Ce n'est pas agréable pour quelqu'un, qui se considère d'ordinaire comme en bonne santé, de réaliser soudain qu'il n'est qu'un concentré de virus, un bouillon de culture ambulant !

— Sans doute, fit Jane. Mais je ne suis pas une de vos call-girls, et je n'ai pas la fibre du sacrifice.

— Excusez-moi, gémit David, j'ai été maladroit, trop pressé. Vous reviendrez ? Je ferai toutes les recherches que vous voulez ! Je suis capable de me faufiler dans les banques de données de grandes administrations vous savez ? Le FBI, la police, les fichiers des personnes recherchées. Je peux tout faire depuis ce clavier.

Jane ne lui en voulait pas. On l'avait tant auscultée que son corps avait perdu toute capacité d'émotion charnelle. Une main sur sa peau lui donnait envie de dire 33. Et puis David l'agaçait. Habitué à ce qu'on cédât à ses caprices, il trépignait à la moindre contrariété. Elle songea qu'il était comme un boulet à la cheville de Sarah. Elle devait s'échiner au travail pour assurer le bien-être de cet éternel nourrisson.

« Il faudrait qu'un accident l'en délivre, pensa-t-elle. Une déchirure de la membrane protectrice. Un trou par lequel s'engouffreraient quelques milliards de microbes. »

Cette perspective la fascinait. Elle tendit le bras, posa l'index à la surface de la paroi élastique, pesa de toute sa force. La membrane accompagna son mouvement.

— Ça résisterait à la pointe d'un couteau ? demanda-t-elle d'une voix égale.

— Oui, répondit David, heureux de l'intérêt qu'elle lui manifestait. Je l'ai fait tester. Ça coûte une fortune au mètre carré et il nous a fallu pas mal intriguer pour en obtenir un rouleau. Normalement c'est classé « secret-défense ». Ça résiste à toutes sortes de pénétrations mécaniques : rasoir, couteau. On l'utilisera bientôt dans la fabrication des combinaisons de cosmonautes. Dans l'espace, la température peut atteindre deux cents degrés au-dessous de zéro. En cas de déchirure du scaphandre, le membre gèle instantanément. Cette matière permettra de fabriquer des combinaisons indéchirables. Mais il y a encore un problème, pour l'instant, elle est sensible au feu. C'est pourquoi je dois choisir mes petites amies parmi des filles qui ne fument pas.

Jane détesta le frémissement étrange qui hérissa sa nuque à cette seconde. Le feu... Il suffirait donc d'une cigarette pour creuser un joli petit trou dans le placenta stérile du beau David Calhoun ?

Elle se cabra. Cette idée n'était pas digne d'elle. C'était encore une pensée tordue appartenant à la « méchante fille ».

— Vous m'en voulez encore ? s'enquit le garçon. J'ai voulu frimer. Je n'ai pas l'habitude des vraies femmes. Je ne vois que des filles payées pour se plier à mes fantaisies. Elles me répètent que ça les amuse de baiser avec moi parce que j'ai l'air prisonnier d'un préservatif géant. Je fais semblant de trouver ça hilarant. Vous réalisez que je n'ai jamais pu toucher la peau nue d'une femme ? Pas une fois.

Il ne put en dire davantage car la porte de fer s'ouvrit. Sarah apparut dans l'entrebâillement.

— Pouvez-vous remonter, Jane ? lança-t-elle. Il faut que nous décidions de la marche à suivre.

Jane obéit, le faux soleil de la cave commençait à lui faire mal aux yeux. Elle se hissa sur l'escalier de fer. Sarah l'attendait au seuil de la salle de surveillance.

— C'est à cause de David que vous allez renvoyer l'ascenseur au docteur Crook ? interrogea la jeune femme.

— Oui, avoua Sarah. Vous voyez, je suis franche. Crook m'a beaucoup dépannée à une époque où je n'avais pas de quoi régler les factures des médecins, mais je suis comme vous : il m'agace. Sous son regard on a toujours l'illusion d'être un cobaye, c'est détestable.

Elles regagnèrent le loft. Sarah remplit deux verres de Seagram, ajouta de la glace.

— Je vais vous demander de jouer cartes sur table, dit-elle en tendant l'un des verres à Jane. Je ne suis pas flic, je suis là pour vous protéger. S'il y a quelque chose que vous avez caché à Crook, dites-le-moi, cela restera entre nous. Votre mémoire est réellement blanche ?

— Oui, et je vous le répète, ça ne me gêne pas. Je ressens même une espèce d'euphorie, de soulagement, avoua Jane. Quand je dis ça au psy de l'hôpital, il fronce les sourcils et prend un air soupçonneux qui me donne envie de lui taper sur la tête avec l'annuaire du téléphone.

— Moi ça ne m'étonne pas, murmura Sarah. Si on me donnait le choix j'avoue que je serais tentée. Le poids des souvenirs, c'est terrible. Ça vous tire par le fond, comme ces types qu'on essaye de sauver de la noyade et qui vous entraînent avec eux. Se réveiller sans factures, sans contentieux. D'une certaine façon, je vous envie. J'arrive à un âge où les souvenirs deviennent vraiment envahissants. Dès qu'on ferme les yeux ça fonctionne comme un cinéma qui ne ferait jamais relâche. Vous ne connaissez pas ça ?

— Non. Mes souvenirs remontent à six mois. Au-delà il n'y a rien.

— Pas de flashes... pas de remontées oniriques ?

Jane hésita.

— Non, mais des... instincts.

— Qu'appelez-vous des « instincts » ?

— Le besoin incompréhensible de faire certaines choses. Comme si j'avais reçu un entraînement.

— Crook prétend que ce sont des résidus d'apprentissage qui disparaîtront avec le temps. Les séquelles d'actes routiniers que vous accomplissiez « avant », sans même vous en rendre compte.

Jane soupira.

— Je ne sais pas, fit-elle. Ce qui me préoccupe, c'est cet homme qui me poursuit et me menace. Crook pense que c'est une hallucination, moi je suis certaine qu'il existe.

— Okay, dit Sarah. Nous allons partir de cet *a priori*. Nous allons tout faire pour coincer ce bonhomme. Ça, c'est dans mes cordes.

8

L'après-midi même les deux femmes franchissaient le portail de la maison de verre au volant d'une camionnette bourrée de matériel de surveillance dernier cri et de gadgets imaginés par David. Sarah avait l'habitude des villas de Beverly Hills où la conduisait son commerce, elle n'en fut pas moins interloquée par l'architecture transparente de la demeure. Quelle motivation secrète avait donc présidé à l'élaboration des plans ? Le propriétaire des lieux s'était-il inspiré du vieux proverbe qui prétend qu'un honnête homme doit pouvoir vivre dans une maison de verre ? Cette bâtisse avait-elle constitué une réplique fantasmatique à une quelconque accusation de corruption ? Un psychologue se serait empressé de le penser.

Dans les heures qui suivirent, Sarah installa ses caméras dans toutes les pièces. Il s'agissait d'unités vidéos miniaturisées conçues par David, et qui, couplées à un détecteur de mouvement, se mettaient en marche dès que quelqu'un entrait dans le champ de leur objectif, cette astuce économisait la bande magnétique et dispensait la sentinelle de visionner des kilomètres d'images dépourvues d'intérêt.

— Je serai très discrète, expliqua l'Irlandaise. En fait nous ne sommes même pas obligées de parler. Les gardes du corps ont l'habitude de se tenir dans l'ombre, de se faire oublier. Si vous le désirez, nous nous adresserons la parole le moins possible. Il suffit que je sois là au bon moment, c'est tout ce qui compte.

Jane haussa les épaules.

— Je n'y ai pas réfléchi, fit-elle. Ça n'a pas d'importance. À l'hôpital je n'avais aucune intimité. J'ai appris à m'isoler mentalement, même au milieu d'une foule de gens.

— On fera comme vous voulez, dit Sarah. Tout est

prêt. Désormais le moindre incident sera enregistré sur bande vidéo. Si quelqu'un tente de vous approcher nous pourrons visualiser ses traits. Ces caméras sont capables de définir une image nette au cœur de l'obscurité.

Elle n'alla pas plus loin car elle sentit que Jane ne prêtait guère attention à ses explications techniques.

Elle se retrancha donc dans une petite pièce où elle disposa son pupitre de contrôle, puis réécouta sur un magnétophone de poche les confidences de sa cliente. La machine possédait un détecteur de mensonge incorporé. Un bijou de miniaturisation conçu pour repérer la fréquence du stress dans la voix de la personne enregistrée et différencier l'angoisse propre au mensonge d'autres peurs plus anodines.

Le voyant « Faux ! » ne s'alluma pas une seule fois pendant le déroulement de la bande. Sarah savait que cela ne prouvait pas grand-chose. Un psychopathe est par essence dépourvu de nerfs, rien ne l'émeut. Il est tellement persuadé de sa supériorité que mentir aux sous-hommes qui l'entourent ne lui fait ni chaud ni froid. D'autre part, Sarah avait vu des mythomanes croire avec tant de force à leurs mensonges que le polygraphe du FBI ne parvenait plus à les prendre en défaut. Dans les cas extrêmes touchant à l'aberration mentale le détecteur dérapait. Dans l'attente de plus amples informations, il convenait donc de tenir en haute suspicion les propos de Jane Doe.

Crook ne croyait pas une seconde à l'existence de « l'Indien », il ne l'avait pas caché lors de l'entretien préliminaire. Ce qui l'intéressait, c'était d'obtenir un enregistrement vidéo des crises de somnambulisme de Jane afin de les étudier sous un angle scientifique. Sarah, elle, n'excluait pas la possibilité d'une menace.

Elle sortit un sandwich de son sac — blanc de dinde, pain de seigle, mayonnaise — et prit le temps de le manger. La maison de verre l'oppressait. C'était un curieux endroit pour une amnésique convalescente ! Crook avait sans doute espéré que le luxe du cadre épaterait la pauvre fille et la pousserait à rester ?

Jane apparut au seuil de la pièce. Elle portait un pyjama de soie très coûteux et un peignoir en crêpe de Chine.

— Vous n'allez tout de même pas rester embusquée dans ce placard ? lança-t-elle. Venez donc au salon. Si vous devez rester plusieurs jours autant faire connaissance. En ce qui me concerne je n'ai pas grand-chose à raconter, vous savez déjà tout, mais j'aimerais en savoir un peu plus sur vous. Garde du corps, c'est un drôle de métier pour une femme, non ?

Elles prirent place chacune à un bout du canapé. Sarah eut un regard admiratif pour l'immense dessin de sable coloré qui s'étendait sous leurs pieds, protégé par une dalle de verre.

— Comment êtes-vous entrée dans le circuit ? interrogea Jane.

Sarah poussa un soupir. On lui avait posé cette question des milliers de fois mais elle n'osait avouer qu'elle était fatiguée d'y répondre.

— Mon père était sergent-chef dans les Marines, murmura-t-elle. C'était un Irlandais de pure souche, catholique et mangeur de patates acharné. Il avait emmené avec lui de bizarres superstitions : les lutins, le roi Puck. Des légendes qui m'enchantaient quand j'étais gamine. Pendant la guerre de Corée il était tireur d'élite. Il en est revenu avec le Purple Heart. Il a été mis à la retraite d'office parce que son anticommunisme virait à la paranoïa... pour ne pas dire à la folie furieuse. Il était devenu incontrôlable. On avait essayé de l'employer à la garde rapprochée du président, mais il suspectait tout le monde, sortait son arme à tout propos. Quand il a failli tuer un journaliste qu'il accusait d'avoir caché une mitraillette à l'intérieur d'une caméra, on l'a remercié avec une autre belle médaille et nous sommes partis habiter un petit ranch minable aux abords de la forêt de San Berdoo. Je veux dire : San Bernardino. À l'époque ce n'était pas aussi chic qu'aujourd'hui.

— Et votre mère ? questionna Jane.

— Ma mère est morte en me mettant au monde, murmura Sarah. Mon père lui en a toujours voulu de n'avoir pas été capable de lui donner un fils. Il l'a très peu pleurée. Ce n'était pas son genre. La guerre avait atrophié sa sensibilité. Au troisième copain massacré par les communistes il s'était « débranché ». Il m'a élevée comme un garçon. J'avais dix ans quand il m'a ordonné de brûler mes poupées dans la cour de la ferme. J'ai obéi. Je n'avais jamais porté une robe de ma vie. Pour lui j'étais assez vieille pour entrer dans le monde des adultes. En guise de jouets, il m'a donné deux fers à repasser en fonte et m'a montré comment les utiliser pour me muscler les bras. Puis il m'a offert mon premier revolver. Il était si lourd que j'avais le plus grand mal à le tenir levé, même à deux mains. C'était un 45. Military Model qui pesait un kilo et demi chargé.

— Un revolver ?

— Un automatique, il ne se rendait plus compte que j'étais une fille. Il ne m'appelait jamais Sarah mais « Paddy ». Chaque matin, nous allions au bout du champ pour tirer une centaine de cartouches. Quand on rentrait, j'étais à demi sourde et j'avais les doigts cloqués par la chaleur de l'acier. Mon professeur de piano m'a mise à la porte en déclarant que j'étais perdue pour la musique, que les détonations m'avaient cassé le tympan. Elle était furieuse parce que j'avais eu un vrai talent, à ce qu'elle prétendait.

— Vous viviez ça comment ?

— Je ne me posais pas de questions, je croyais tout ce que mon père me racontait. Pour moi c'était un héros victime d'un complot ourdi par les bureaucrates de Washington. Le dimanche, nous allions dans les bois creuser des bunkers secrets pour le jour où les Rouges nous envahiraient. Nous y entassions des provisions et des armes. Ces caches nous permettraient de survivre et de nous déplacer pendant la Troisième Guerre mondiale. P'pa serait chef des francs-tireurs. C'était passionnant. Les autres petites filles aidaient leur mère à faire l'argenterie, moi je démontais des Webley, des Mauser, des Luger, un bandeau sur les yeux et j'apprenais à les réassembler en identifiant leurs pièces au toucher. Je savais parfaitement ce qu'était un verrouillage de culasse à genouillère, je savais doser la poudre pour fabriquer mes propres cartouches. Je sciais des balles, je les inversais la tête en bas à l'intérieur des douilles pour qu'elles fassent des trous énormes. J'apprenais à les déséquilibrer pour qu'elles tournoient à l'intérieur du corps humain et créent des dommages irréparables. J'étais devenue très forte au tir instinctif. C'était comme une sorte de don que m'aurait transmis l'hérédité. Il régnait une atmosphère curieuse à la maison. Nous dormions en conservant en permanence une arme chargée sous l'oreiller. Il y avait des pièges tout autour du ranch, des alarmes rudimentaires pour nous alerter de l'approche de « l'ennemi ». Nos dépenses en munitions étaient énormes et nous crevions parfois de faim. L'exploitation s'en allait à vau-l'eau. Nous vivions sur la pension de mon père qui n'était pas très élevée. Quand on est gosse, on prend les choses comme elles viennent. J'avais presque hâte que la guerre éclate, je me sentais prête au combat. Impatiente, sûre de moi.

— Et comment cela a-t-il évolué ?

— À douze ans j'ai eu mes premières règles et mes seins ont pointé le nez. Mon père a réalisé que je n'étais pas un garçon, contrairement à tout ce qu'il avait voulu croire. Il s'est peu à peu détaché de moi et a cessé de m'adresser la parole. Il a sombré dans une sorte de mélancolie neurasthénique qui l'a conduit dans un hospice réservé aux vétérans victimes de traumatismes de guerre. J'ai été placée dans une institution. Plus tard, quand j'ai passé les tests pour entrer dans la police, on s'est aperçu que j'étais une tireuse d'élite aux performances étonnantes. Un vrai petit phénomène. On m'a envoyée au FBI pour suivre les cours de leur fameuse école de tir. Ça ne s'est pas très bien passé, j'ai tout de suite supplanté les agents confirmés. Ça m'a valu un certain nombre d'inimitiés. Les armes, c'est un domaine masculin. Sacro-saint. Un pistolet, c'est considéré comme obscène dans la main d'une femme. C'est un peu comme si on brandissait une bite de fer. Ces messieurs, qui s'enorgueillissaient depuis la Prohibition du titre de Gun-Men, n'appréciaient pas beaucoup d'être écrasés par une jeune fille au stand de tir, et cela sous l'œil de leur moniteur.

Sarah eut un sourire triste.

— J'étais jeune, vingt et un ans, je ne me rendais pas vraiment compte, j'imaginais qu'ils allaient me considérer comme une des leurs. M'accueillir avec des claques dans le dos. J'étais très bonne. Une vraie machine, un prodige de rapidité et d'instinct. Ils essayaient toujours de me coincer en m'imposant les épreuves les plus débiles : tirer à l'envers, par-dessus son épaule par exemple, en ne distinguant la cible qu'au moyen d'un miroir placé à dix mètres. Des trucs de cirque. Je m'en sortais toujours au mieux. Ils me félicitaient en me montrant les dents. En réalité, ils me détestaient. Je leur volais toutes les coupes, tous les trophées.

Elle fit une pause, sortit un mince cigare de la poche de sa chemise.

— C'est là-bas que j'ai connu mon mari. Il était agent du FBI. Il s'appelait Freddy Marks, je le trouvais follement séduisant avec ses tempes un peu grises et ses lunettes noires vissées sur le nez. Après j'ai découvert qu'il avait le plus grand mal à les enlever, ces foutues lunettes... même pour baiser.

— Il ne vous jalousait pas, lui ?

— Si, bien sûr, mais j'étais trop naïve pour le

deviner. Il s'est empressé de me faire deux enfants pour me détourner des armes. Les gosses et l'artillerie, ça va mal ensemble. Il se disait que le manque d'entraînement aurait raison de mon talent. Ça lui faisait mal que je sois meilleure que lui. J'ai eu David puis, un an après, Sandy. L'année suivante nous avons divorcé. J'avais recommencé à m'entraîner en cachette. Un jour il m'a surprise. Il m'a arraché l'arme des mains avec tant de violence que mon index s'est brisé sur le pontet. Je n'ai pas eu la garde des enfants à cause de mon... vice. Ce sont les mots employés par le juge. C'est la mère de Fred qui a élevé David et Sandy. Puis David a été placé dans un hôpital spécialisé, à cause de son problème de déficience immunitaire. Le garder à la maison devenait trop compliqué. Ma belle-mère accumulait les gaffes dramatiques. Elle ne respectait pas les consignes de sécurité, refusait de stériliser ses jouets sous prétexte qu'à force d'élever le petit dans du coton on allait faire de lui une poule mouillée. C'est un miracle qu'il n'ait pas succombé à une infection virale. Mon ex-mari est mort dans un accident d'avion, au Guatemala, sa mère six mois après, d'une crise cardiaque. On m'a redonné les enfants à la condition que je ne touche plus une arme de ma vie. Pendant des années, j'ai dû me plier à des visites-surprises avec fouille obligatoire, perquisition approfondie de la maison. On me faisait passer des tests à la paraffine pour vérifier que mes mains ne portaient pas des traces de poudre.

— Vous auriez pu vous entraîner en portant des gants.

— Il n'y a que dans les films qu'on fait ça. C'est très malcommode de contrôler une arme avec des gants. Le cuir vous ralentit et vous prive de vos sensations.

Sarah inspira la fumée du cigare dont l'extrémité se changea en une braise grésillante.

— À seize ans, conclut-elle, ma fille, Sandy, s'est

enfuie de la maison. Elle me détestait depuis toujours, sa grand-mère l'avait montée contre moi en me présentant sous les traits d'une maniaque assoiffée de sang. Dès que nous nous disputions, elle me lançait : « Ce sont les gens comme toi qui ont massacré les Indiens et tué tous les bisons d'Amérique ! » Elle est rentrée dans une secte. Elle se prostitue quelque part, du côté de San Francisco pour le compte d'un gourou qui collecte des fonds pour la paix universelle. J'ai essayé de la leur reprendre. À deux reprises je l'ai même fait enlever par des récupérateurs musclés. J'ai engagé un déprogrammateur pour essayer de lui ôter de la cervelle la merde que son gourou y avait entassée. Ça n'a pas marché. À chaque fois elle a réussi à s'enfuir. Il y a trois mois, elle m'a téléphoné pour me prévenir qu'un jour elle viendrait me tuer parce que mon entreprise protégeait des « marchands de canons fornicateurs marqués au front du signe de la Bête ».

— Dur, souffla Jane. La police s'en fiche, bien évidemment ?

— Bien évidemment. Dans ce pays les flics sont peu nombreux, haïs et mal payés. L'avenir est aux polices privées.

La nuit avait envahi le salon. Jane hocha la tête, dans la pénombre son visage évoquait un masque de porcelaine à l'expression impénétrable.

— Merci de la confession, mais je n'ai rien à vous donner en échange, fit-elle sur un ton narquois empreint d'un vague défi. Je ne vous envie pas d'avoir tout ça dans la tête. Ça doit être lourd à porter.

— Parfois, oui... souffla Sarah. Mais vous verrez, un crâne, ça se remplit plus vite qu'on ne l'imagine.

— Je ne suis pas pressée, rétorqua la jeune femme. L'amnésie ça n'a rien à voir avec ce qu'on raconte dans les romans. En fait c'est confortable. Un exemple : imaginez qu'il y a six mois, avant mon accident, j'aie claqué un million de dollars à la roulette, au Louxor, à Las Vegas. Si je n'avais pas perdu la mémoire, il y aurait de quoi s'arracher les cheveux et pleurnicher jusqu'à la fin de mes jours, non ? Un sacré handicap.

— Vu de cette manière ça tient la route, marmonna prudemment Sarah.

— Vous savez ce qu'on dit dans la marine anglaise ? lança Jane. « Le pire est toujours certain. » C'est un axiome qu'on peut appliquer au passé. Pour deux kilos de bons souvenirs on a toujours droit à cinq tonnes de fumier.

Comme si elle voulait faire une sortie de théâtre, elle se leva sur cette dernière réplique et partit se coucher. Sarah resta seule dans le salon, mal à l'aise. Elle se rendit compte qu'elle éprouvait une attirance mêlée de jalousie pour Jane... ou plutôt pour sa tête vide. À trente ans ce n'était pas un handicap de tout recommencer, on avait encore le temps de rebâtir une vie.

Elle se redressa, se rendit dans le cabinet de toilette jouxtant l'office et s'aspergea le visage à l'eau froide. Elle examina son reflet dans le miroir. Elle savait qu'elle était belle, d'une beauté rude de femme de pionnier qui a rarement eu l'occasion de sourire, mais que ses traits se faneraient bientôt sous l'effet des soucis et de la fatigue. Elle porta le bout des doigts à ses tempes, tira sur les petites rides inscrites au coin de ses yeux. Un brin de chirurgie esthétique et elle gagnerait quinze ans. Oui, mais voilà : elle n'aimait pas tricher. Même la teinture lui faisait horreur. Et puis il y avait le poids des souvenirs, Jane avait mis le doigt en plein sur la plaie. La mémoire : une grosse éponge oubliée sur le coin d'un évier, une éponge gorgée d'un liquide qui sent le rance au fur et à mesure que le temps passe.

Sarah ferma le robinet, s'essuya le visage et repartit prendre le guet devant le pupitre de contrôle. La nuit avait submergé le parc. Elle s'écrasait contre les parois de verre de la maison. Quelqu'un allait-il sortir de cet océan d'encre pour venir coller son visage sur le polycarbonate des cloisons ?

Elle tâta la crosse du petit pistolet automatique qu'elle portait dans un étui de ceinture sous sa chemise flottante de bûcheron. Un Walther PPK, court et léger. Une arme que les hommes dédaignaient parce qu'elle n'avait pas l'air assez phallique et que les armuriers présentaient désormais comme un pistolet réservé aux dames. Sarah ne croyait pas aux gros calibres dont le recul vous casse le poignet, et qui multiplient les risques de bavures. Un très bon tireur peut se satisfaire d'une arme légère puisqu'il sait pouvoir loger son projectile très exactement là où il en a envie. Un obusier comme le 357 Magnum ne fait pas de détail, il arrache un bras, une jambe, mutile avec une joyeuse approximation. C'est une arme de boucher maladroit. Sarah, elle, se savait assez habile pour placer de manière radicale un minuscule projectile de 7,65 sans repeindre les murs avec le sang de son adversaire. Elle n'aimait pas le carnage. Quand c'était nécessaire, elle ne tirait qu'une fois, une seule. Jamais en rafale jusqu'à vider le chargeur. Cela c'était de la frime de flingueur du dimanche. Un tireur d'élite peut faire des miracles avec une simple carabine 22 long rifle, son père le lui avait plus d'une fois prouvé. Le fameux Stopping Power dont se gargarisent les pistoleros machos est un mythe sans aucun fondement scientifique.

Elle tira un autre cigare de l'étui en cuir de crotale qu'elle gardait en permanence dans sa poche poitrine. Elle n'avait pas envie de dormir. L'insomnie la tenait assise dans son lit depuis des années et elle avait fini par s'habituer à ce combat silencieux où elle était toujours perdante. Ses pensées revenaient vers Jane, à sa mémoire effacée, à l'euphorie que la jeune femme prétendait éprouver. Disait-elle la vérité ?

« Et toi, songea-t-elle, n'as-tu pas eu envie, une fois ou deux, de tout oublier... de ne plus penser à David, à sa bulle d'isolement, au danger d'une déchirure toujours possible causée par la maladresse des filles qu'il reçoit ? »

Elle s'inquiétait pour lui, et elle était lasse de cette inquiétude. Elle savait qu'il brûlait d'envie de sortir dans les rues. Son grand rêve était de peindre des fresques géantes. Des « murals », comme on disait ici. Mais elle l'imaginait mal, en combinaison étanche, maniant brosses et pinceaux en haut d'un échafaudage. Il ne pouvait se déplacer sans l'assistance d'une centrale de filtrage. Avec tout ce que cela impliquait d'astreinte : l'obligation de faire ses besoins dans le scaphandre comme un cosmonaute dans l'espace. David était un extraterrestre sur sa propre planète. Sarah l'avait suivi à distance lors des brèves escapades qu'il avait tentées sur la plage. Elle avait eu mal en voyant les touristes le montrer du doigt et éclater de rire. Beaucoup, habitués au carnaval permanent de Venice, avaient cru à un gag. Et puis il y avait eu le regard des jeunes filles : ahuri et dégoûté. La plupart d'entre elles croyaient David contagieux, alors qu'en réalité c'étaient elles qui représentaient un danger pour lui. Sarah se défendait de jouer les mères poules, mais elle était assez lucide pour savoir qu'un accident mortel restait toujours possible. Il suffisait qu'un dingue se jette sur David, troue sa combinaison à l'aide d'une cigarette. Les microbes s'engouffreraient aussitôt dans l'orifice minuscule avec la force d'un cyclone mortel.

Oui, elle était lasse, lourde, fatiguée. Depuis combien de temps n'avait-elle pas fait l'amour ? Deux ans ? Davantage ? Elle chercha à déterminer quand, pour la dernière fois, elle s'était retrouvée au lit avec un homme. C'était si loin. Était-ce sa faute s'ils avaient peur d'elle, s'ils se sentaient amoindris par ses capacités ? La dernière fois, lasse d'écumer en vain les bars pour célibataires, elle s'était payé les services d'un gigolo, par dérision. L'expérience lui avait laissé un goût amer. Une amie médecin lui avait assuré qu'une femme qui n'a pas de vie sexuelle vieillit beaucoup plus vite. Voilà qui lui remontait le moral !

Elle jeta un coup d'œil aux écrans de contrôle de la console de surveillance. Les caméras dormaient, elles ne soulèveraient leur unique paupière qu'après avoir détecté une masse en mouvement dans le périmètre défini.

Sarah se remit à penser à David, à l'obsession qu'il développait pour la peau des filles. Le mois dernier, il l'avait suppliée de faire entrer une call-girl dans le sas de décontamination.

— Bon sang ! avait rugi Sarah, tu sais bien que ça ne suffira pas ! Ça désinfectera ses cheveux, son épiderme, mais pas les germes qu'elle trimballe à *l'intérieur de son corps*. Tu veux que je te fasse un dessin ? Un vagin c'est comme un bouillon de culture. Un homme normal peut s'y promener sans gros problèmes, toi c'est différent. Une simple infection urinaire te tuerait.

— J'en ai marre de baiser à travers l'écran souple ! s'était mis à hurler le jeune homme. J'ai l'impression de tenir des poupées gonflables entre mes bras !

Sarah comprenait ses désirs, son désarroi, mais elle n'entrevoyait aucune solution. Crook lui avait laissé peu d'espoir. Depuis quelque temps, elle nourrissait en secret une idée folle : dénicher une jeune fille souffrant du même mal que David et lui proposer de rejoindre son fils à l'intérieur de la bulle stérile.

« Mon Dieu ! murmura-t-elle, quelle sera leur vie là-dedans ? Une cohabitation ininterrompue. Pas un instant de répit ou de solitude. »

Combien de temps leur faudrait-il pour commencer à s'entre-déchirer... et à mettre en pièces le cocon protecteur qui les isolait de la mort ?

Elle regarda sa montre. Elle n'avait pas envie de dormir et elle ne se sentait pas beaucoup plus fatiguée qu'à l'ordinaire.

« J'ai quarante-deux ans, se dit-elle. Combien me reste-t-il de bonnes années ? De ces années pendant lesquelles une femme est encore présentable et peut se déshabiller devant un homme sans éteindre la lumière ? Si j'étais amnésique je n'hésiterais sans doute pas à me jeter à la tête des hommes, à mener une vie de folle. »

La mémoire blanche... de l'argent... aucun boulet à la cheville... pas de responsabilités.

« Quand on a oublié les échecs on n'a pas peur d'entreprendre », rêva-t-elle.

L'arrogance de Jane venait de l'oubli des blessures. Elle était neuve. Elle ne connaissait pas ses limites. Rien ne l'avait encore brisée. Elle était jeune... elle était *inhumaine*.

Sarah se rappelait la visite rendue à son père, trois mois auparavant à l'hospice des vétérans. Il avait à présent soixante-douze ans. La sénilité avait foudroyé son esprit et il ne reconnaissait plus personne. L'ancien tireur d'élite, capable de mettre une balle dans la tête d'un adversaire à deux kilomètres de distance, avait aujourd'hui les mains racornies par l'arthrite. La vie passait si vite. On croyait avoir le temps de remettre les choses au lendemain et l'échéance tombait, n'admettant aucun report.

Dans le hall de l'hospice, un petit musée avait été improvisé. Une pauvre vitrine remplie de mouches mortes où étaient exposées les armes traditionnelles du corps des Marines. Un vieux fusil Johnson M-1941 avec son magasin rotatif, le fameux Garand M-1 célébré par Patton, la mitraillette M-3, pouvant tirer 400 coups à la minute et qui remplaça la vieille Thompson... et pour finir le pistolet automatique 11,43 peu apprécié des soldats du Corps qui lui préférèrent toujours la carabine ou la mitraillette.

Une boule s'était formée dans la gorge de Sarah. Elle connaissait chacune de ces armes par cœur. Elle avait passé une grande partie de son enfance à les démonter, se meurtrissant les doigts sur leurs pièces enduites de graisse. C'était à cause d'elles qu'elle avait eu pendant des années les ongles noirs, s'attirant les lazzis des autres gosses qui ne se privaient pas de la surnommer « la crasseuse » ou « la souillon ».

En sortant de l'asile des Vets, Sarah avait éprouvé le besoin d'aller à San Bernardino. Elle s'était enfoncée à pied dans la forêt, pour retrouver les caches de son enfance. Là où, en compagnie de P'pa, elle avait enterré armes et munitions en prévision de la grande invasion rouge. Mais le décor avait changé, elle avait été incapable de localiser un seul de leurs bunkers secrets.

Elle chassa ces pensées de son esprit car elle n'était pas là pour s'octroyer le luxe d'une crise de mélancolie. De plus, elle n'avait jamais été du genre à gratter ses vieilles plaies pour retarder leur cicatrisation.

Elle tira de son sac un bracelet de caoutchouc muni d'une ventouse et le fixa à son poignet droit. Le bracelet était relié par un fil au pupitre de contrôle. Quand les caméras se déclencheraient, le pupitre expédierait aussitôt une légère décharge électrique dans l'électrode. La secousse réveillerait Sarah si elle avait, entre-temps, cédé à l'assoupissement.

Elle ferma les yeux. Désormais personne ne pouvait plus se déplacer à l'intérieur de la maison sans être repéré par la couverture radar.

Elle s'installa du mieux qu'elle put entre les bras du fauteuil et fit le vide en elle. Elle fut réveillée par une piqûre au poignet dix minutes après minuit. Un coup d'œil aux écrans de contrôle lui apprit que Jane s'était levée. Elle remontait le couloir central à pas lents, les bras le long du corps, les yeux révulsés. Sarah détacha le bracelet et actionna un curseur pour obtenir un gros plan du visage de la jeune femme. La caméra 5 lui permit de comprendre que Jane se déplaçait en état somnambulique. Ses lèvres bougeaient, murmurant des choses incompréhensibles. Sarah poussa les micros directionnels au maximum. De toute façon, même si Jane ne parlait pas à voix haute, il serait possible de faire lire les mouvements de sa bouche par un ordinateur et de reconstituer les mots à l'aide d'une voix synthétique. Tout à coup, au moment de franchir le seuil du salon, Jane changea d'attitude telle une comédienne entrant en scène. La métamorphose fut surprenante et instantanée. En une seconde elle devint quelqu'un d'autre. Une vieille femme à l'expression lasse, à la colonne vertébrale tordue par l'ostéoporose, aux mains déformées par l'arthrite. Elle se déplaçait maintenant à petits pas hésitants, comme ces vieillardes qui tâtent le terrain du bout du pied dans la crainte de poser la semelle sur le caillou qui réveillera leurs douleurs. La pantomime était d'une exactitude hallucinante et trahissait un talent de comédienne au sommet de son art. On en venait à oublier qu'on avait sous les yeux une jeune femme d'à peine trente ans pour ne plus voir qu'une octogénaire au seuil de la décrépitude.

Jane fit le tour du salon puis, alors qu'elle entrait dans une nouvelle pièce, se métamorphosa de nouveau. Son attitude changea du tout au tout. Cette fois, elle avait pris l'allure d'une jeune fille timide, empêtrée et rougissante. Ses gestes étaient gauches, empruntés. Elle marchait en fixant ses pieds, les yeux fuyants comme si elle était incapable de supporter le regard d'autrui. Elle singeait à merveille le comportement d'une bécasse du Kentucky descendant d'un Greyhound à la gare routière de L.A. Chacun de ses mouvements livrait un nouveau trait psychologique, complétant l'histoire de son personnage. Sarah avait à présent devant elle une jeune fille élevée dans un pensionnat religieux, et qui tripotait la petite croix d'or (ou la médaille de la Vierge) qui pendait à son cou dès qu'elle était embarrassée. Une nonnette effarouchée par la grande ville et qui se demandait si elle ne ferait pas mieux de retourner d'où elle venait. On avait envie d'applaudir.

Puis, subitement, la représentation cessa. Jane laissa retomber ses bras et reprit son expression apathique. Elle s'était immobilisée en face d'une grande cheminée, fixant quelque chose sur le mur. Un crucifix mexicain en métal forgé, une œuvre artisanale sans fioritures qui portait encore la morsure bleutée des flammes.

Sarah retenait son souffle, n'osant faire grincer le fauteuil. Jane se décida enfin à tendre la main. Elle décrocha le crucifix et l'emporta avec elle, serré contre sa poitrine. Revenue dans sa chambre, elle le glissa sous son oreiller et se rendormit.

Sarah rembobina les enregistrements et se les repassa sur le pupitre de commande. Une vieille femme. Une nonnette ?

Jane jouait-elle une pièce de théâtre, deux rôles appris par cœur... ou bien reproduisait-elle à la faveur du sommeil les comportements de deux adversaires ?

La vieille femme pouvait être la mère supérieure d'une quelconque communauté religieuse, voire d'une secte. Et Jane une couventine en rupture de vœux. Une nonnette en fuite. La façon dont elle s'était emparée du crucifix de métal était révélatrice. Elle y avait vu un objet protecteur. Le cacher sous l'oreiller trahissait une nette tendance à la superstition.

La Californie regorgeait de sectes aberrantes, d'églises gouvernées par des télévangélistes arrogants et belliqueux, des hommes en costume de pasteur qui guérissaient les incurables par téléphone et vous promettaient l'apocalypse si le montant de la prochaine quête ne leur permettait pas de s'acheter une nouvelle Cadillac. Sarah haïssait cette engeance qui lui avait ravi sa fille, Sandy. Ces prétendus hommes de Dieu la terrifiaient car elle n'ignorait pas qu'ils régnaient le plus souvent sur une véritable armée de fidèles fanatisés. Pour une gamine crédule il était très difficile d'échapper à leurs griffes. Les déviantes étaient poursuivies par leurs frères et sœurs en religion, traquées, rattrapées, *punies*. Les asiles de fous étaient pleins de ces nonnettes à l'esprit détérioré par les préceptes de cultes aberrants, inventés de toutes pièces par des malades mentaux. Charles Manson avait été de ceux-là. Et David Koresh... et tant d'autres encore. Chaque année le bilan s'alourdissait sans qu'on parvienne à combattre la folle attraction que les sectes exerçaient sur les jeunes gens. À l'intérieur de ces groupes, tout était possible : l'inceste érigé en système, la prostitution « religieuse », la pédophilie obligatoire, les punitions corporelles entraînant la mort, le lavage de cerveau... et même les crimes rituels.

Sarah arrêta le défilement de la bande. Jane pouvait très bien avoir tenté de s'échapper d'une quelconque communauté spirituelle gouvernée par une vieille femme tyrannique. Elle avait peut-être eu dans l'idée de porter plainte auprès de la police, c'est pourquoi on l'avait rattrapée et abattue. Par miracle, la balle ne l'avait pas tuée. Dans un premier temps, la secte avait été rassurée d'apprendre que la traîtresse avait perdu la mémoire puis, peu à peu, s'était affolée à l'idée qu'elle puisse un jour se rappeler ce qu'elle avait vécu dans l'enceinte de « l'église », et on avait décidé de se débarrasser d'elle.

L'hypothèse tenait debout. Sarah savait comment fonctionnaient ces communautés toujours à la lisière d'une hystérie collective entretenue par leur leader. Une crainte vague née au détour d'une conversation pouvait en quelques minutes se changer en une menace terrifiante nécessitant une intervention armée préventive et immédiate. La plupart des sectes s'estimaient persécutées par les organismes fédéraux et pratiquaient la légitime défense, allant pour cela jusqu'à se constituer des arsenaux dignes d'un corps de Marines.

Sarah décrocha le téléphone du tableau de

commandes et forma le numéro de David. Le jeune homme répondit à la première sonnerie.

— C'est moi, chuchota-t-elle. Je t'envoie un enregistrement numérique par satellite. Je voudrais que tu vocalises ce que murmure la fille. C'est inaudible, elle s'est contentée de former les mots. Tu peux faire ça tout de suite ?

— La fille, c'est Jane ? demanda David.

— Oui. J'ai enregistré l'une de ses crises de somnambulisme. Tu vas voir, c'est surprenant.

— Okay, je suis paré pour la transmission, envoie la sauce.

Sarah s'exécuta. Les images s'envolèrent pour ricocher sur un satellite, comme n'importe quelle communication téléphonique codée par algorithme. Le procédé était coûteux mais permettait de réagir rapidement. Dans quelques minutes, l'ordinateur de David lirait les mouvements des lèvres de Jane. Il livrerait son diagnostic en cinq secondes. Jadis, un tel décryptage aurait nécessité l'intervention d'un sourd-muet qu'on aurait dû aller débaucher dans une institution.

Le signal d'appel du pupitre clignota trois minutes plus tard et l'enregistreur se déclencha pour « scoper » l'envoi de David.

Sarah mit ses écouteurs pour se repasser la bande. David avait poussé l'amour du travail bien fait jusqu'à programmer la voix synthétique de manière à ce qu'elle reproduise le timbre de Jane. Sarah grimaça. Cette fille lui avait décidément tapé dans l'œil.

« Ethel Lodge, murmurait la somnambule. Ethel Lodge. »

Ç'aurait pu être un nom propre, mais Sarah eut l'intuition qu'il s'agissait d'un lieu... d'un motel ou d'une pension de famille. Le clignotant du téléphone lui signala que David était en ligne.

— On dirait une cérémonie vaudou, ton truc, marmonna le jeune homme. Elle est possédée ou quoi ? C'est vachement hollywoodien le truc des yeux révulsés.

— Je ne sais pas, tu as fait une recherche de localisation sur les mots qu'elle prononce ?

— Bien sûr, tu me prends pour qui ? C'est dans l'annuaire, tout bêtement, un motel dans la vallée de Napa. Ça ne paraît pas très luxueux.

— Elle a dû s'y arrêter. J'y ferai un saut demain. Les employés se souviendront peut-être de quelque chose.

Elle raccrocha. Un an auparavant elle aurait demandé à David comment il allait, s'il éprouvait des difficultés à s'endormir, mais désormais ces questions agaçaient le jeune homme. Il devenait irritable dès qu'on faisait mine de s'inquiéter pour lui. Sa différence commençait à lui peser. Durant des années, il avait consacré tout son temps à l'étude. Sans jamais passer un seul diplôme d'État il était devenu plus performant que bien des ingénieurs de Silicon Valley. Crook prétendait que c'était souvent le cas avec les infirmes ; sans qu'on sache très bien pourquoi ils semblaient avoir hérité de la nature des talents fulgurants destinés à les dédommager de leurs inaptitudes physiques.

Aujourd'hui, cependant, la science ne suffisait plus au jeune homme. Il se laissait aller de plus en plus souvent à des obsessions bizarres. Ainsi ce désir de peau féminine.

Sarah mit le pupitre en veilleuse au cas où Jane aurait un nouvel accès de transe ambulatoire, et se réinstalla pour la nuit.

Ethel Lodge. Elle avait hâte de s'y rendre. Elle aurait aimé liquider cette affaire très vite, avant que David ne se mette un peu trop à fantasmer sur Jane Doe.

9

Le lendemain matin Jane s'éveilla sans avoir conservé aucun souvenir des événements de la nuit. Sarah ne jugea pas utile de lui révéler qu'elle se promenait en chemise de nuit en effectuant des pantomimes dignes d'une professionnelle du théâtre Nô. L'Irlandaise songeait qu'il aurait d'ailleurs été utile de creuser cette piste. Enquêter dans les cours de formation théâtrale aurait peut-être donné quelque chose ? Jane avait pu y exercer ses talents en tant qu'élève... ou même comme professeur. Mais Crook se fichait éperdument de cet aspect de la question. Seuls les enregistrements l'intéressaient, des enregistrements qu'il pourrait projeter au cours de ses prochaines conférences internationales.

« Personne ne la menace, avait-il déclaré lorsqu'il avait confié le dossier à Sarah. Cet étrangleur n'est qu'une phobie, un prétexte pour se faire chaperonner. Elle crâne, mais en réalité elle crève de trouille à l'idée de se retrouver propulsée dans le monde réel. Elle a été agressée, c'est indéniable, mais comme des milliers d'autres gens aux États-Unis. Elle s'est trouvée là où il ne fallait pas au mauvais moment, et c'est tout ! Un petit voyou a essayé de la dévaliser, elle a commis l'erreur de ruer dans les brancards. Il a tiré. Elle a pu, on ne sait comment, lui subtiliser sa voiture, et voilà. Croyez-moi, il n'y a ni complot ni assassin mystérieux. »

Sarah restait dubitative quant à cette version des événements.

Les deux femmes prirent le petit déjeuner sur la terrasse, devant la piscine. Il faisait chaud et le smog formait une grosse boule jaunâtre au-dessus de Los Angeles. Jane mangeait du bout des dents. Sarah se demanda si elle était anorexique ou si elle sortait d'une communauté où on l'avait habituée à se nourrir d'un bol de riz quotidien, comme c'était le cas pour Sandy qui était devenue d'une maigreur épouvantable. La dernière fois que Sarah avait rencontré sa fille, la gamine se promenait nue, enveloppée dans un sari écarlate, et les os de ses épaules faisaient peine à voir.

Sarah vida une nouvelle tasse de café. Jane buvait de l'eau du robinet et grignotait du pain en tranches tiré d'un sac de supermarché qu'elle gardait à portée de la main. Son rapport à la nourriture était étrange et empreint d'une grande anxiété, comme si elle craignait de s'empoisonner.

Le bourrage de crâne d'une secte pouvait, encore une fois, expliquer cette attitude. Certains gourous ne se vantaient-ils pas de n'absorber que quelques grains de blé quotidiens ?

Jane se leva avec impatience. Elle avait enfilé un maillot de bain noir sous son peignoir. Elle s'approcha de la piscine, s'assit au bord et plongea les pieds dans l'eau. Elle était d'une grande maigreur mais elle aurait pu devenir très belle si elle avait accepté de se nourrir. Son visage émacié prenait parfois un aspect farouche assez inquiétant. Ses yeux ne connaissaient pas de repos, ils allaient et venaient, sondant sans cesse le paysage, tels ceux d'une sentinelle. Son comportement ressemblait beaucoup à celui d'une fugitive aux aguets.

— Je dois m'absenter, annonça Sarah. N'ayez pas peur, il ne se passera rien durant la journée. J'ai commuté les caméras en surveillance continue. David peut voir et entendre tout ce que vous faites. Il ne bougera pas de devant ses écrans. Si quelque chose arrivait, la police serait prévenue dans la seconde.

Jane grogna. Elle semblait indifférente, absorbée dans un rêve. Sarah prit la voiture et s'éloigna de la colline. Très tôt dans la matinée, elle avait appelé Crook pour lui faire un premier rapport. Le médecin refusait d'admettre l'éventualité de personnalités multiples se partageant l'inconscient de Jane. Réfutant la théorie d'un dédoublement psychotique, il s'obstinait à défendre sa théorie des « résidus d'apprentissages en cours d'effacement ».

— À mon avis, avait-il conclu, elle joue durant son sommeil des rôles qu'elle a répétés. Je suis de plus en plus convaincu qu'elle était comédienne.

Si c'était vrai, il aurait été judicieux de faire circuler sa photo parmi les troupes d'amateurs, mais cela représentait un travail titanesque tant celles-ci pullulaient rien qu'en Californie. Autant jeter une bouteille à la mer.

Sarah dut prendre l'avion pour rejoindre la vallée de Napa située à 90 kilomètres environ au-dessus de San Francisco. En sortant de l'aéroport elle loua une voiture au stand Budget pour se transporter jusqu'au point repéré sur la carte. Les fameux vignobles s'étendaient de part et d'autre de la route. D'immenses sulfateuses mécaniques les parcouraient ; la plupart, commandées par ordinateur, n'avaient pas de conducteur. Les bras de leurs arroseurs atteignaient parfois un kilomètre d'envergure.

Sarah localisa enfin le motel. Des voitures d'occasion encombraient le parking. Elles appartenaient à des saisonniers chicanos. L'employé s'ennuyait, il accepta avec empressement d'examiner les photos de Jane que Sarah avait étalées sur le comptoir.

— Imaginez-la avec des joues plus rebondies, insista l'Irlandaise.

— Ouaip, marmonna le bonhomme. Elle a des yeux qui font froid dans le dos votre nénette ! Elle ne me rappelle personne. J'aurais remarqué ça.

« Pas si elle jouait les jeunes filles timides ou les vieilles femmes ! songea Sarah. Tu n'y aurais vu que du feu. »

— Il y a six mois, martela-t-elle. Avez-vous hébergé une très vieille dame aux mains déformées par les rhumatismes... ou une gamine timide, genre pensionnaire en permission. Très godiche ?

— P'têt'bien, grogna le réceptionniste. La vieille

dame, ça me rappelle quelque chose. J'ai eu une centenaire qu'est partie sans payer. C'est tout de même rare ! Elle a laissé deux valises dans sa penderie. Je les ai mises de côté, rien que des frusques de bonne femme, pas de quoi en tirer plus de cinq dollars chez un fripier.

— Je peux les voir ?

— Ouaip. Mais c'est sans intérêt. Elle devait être costumière de théâtre, quelque chose comme ça. Ou alors elle collectait des fringues pour une association caritative. Ça ne vaut pas le détour.

— Montrez tout de même.

L'homme entraîna Sarah dans une remise encombrée de sacs de linge sale, de rouleaux de serviettes et d'aspirateurs vétustes. Il désigna deux valises fatiguées dans un coin. Les serrures en avaient été crochetées. Sarah s'agenouilla et les ouvrit.

— Une vieillarde, radotait le bonhomme. Bossue, tordue et bien polie. Jamais j'aurais pensé qu'elle déménagerait à la cloche de bois. Ou alors elle a fait une crise cardiaque chez le coiffeur et on l'a embarquée à l'hosto.

« Ou bien elle a pris une balle dans la tête, corrigea mentalement Sarah, et elle a oublié qu'elle logeait ici. »

Dès que ses doigts plongèrent dans les bagages les battements de son cœur s'accélérèrent.

Il y avait plusieurs housses entassées. Chacune contenait un assortiment de vêtements et d'objets qui semblaient former un tout. « Comme des panoplies », souffla Sarah.

La première recelait un trousseau de vieille dame, vêtements et bijoux démodés, chapeau de paille. Bible bon marché offerte par les Gedeons. Portefeuille sans papiers d'identité mais remplis de photos de « petits-enfants » braillards.

La seconde housse révéla une panoplie de jeune fille rangée. Sage jupe plissée style Sweet Briar années 50. Recueil de poésie, extraits commentés de

Shakespeare, œuvres théâtrales de Marlowe en édition de poche.

La tr[illegible]ème livra la défroque d'une punk à blou[illegible] cuir, au walkman chargé à l'Heavy Metal. Le [illegible] était tailladé aux genoux, et décoré d'épingles de nourrice en rangs serrés. Pour la lecture : des mangas japonais bourrés d'ultraviolence et de sexe sado-maso.

La deuxième valise contenait une impressionnante trousse à maquillage et six perruques. Brune, blonde, rousse, grise, blanche ; la dernière d'un noir très hispanique.

« Intéressant », décida Sarah en se redressant.

Elle paya la note laissée par la vieille dame à condition de pouvoir emporter les valises. L'employé haussa les épaules et empocha l'argent. Il avait gonflé la facture, mais Sarah s'en moquait.

Elle reprit la route en réfléchissant à ce qu'elle venait de découvrir. Rien de personnel. Rien qui révélât l'identité de la propriétaire, mais une multitude de déguisements.

« Qu'est-ce que je vous disais ! aurait triomphé Crook. Une petite comédienne en rupture d'engagement, et voilà tout ! »

Une comédienne... ou une fugitive soucieuse de tromper d'éventuels poursuivants.

D'ailleurs la première possibilité n'excluait pas la seconde. Jane, comédienne malheureuse, vouée aux petites troupes minables, avait très bien pu se faire embobiner dans un moment de détresse par les recruteurs d'une secte. Ils étaient toujours fort habiles, caressants, et s'entendaient à attirer les âmes faibles dans le giron de leur maître penseur au visage rayonnant de bonté.

Jane s'était laissé faire. Jusqu'au jour où elle avait voulu reprendre sa liberté et où l'on avait essayé de l'en empêcher. Alors, se rappelant son ancien métier, elle s'était déguisée pour échapper aux traqueurs lancés par la secte à ses trousses.

C'était une bonne théorie, et Sarah avait la conviction de toucher la vérité du doigt. Les choses s'étaient gâtées quand l'étau avait commencé à se resserrer. Jane, acculée, avait volé une vo[illegible]. C'est là que les tueurs de la secte lui avaient tiré des[illegible].

Combien de temps Jane Doe avait-elle passé dans la communauté ? Trois, quatre, cinq ans ? Peut-être davantage ! Il n'était pas étonnant dans ce cas que personne ne l'ait identifiée lors de la diffusion de l'avis de recherche. Elle ne connaissait plus personne si l'on exceptait ceux qui lui voulaient du mal. Elle avait passé toutes ces dernières années hors du monde, à assimiler des théories délirantes. Si ses parents étaient morts, si elle n'avait pas eu de liaison suivie avant son entrée dans la secte, qui pouvait encore s'inquiéter de ce qu'elle était devenue ?

Sarah décrocha son téléphone pour appeler Crook et lui faire part de ses conclusions mais le médecin était en salle d'opération. Elle ne put que laisser un message à une infirmière débordée.

Elle essaya de reprendre son calme. Elle n'était pas dupe d'elle-même. Elle se rendait parfaitement compte qu'elle transposait sur Jane son problème avec Sandy. Jane avait eu le cran de faire ce que Sandy n'oserait jamais : couper les ponts avec sa secte et envoyer son gourou au diable ! Rien que pour cette simple raison, elle était prête à l'aider du mieux possible. Il fallait que cette fille bénéficie d'une vraie chance de réinsertion. L'amnésie avait eu au moins l'avantage d'effacer de son crâne toutes les insanités qu'avaient pu y fourrer les « prêtres » de cet ordre débile !

Les déprogrammateurs auxquels Sarah avait confié Sandy avaient échoué, eux. La gamine leur avait opposé une foi d'acier trempé qu'aucun argument ne pouvait effriter.

« Mon Dieu ! pensa Sarah en refoulant ses larmes. Si Sandy avait pu se réveiller amnésique. Si nous avions pu nous retrouver toutes les deux face à face avec une chance de tout recommencer à zéro.

Elle se domina, et se contraignit à songer au crucifix que Jane avait caché sous son oreiller. Fallait-il y voir un appel au secours adressé à la vraie religion par une âme en perdition ? Sans doute. Faudrait-il, sous peu, envisager de demander l'assistance d'un prêtre ?

« David va encore dire que nous sommes en plein exorcisme ! » murmura-t-elle en s'engageant sur le parking de l'aéroport. Elle avait deux heures d'attente avant de pouvoir grimper dans l'avion du retour.

10

Avant de rejoindre la maison de verre Sarah s'arrêta pour acheter des sandwiches pain de seigle-pastrami et un pack de Corona dans un *delicatessen*. Lorsqu'elle entra dans le parc elle vit que Jane n'avait pas bougé depuis le matin. Assise au bord de la piscine elle avait toujours les pieds dans l'eau et le regard perdu. Elle ne tourna pas la tête quand le gravier de l'allée crissa sous les pneus de la voiture. Elle paraissait frappée de catatonie. Inquiète, Sarah s'approcha doucement. Elle était à peu près persuadée que la jeune femme n'avait pas remué d'un pouce depuis son départ. Ses pieds, à force de tremper, rappelaient ceux d'une noyée. La chair boursouflée, ridée, n'avait plus de couleur jusqu'à la hauteur des chevilles.

— Jane ? murmura Sarah en lui posant une main sur l'épaule. Il faut rentrer et manger un peu maintenant.

Jane sortit enfin de sa transe, regarda le sac de papier marron avec méfiance.

— Ça vient d'où ? demanda-t-elle.

— D'une boutique sur la route.

— C'était la première fois que vous y mettiez les pieds ?

— Oui, pourquoi ?

— Non, rien. Ça va, donnez.

Jane s'empara du sandwich et le dévora en moins d'une minute, comme si elle était affamée.

« Elle n'est donc pas anorexique, constata mentalement Sarah. Elle a peur de certains aliments... de ceux qui se trouvent ici, notamment. »

Elles burent les bières sans échanger une parole.

— Je vais me coucher, annonça soudain Jane, je suis épuisée.

Elle se leva et disparut dans la maison, ses pieds trempés laissant des flaques sombres sur le sol vitrifié. Sarah resta seule, décontenancée. Un mauvais pressentiment lui serrait la gorge. Elle vérifia les caméras, puis alla prendre une douche dans l'une des quatre salles de bains de la maison. En sortant de la cabine, elle s'immobilisa un instant devant le miroir pour détailler son corps nu. Elle se maintenait en forme et son ventre laissait deviner de bons muscles dès qu'elle contractait le nombril, mais sa chair n'avait plus la fermeté de celle de Jane. Elle savait qu'un de ces jours elle finirait par découvrir un poil blanc dans la toison de son pubis et que son moral en prendrait un grand coup. Elle s'enveloppa dans un peignoir, brossa sa crinière rousse. Elle était idiote de penser à tout ça, se désespérer ne ralentissait pas la marche du temps.

« Quand cette affaire sera finie, songea-t-elle, il faudra te dégotter un amant. Un jeune type avec des petites fesses dures et un sexe comme une batte de base-ball. Un crétin à la jolie frimousse qui te pompera un maximum de fric mais te laissera le cœur intact. Pas d'histoire d'amour, surtout pas, tu es trop vieille pour recoller une deuxième fois les morceaux. »

Elle changea de vêtements, s'aspergea d'eau de toilette, et regagna sa place auprès de la console de surveillance. La tête vide, elle attendit la nuit.

Jane émergea de sa chambre aux alentours d'une heure du matin, les yeux hagards, en pleine transe somnambulique. Elle ne jouait aucun rôle mais jetait de rapides coups d'œil à droite et à gauche pour vérifier que personne ne l'observait. Elle paraissait très tendue. Soudain, elle esquissa des gestes rapides, d'une grande violence.

« Comme si elle poignardait quelqu'un... » songea aussitôt Sarah. Jane se redressa, fit le tour de la salle de séjour au ralenti. Elle avait rentré la tête dans les épaules et tout son corps avait pris une attitude animale qui mit Sarah mal à l'aise.

« Mon Dieu, pensa l'Irlandaise, elle a l'air d'un prédateur à l'affût. »

Jane se tenait maintenant embusquée au coin de la cheminée, comme si elle attendait le passage d'une proie. Sarah était si nerveuse qu'elle n'aurait pas été outre mesure étonnée de voir la jeune femme bondir griffes en avant telle une panthère tombant d'un arbre.

La peau s'était tendue sur le visage de l'amnésique et un cercle blanc entourait sa bouche. Ses lèvres, retroussées, laissaient voir ses dents, ce qui achevait de lui donner une expression de félin convoitant un oiseau.

Elle bondit de sa cachette, les bras tendus, visant cette fois un gibier plus petit qu'elle. Sarah ne comprit pas la signification des gestes compliqués et très rapides qu'elle ébaucha ensuite. S'agissait-il d'un mime réaliste ou d'une sorte de signe cabalistique tracé dans l'air pour repousser quelque puissance des ténèbres ?

Jane demeura deux minutes agenouillée devant la cheminée, les deux poings ramenés au creux des seins, la bouche murmurant des paroles incompréhensibles. Elle ressemblait à une convulsionnaire du Moyen Âge soumise à un exorcisme de l'Inquisition. Puis ses mains se rouvrirent, elle se redressa et s'enfuit en direction de sa chambre. Un instant plus tard, elle était couchée sur le ventre et dormait d'un profond sommeil.

Sarah frissonna. La sueur avait collé la chemise contre son torse. Elle rembobina l'enregistrement d'une main moite et appela David.

— Je t'envoie quelque chose, chuchota-t-elle. Une sorte de mimodrame incompréhensible. Peux-tu le passer dans l'ordinateur pour essayer de lui trouver une explication ?

— Tu veux que je fasse une recherche de probabilité sur le sens de l'action ?

— Oui, si tu préfères. Je ne me ferai jamais à ton jargon.

— Okay, j'attends.

Sarah procéda à l'émission de l'enregistrement numérique par le canal satellite. David avait mis au point un logiciel qui, à partir d'une ombre en mouvement dans l'obscurité, permettait d'émettre un certain nombre de probabilités sur les occupations réelles de cette silhouette. La finesse du programme était telle qu'à partir d'un enregistrement vidéo de mauvaise qualité on pouvait espérer reconstituer le numéro de téléphone composé par un suspect à l'intérieur d'une cabine mal éclairée, voire plongée dans le noir. Ou encore faire réécrire par l'ordinateur ce que le même suspect griffonnait sur un carnet à l'autre bout d'une avenue. Et cela, alors que la caméra n'avait pu filmer que la partie supérieure du crayon en mouvement.

Sarah mourait d'envie d'allumer un cigare. Elle fit un effort pour résister à la tentation. Elle ne savait pas pourquoi elle était si tendue, mais la pantomime de Jane lui avait mis les nerfs à vif. L'expression cruelle de la jeune femme continuait à la hanter.

Le signal d'appel clignota au bout d'un quart d'heure. Elle décrocha d'une main moite.

— Oui ?

— Je n'ai pas de très bonnes nouvelles, fit David d'un ton hésitant. L'ordinateur peut se tromper, mais son diagnostic est plutôt sombre.

— Où veux-tu en venir ?

— D'après l'analyse des mouvements, une fois ceux-ci décomposés, Jane serait en train d'étouffer un enfant en lui mettant un sac en plastique sur la tête. Quand elle a les poings ramenés sur la poitrine c'est parce qu'elle serre le sac au maximum. Ses lèvres bougent, mais c'est parce qu'elle compte les secondes.

Sarah éprouva une vive douleur au plexus.

— Merde, murmura-t-elle d'une voix tremblante. Tu en es certain ?

— C'est l'analyse du programme, soupira David. Tous les paramètres ont été pris en compte, hauteurs, mouvements, translations dans l'espace. J'ai en ce moment même la simulation 3D sous les yeux. Le gosse est représenté par une petite silhouette blanche. On voit très nettement les mains de Jane autour de son cou.

— Épargne-moi les détails.

David se racla la gorge.

— Ça ne signifie pas pour autant qu'elle l'ait réellement fait, plaida-t-il. Il peut s'agir d'un rêve.

— Exact, murmura Sarah. Mais elle agissait avec une telle précision. Et dans la séquence précédente, elle est bien en train de poignarder quelqu'un ?

— Oui. Là, pas de problème. Elle frappe un adulte qu'elle a probablement approché par-derrière. Mais encore une fois, il peut s'agir d'un simple fantasme. En rêve on fait des tas de choses aberrantes. Moi, par exemple, je rêve souvent que je me promène tout nu dans L.A.

— Okay, fit Sarah. Je vais voir ce que je peux faire avec ça. En tout cas, Crook va bondir de joie.

Elle coupa la communication. Ses mains tremblaient toujours, comme si *elle* avait assisté à un meurtre réel sans pouvoir intervenir. Un gosse... étouffé au moyen d'un sac en plastique. Dieu ! Quelle femme fallait-il être pour faire ce genre de choses ? Le mimodrame laissait supposer qu'il s'agissait d'une action concertée, préméditée. Jane s'était bel et bien tenue en embuscade comme si elle attendait le passage de l'enfant. Qui éliminait-elle au cours de la séquence précédente ? Le garde du corps préposé à la surveillance du gamin ?

Sarah songea à la sinistre affaire Tate/Labianca, à Charles Manson. Une secte d'illuminés pouvait très bien commanditer un crime semblable. Jane avait-elle été impliquée dans une exécution rituelle ? Le meurtre d'un enfant de vedette du show-biz par exemple ? Il aurait fallu passer en revue la presse des dernières années. Elle faillit rappeler David, puis réalisa qu'il avait dû parvenir à la même conclusion et avait probablement déjà lancé un « scan » général des principales publications de L.A.

Elle se leva car la sueur collait la toile de son jean à ses cuisses. Jane avait-elle été témoin d'un acte semblable ? Dans ce cas, il n'était pas étonnant que la scène n'ait cessé de la hanter et qu'elle ait voulu prendre ses distances avec la secte en question. C'était sans aucun doute pour cette raison que ses anciens coreligionnaires essayaient de la supprimer. Si elle avait assisté au meurtre, elle pouvait les faire tous incarcérer sur la seule foi de son témoignage.

Sarah se rendit à la cuisine car elle mourait de soif. À présent sa conviction était faite. Jane était bel et bien en danger et Crook se trompait du tout au tout. Le danger rôdait au-dehors. Il pouvait surgir de la nuit à tout moment.

L'Irlandaise sentit qu'elle ne fermerait pas l'œil de la nuit. Sa bouteille de Corona à la main, elle se mit à errer dans la maison silencieuse. Les détecteurs

ce magma constitué d'un grand pêle-mêle de séquences oniriques, de souvenirs et d'images distordues. Tout est sombre, gluant, désagréable au toucher. Elle sait qu'à l'instant même où elle fera jouer les serrures quelque chose jaillira de cette boîte de Pandore, quelque chose de terrible qu'elle aurait préféré ne jamais se rappeler. Et pourtant elle ne peut pas s'en empêcher. Alors elle tend les mains, appuie sur les boutons libérant les loquets. Clic-clac. Le couvercle se soulève. Il est trop tard pour s'enfuir...

Maintenant elle est sur la pelouse d'un campus. À L'UCLA ou ailleurs. Elle ne parvient pas à déterminer l'endroit avec précision. Cachée derrière un arbre, elle épie un quadragénaire à tête grise qu'encercle une troupe de jeunes filles. Ils portent tous des piles de livres sous le bras, des manuels serrés avec une sangle. Jane regarde l'homme. Il est grand, beau, les cheveux drus couleur d'aluminium brossé. Les étudiantes papillonnent autour de lui. Il y a des lumières humides dans leurs yeux lorsqu'elles lui parlent. On voit bien qu'elles ont répété leurs attitudes devant un miroir avant de venir le trouver. Chacune a son truc à elle : un coup de tête pour faire voler la chevelure, un geste gracieux de la main, une moue attendrissante. Elles font bien attention à s'humecter les lèvres dès qu'il regarde dans une autre direction, et à tirer sur le bas de leur corsage pour bien mouler leurs jeunes seins. Elles s'appliquent à garder la bouche entrouverte, parce qu'elles savent que rien n'excite plus les hommes. Elles ferment souvent les paupières, apparemment pour acquiescer aux propos du professeur, mais en fait les yeux clos vont avec la bouche entrebâillée. Elles fixent les grosses mains poilues de l'homme. C'est curieux de tels battoirs chez un intellectuel qui pérore à longueur de journée sur la littérature anglaise. Spécialiste de l'époque victorienne, la plus coincée. La grande ère des bourgeoises refoulées, des bordels discrets pour les patrons de filature qui, le jour, employaient des gosses de six ou huit ans aux métiers à tisser.

Quel âge a-t-il ? Quarante-cinq ans... Le démon de midi doit lui ronger le ventre mais il ne trompe pas sa femme, Jane le sait pour l'avoir filé dans tous ses déplacements. Même les petites étudiantes, il n'y touche pas. Peur du scandale, ou plus simplement de ne pas être à la hauteur. Ce serait terrible si l'une de ces péronnelles travaillées par la montée des hormones découvrait soudain que le prof, si brillant causeur, est plutôt nul au lit.

Cet homme doit mourir. Jane ne sait pas pourquoi, au vrai elle s'en fiche. Son job ne consiste pas à savoir *pourquoi*, mais à s'interroger sur le *comment*.

C'est un beau contrat. Lors de la négociation, elle est restée inflexible. Elle veut un délai d'un an. Dans un an le professeur mourra, assassiné par l'État de Californie, et tout le monde applaudira à sa mort. C'est ce qu'elle a prévu. C'est ce qu'elle a vendu.

Elle va pousser tous les pions, un à un, dans l'ombre. Elle va l'amener au bord de la tombe sans toucher à un seul de ses beaux cheveux gris cendre. Elle est passée maîtresse dans l'art des « montages » à long terme. Les commanditaires ont dit oui. Ils savent que la besogne sera parfaite et qu'on ne pourra jamais remonter jusqu'à eux car personne n'aura plus, à ce moment-là, envie de défendre la cause d'un tel homme.

Jane observe son gibier. Elle possède des centaines de photos du professeur. Au début il lui était indifférent, maintenant il l'agace. Elle s'entraîne à le haïr. Contrairement à ce qu'on raconte c'est mieux de haïr sa cible, ça donne envie de fignoler pour faire mal.

Un an à vivre dans le sillage de cet inconnu, à le suivre dans ses déplacements, ses conférences, les lectures publiques. Parfois, elle s'amuse à l'approcher de très près, à lui faire dédicacer un livre, un essai, un roman. Elle se déguise en ces occasions, change de personnalité. Elle est très douée pour les métamorphoses. Déjà, toute petite, elle s'amusait à se déguiser en une « autre petite fille », pour que sa mère ne la reconnaisse pas lorsqu'elle rentrait le soir.

Elle n'aime pas qu'on sache qui elle est, ça la désécurise. Elle a lu quelque part que certains Indiens ont un nom secret qu'ils ne livrent jamais à personne. Elle trouve cela très bien.

Elle est excitée à l'idée d'écrire le destin de cet homme si brillant qui se croit maître de ses actes. Les intellectuels sont toujours d'une grande naïveté en définitive. Elle sait tout de lui. À plusieurs reprises, pendant qu'il était en vacances avec sa femme, Jane est entrée dans leur maison, a fouillé partout, lu leur correspondance, leurs journaux intimes. (Parce qu'ils écrivent des journaux intimes pleins de méditations profondes sur le devenir de l'humanité !)

Sa femme est une belle quadragénaire qui se croit poétesse et publie à compte d'auteur une plaquette de vers annuelle. Ils ont peu de rapports sexuels car la femme ne juge pas cela important et préfère les longues discussions au coin du feu, un verre de vin blanc à la main. Ils lisent la presse démocrate, donnent de l'argent à l'Association pour l'Intégration des minorités ethniques.

Pour Jane, ce sont des imbéciles inoffensifs, mais quelqu'un, dans l'ombre — pour une raison qu'elle ne tient pas à connaître — a décidé qu'il était temps de rayer le professeur de la liste des vivants. C'est un gros investissement pour le commanditaire car Jane ne traite jamais plusieurs affaires en même temps. Durant un an, elle va devenir l'ombre de cet homme. Il est frustré, elle le devine à la façon qu'il a de retenir un peu trop longtemps la main des étudiantes dans la sienne lorsqu'il leur dit au revoir. Il en est réduit à ces ersatz, ces frémissements de puceau, à son âge.

Jane s'est longtemps demandé comment elle allait le faire tomber. Maintenant elle sait. La nuit, elle se rend chez chacune des élèves du prof, et, par la fenêtre, s'applique à les photographier en petite tenue lorsqu'elles font leur toilette. Il lui a fallu trois mois pour se constituer une collection de Polaroïds compromettants qui, tous, montrent des jeunes filles en négligé, le gant de toilette à la main, se livrant à leurs ablutions intimes. La plupart du temps, il lui a suffi de placer aux bons endroits des appareils à déclenchement électronique programmé. Dans un buisson, à la fourche d'une branche. Elle a rarement eu à s'approcher d'une lucarne pour prendre son cliché. Elle l'a fait, cependant, plus par jeu que par nécessité.

Un dimanche sur deux, le prof se retire dans un chalet de trappeur, au bord d'un torrent. Il pêche, médite, et tape ses réflexions sur une vieille Underwood d'avant-guerre au ruban usé jusqu'à la trame. Sa femme et lui ont décidé, qu'à leur âge, de telles libertés facilitaient la cohabitation. La femme s'imagine peut-être qu'il va au bordel... ou qu'il invite des filles. Soit elle s'en fiche, soit elle est trop gourde et trop égocentrique pour se dire que son homme a besoin d'autre chose que de longues discussions sur la sauvegarde de la forêt amazonienne et d'un verre de vin blanc.

Pourtant le prof ne la trompe pas. Il enfile ses cuissardes et va patauger dans l'eau glacée, sa canne à pêche à la main, des hameçons plantés dans le ruban de son ridicule petit chapeau de toile.

Il se masturbe aussi parfois le soir, quand il est dans son sac de couchage. Jane l'a vu faire. Elle trouve cela très triste. Elle pense qu'il n'ose peut-être même pas se branler chez lui, au domicile conjugal.

Cela ne l'étonne pas. Elle sait que beaucoup d'hommes entre deux âges ont en réalité une vie sexuelle misérable. Il ignore qu'elle rôde tout près de lui. Une fois, elle s'est amusée à mettre un somnifère dans son café pendant qu'il se battait avec les truites dans le torrent. Le soir, quand il est rentré, il s'est glissé dans son duvet et s'est endormi comme une masse. Alors elle a poussé la porte de la cabane, s'est déshabillée pour s'allonger nue à côté de lui. Elle l'a dévêtu, entièrement, et a pris son pénis dans sa bouche. Elle a toujours trouvé amusant qu'un homme puisse avoir une érection en dormant. C'est un peu comme si sa main droite prenait un stylo-bille et se mettait à signer des chèques pendant son sommeil. Enfin, c'est comme ça. Il ne faut pas chercher à comprendre !

Elle l'a sucé, très bien, en s'appliquant, pour le faire gémir. Le somnifère était puissant, l'homme ne risquait pas de refaire surface. Ensuite, toute nue, elle s'est fait un sandwich au pastrami, a bu une tasse de café. L'homme dormait, avec son petit sexe maintenant recroquevillé au milieu de la touffe de poils un peu grise de son pubis. Un bel homme tout de même, mais dont la vieillesse prochaine avait cassé l'arrogance. Jane les aime à ce moment-là, quand ils commencent à comprendre qu'ils ne seront jamais les maîtres du monde. Vieux petits garçons tristes qui s'attardent dans un magasin de jouets où l'on ne veut déjà plus d'eux.

Après, elle l'a rhabillé, puis elle est sortie dans la nuit. Le torrent charriait de l'argent liquide comme si la lune était tombée dedans et s'y délayait.

Il n'a jamais su qu'elle l'avait aimé. Sans doute a-t-il eu un rêve érotique au moment de la jouissance, mais il n'est pas dit qu'il en ait conservé le souvenir au réveil.

Jane adore la douche écossaise. Les cajoler puis leur faire mal.

Maintenant, chaque fois qu'il part faire retraite dans sa cabane au fond des bois, elle se met en chasse. Elle s'est procuré un véhicule identique au sien : un vieux break Dodge avec des portes à placage de bois et des pneus à flancs blancs qu'on doit repérer à trois lieues à la ronde. Ce que, dans les années cinquante, on surnommait « une canadienne ». Un véhicule lent mais taillé pour grimper les côtes chargé à bloc.

Elle s'habille comme lui. Elle porte une perruque grise. Qu'elle soit une femme importe peu, ce qui compte c'est la silhouette générale que les gens verront de loin. Ce vieux blouson d'étudiant avec un numéro dans le dos, ce chapeau de brousse délavé, ces grosses lunettes d'écaille. Elle a rembourré les épaules des vêtements pour modifier sa carrure. Elle dissimule le plus possible son visage sous une écharpe jaune, semblable à celle que le prof garde dans la cabane forestière. Il lui a fallu du temps pour dresser un inventaire, tout acheter. Elle porte des rangers, comme lui. Pendant qu'il dormait, elle a pris un moulage de ses semelles afin d'en reproduire les entailles et les marques sur la paire qu'elle portera. Ensuite, avec de la mousse, elle a ajusté les chaussures à sa pointure pour pouvoir marcher sans trop de peine dans des souliers trop grands de quatre pointures. Partout où elle va, elle laisse les mêmes traces que lui. Elle a même rajouté deux ou trois encoches bien visibles sous leurs godasses jumelles afin de rendre les choses encore plus évidentes. Quand le prof regagne le domicile conjugal, elle se faufile dans la cabane et ramasse ses mégots, ses beaux cheveux gris sur les brosses et les peignes. Une fois, parce qu'il s'était blessé avec un hameçon, elle a même pu dénicher un superbe pansement imbibé de sang qu'elle a placé dans une éprouvette.

Les dimanches où il fait retraite, elle écume les routes, à la recherche des auto-stoppeuses en route pour Malibu, Redondo Beach, San Diego. Des idiotes qui la prennent pour une originale, une Californienne pur jus.

— Woa ! La bagnole ! miaulent-elles, on se croirait dans un vieux film en noir et blanc !

Jane, pour les rassurer, se prétend romancière. La plupart des gamines n'ont jamais ouvert un livre de leur vie mais ça leur en impose. La difficulté, c'est de dénicher des filles qui se ressemblent. Ce point est capital pour le bon fonctionnement du plan. Même couleur de cheveux, même âge, même allure générale. Les flics ne mettront pas longtemps à repérer ces constantes et décideront qu'il s'agit d'un « copycat killing », comme ils disent dans leur jargon. Jane fait boire aux gamines du café additionné de soporifique. Elle ne les tue qu'une fois revenue à la cabane forestière. Les transporter sur son dos a contribué à lui forger de bons muscles. Jouer les tueurs en série est meilleur pour la forme que n'importe quel abonnement dans un club de gym. Jane s'est fabriqué des gants rembourrés d'un matériau composite qui leur donne une envergure analogue à celle des mains du professeur. Elle s'en sert pour frapper les filles inconscientes et leur laisser sur le corps des hématomes énormes, comme seuls des poings d'homme pourraient en imprimer. Puis elle les étrangle, un genou sur le mont de Vénus pour prendre un bon appui, les deux pouces sur la trachée artère. Là encore, la largeur des traces est importante. Les « pouces » doivent avoir la circonférence nécessaire. Ensuite vient la partie la moins agréable du travail. Au moyen d'hameçons, elle mutile les victimes, leur arrachant les lèvres, la pointe des seins. C'est sale, mais il faut bien faire croire à un crime de sadique, n'est-ce pas ?

Une fois, elle a cassé un hameçon et laissé intentionnellement la pointe dans la plaie. Elle n'oublie jamais de recueillir des échantillons de sang sur des chiffons qu'elle cachera ensuite dans la cabane, ou — plus efficacement encore — dans le garage de la maison conjugale, pendant que le couple fera des courses à l'E-Z Mark du coin de la rue.

De temps en temps, elle mêle à la chevelure des filles l'un des cheveux prélevés sur la brosse du prof. Sur l'une d'elles, elle a même été jusqu'à coller au milieu des mèches le pansement adhésif maculé de sang repêché dans la poubelle du cabinet de toilette.

Les mutilations achevées, elle enterre les corps autour de la cabane, en prenant bien soin de remettre les mottes de gazon en place. Pour plus de sécurité, elle sème des mauvaises herbes sur chaque tombe. Ainsi la végétation se développe, masquant la terre remuée. Mais ce sont des précautions superfétatoires car le prof n'est pas très observateur. Comme tous les intellectuels, il vit dans son monde intérieur. Dans la cabane, elle saupoudre le sol de graminées et d'herbes ramassées sur le bord des routes où les filles faisaient du stop. Elle en frotte les vêtements du prof, les tapis. Plus tard, les chromatographes de la police identifieront sans peine la provenance de tous ces débris minuscules.

Jane a dû tout chronométrer pour pouvoir amener ses victimes juste après le départ du professeur. Elle ne peut tuer que le dimanche, lorsqu'il fait retraite, ainsi il ne pourra disposer d'un alibi lorsque son heure sonnera. L'emploi du temps n'a pas été trop difficile à établir car le prof est réglé comme du papier à musique. Il range ses cannes à pêche à cinq heures, ferme la bicoque et prend la route après avoir déposé dans une glacière, à l'arrière du break, le poisson qu'il préparera pour sa femme. Car c'est lui qui fera la cuisine, madame ayant horreur de l'odeur des truites fraîches qu'elle qualifie de « génitale ».

Jane ne déteste pas la complication, les détails multiples, infimes, les fignolages. Quand elle prépare une opération, elle en écrit au préalable le scénario sur un cahier d'écolier, en prenant son temps, avec un stylo très coûteux — un Bright Flood Shadow — dont elle apprécie la belle calligraphie et l'encre d'un noir brillant, très japonais.

Au bout d'un an, la cabane de la forêt sera entourée d'un véritable cimetière clandestin. Entre-temps les journaux auront souvent parlé du tueur au break à portières de bois. Et la femme du professeur aura dit en plaisantant : « Ce pourrait être toi, chéri ! »

Ils auront ri de la coïncidence, et le professeur

aura même fait semblant d'étrangler son épouse, pour jouer.

C'est bientôt l'été. Les corps en décomposition favorisent le développement de la végétation et la cabane n'a jamais été aussi belle au milieu de son bouquet de verdure. Le prof apprécie cette métamorphose, il lui arrive de s'allonger à l'ombre d'un buisson pour lire, ignorant qu'à peine cinquante centimètres de terre le séparent d'un cadavre en piteux état.

Jane n'est pas inquiète. Elle sait que les filles sacrifiées sont enterrées depuis trop longtemps pour qu'on puisse déterminer avec exactitude le moment de leur mort. Ce qui compte, c'est que leurs amis les aient vues prendre la route un dimanche après-midi, peu de temps avant qu'un break à portières de bois ne croise dans les environs.

Il aura fallu du temps pour en arriver là, mais à présent tout est parfait. Il suffit, dans la semaine, d'appeler la police d'une voix affolée : « J'étais dans les bois avec des copains... On a voulu creuser un trou pour enterrer les ordures et on est tombé sur un cadavre. Mes amis ne voulaient pas que j'appelle, mais je l'ai fait quand même. C'est près d'une vieille cabane... au bord du torrent. »

Voilà. Simple et efficace. Le shérif du comté arrive avec une sonde à méthane, ou plus prosaïquement une pelle et une pioche. Il ordonne à ses hommes de retourner le terrain. Trois, quatre, cinq cadavres de filles mutilées remontent à la surface. Elles sont très abîmées par la décomposition mais on peut encore distinguer qu'elles ont été torturées. Un jeune assistant du shérif doit s'écarter pour vomir. L'odeur est insoutenable et le sous-bois grouille de mouches. Les affaires personnelles des victimes — cartes d'identité, petites culottes lacérées — sont cachées sous une latte de parquet dans la cabane, en compagnie des Polaroïds représentant les élèves du professeur faisant leur toilette. Les chiens finiront par les dénicher, il ne faut pas que ce soit trop flagrant.

— Qui habite là ? demande enfin le shérif.

Ça y est, les rouages se mettent en marche, désormais plus rien ne pourra arrêter la machine.

Le professeur grillera sur la chaise électrique six mois plus tard. Son épouse s'est suicidée le soir même où la police est venue sonner à la porte du domicile conjugal, un mandat d'arrêt à la main. Lui a longtemps clamé son innocence, puis l'abattement a fait de lui un somnambule halluciné, incapable de répondre aux questions de l'accusation. Toutefois, les experts psychiatres l'ont déclaré sain d'esprit, et il n'a pu bénéficier d'aucune circonstance atténuante.

Jane s'agite au milieu du lit. Elle a trop chaud. Elle émerge, ouvre les yeux et s'aperçoit qu'elle était en train de rêver.

Car c'était bien un rêve, n'est-ce pas ?

12

Le lendemain matin Jane s'empressa de raconter à Sarah le cauchemar de la nuit. Chaque détail en était incrusté dans sa mémoire comme ces circuits imprimés scintillants qu'on peut voir dans le ventre des appareils électroniques. À sa grande stupeur, et contrairement à ce qui se passe d'ordinaire, le sommeil n'avait nullement altéré la netteté des images nocturnes.

— Vous comprenez, jeta-t-elle à l'Irlandaise, ce n'était pas un rêve habituel. Il n'y avait rien d'absurde, aucune distorsion. C'était comme un reportage projeté sur un écran. Et c'était moi qui accomplissais toutes ces horreurs.

— Ça ne signifie rien, vous le savez bien, fit Sarah en versant du café dans les tasses. Dans les rêves on fait mille choses atroces. Il m'arrive souvent de rêver que je tue mon ex-mari. Et j'y prends plaisir.

— Merde ! vociféra Jane. Je vous dis que ce n'était pas un rêve ! C'était un... un souvenir qui remontait ! Voilà ! Un truc échappé de mon passé. Il avait dû rester coincé quelque part et quelque chose l'a libéré. Une association d'idées ou je ne sais quoi.

— Calmez-vous, murmura Sarah. Vous avez peur d'avoir été mêlée à un assassinat ?

— Je ne veux rien savoir de ce que j'ai fait avant ! hurla Jane. Je vous l'ai déjà dit ! Crook m'avait garanti que ma mémoire avait été effacée et que rien ne reviendrait jamais ! Ça me convenait tout à fait, alors pourquoi ces... *trucs* remontent-ils à la surface, hein ?

On eût dit qu'elle parlait de l'épave d'un paquebot englouti et dont la coque déchirée aurait laissé échapper des objets hétéroclites, incongrus ou de mauvais goût.

— Je ne veux pas que ça se reproduise ! ajouta-t-elle en trépignant. Appelez Crook, qu'il me donne des pilules ou je ne sais quoi ! Mais je ne veux rien savoir.

— Vous vous persuadez peut-être à tort qu'il s'agit d'un souvenir, observa Sarah. Certains rêves peuvent être très réalistes... du moins apparemment.

— *C'était un souvenir* ! martela Jane. Je le sais. Ne me prenez pas pour une conne. Je veux qu'on me débarrasse de ces trucs-là. Il doit bien exister des médicaments qui empêchent de rêver, non ?

Elle s'en voulait de se montrer hystérique. Elle savait que dans ces moments-là elle devenait franchement odieuse, mais la peur exacerbait ses réactions. Elle s'évertua au calme. C'était la méchante fille qui parlait par sa bouche, il fallait la bâillonner, la faire taire au plus vite.

« Ce n'est pas moi qui parle, faillit-elle dire à son interlocutrice, c'est *l'autre*, ne l'écoutez pas. Elle est toujours si mauvaise. »

Sarah s'isola pour appeler le médecin. Bien qu'elle s'efforçât de le dissimuler, la narration de la jeune femme l'avait désagréablement impressionnée car elle était d'une logique à toute épreuve. Quand elle eut Crook en ligne, au terme d'une interminable attente, elle lui répéta mot pour mot ce que lui avait dit Jane.

— Écoutez, fit le médecin sans cacher son impatience, on a déjà parlé de tout ça et vous allez me forcer à radoter. Ne vous laissez pas impressionner par la conviction de notre petite copine. Il s'agit d'un phénomène de mythomanie compensatoire. Son esprit a peur du vide auquel il est confronté. C'est une réaction normale. À trente et quelques années elle se retrouve avec une mémoire de nouveau-né, alors elle invente, *elle fabrique*. Tous les amnésiques ont peur de découvrir un jour qu'ils n'étaient pas des gens « bien » avant leur accident. C'est une phobie très courante. Jane n'est pas différente d'eux. Comme ses copains, elle a peur de s'être conduite comme une salope, et bâtit là-dessus des contes à dormir debout. Comme on a essayé de la tuer, elle renverse le problème et s'imagine en tueuse. Elle s'identifie à son agresseur pour ne plus avoir peur de lui. Ainsi, lorsqu'il reviendra, elle pourra l'affronter sans crainte.

Sarah comprit qu'il n'avait pas envie d'épiloguer sur le sujet et raccrocha. Mythomanie compensatoire. Cela semblait tout simple présenté de cette façon. Elle appela David, fit une nouvelle fois le récit du « crime » de Jane, et lui demanda de chercher le nom d'un quelconque « professeur » dans la liste des exécutions capitales des cinq ou six dernières années.

— Dans quel État ? demanda David.

— Dans tous les États, fit Sarah, une tueuse, ça peut exercer n'importe où.

Elle entendit les doigts de son fils qui pianotaient sur la console de l'ordinateur, à l'autre bout du fil.

— Tu y crois ? interrogea-t-il d'un ton inquiet. Tu crois vraiment qu'elle a pu faire un machin pareil ?

— Je ne sais pas, soupira Sarah. Crook dit qu'il s'agit d'un simple fantasme. Elle a pu lire un reportage sur l'affaire en question, voir un documentaire, et utiliser ce matériau pour bâtir son rêve. Rappelle-moi quand tu auras quelque chose.

Sur la terrasse, Jane n'avait pas bougé. Renfrognée, elle ressemblait à une gamine privée de sortie et qui se prépare à bouder tout le week-end.

— J'ai demandé à David de « scanner » la presse criminelle, annonça Sarah. Mais ça ne prouvera pas grand-chose quant à votre participation effective à la machination, si machination il y a eu.

Jane ne répondit pas. Les yeux dans le vague, elle tripotait ses cheveux courts. Sarah songea qu'il était temps de quitter la villa dont l'atmosphère s'alourdissait de jour en jour. La claustration n'était pas une solution, et l'on ne pouvait pas attendre le mystérieux agresseur jusqu'au nouvel an !

David rappela trente minutes plus tard.

— Un type est passé sur la chaise, il y a sept ans, dit-il d'une voix sourde. Walter Griffins, un prof de Littérature anglaise. Ça n'a pas fait beaucoup de bruit car il n'avait tué que six auto-stoppeuses. Les preuves étaient accablantes. Il a commencé à crier qu'il était innocent, puis a sombré dans une sorte de neurasthénie profonde. On parle effectivement d'une cabane dans les bois, au bord d'un torrent. Il y a des photos, ça correspond au rêve de Jane... mais elle a très bien pu lire les journaux. À l'époque elle avait quel âge ? Vingt-deux ? Vingt-trois ? Ce n'est pas un peu jeune pour une tueuse ?

— Tu sais, ricana Sarah, ce n'est pas une profession très réglementée. Et puis c'est en général l'âge des soldats qu'on expédie au front.

— J'y crois pas, s'entêta le jeune homme. Elle n'a pas pu faire ça. C'est juste un souvenir de lecture. Ça m'arrive souvent ce genre de trucs.

— C'est bien, soupira Sarah. Alors tu pourras témoigner en sa faveur si on l'envoie au tribunal.

Elle demanda encore l'endroit où se trouvait la cabane. C'était dans la forêt de San Berdoo, pas très loin du ranch de son enfance. Curieuse coïncidence. Elle grimaça.

— Je sais où se trouve la baraque de votre rêve, dit-elle en rejoignant Jane. Voulez-vous y faire un saut ?

— Pourquoi ? siffla la jeune femme, piquée au vif. Je croyais vous avoir déjà dit que je ne voulais rien connaître de mon passé.

— Je vous rappelle que quelqu'un essaye de vous tuer, dit Sarah d'une voix calme. L'amnésie ne l'effacera pas, *lui*, et je ne pourrai pas jouer les anges gardiens très longtemps encore. Il serait donc utile que nous progressions un peu dans cette enquête, vous ne pensez pas ?

Jane maugréa et disparut dans la maison en traînant des pieds. Elle revint toutefois un quart d'heure plus tard, habillée d'un coûteux tailleur portant la marque d'un couturier français qui convenait bien à sa silhouette élancée. Sarah, elle, s'était toujours sentie mal à l'aise en jupe. Quand elle était mariée, Freddy avait fini par jeter tous ses jeans aux ordures pour la forcer à porter des robes « comme toutes les vraies femmes ». Sarah en conservait un très mauvais souvenir. En jupe, elle avait toujours l'impression d'être à demi nue, offerte aux regards fureteurs des hommes. Paradoxalement, elle enviait les femmes capables de se harnacher de soie, de porte-jarretelles et de guêpières, elle qui ne supportait que les jeans, les bottes éculées, les chemises de bûcherons et les petites culottes de coton blanc.

Elles quittèrent la villa après avoir branché tous les systèmes de sécurité. Pendant le trajet, Sarah eut l'occasion d'admirer l'aisance avec laquelle Jane changeait de personnage. Elle avait à présent l'allure et la grâce un peu snob d'une jeune femme de la *jet society* ayant fréquenté Bryn Mawr dans son adolescence, comme si les vêtements qu'elle portait avaient instillé en elle un comportement assorti.

Deux heures plus tard, elles s'arrêtaient à une centaine de mètres du chalet maudit. Une chaleur moite régnait sous les branches. La végétation avait beaucoup poussé, rendant les abords de la cabane inapprochables. Malgré les années, on distinguait encore les trous laissés dans le sol par les pelles des policiers. « Un cimetière, songea Sarah. Un cimetière clandestin. »

Les deux femmes zigzaguèrent entre les tombes. Si l'on faisait abstraction des trous béants, l'endroit n'avait rien de sinistre. Le torrent chantait en contrebas et le soleil s'insinuait entre les branches pour peindre des taches d'or sur le toit de la cabane.

— C'est comme dans mon rêve, constata Jane. Pareil. Je me souviens de cet arbre, celui qui a une drôle de forme. Et de ce rocher.

— Vous avez pu voir un reportage à la télévision.

— La télévision ne transmet pas encore les odeurs. Je reconnais aussi les parfums. Vous ne sentez pas le chèvrefeuille ?

Sarah haussa les épaules. Rien de tout cela ne constituait une preuve solide. Crook n'avait-il pas insisté sur le caractère illusoire du pseudo-sentiment de déjà-vu ? Tournant le dos aux tombes éventrées, elle descendit vers le cours d'eau. Un vieillard pêchait, assis sur un petit pliant de toile. Il ricana en voyant s'approcher les deux femmes.

— Oh ! dit-il, vous venez pour la Maison de la mort ? C'est comme ça qu'on l'appelle ici. Vous êtes en retard de cinq bonnes années. On n'y vient plus guère aujourd'hui, mais à une époque ça débarquait par autocars entiers pour photographier les trous. Y'en avait même qui volaient de la terre sous prétexte qu'elle était particulièrement fertile !

— L'homme qui venait ici... interrogea Sarah, le... tueur, vous l'avez connu ?

— Bien sûr, caqueta le vieux. C'était un gars sympathique, poli, intelligent et tout ! Un monsieur qu'en avait dans la tête. Je lui fabriquais des mouches et je lui indiquais les meilleurs coins.

— Ça vous a étonné qu'on l'arrête ?

Le bonhomme secoua la tête.

— Moi, j'y ai jamais cru à cette histoire de sadique, grogna-t-il. J'ai toujours pensé que c'était un coup monté. Des sadiques j'en ai connu pendant la guerre du Pacifique, ma petite, je sais les reconnaître au premier coup d'œil. C'en n'était pas un. À mon avis on l'a piégé. Pourquoi, j'en sais rien, mais quelqu'un voulait sa peau, ça c'est sûr.

Sarah et Jane le remercièrent. Le vieillard tint à leur offrir l'un des poissons qu'il avait pris. Elles durent regagner la voiture avec cette chose morte et gluante entre les doigts.

— Vous reconnaissez l'endroit parce que vous êtes venue ici en excursion, dit Sarah. Comme deux mille autres curieux.

— Vous m'agacez, souffla Jane. Je reconnais ce coin parce que j'y suis venue des dizaines de fois pour piéger ce pauvre type. Avant d'arriver, j'aurais pu vous dessiner sur un papier la disposition exacte des tombes. J'ai « planqué » durant des heures ici. Parfois même des nuits entières. Je dormais là-bas, vous voyez, dans cet arbre creux, je me recroquevillais dans un sac de couchage de l'armée, un truc imperméable avec une cagoule de camouflage.

Sarah haussa les épaules. Elles tournaient en rond. Tout cela ne menait nulle part.

Jane s'irrita de l'incrédulité de Sarah et, au cours des jours qui suivirent, s'enferma dans une bouderie farouche. Elle n'avait aucune envie que l'Irlandaise se mette à jouer les mères de rechange et la morigène comme une enfant trop imaginative qu'il convient de ramener à plus de mesure. Si elle avait tout oublié de sa propre génitrice, ce n'était pas pour la remplacer aujourd'hui par une nounou d'emprunt à peine plus âgée qu'elle, une sorte de grande sœur grondeuse ayant pour mission de sauvegarder la vertu de sa cadette dans les surprises-parties du samedi soir ! Dans le même ordre d'idée, Jane ne désirait nullement jouer le rôle de la petite fille qu'il faut à tout prix protéger. Si Sarah n'avait pas su élever sa véritable fille, Sandy, Jane n'y était pour rien. Ce transfert d'affection l'horripilait, elle ne voulait à aucun prix être maternée.

Cependant, lorsqu'elle essayait d'être franche, elle devait s'avouer que les réticences de Sarah la rassuraient. Par leur point de vue critique elles affaiblissaient la charge d'angoisse des hallucinations nocturnes. D'un seul coup le bon sens de l'Irlandaise crevait la surface du cauchemar tel un sous-marin nucléaire montant à la rescousse, toutes ogives dehors, et la peur s'en allait.

Chaque fois que Jane se réveillait en sueur, Sarah était là pour chuchoter : « Ce n'était qu'un rêve, ça n'a pas d'importance. » Et ce refrain dressait un rempart entre Jane et les choses informes qui grouillaient dans les ténèbres de son cerveau endommagé.

« Tu ne dois pas chercher à savoir, se répétait Jane. Tu ne dois pas te laisser entraîner vers le fond. »

Les souvenirs importuns étaient comme des nageurs qui, surgis d'une grotte, auraient essayé de l'attraper par les chevilles pour la tirer sous l'eau et la noyer en lui enfonçant la figure dans la vase jusqu'à ce qu'elle rejette sa dernière bulle d'oxygène. Elle essayait de nager plus vite qu'eux, de gagner la rive avant d'être rattrapée, mais c'était difficile car ils glissaient dans les ondes tels des poissons à la peau huileuse qu'un simple coup de queue suffit à propulser à dix mètres en avant.

Pour contrebalancer la charge négative des révélations oniriques, Jane décida de rédiger un *carnet d'avenir.* C'est du moins ainsi qu'elle choisit de nommer le cahier dans lequel elle commença à griffonner des réflexions sur sa vie future.

Elle s'installait sur la terrasse, dans une chaise longue, face au parc. Là, les doigts serrés sur le stylo, elle essayait de tracer le plus exactement possible la carte du chemin qu'elle devrait emprunter pour tourner le dos au passé.

« Tu dois prendre des résolutions, et t'y tenir ! » se répétait-elle.

La première constatation à laquelle elle se heurta fut qu'elle ne savait rien faire ! Elle n'avait aucun métier, aucun talent, et son séjour à l'hôpital ne lui avait même pas permis de se familiariser avec les taches ménagères ou culinaires les plus élémentaires. Si elle devait vivre seule, ses talents de cuisinière se résumeraient à déchirer des emballages de surgelés ou à ouvrir des boîtes de conserve.

« Sais-tu seulement faire l'amour ? » se demandait-elle parfois.

Oui, c'était là une question cruciale : saurait-elle se débrouiller au lit avec un homme ? Elle avait l'impression que dans une telle situation elle resterait inerte, les bras le long du corps, à peu près aussi active qu'une noyée tirée sur le sable et qu'un maître nageur tente vainement de ranimer.

Dans le cahier d'avenir, elle écrivit : *petites annonces matrimoniales*.

N'était-ce pas l'unique solution pour une fille comme elle ?

Se trouver un mari qui la prendrait en charge ? Mais qui voudrait d'une femme à demi défigurée ? Un type dans une situation impossible, bien entendu ! Un paysan dont l'exploitation se trouvait à des centaines de kilomètres de tout lieu civilisé. Ou encore l'un de ces aventuriers qui vivent en Alaska, dans la solitude la plus complète, au milieu des loups et des ours, sur une terre qui ne dégèle jamais, même en plein été. Ceux-là ne pouvaient pas se montrer trop exigeants, il leur fallait prendre ce qui se présentait : les laissées-pour-compte, les filles prêtes à tout pour se trouver un compagnon.

Jane réfléchit longuement à cet aspect de la question. N'était-ce pas là l'unique solution ? Couper les ponts avec tout ce qu'elle connaissait pour partir dans les déserts gelés d'Alaska. Là-bas elle ne risquerait pas de rencontrer une ancienne connaissance, elle devrait travailler si dur qu'elle oublierait ses problèmes et, le soir, serait si fatiguée qu'elle s'effondrerait sur son lit pour dormir d'un sommeil sans rêves.

L'homme l'engrosserait dès les premiers mois ; très vite, elle se retrouverait entourée d'une marmaille hurlante, mal débarbouillée, qui réclamerait sa pitance à grands cris.

Elle vieillirait plus rapidement que les femmes de la ville ; elle grossirait. En trois ans elle serait méconnaissable, et ceux qui voulaient la tuer passeraient devant elle sans reconnaître, dans cette matrone précoce aux seins comme des pastèques, l'amnésique décharnée qu'ils avaient essayé de revolvériser puis d'étrangler !

Elle connaissait bien ces feuilles d'annonces matrimoniales qui traînaient dans les supermarchés. À l'hôpital, ses voisines de chambre trompaient l'ennui en les dépouillant par le menu, comparant à voix haute les avantages des divers postulants. Elle se rappelait qu'il y était souvent question de travailleurs isolés : bûcherons, trappeurs, géologues, cherchant une compagne peu exigeante et prête à partager leur solitude au sein d'une nature hostile. Elle songea qu'il serait facile de répondre à l'un de ces appels au secours et de dire oui au premier venu. Elle pourrait même faire cela à l'insu de Sarah. Puisqu'elle ne possédait rien, elle s'en irait les poches vides. Elle épouserait l'homme dans une petite chapelle où l'on mariait les gens à la chaîne puis, tenant son époux par la main, grimperait dans un avion en partance pour le pays des neiges. Qui irait la chercher là-bas ? Hein ? Qui ?

Cette idée à première vue saugrenue avait quelque chose de véritablement séduisant dès qu'on la creusait un peu, et elle y rêvait souvent. Elle essayait de se représenter, entourée d'enfants ou bien accouchant dans une cabane de rondins, les loups hurlant dans le lointain. Pourquoi pas ? Elle n'avait aucune notion de ce qui lui faisait vraiment envie, alors ça ou autre chose...

Elle traça deux colonnes dans le cahier. Dans la première elle inscrivit ce qu'elle aimait : couleurs, saveurs, habitudes alimentaires. Dans la seconde, ce qu'elle détestait.

Elle s'explorait, comme un continent inconnu, défrichant le territoire blanc de sa personnalité. Cela au moins c'était du solide, quelque chose à quoi elle pouvait se raccrocher.

Ayant mis la main sur une pile de vieux magazines féminins, elle passa bientôt ses journées à noircir les grilles des tests proposés aux lectrices : *Êtes-vous sensuelle ? Avez-vous la fibre maternelle ? Quel type d'homme vous fait craquer ? Êtes-vous quelqu'un de bien ?*

Elle cochait les cases-réponses avec fébrilité, impatiente d'apprendre quelque chose sur elle-même. Hélas ! Beaucoup de questions la laissaient désemparée, et elle se découvrait sans aucune opinion sur le sujet traité. Les diagnostics des revues se contredisaient. Tantôt elle apparaissait sous les traits d'une aventurière sans scrupules, tantôt sous ceux d'une godiche plutôt popote. Elle finissait par se demander si l'amnésie ne l'avait pas transformée en une sorte de coquille vide. Un caméléon prenant la couleur du milieu ambiant pour mieux se fondre dans le décor. Peut-être n'avait-elle aucune personnalité en fait ? Peut-être fonctionnait-elle comme ces acteurs qui avouent n'exister qu'au travers des rôles qu'on leur propose ?

Elle ne disait rien de tout cela à Sarah. Dans sa chambre, elle avait préparé un bagage léger avec du linge de rechange de manière à pouvoir prendre la fuite à n'importe quel moment. Dans une revue féminine, elle avait coché deux annonces matrimoniales. L'une émanait d'un garde forestier vivant tout seul en Floride au milieu du gigantesque marécage des Everglades, l'autre provenait d'un charpentier itinérant, spécialiste de la poutrelle métallique, qui passait sa vie sur les routes dans sa caravane, allant d'un chantier à l'autre, du nord au sud et d'est en ouest. Elle hésitait encore à les contacter. Ne risquaient-ils pas de la trouver laide ? Les annonces précisaient qu'il était obligatoire de joindre une photo à la réponse, et comment réagiraient les postulants quand ils découvriraient son crâne rafistolé ? Elle avait encore les cheveux trop courts pour faire illusion. Dès qu'ils auraient repoussé, elle pourrait se faire une frange, tenter de dissimuler la cicatrice sous une mèche à la Veronica Lake.

Elle n'arrivait pas à se décider et il lui arrivait de s'endormir dans son fauteuil, la revue entre les mains. D'ailleurs, elle avait remarqué que tous les bruits répétitifs avaient tendance à la faire basculer dans le sommeil : le ronronnement du réfrigérateur, le tic-tac d'une pendule, le cliquetis des arroseurs mécaniques sur la pelouse, le goutte-à-goutte du robinet mal fermé dans l'évier. C'était comme un métronome qui s'insinuait dans sa tête, oblitérait ses pensées et la forçait à basculer dans le sommeil.

C'était toujours à ce moment-là qu'elle se laissait surprendre par les rêves.

13

Jane rêve. Elle voudrait se réveiller, claquer le couvercle de la valise de carton noir d'où s'échappent les images qui l'effrayent tant, mais elle ne peut que rester clouée au fond du sommeil et subir le déroulement des séquences.

Des choses la submergent. Des souvenirs ? Des flashes imaginaires ? Elle ne sait pas.

De temps en temps, elle voit la tête d'un homme comme un gros rocher crevant soudain la brume pour menacer la proue d'un navire. C'est un visage de vieillard, la peau pend sur les joues, sous le menton. On dirait un masque de caoutchouc d'Halloween oublié au fond d'un grenier, et qui se dissout lentement, pendu à un clou. Un masque de personnage de dessin animé, mi-chien, mi-homme. Les poils de barbe blancs sortent de la peau molle telles les épines d'un cactus. Jane ne parvient pas à distinguer le reste du visage. Seulement ces poils argentés qui accrochent la lumière et doivent irriter la paume quand on les caresse. Elle se fait la réflexion que cette dernière idée est absurde : qui aurait envie de caresser un tel visage ? Un visage d'assassin.

Et puis il y a ce rire, bizarre, qui fait peur. Un rire sans joie, de machine pleine d'engrenages coupants. Ça hurle comme lorsqu'on commet une erreur en passant les vitesses sur l'une de ces stupides voitures européennes qui ignorent tout des avantages de la boîte automatique. Le rire rentre dans les oreilles de Jane pour lui scier la tête en deux. Elle l'a surnommé « le rire du cactus ».

— Quand j'étais jeune, dit le bonhomme, je me déguisais déjà en vieillard. Je me rasais le crâne pour me fabriquer une calvitie artificielle, je me blanchissais le reste des cheveux avec de la teinture. Je m'étais fabriqué d'énormes lunettes d'écaille à verres neutres qui me mangeaient la moitié de la figure.

Quand je sortais, je décolorais ma barbe de deux ou trois jours avec de l'eau oxygénée. Le plus important, c'était le dentier. J'avais un gros dentier que j'emboîtais sur mes vraies dents. Lorsque j'étais sur un contrat et que je ne voulais pas que les gens puissent se rappeler ma bobine, je déboîtais le dentier en public comme s'il me faisait mal, et je commençais à le nettoyer avec mon mouchoir. C'était radical, tout le monde détournait la tête. Au restaurant, au snack de la gare routière, je le trempais dans mon verre d'eau. À partir de ce moment-là, plus personne ne regardait dans ma direction. Ce qui est amusant, c'est qu'avec le temps, je me suis mis à ressembler à mon déguisement. Mes cheveux sont tombés, ma barbe est devenue blanche, et il a fallu que je porte un vrai dentier. Pendant toutes ces années, c'est comme si je m'étais déguisé en moi-même... en un moi-même du futur. En celui que j'allais devenir. C'est drôle, non ? Finalement, quand je suis devenu vieux, il a fallu au contraire que je rajeunisse mes déguisements et que j'essaye de retrouver l'allure que j'avais à trente-cinq/quarante ans en portant des perruques, en dissimulant mes rides. J'ai toujours trouvé ça curieux.

La voix s'éloigne. Tant mieux, elle n'est pas agréable à entendre à cause du sifflement asthmatique qui sépare chaque bribe de phrase.

— L'invraisemblable, dit le vieil homme, c'est la meilleure arme du tueur. Parce que c'est justement ce dont les braves gens ne se méfient pas. Il faut avoir de l'imagination, c'est excellent pour la survie. Un bon tueur, c'est avant tout un artiste visionnaire. Il ne faut pas craindre d'innover, de délirer.

Voilà, c'est tout, c'est parti. La voix s'éloigne. Jane l'entend de nouveau rire, tousser, cracher. Elle a peur de l'homme mais elle est soucieuse de lui plaire, elle écrit des choses dans un carnet. Sans doute prend-elle des notes comme une bonne élève en face d'un professeur.

À présent elle est dans un hôtel, peut-être en Louisiane car il y a des galeries à colonnades, d'interminables balcons et des mezzanines bordées d'une dentelle de fer forgé à laquelle s'accrochent des grappes de mousse espagnole. C'est un hôtel luxueux, très grand. Il y a des paons sur la pelouse, un orchestre coiffé de canotiers qui joue des airs du Sud sur des banjos grelottants. Jane n'aime pas les paons qui passent leur vie à vous montrer leur anus. Elle est là, sur la terrasse, elle boit du Southern Comfort à l'ombre du parasol. Elle est en vacances, entre deux contrats. Elle a envie de faire l'amour mais elle se méfie des hommes qui l'entourent. Comment être certaine que l'un d'eux n'a pas justement été envoyé pour la supprimer ? C'est facile quand on connaît les goûts sexuels d'une femme, son type d'homme. Pour être à l'abri, il faudrait appliquer aux partenaires de lit la même méthode que pour les boîtes de conserve : ne pas permettre à l'adversaire de déterminer un profil, n'avoir aucune habitude. Déconcerter l'ennemi, choisir des types pour qui on n'aurait normalement aucune attirance ! Oui, mais ce serait absurde. Où serait le plaisir, alors ?

Elle s'en veut d'avoir choisi le Sud, avec sa chaleur moite qui porte aux affaires de peau. Quand elle n'est plus sur un contrat l'appétit lui revient. Toutes sortes de gourmandises la submergent. Une tueuse ne peut pas s'abandonner, baisser sa garde, ne serait-ce qu'une minute. Or l'amour, qu'est-ce d'autre qu'un abandon total ? Jane sait qu'une exécutrice n'est jamais plus vulnérable qu'au fond d'un lit, quand elle est au bord du plaisir et qu'elle ne pense plus qu'à jouir. Cela ne dure que quelques secondes, mais c'est toujours quelques secondes de trop. L'homme est couché sur vous, il vous écrase de tout son corps et au début vous avez trouvé cela très agréable, mais à présent vous êtes livrée, vous pouvez à peine bouger. Il est beaucoup plus lourd et beaucoup plus fort que vous. Quand vous commencerez à gémir, emportée par la jouissance, ce sera un jeu pour lui de placer ses pouces de part et d'autre de votre cou et de comprimer les veines qui irriguent le cerveau. L'effet sera instantané ; en moins d'une seconde vous perdrez connaissance. Il n'aura ensuite qu'à compter jusqu'à soixante et vous serez morte. C'est très facile de tuer ainsi quand on a un peu de pratique et de la force dans les doigts. Une prise classique de close-combat que tous les garçons apprennent à l'armée. Quand elle comprend ce qui lui arrive, la victime est déjà dans l'impossibilité de se défendre. Presque morte.

Jane se défie de tous ceux qui rôdent autour d'elle, au bar, dans le jardin de l'hôtel, en ville. Hier, pendant qu'elle se promenait dans le Vieux Carré, un type l'a suivie. Beau, du genre qui lui plaît. *Est-ce qu'ILS ont déjà établi le profil du type d'homme qui la fait fondre ?* Elle s'est appliquée à déjouer toute éventuelle surveillance mais elle sait qu'ILS sont malins.

ILS, c'est tous ceux qui ont peur d'elle : les futures victimes, mais aussi les anciens employeurs, les partenaires jaloux, les concurrents qui voudraient être payés autant qu'elle. Dans ce métier, tôt ou tard, tout le monde finit par vouloir votre mort. Parfois on retourne contre vous vos propres méthodes, on mise sur le long terme. Ainsi, ce type du Vieux Carré pourrait très bien aller jusqu'à lui proposer le mariage, lui passer la bague au doigt pour avoir raison de toutes ses défenses et, quand elle serait enfin rassurée...

Jane frissonne en dépit de la chaleur. Elle ne peut tout de même pas vivre comme une nonne, elle est encore trop jeune pour cela. Elle songe à ce que lui a appris le vieil homme aux joues hérissées de barbe, ce « Cactus » au rire si déplaisant.

Lui aussi se méfiait des partenaires d'une nuit, des femmes rencontrées dans les aérogares, les hôtels.

— On ne peut jamais savoir, n'est-ce pas ? chuintait-il. C'est le théorème de base, le truc vieux comme le monde. Tout est peut-être arrangé, mis en scène. Avec le temps, ILS finissent par savoir ce qui vous branche. ILS savent que le vieux démon du bas-ventre vous poussera à oublier toute prudence l'espace d'un soir. Les filles qu'on paye sont encore plus dangereuses que les autres. Il faut les fuir à tout prix. On ne se méfie jamais assez d'une fille nue, on croit qu'elle est désarmée parce qu'elle ne porte plus qu'une petite toison entre les jambes. On se gourre ! C'est facile à tuer un type qui fait l'amour. Il a beau être averti, il y aura toujours trois secondes de trop durant lesquelles il ne pourra pas s'empêcher de fermer les yeux. Alors là c'est un jeu d'enfant. Il suffit d'une épingle à chapeau plantée bien droit dans le cœur. J'ai connu une tueuse qui avait l'habitude de faire monter un repas chinois avant de se mettre au lit avec sa proie. Quand le type jouissait, elle le tuait en lui enfonçant l'une des baguettes dans l'œil, bien à fond, pour traverser le cerveau. Foudroyant ! Un professionnel sait qu'il s'offre à l'ennemi dès qu'il cesse d'être vigilant.

Jane boit la liqueur de pêches qui coule comme du feu dans son estomac. Le Cactus lui a expliqué comment, afin de ne pas vivre comme un moine, il descendait dans les grands hôtels et s'installait dans le hall pour choisir parmi les clientes une femme seule à peu près à son goût.

— Avec mon apparence de vieillard, je ne pouvais pas prétendre séduire les belles Californiennes, a-t-il lâché entre deux quintes de son affreux rire de poitrine. Dès lors, toute femme qui faisait mine de s'intéresser à moi devenait suspecte. Je les fuyais : les serveuses fatiguées, les barmaids maternelles, les voisines compatissantes, les veuves trop aimables. Je savais qu'on pouvait les avoir mises là à ma seule intention. Pour jouir, ne restaient plus que les inconnues, les femmes prises presque au hasard dans la foule. Je les choisissais dans les hôtels.

Souvent c'étaient des femmes partant rejoindre leur mari dans un autre État. Ou faisant une halte sur la route d'une visite familiale. Quand j'étais bien certain qu'elles dormaient seules, à poings fermés, je me glissais dans leur chambre avec un tampon de chloroforme dans la poche. J'ouvrais avec un passe, comme un type du service d'étage, et je leur posais délicatement mon bâillon sur la figure. Ce n'est qu'à ce moment-là que je me sentais rassuré. Je n'ai pas honte de le dire, c'est de cette manière que j'ai fait l'amour pendant des années, quand l'abstinence me montait à la gorge. Lorsque j'avais fini, je les nettoyais, pour qu'elles ne s'aperçoivent de rien. Le matin, elles se réveillaient avec la tête lourde, la nausée, mais ne conservant aucun souvenir de leur petite aventure nocturne. Je ne pense pas qu'une seule d'entre elles ait jamais eu le moindre soupçon. J'en ai possédé une bonne centaine selon cette méthode, c'est la seule récréation que je m'accordais. On ne peut pas être de bois vingt-quatre heures sur vingt-quatre, n'est-ce pas ?

Jane a bien retenu la leçon. Elle s'installe dans le hall avec un Martini et une revue d'économie plutôt austère, ou un opuscule religieux qui découragera les dragueurs, et elle observe les hommes qui passent. Elle écoute ce qu'ils racontent aux employés de la réception. Les hommes seuls en voyage ramènent rarement une fille à leur hôtel, ils vont chez la dame en question, c'est plus sûr. Quand elle a fait son choix, Jane attend deux heures du matin pour passer à l'action, tournant et retournant le passe dans sa main moite. Il y a belle lurette qu'elle sait ouvrir tous les types de serrures. Même les cartes magnétiques des hôtels grand luxe ne représentent pas une difficulté majeure pour elle puisqu'elle dispose d'une carte-sonde couplée à un mini-ordinateur capable d'essayer des milliers de combinaisons en une fraction de seconde. Un appareil semblable à ceux qu'utilisent les pirates de distributeurs bancaires.

Elle aime ce moment, quand elle se sent devenir moite et qu'un trou se creuse au niveau de son estomac. Quand l'heure est arrivée, elle prend le sachet contenant la compresse imbibée de chloroforme et se faufile dans le couloir. Elle se glisse chez l'homme. S'il ouvrait les yeux à ce moment précis, il lui suffirait de prétendre s'être trompée de chambre. Mais tout se passe bien, il dort à poings fermés. En deux enjambées elle est près du lit et bâillonne sa proie. Elle compte mentalement les secondes car une inhalation trop prolongée peut entraîner la mort du sujet. Le Cactus lui a appris tout cela. Ensuite, elle ouvre la fenêtre pour ventiler la pièce, puis se déshabille. C'est toujours une grande excitation pour elle de tenir un corps d'homme inanimé entre ses mains. Un corps à sa merci. Parfois, elle s'amuse à le parcourir avec la pointe du couteau qui ne la quitte jamais. De la pomme d'Adam jusqu'à la racine du sexe. Elle pose le tranchant de la lame coupante comme un rasoir à la base du pénis, sans appuyer, et fixe l'homme endormi.

« Tu ne sauras jamais ! pense-t-elle. Pauvre idiot, tu te crois fort, si tu découvrais à quel point tu es vulnérable en ce moment ! »

Elle pose sa bouche sur les muscles du torse, des bras. Elle aime ses amants puissants, bâtis en athlète, parce qu'ainsi elle a l'impression de les anéantir plus complètement encore. Pour une fois ils ne risquent pas de lui faire mal, de lui imposer quoi que ce soit de déplaisant. De lui tirer les cheveux ou de la prendre d'une manière qui lui est odieuse. Elle est maîtresse du jeu. Elle les caresse, riant de la rapidité avec laquelle ils réagissent. « Comme des animaux », pense-t-elle. Alors elle s'empale sur eux, gardant cependant le couteau à la main dans un reste de prudence. Elle se sert des beaux endormis comme le Cactus lui a appris à le faire. Ainsi personne ne peut la surprendre au moment de l'inévitable défaillance.

« Tu ne m'as pas eue, murmure-t-elle lorsque tout est fini. C'est moi qui t'ai possédé. Tu ne pourras pas te vanter auprès de tes copains de m'avoir baisée, tu ne pourras pas leur décrire mon corps ni mes gestes dans l'amour. Ni la façon dont je gémis, et vous ne rirez pas dans mon dos. »

Quand elle a retrouvé ses esprits, elle procède à la toilette de l'inconnu, le rhabille s'il a coutume de porter un pyjama, puis elle scrute les draps pour s'assurer qu'elle ne laisse derrière elle aucun poil pubien qui pourrait la trahir. Elle referme la fenêtre et s'en va comme elle est venue.

Le lendemain, c'est une grande joie d'observer la victime de la veille qui prend son déjeuner sur la terrasse en réclamant de l'aspirine.

— J'ai la gueule de bois, marmonne-t-il à l'adresse du garçon, pourtant je n'ai presque rien bu hier. Je dois vieillir, je ne tiens plus aussi bien l'alcool qu'avant.

Lorsqu'elle reprend la route, Jane se sent bien, libérée de ses démons pour quelques mois. C'est une curieuse vie qu'elle mène, mais c'est la sienne. Une existence qu'elle doit traverser sanglée dans une cuirasse sans défaut.

Elle n'est pas n'importe qui. Elle est la petite fille chérie de la mort caracolant sur un cheval rouge.

14

Les rêves de Jane se multipliaient, tournant autour d'une idée fixe, accumulant des détails qui, parfois, semblaient tirés d'une bande dessinée. Le premier réflexe de Sarah avait été de hausser les épaules mais, peu à peu, les monologues haletants et murmurés de la jeune femme avaient fini par installer le doute en elle. Et si Crook se trompait ? Si Jane se rappelait réellement quelque chose ?

— Je reconnais que tout son délire est très structuré, lâcha un soir le médecin, mais je pourrais vous présenter dix patients capables des mêmes affabulations. Des gens qui s'inventent des enfances merveilleuses ou pathétiques, des mariages idylliques ou infernaux. J'ai soigné une femme qui pleurait depuis des années la mort d'un fils qui n'avait jamais existé. Quand on l'interrogeait sur ce gosse, elle devenait intarissable et vous racontait sa vie dans les moindres détails. Les chansons qu'il avait apprises, ses mots d'enfant, les bêtises qu'il avait coutume de faire. C'était criant de vraisemblance. Il nous a fallu un temps fou pour comprendre qu'elle affabulait. Jane est pareille, elle meuble les trous qu'elle a dans la tête avec un passé de pacotille. Comme c'est une fille intelligente, elle prend garde à ne pas se couper. Si elle persiste, elle court le danger de déraper dans la psychose, c'est cela qui m'embête.

— Mais les valises de déguisements ? fit remarquer Sarah.

— Garde-robe de comédienne, répliqua le médecin inébranlable.

Sarah ne pouvait rester trop longtemps éloignée de l'agence. Elle avait des clients à rencontrer, des contrats à passer, elle décida donc d'emmener Jane à Venice. À chaque déplacement, elle prenait grand soin de vérifier que personne ne les filait. Elle utilisait une voiture blindée à vitres de polycarbonate et châssis renforcé, voyageait au petit bonheur en empruntant des itinéraires fantaisistes qu'elle espérait imprévisibles.

Alors qu'elles traversaient à pied le parking de l'agence, un incident étrange se produisit pourtant. Sarah venait de verrouiller les portières du véhicule et cherchait dans son sac sa carte codée pour accéder à l'entrée privée du bâtiment, quand un petit chien s'élança dans leur direction en jappant. C'était l'une de ces bestioles dont on ne parvient pas à savoir si elles sont attendrissantes ou complètement ridicules : un Yorkshire avec un nœud écarlate entre les oreilles et un petit manteau rouge agrémenté d'un cœur de Saint-Valentin. De l'autre côté du grillage, une jeune fille criait quelque chose d'une voix stridente, sans doute le nom de la bestiole qui avait dû se faufiler par un trou creusé au ras du sol. Sarah vit Jane blêmir et lever les mains pour se protéger, comme si le minuscule cabot allait lui sauter à la gorge pour lui lacérer la carotide. Un doberman écumant ne l'aurait pas davantage terrifiée.

— Ne le laissez pas approcher ! hurla-t-elle à Sarah. Tirez-lui dessus ! *Tuez-le !* Tuez-le donc ! Vous ne comprenez pas ?

La voix perçante de la jeune femme provoqua un début de panique chez l'Irlandaise qui porta la main à son arme. Le chien s'arrêta à deux mètres, hésitant, tirant une petite langue rose. Il avait perçu la peur des deux femmes et hésitait à poursuivre. Il finit par faire volte-face et traversa le parking en sens inverse pour rejoindre sa maîtresse qui le récupéra avec force remontrances.

Sarah se tourna vers Jane. La jeune femme avait le visage décomposé, les mains tremblantes. Elle tenait à peine debout et Sarah dut la soutenir jusqu'au mur pour qu'elle s'y adosse.

— Vous avez peur des chiens ? interrogea-t-elle avec une pointe d'incrédulité. De ce genre de chiens ?

— Oui, bégaya Jane dont les dents claquaient sous l'effet de la réaction nerveuse. Et des enfants aussi... des petits garçons avec un bras dans le plâtre. Ils sont terriblement dangereux. Il ne faut à aucun prix les laisser s'approcher.

— Les petits garçons avec un bras dans le plâtre... répéta Sarah sans comprendre.

— Oui... ou les fillettes qui tiennent un bouquet de fleurs, ou une poupée. Elles sont aussi dangereuses que les chiens.

— Calmez-vous, murmura Sarah. Nous allons rentrer et vous m'expliquerez ça là-haut.

— Je ne peux pas, balbutia la jeune femme. Vous ne me croiriez pas.

— On va tout de même essayer, fit nerveusement l'Irlandaise en déverrouillant le sas d'accès.

15

Comment lui expliquer, en effet ? Jane a visité des mondes dont Sarah ne soupçonne même pas l'existence. Le Cactus appelait cela « le magasin des accessoires », et il riait, content de sa plaisanterie. Jane sait que c'est comme un grand théâtre : il y a la scène où les contrats sont exécutés, puis les coulisses de l'enfer. Le magasin des accessoires est tout au bout, perdu dans un dédale de corridors encombrés de toiles peintes. C'est du moins ainsi qu'elle le voit dans ses rêves. Dans la réalité c'est sûrement tout à fait autre chose. C'est là que tout se fabrique, que bricolent les ingénieurs de la mort, d'anciens gagmen de la C.I.A. renvoyés parce que leur imagination commençait à déraper. Quand on visite ces ateliers on comprend à quel point le théorème du Cactus est pertinent : l'invraisemblable est le meilleur outil du tueur professionnel car l'homme de la rue a peu d'imagination. Sa méfiance reste cantonnée dans les limites des dangers connus, répertoriés. Dès lors, il est facile de contourner ses pauvres défenses pourvu qu'on ne recule pas devant l'improbable.

Comment le faire comprendre à Sarah ? L'Irlandaise a beau porter une arme, elle n'a encore jamais traversé le miroir. Comment pourrait-elle se méfier des petits chiens si mignons, si désarmants, qui courent au ras du sol en tirant un bout de langue rose ?

Et pourtant ! Jane a elle-même souvent utilisé ces animaux en les affublant d'un petit manteau bourré de pains de C-4 et d'un détonateur radiocommandé. Ce n'est pas très difficile à réaliser. Il suffit d'acheter dans une boutique pour bestioles de compagnie l'un de ces vêtements élastiqués agrémentés d'inscriptions personnalisées (*Bonjour ! Je m'appelle Bijou !*), de le découdre et d'aplatir l'explosif comme on le ferait d'une simple pâte à tarte. C'est cela qui est commode avec le plastic : sa plasticité, justement. On peut le modeler, le sculpter, en faire des statuettes, des jouets, des cendriers. Une grande quantité d'explosifs tient ainsi sans difficultés dans un manteau pour chien. L'antenne est connectée au collier. Les bestioles sont dressées pour courir en jappant vers celui qu'on leur désigne. Il suffit d'attendre qu'elles soient à la hauteur de la cible pour enfoncer le bouton de la télécommande, et le tour est joué. Il faut bien sûr prendre la précaution de se dissimuler derrière un écran au moment de la déflagration : pan de mur, camion à l'arrêt, afin de se protéger des débris.

— Personnellement je n'aime pas les détonateurs télécommandés, marmonnait le Cactus. Ils ne sont pas fiables. On est toujours à la merci d'une interférence, surtout depuis la généralisation des trucs téléguidés. Le signal a beau être codé, on court toujours le risque qu'un bip identique soit émis au mauvais moment par un appareil quelconque : le talkie-walkie d'un vigile, le téléphone sans fil d'un homme d'affaires, la radio d'une voiture de patrouille ou même le boîtier de télécommande d'un gosse qui joue avec un petit avion sur une esplanade. Si cela se produit, le chien peut vous péter dans les mains, vous arrachant tout le bas du corps. C'est arrivé plus d'une fois. Il faut se méfier de l'électronique. C'est toujours génial quand les conditions sont optimales, ce qui est rarement le cas dans notre métier.

Jane préfère les techniques anciennes, faciles à

bricoler et qui ne nécessitent pas de connaissances poussées. Un explosif comme la Tolite peut être mis à feu à l'aide d'un simple détonateur de grenade. Il suffit de caresser le chien, de lui montrer la cible, et d'arracher la goupille qui pend de son manteau au moment où il s'élance. L'animal devient dès lors une grenade sur pattes. Il convient de connaître sa vitesse de déplacement et la distance qu'il peut parcourir en quatre secondes, le temps que l'allumeur entre en action. Quand on a déterminé cette distance, on sait d'où il convient de lancer la bête vers l'homme à abattre.

Qui se méfie d'un mignon petit chien qui court ventre à terre ? Un Yorkshire sanglé dans un manteau rouge, le cou entouré d'un collier de faux brillants. Les gardes du corps ne sont pas habitués à repérer de telles cibles, et ils regardent rarement au ras du trottoir. Le chien est un bon moyen quand le contrat vise une femme. Un enfant. Un vieillard.

— Notons cependant, ricane le Cactus, que le coup de la grenade sur pattes réserve parfois de mauvaises surprises. Il arrive que le cabot, parvenu à mi-chemin, s'arrête et fasse demi-tour, sans qu'on sache pourquoi. Celui qui l'a lancé se retrouve alors face à cette bombe sur le point d'exploser et qui lui revient en pleine gueule ! C'est pourquoi il importe que le chien soit bien conditionné.

Il existe des chenils clandestins où l'on dresse ce genre d'animaux. Jane a souvent eu recours à leurs services. Les techniques évoluent vite, les ruses et la méfiance aussi. Elle sait que désormais, on n'hésite plus à implanter les bombes sous la peau des chiens, par incision sous-cutanée, ce qui permet de lancer vers la cible une bête apparemment nue. On sélectionne pour cela des animaux à poil long ou bouclé, de manière à ce que la toison dissimule le renflement de la charge. Jane s'est renseignée auprès du vétérinaire marron qui pratique l'intervention. Il lui a montré comment l'implantation se déroulait. Il a fendu sous ses yeux l'épiderme d'un caniche anesthésié pour qu'elle puisse voir la façon dont on disposait la charge plate sous la couche graisseuse. Il s'agit bien sûr de bombes télécommandées.

— Fort pouvoir déflagrant, lui a-t-il expliqué. Ne vous laissez pas berner par la petite taille de la charge. Si l'on utilise un chien à poil frisé, la protubérance est invisible à l'œil nu, on ne peut la deviner qu'au toucher.

Il faut commander le chien longtemps à l'avance pour qu'il ait le temps de cicatriser. Le vétérinaire garde les animaux « préparés » dans une salle protégée des interférences électromagnétiques qui pourraient inopinément déclencher les charges implantées.

Mais le magasin des accessoires ne fournit pas que des animaux, car il existe des gens peu sensibles au charme des bêtes, des allergiques qui fuient poils et plumes comme la peste et décamperont à la simple vision du cabot, si adorable soit-il. Pour ceux-là, on a recours aux enfants. C'est une ruse très ancienne, mais qui reste efficace. Qui se méfierait d'un gosse de cinq ans qui porte le bras droit dans le plâtre et s'approche de vous en traînant un vieux Winnie l'Ourson tout pelé par la patte ? Qui aurait le réflexe de penser que le plâtre enveloppant le bras du mioche est en réalité du C-4 peint en blanc ? Du C-4 actionné par détonateur radiocommandé ?

Jane a rencontré une grosse femme qui fournissait des enfants-bombes à la demande. Elle se faisait appeler Mama Moogan. Elle régnait sur un « orphelinat » étrangement silencieux de gamins kidnappés en bas âge et assommés à coups de tranquillisants. Des mômes aux yeux hagards qu'elle dressait à obéir au doigt et à l'œil.

Mama Moogan... Jane se rappelle son odeur rance, ses bras épais comme des cuissots de sanglier. Un énorme visage percé d'une toute petite bouche toujours impeccablement maquillée au pinceau dans une couleur très « chinoise ». Une sorte de rouge impérial rutilant. Mama Moogan fournit les tueurs spécialisés dans les attentats politiques. Elle a dressé ses mioches à courir en souriant, un bouquet de fleurs à la main. Elle les a habitués à porter sous leurs vêtements une camisole rigide (qui pourra être remplie d'explosifs le moment venu, mais cela ils ne le savent pas !). Elle leur explique que c'est pour leur bien, parce qu'ils souffrent de scoliose. Elle leur répète qu'ils doivent être très obéissants s'ils veulent qu'on les adopte un jour. Elle les vend très cher. « C'est pour un seul usage, pas vrai ? » ricane-t-elle en comptant les billets.

Elle n'a pas le culot de prétendre qu'elle s'attache à ses pensionnaires. Vendue par son père à l'âge de huit ans à un bordel de petites filles de la Nouvelle-Orléans, elle a eu le temps de s'endurcir. De cela, par contre, elle se vante volontiers. Lorsqu'elle s'habille un peu, elle a l'air d'une mamie s'apprêtant à grimper dans un charter du troisième âge en partance pour Miami. Elle aime les rinçages bleutés, les lunettes « papillon » à monture de plastique rose et les romans sentimentaux qui lui font pousser de gros soupirs tristes.

Jane a peur d'elle et s'arrange pour la voir le moins possible. Jane a beau faire des efforts, elle ne se rappelle pas s'il lui est arrivé d'acheter un enfant en prévision d'un attentat. Elle espère que non. Elle se dit qu'elle a peut-être simplement visité « l'orphelinat » de Mama Moogan en compagnie du Cactus. Elle veut croire à cette explication de toutes ses forces.

Voilà pourquoi elle a peur des petits chiens, des enfants plâtrés et des petites filles serrant contre leur cœur une poupée remplie de Tolite.

Mais Sarah peut-elle le comprendre ?

16

Sarah avait écouté les confidences de la jeune femme sans prononcer un mot. Elle était partagée entre deux sentiments : une certaine fascination pour cette fille qui semblait avoir vécu dans l'intimité des praticiens de la mort violente, et l'angoisse d'avoir introduit chez elle un personnage qui lui faisait horreur. Elle était maintenant persuadée que Crook se trompait. Jane n'inventait pas. Les souvenirs que le médecin avait crus effacés à jamais remontaient à la surface. Jane avait été une tueuse connaissant tous les arcanes de son métier. Une exécutrice formée par un vieil homme qu'elle surnommait le Cactus (à moins que ce sobriquet ne fût en réalité un nom de code ?). Sarah commençait même à se demander si elle n'avait pas sous-traité des liquidations pour la C.I.A. ou un organisme analogue. Elle avait la sensation désagréable d'avoir ouvert la porte à un serpent venimeux dont les réflexes ne demandaient qu'à se réveiller.

— Je sais ce que vous pensez, dit tout à coup Jane. Je vous dégoûte, c'est ça ? Mais j'ai droit à une deuxième chance. Je voudrais profiter de mon amnésie pour repartir de zéro, pour recommencer.

— C'est pour cette raison que vous ne teniez pas à récupérer vos souvenirs, observa Sarah. Plus ou moins consciemment vous saviez qu'ils étaient encombrants.

— Sans doute. Mais pour le moment ce ne sont encore que des images extérieures à moi. Je ne m'y sens pas impliquée. Pas davantage que si je regardais un film à la télévision.

— Il faut en parler à Crook, dit Sarah. Lui expliquer qu'il se trompe. Vous n'êtes pas une mythomane, mais bel et bien quelqu'un qu'on cherche à liquider. Vos anciens employeurs tiennent peut-être à ne laisser aucun témoin derrière eux.

Jane haussa les épaules. Elle avait les traits tirés et des cernes sous les yeux.

Sarah prit contact avec Nigel Crook. Il ne pouvait pas se déplacer et demanda aux deux femmes de passer le voir à sa sortie de l'hôpital. Rendez-vous fut pris dans dans un café français, à Downtown.

Sarah réalisa qu'elle n'avait plus qu'une idée en tête : éloigner Jane de David. Celui-ci, qui par l'entremise du circuit de surveillance vidéo avait assisté à l'entretien, ne cessait d'appeler pour supplier sa mère de faire descendre leur « cliente » à la cave. Sarah avait décidé de faire la sourde oreille.

— Je ne réclame pas grand-chose, murmura soudain Jane d'une voix lasse. Je veux qu'on m'oublie. Aujourd'hui je serais incapable de faire toutes les choses dont je me souviens. Je suis devenue quelqu'un d'autre. L'accident m'a privée d'une partie de ma personnalité... de mon agressivité, ou de mon indifférence, je ne sais pas, mais il y a un ressort cassé en moi. Le ressort qui me permettait de tuer. Vous comprenez ce que j'essaye de vous dire ?

— Oui, fit Sarah, mais je ne suis pas spécialiste des maladies mentales.

— Vous ne pensez pas que cette balle m'a en quelque sorte lobotomisée ? demanda la jeune femme les yeux brillant d'un espoir absurde. J'ai lu dans une revue médicale que la lobotomie ôtait au patient ses tendances agressives. Le projectile qui m'a traversé la tête a peut-être eu le même effet. Dans ce cas je ne représenterais plus un danger pour la société. On pourrait me laisser libre de refaire ma vie.

— Je vous le souhaite, soupira Sarah. Crook nous dira ce qu'il en pense. Venez, il est temps de partir.

Elles quittèrent l'ancienne citerne, siège de la société de surveillance, et prirent la direction du centre ville. Sarah n'aimait guère le paysage de Downtown, avec ses tours de verre et d'acier qui évoquaient des vaisseaux spatiaux en attente de décollage. Pour elle, c'était un monde conçu par des hommes, tout en symboles phalliques et surfaces froides. Vu d'en haut, cela devait ressembler à une gigantesque fosse garnie d'épieux. De quoi dégoûter à jamais les extraterrestres de se poser sur la Terre !

Elles s'installèrent au *Café français*. À cette heure de la journée il était possible d'y trouver une table. Beaucoup d'éditeurs donnaient rendez-vous à leurs auteurs dans ce décor faussement vieillot qui essayait de singer le célèbre *Algonquin* de New York. Elles commandèrent des anisettes qu'on servait par snobisme accompagnées de cuillères trouées, comme s'il s'agissait d'absinthe pure. *La boisson qui rendait fous les poètes*, précisait la carte.

Crook arriva, mécontent, jetant ostensiblement un coup d'œil à sa Rolex en or. Sarah en avait assez de ses rodomontades et de son assurance de médecin à qui on ne la fait pas. Le petit chantage à la reconnaissance qu'il exerçait sur les gens à qui il avait un jour rendu service finissait par le rendre antipathique.

— Alors ? lança-t-il en s'asseyant. Qu'y avait-il de si urgent ?

Sarah entreprit de résumer à voix basse l'incident du parking. Elle voulait essayer de transmettre sa conviction au médecin, c'est ce qui lui fit commettre une faute d'inattention.

Elle était si absorbée dans son discours que sa vision périphérique s'alarma trop tard de la forme sombre s'approchant de leur table, et des gestes affolés du serveur. Elle tourna la tête, mais ne vit qu'une silhouette car l'inconnu se tenait à contre-jour. D'ailleurs elle ne chercha même pas à distinguer son visage, ses yeux s'étaient arrêtés sur l'arme brandie dans leur direction. C'était un pistolet automatique Tokarev, une vieille arme fabriquée en ex-Union soviétique, et dont le bronzage avait été décapé par les frottements. Jamais Sarah ne s'était sentie si lourde, si pataude. Elle se jeta en travers de la table pour faire basculer Jane sur le sol, mais elle avait l'impression de se mouvoir dans de la graisse gélifiée.

Ses seins lui parurent énormes. Ils l'encombraient, la ralentissaient. Pour bouger plus vite elle aurait dû être en mesure de les larguer, comme ces avions qui se débarrassent de leurs réserves de carburant pour gagner en rapidité. La balle s'écrasa sur son flanc à la seconde même où elle déséquilibrait Jane. Ce fut comme si on lui jetait un sac de sable, et elle s'étonna de ce qu'un si petit morceau de plomb pût avoir un tel impact. L'agresseur vida son chargeur, mais dès la première détonation la panique avait jeté les consommateurs vers la sortie, si bien qu'il lui était très difficile de viser. Sarah heurta la table, écrasa les verres, et tomba sur le sol, recouvrant Jane de son propre corps. Elle ne parvenait pas à retrouver son souffle. La balle qui l'avait touchée au flanc lui avait cassé une ou deux côtes en s'écrasant sur son gilet en Kevlar. D'autres projectiles avaient émietté le guéridon de marbre, et elle avait un goût de craie dans la bouche. L'agresseur recula en tirant ses dernières cartouches, Sarah entendit les balles se ficher dans le dallage, tout près de la tête de Jane, puis l'individu prit la fuite. Il était de haute taille, enveloppé dans un vieux blouson et coiffé d'un bonnet rasta, le visage dissimulé derrière des lunettes de moto et un bandana rouge vif. Jane se débattit car le poids de Sarah l'étouffait. Ce mouvement suffit à faire éclater la souffrance dans le flanc de l'Irlandaise. Elle eut l'impression qu'on lui déchirait la cage thoracique comme un sac en papier gonflé d'air qu'on écrase d'un coup de poing.

Dans l'enceinte du café la confusion était extrême. Une fois n'est pas coutume, les auteurs piétinaient leurs éditeurs. Des jeunes femmes s'enfuyaient en hurlant, transperçant de leurs talons aiguilles les mains des messieurs qui se déplaçaient à quatre pattes. Ce ne fut qu'une fois qu'elle eut réussi à s'agenouiller que Sarah vit Crook. Il était étendu sur le dos, la chemise remontée sur son ventre grassouillet. Il bavait du sang et une grande flaque poisseuse s'était formée à la hauteur de sa poitrine. Sarah se pencha sur lui. Il était en état de choc, les yeux vitreux. Il avait intercepté l'une des balles destinées à Jane.

Elle lui suréleva la tête, lui parla, l'exhortant à ne pas perdre conscience, conseils qu'il avait dû lui-même prodiguer des milliers de fois dans le cadre de ses fonctions. Il perdait beaucoup de sang et la blessure semblait sérieuse. Écartant les pans de la chemise, Sarah localisa le trou au sommet du poumon gauche, pas très loin du cœur. La plaie moussait en sifflant, preuve que le sac pulmonaire était percé. Jane s'était traînée à l'écart, le dos contre un pilier. Elle était blême et sa bouche pendait, la mâchoire décrochée par la stupeur. De ses deux mains, elle se palpait le corps, cherchant à vérifier qu'elle n'avait pas été touchée. Elle avait l'air d'une folle repoussant une vermine imaginaire.

Tout de suite après, la police investit le café, l'arme au poing.

17

Sarah se trouvait aux urgences, à demi nue sous l'œil d'un officier de police que cela ne semblait nullement gêner. Une infirmière achevait de lui bander la cage thoracique au plus serré.

— Il faudra faire attention, expliquait-elle d'une voix mécanique. Une côte brisée ça n'a l'air de rien, mais ça peut vous transpercer le poumon, ou même le cœur. Pas de mouvements violents jusqu'à ce que l'os soit ressoudé, compris ?

La première demi-heure avait été la plus dure. D'emblée, le fait que Sarah portât un gilet protecteur en Kevlar et une arme à la ceinture l'avait rendue suspecte. Elle avait dû s'allonger à plat ventre, les mains derrière la nuque, les jambes écartées, en dépit de la souffrance que cette position lui infligeait. Un petit malin s'était même amusé à lui poser son talon de botte sur la nuque parce qu'il avait dû voir ça dans un film. Elle n'avait pas eu la force de les insulter. Respirer lui faisait trop mal.

Les choses avaient fini par se clarifier. Quant à « l'identité » de Jane, elle avait aussitôt fait grimper le lieutenant aux rideaux. Le dossier de l'amnésique avait été extirpé du classeur où il prenait la poussière.

Sarah s'inquiétait pour Crook. Elle l'avait vu disparaître à l'arrière d'une ambulance, un masque à oxygène sur la bouche, les yeux révulsés. Jane, elle, était en état de choc. On lui avait injecté un tranquillisant en espérant qu'elle cesserait enfin de claquer des dents. Christian Shane, l'assistant de Crook, apparut enfin aux urgences ; il ne cacha pas qu'il était pessimiste.

— Il est dans le coma, annonça-t-il. On fera tout ce qu'on pourra. Les prochaines heures seront décisives. Cela dit, il ne faut pas obligatoirement s'arracher les cheveux : contrairement à ce qu'on pense d'ordinaire, les poumons supportent assez bien les plaies par balle. Ce sont des organes mous, vides, très élastiques, qui se dilatent facilement au passage des projectiles et reprennent vite leur place. On ne peut pas en dire autant des organes pleins : le foie, la rate, qui explosent dès qu'on les comprime un tout petit peu.

Le lieutenant s'approcha de Sarah qui enfilait sa chemise trouée. C'était un type courtaud, au visage carré et rougeaud criblé de cicatrices d'acné. Les pores dilatés de ses joues et de son front évoquaient la peau d'une orange. Il se dandinait sur un corps presque aussi haut que large. « Cubique », pensa Sarah. Il s'appelait Donahue.

— Pourquoi a-t-on tiré sur le toubib ? demanda-t-il pour la troisième fois.

— Vous êtes bouché ou quoi ? s'impatienta Sarah. C'est cette jeune femme qu'on visait. Jane. Je vous rappelle qu'on a déjà essayé de la tuer une première fois il y a six mois, et de nouveau ici même, dans cet hôpital, il y a une semaine.

— Ouais, grogna le flic, mais elle n'a rien, elle.

— J'ai pris la balle qui lui était destinée, soupira Sarah. Si je ne m'étais pas jetée devant elle, elle y avait droit. Le reste, les balles perdues, sont le résultat de la confusion. Le tueur a été gêné par la foule qui refluait vers la sortie. Il n'a pas eu le temps de viser. C'était la bousculade, la panique. Les gens qui fuyaient l'éloignaient de la table.

— Pourquoi aviez-vous un gilet et pas elle ?

— Parce que c'est mon boulot, et qu'il faut une sacrée dose de courage pour supporter un gilet en Kevlar par le temps qu'il fait. Vous savez ça aussi bien que moi.

— C'est vrai, ricana le lieutenant, même au Viêt-Nam on y avait renoncé. Ça nous pompait la sueur du corps comme un vrai sauna. Les bleubites qui s'empaquetaient là-dedans finissaient par tomber raides, déshydratés.

Il compulsait d'une main dégoûtée le dossier de Jane Doe 44-C dont une auxiliaire venait de lui remettre une copie.

— Y'a rien d'utilisable dans ce rapport, grogna-t-il. Les histoires d'amnésiques c'est la bouteille à l'encre. Par principe je n'y crois pas. C'est trop facile de prétendre qu'on a tout oublié. Et c'est invérifiable.

— Les précédents médicaux ne manquent pourtant pas, fit Sarah.

— Je sais, maugréa Donahue. Mais ça me fait toujours l'impression d'une mauvaise excuse. Pourtant ça me plairait bien, moi, qu'on m'efface d'un coup toute la merde que ma cervelle a enregistrée depuis mon entrée dans la police !

Il grogna puis laissa tomber :

— Ne franchissez pas les limites de l'État, on pourrait avoir besoin de vous entendre.

— Mon fils sait où me joindre, dit Sarah. Je suis en relation constante avec lui.

— Ne jouez pas les grandes dames avec moi, gronda Donahue, ce n'est pas parce que vous avez été mariée à un gars du FBI qu'il faut le prendre de haut.

Sarah réussit à obtenir de Christian Shane l'autorisation de voir Crook pendant quelques secondes. Le médecin se trouvait dans une unité de soins intensifs. Il n'avait toujours pas repris conscience. À cause du pneumothorax on l'avait placé dans une sorte de cylindre bizarre qui paraissait tiré d'un film d'anticipation. Des appareils de contrôle clignotaient tout autour de lui. Il avait le teint cireux, les paupières bleuâtres. Sarah songea qu'il y avait une certaine ironie dans ce qui venait de lui arriver. N'avait-il pas nié jusqu'à la dernière minute le danger évoqué par Jane ? Somme toute, il avait été abattu par le fantôme né du délire d'une mythomane. Le problème, c'était que ce fantôme lui avait expédié de vraies balles.

— A-t-il une chance de s'en tirer ? demanda-t-elle à l'interne.

Shane haussa les épaules.

— Je ne veux pas vous mentir. Franchement je n'en sais rien, murmura-t-il. Ça se jouera dans les prochaines vingt-quatre heures. S'il passe ce cap, il peut être très vite sur pied. Il a été terriblement choqué et s'est un peu laissé aller. On a beau passer sa vie à rafistoler des types en morceaux, on ne se fait jamais à l'idée de subir un jour la même chose. Sa température était déjà assez basse quand on l'a amené ici. Il aurait pu mourir pendant le transport, il ne l'a pas fait, c'est donc qu'il a des chances de reprendre le dessus. La blessure en elle-même n'a rien d'extraordinaire puisque la balle n'a fait que le traverser de part en part. Cependant il ne faut jamais sous-estimer le choc opératoire sur un patient surmené. C'est ce foutu choc qui peut faire mourir un malade stressé au cours d'une simple ablation de l'appendice.

« L'éternel baratin des toubibs qui ne prennent pas de risques, songea Sarah : 50 % rassurant, 50 % alarmiste. »

Elle eut tout à coup le pressentiment que le petit médecin chauve mourrait dans la nuit sans avoir repris connaissance. Bien qu'elle n'éprouvât pas de sympathie réelle pour Nigel Crook, elle s'empressa de chasser cette pensée de son esprit.

— Et Jane ? demanda-t-elle.

— On va vous la rendre. Elle a juste piqué une crise de nerfs. Qu'allez-vous faire d'elle ?

— La mettre en lieu sûr, le temps de voir venir. Son agresseur va récidiver, c'est à peu près certain.

— N'oubliez pas de lui donner ses pilules, il faut qu'elle dorme pour récupérer. Si elle devient insomniaque elle va dérailler.

Sarah quitta l'hôpital en compagnie de Jane. La jeune femme avait du mal à tenir les yeux ouverts. L'Irlandaise avait appelé l'agence pour qu'on lui envoie une escorte de quatre agents de sécurité. Les types, tous anciens marines ou instructeurs des NAVY SEALS, attendaient sur le parking, portant chacun cinq ou six kilos de mort subite accrochés à la ceinture.

Sarah prit le volant en essayant d'oublier la douleur qui lui transperçait le flanc chaque fois qu'elle respirait trop à fond. Elle était mécontente et inquiète. *Elle avait été inefficace*. Bien sûr, elle avait servi de bouclier humain à Jane et encaissé la balle qui lui était destinée, mais elle ne pouvait s'empêcher de penser qu'elle aurait pu faire mieux. Anticiper sur ce qui s'était passé. Pourquoi avait-elle été aussi distraite ? Aussi lente. À une époque, elle aurait repéré le tueur dès son entrée dans l'établissement, elle aurait sorti son arme bien avant lui. Est-ce qu'elle devenait trop vieille pour ce genre de boulot ?

« La vérité c'est que tu t'étais endormie sur tes lauriers, pensa-t-elle en prenant la direction de Venice. Depuis trop longtemps tu ne fais plus que défendre des vedettes de la chanson contre leurs admirateurs trop zélés. Tu protèges des yuppies stressés contre des cambrioleurs qui ne viendront jamais. Ces derniers temps tu t'étais assoupie. »

Les coups de feu du *Café français* l'avaient réveillée. Il était temps qu'elle se remette en cause, qu'elle se ressaisisse.

— Qu'allons-nous faire ? demanda Jane en se massant les tempes.

— Il y a deux options, énuméra Sarah. La première : je vous enferme dans un caisson blindé dans les caves de l'agence, là où personne ne pourra vous atteindre, et vous restez là six mois, un an, comme une prisonnière en quartier de sécurité. La seconde : vous acceptez de jouer la chèvre. Nous attirons votre agresseur sur le terrain de notre choix et nous le capturons. Ainsi nous saurons peut-être ce qui le motive. Cette option comporte un certain danger, mais elle a le mérite d'abréger l'attente.

— Je ne veux pas rester enfermée, fit Jane. L'hôpital m'a rendue claustrophobe. Si je dois encore rester bouclée quelque part je vais devenir folle. Je ne veux pas retourner à la maison de verre, je me sens mal à l'aise là-bas.

— Que voulez-vous faire alors ?

— Descendre vers San Diego ou le Mexique.

— Pourquoi ?

— Je ne sais pas. Il me semble que je dois aller là-bas. Que quelque chose ou quelqu'un m'y attend.

De retour à l'agence, Sarah s'isola dans le stand de tir pour brûler cent cartouches. Chaque recul de l'arme la faisait gémir, mais elle s'obstina. Elle était toujours la meilleure au tir instinctif, cette constatation la rasséréna quelque peu.

David fit la grimace quand elle lui apprit qu'elle

comptait rouler vers la frontière sans protection particulière, avec Jane pour seule compagnie.

— Ça me fait peur, dit-il. Tu crois qu'elle est dangereuse ?

— Elle l'a sûrement été, fit Sarah, mais je ne pense pas qu'elle le soit encore. Elle a perdu ses crocs. L'accident l'a lobotomisée. J'estime que son potentiel agressif est tombé à zéro. Pendant l'attaque elle a été incapable d'esquisser un geste de défense. La peur la paralysait. Si je ne m'étais pas jetée devant elle, elle prenait la balle en plein cœur.

— C'est sérieux, cette histoire de lobotomie accidentelle ? insista le jeune homme.

— En tout cas c'est une théorie séduisante, fit Sarah. Je me suis renseignée. La lobotomie se pratique dans la région préfrontale, exactement là où Jane a été blessée. Le « neck », autrement dit le sillon creusé par la balle, a pu modifier son comportement, et notamment ses pulsions de violence. Une tueuse professionnelle n'aurait pas réagi comme elle l'a fait pendant l'agression. Elle ne serait pas restée inerte, elle aurait au contraire cherché à se protéger, ses réflexes auraient joué au dixième de seconde. Non, à mon avis Jane n'est plus opérationnelle. Son entraînement se résume à des souvenirs épars mais ses réflexes sont morts. Et c'est pour cette raison qu'elle est sans défense.

— Okay, marmonna David. Mais ça ne me plaît toujours pas que vous partiez toutes les deux sans aucune protection.

— Je prendrai le mobil-home, il est blindé. Même le châssis peut encaisser l'explosion d'une mine sans broncher. Il y a des micros partout, tu pourras rester à l'écoute vingt-quatre heures sur vingt-quatre.

— Mais la nuit, hein ? Si elle essayait de te trancher la gorge au cours d'une crise de somnambulisme, tu y as pensé ?

— Oui, mais je n'y crois pas. Pour te rassurer je brancherai une caméra au-dessus de ma couchette.

Et je porterai au poignet le bracelet qui me réveillera dès que le détecteur repérera une masse en mouvement à l'intérieur de la caravane.

Elle essayait de le rassurer du mieux possible, mais il n'avait pas entièrement tort et elle était loin d'éprouver la confiance et la sérénité qu'elle s'efforçait de laisser transparaître. En réalité, elle aurait dû lui dire : « Écoute, David. Il faut que je le fasse pour me prouver que je ne suis pas ramollie. Tu comprends ? C'est une épreuve. Un test que je ne peux refuser de passer. Je dois vérifier mon niveau. M'assurer que le temps n'est pas encore venu pour moi de rester désormais assise derrière mon bureau de directrice, à faire ma comptabilité, des lunettes à double foyer au bout du nez. »

Elles partirent le lendemain à l'aube. Au cours de la nuit, Sarah avait fait remplir les réserves du mobil-home de conserves et de nourriture déshydratée. L'équipement électronique de détection était logé dans le toit, et l'espace intérieur aux parois lambrissées offrait un aspect tout ce qu'il y a de plus ordinaire. On ne s'apercevait de la différence que lorsque le véhicule passait sur une balance et que l'aiguille du cadran flirtait avec le poids du char d'assaut en ordre de marche. Il s'agissait en réalité d'un ancien fourgon de transport de fonds que Sarah avait fait rééquiper et banaliser. Toute ouverture fermée, l'engin devenait étanche, insensible à une attaque aux gaz ou à une chute dans l'eau. L'agence l'utilisait pour véhiculer certaines vedettes atteintes de paranoïa. Si ce tank éprouvait une certaine peine à dépasser la *speed limit*, il pouvait en contrepartie encaisser une roquette de RPG-7 de plein fouet sans que son pare-brise s'étoile. Lorsqu'on se tenait au volant, l'isolation était si parfaite qu'on ne percevait plus les bruits de l'extérieur.

Sarah avait étalé une carte sur le tableau de bord. Jane l'examinait, répétant certains noms à voix basse. Elles mirent le cap vers le sud, prenant la route du Camino Real.

Jane n'avait aucune idée précise du chemin à suivre, mais elle paraissait aimantée par certaines directions. Parfois, quand la voiture atteignait un embranchement, elle exigeait qu'on bifurque à tel ou tel endroit, quitte à tourner le dos à la route précédemment définie.

— Vous reconnaissez quelque chose ? demandait Sarah.

— Je ne sais pas, répétait la jeune femme. C'est bizarre... j'ai comme l'impression de rentrer chez moi après un long voyage, mais rien de ce que je vois ne m'est familier.

— Avez-vous fait d'autres rêves ? s'enquit l'Irlandaise.

— Oui... murmura Jane. Je vois des images qui défilent. Ça raconte une histoire. L'histoire d'une jeune fille à qui il arrive des choses affreuses. Il y a beaucoup de détails. Au réveil j'ai l'impression d'avoir rêvé toute la nuit.

— Vous devriez me raconter ces rêves, proposa Sarah. Ils nous permettraient peut-être de prévenir une prochaine attaque.

Jane s'agita.

— Si je le fais vous allez penser que je suis une fille infecte... un monstre. Il faut que vous compreniez que je ne suis plus comme ça. Je serais incapable aujourd'hui d'agir comme cette... fille.

— C'est vous que vous voyez en rêve, n'est-ce pas ?

— Oui. Non... C'est quelqu'un qui s'appelle Netty Doggan. Je ne sais pas si c'est son vrai nom. Je vois les choses par ses yeux. Je suis dans sa tête, dans son corps.

Sarah déclencha le magnétophone incorporé dans le toit du fourgon. Les micros étaient assez sensibles pour capter un murmure.

— Qu'arrive-t-il à cette Netty ? demanda-t-elle.

Racontez-moi ça comme s'il s'agissait d'un film vu à la télé. Détachez-vous de l'action.

— Je vais essayer, bégaya Jane.

Sarah, qui l'observait du coin de l'œil, trouva qu'elle avait l'air d'une fillette perdue dans la cohue d'un hall de gare.

« Une petite fille, vraiment ? ricana une voix dans sa tête. Sais-tu au moins combien de personnes a liquidées ton attendrissante gamine ? Hein ? Combien ? »

18

Jane ferme les yeux pour rassembler le puzzle des images. C'est une vilaine histoire qu'il va lui falloir raconter. Une sorte de grande fresque que le temps aurait craquelée et qui se serait peu à peu détachée du mur pour tomber sur le sol, morceau par morceau.

Maintenant Jane est agenouillée au milieu de tous ces fragments pour essayer de les emboîter, de les faire tenir ensemble. C'est une histoire terrible, une peinture pleine de goudron et de sang. Un dessin immense qui ne séchera jamais et dont les lambeaux lui collent encore aux doigts après toutes ces années.

Il y a une fête dans les collines. Il y a une jeune fille un peu trop godiche. Tout est rouge et noir. C'était il y a longtemps.

Il est arrivé quelque chose d'affreux à Netty. Ça s'est passé dans les Hills, au cours d'une soirée avec des garçons. Elle a encore dans les narines l'odeur des cigarettes au clou de girofle qu'ils ne cessaient de fumer. C'étaient des types qu'elle connaissait à peine, des étudiants de l'UCLA préparant un Master de cinéma, ou quelque chose comme ça. Ils lui ont donné des pilules pour qu'elle soit moins coincée. C'était une soirée dans une grande maison plantée sur des pilotis d'acier. Un projecteur de cinéma monté sur un plateau tournant envoyait ses images aux quatre coins d'une pièce pleine d'adolescents en train de danser. C'était un film pornographique mexicain. Une femme en train de se faire prendre par un animal. Jane... *Netty* a essayé de ne pas regarder mais c'était difficile. Dans la pièce, les garçons mimaient l'action en poussant des grognements de porc. Les filles riaient de façon hystérique. Netty s'est demandé ce qu'elle faisait là. Elle a pensé aux cours de calligraphie chinoise qu'elle va suivre deux fois par semaine. Un an qu'elle essaye de peindre le même idéogramme. C'est très difficile, il faut tenir le pinceau bien droit, perpendiculairement au papier, savoir délayer l'encre pour qu'elle ne soit pas trop liquide. Elle a des problèmes avec la « bouche du tigre », cette manière spécifique de placer le pouce et l'index sur le manche du pinceau, une fois la paume creusée. Ses muscles sont toujours trop contractés, ce qui nuit à la fluidité du trait.

Ses parents se moquent un peu d'elle, en secret. Ils ne comprennent pas ce que cela lui apportera. Elle le sait, elle les a entendus. Le professeur de calligraphie est un petit bonhomme très austère, aux yeux si bridés qu'on en voit à peine la pupille. Les idéogrammes, c'est beau, c'est net... tout le contraire de ce qu'elle observe ici. M'man et P'pa lui ont dit de fréquenter des jeunes gens de son âge, de sortir de sa tour d'ivoire. Elle les voit peu, ils travaillent à la conception d'un parc de loisirs pour lequel ils doivent inventer des personnages d'animaux humanisés. Leur bureau est tapissé de maquettes représentant ces bestioles mi-truie mi-petite fille, mi-lapin mi-garçonnet. Tout est calculé d'après des tests réalisés sur un public d'enfants représentatifs. P'pa et M'man se disputent des soirées entières pour savoir s'il convient ou non de rallonger le groin de Rosie la cochonne, les oreilles de Tod le lapin. Ils s'appuient sur des données psychologiques, des choses que Netty trouve un peu dégoûtantes.

— La trompe de l'éléphant, répète P'pa, tous les gamins y voient un pénis sublimé, il faut tenir compte de ça. C'est pour cette raison que la trompe de Fanty ne doit pas être ridiculement courte, comme tu l'as dessinée. Tu as conçu cet éléphant comme le ferait une femme terrifiée par les hommes : en raccourcissant à l'extrême ce qui lui fait peur ! Une vraie trompe ça mesure environ trois mètres cinquante.

— Ça n'a rien à voir ! explose M'man. La petite trompe est beaucoup plus jolie. Ce grand machin flasque que tu veux coller à Fanty est tout bonnement horrible à voir. On dirait... on dirait une infirmité.

Ils sont capables de se déchirer ainsi presque toute la nuit. Quand Jane... Non ! *Netty* veut leur parler, ils lui disent qu'ils n'ont pas le temps, qu'ils ont du travail. (Tu ne vois pas, chérie, qu'on patauge jusqu'au cou ? Ta mère veut concevoir un parc d'attractions sur sa crainte du pénis ! Et dire que son analyse m'a coûté une fortune !)

Netty sait qu'il va se passer quelque chose d'horrible ce soir. Elle en est convaincue depuis qu'elle a absorbé les pilules. Des *bennies*, ont dit les garçons. Elle a d'abord compris *pénis* et a eu un mouvement de recul. Depuis elle flotte, elle pense à Fanty l'éléphanteau dont le nez ne cesse de raccourcir et de s'allonger au fil des croquis. Elle voudrait être assise dans l'atelier de calligraphie, la main serrée sur le pinceau, au milieu des enfants asiatiques qui se débrouillent bien mieux qu'elle. Ils ont six ans, elle dix-sept, mais elle s'obstine quoique le professeur ne l'ait pas encouragée à continuer.

Maintenant la chose horrible se déroule. Les

garçons ont attiré Netty sur un canapé. L'un lui tient les mains, l'autre fouille sous sa jupe pour lui ôter sa culotte. Elle est incapable de se débattre ou de crier. Elle n'a jamais eu à lutter contre quelqu'un. À la maison, les domestiques obéissent toujours à la première injonction. Elle dit aux garçons « Arrêtez ! Ça suffit ! » du ton le plus sévère qu'elle emploierait pour foudroyer sur place une femme de chambre mexicaine ; l'une de ces filles sans carte verte qui filent doux de peur qu'on les dénonce à l'Immigration. Mais ici la formule magique ne fonctionne pas, elle ne change personne en statue de sel. Il faudrait autre chose, des mots que Netty ne connaît pas.

Les garçons lui font quelque chose de désagréable. Elle sait que ce qui lui arrive est très bête et très commun, et qu'elle l'a bien cherché en venant ici, mais cela ne lui enlève pas son envie de pleurer. Elle perd connaissance.

Après tout est confus. Les semaines passent. Netty n'a rien dit à ses parents. Elle n'a revu les garçons des Hills qu'une fois, sur la plage de Malibu. Ils ont fait comme s'ils ne la connaissaient pas et elle n'a pas osé courir vers eux pour leur réclamer des comptes. Elle ne sait pas faire des choses de ce genre. La semaine dernière elle a pleuré pendant le cours de calligraphie, et ses larmes ont cloqué le papier de riz si fin, si fragile. Des taches d'eau salée, invisibles, à côté des pleurs d'encre noire que laissait goutter son pinceau tremblant. Elle a pris la fuite.

Tout cela n'a plus d'importance. Maintenant elle est enceinte, elle le sait. Elle a honte, elle veut mourir. Elle est trop godiche, elle n'en veut même pas aux garçons qui lui ont fait... mal. Les garçons sont programmés pour se servir des objets, des femmes, sans demander la permission. Elle comprend qu'elle a dû paraître si cruche qu'ils n'ont pas pu résister. À leur place elle aurait fait pareil, ce n'est pas permis d'être aussi naïve. C'est presque de la provocation. Elle perçoit très bien cela car elle a éprouvé la même sensation en visitant une réserve animalière, du côté de Lake Tahoe. Sous les séquoias, elle a vu des faons broutant l'herbe au bord de la route. Ils étaient si graciles, si désarmés, qu'on avait envie de leur briser l'échine d'un coup de bâton. Finalement, elle n'a eu que ce qu'elle méritait. Elle ne portera pas plainte, d'ailleurs les parents sont trop occupés avec Fanty, Rosie et tout le petit zoo du futur parc d'attractions.

Elle a décidé de mourir. Elle ne veut pas du bébé. Elle l'imagine sortant de son ventre une cigarette au clou de girofle à la bouche et empestant la bière, comme les garçons de l'autre nuit.

Elle est un peu surprise de se découvrir le cœur si sec, si peu disposé à pardonner. Tant pis. Il faut qu'elle meure avant que son ventre ne commence à enfler. Ce serait horrible si on devait l'enterrer avec une panse de femme enceinte !

Elle se jettera à l'eau. Elle sait où trouver un lac. On lui a dit que c'était un endroit très dangereux interdit à la baignade parce que sans fond. Un trou... Un à-pic de deux cents mètres. En bas il doit faire tout noir. Elle mettra des galets dans ses poches et sautera à pieds joints. Une femme écrivain s'est tuée comme ça : Virginia Woolf. C'est un beau nom.

Netty... *Jane* traverse le bois, indifférente aux branches qui la griffent. Elle a l'impression de subir une punition méritée et elle l'accepte avec stoïcisme. Elle ne veut pas faire honte à ses parents. Elle n'a pas laissé de lettre, rien. Elle espère qu'on ne la retrouvera jamais. Ils croiront qu'elle a fait une fugue, qu'elle est partie avec un garçon. Ils pleureront un peu puis l'oublieront, au bout d'un moment ils se plongeront dans leur travail avec plus d'ardeur encore.

Netty-Jane arrive au bord de l'eau. C'est un endroit sauvage où s'entassent de grands blocs de pierre fracassés. Il y a des cabanes de pêcheurs sur le rivage. Des cabanes très abîmées aux volets qui pendent. Personne ne doit plus habiter là depuis longtemps.

La forêt enserre le trou d'eau qui a l'air d'une petite flaque au fond d'un entonnoir de granit.

Jane ramasse de grosses pierres qu'elle entasse dans ses poches. Ils lui meurtrissent les hanches et les cuisses quand elle marche. Elle s'approche du bord. Elle sait que la rive se « casse » brutalement, telles les parois d'un puits et qu'elle tombera dans le vide dès qu'elle aura mis le pied dans l'eau. C'est tout noir, immobile, sans une ride. Elle saute. Elle s'enfonce, se débat. Sa jupe glisse le long de ses jambes, emportée par le poids des cailloux ! Elle n'avait pas prévu ça. Voilà qu'elle remonte à moitié nue, tousse. L'eau est froide. On dirait qu'un iceberg achève d'y fondre.

Il faut replonger, accepter de boire ce liquide noir. Elle fait son possible pour couler en gardant la bouche ouverte. Elle va bien finir par perdre connaissance, non ?

Et soudain quelqu'un la tire vers la surface. Un vieillard qui l'a saisie par les cheveux. Il est assis à l'avant d'une barque et considère sa prise comme s'il se demandait ce qu'il convient d'en faire. La garder ou la rejeter à l'eau. Il prend son temps. Il n'a pas l'air gentil. Son visage est caoutchouteux, plein de plis hérissés par les piquants d'une barbe blanche. Il ressemble à un cactus.

Plus tard il dira à Jane :

— C'est la première fois de mon existence que je sauve la vie à quelqu'un. D'habitude je fais le contraire, je leur maintiens la tête sous l'eau jusqu'à ce qu'ils cessent de faire des bulles. Toi, j'ai hésité entre te flanquer un coup de rame pour t'achever ou te tirer au sec. J'espère que je ne regretterai pas ce que j'ai fait. En attendant je t'ai sauvée, donc tu m'appartiens. C'est comme si je t'avais achetée, tu comprends ? Achetée au marché !

Jane a dit oui. Elle est d'accord pour tout. Obéir, c'est la seule chose qu'elle sait faire à peu près correctement.

Le vieux habite sur la rive du lac, dans une baraque sur pilotis. La maison sent le moisi. Ses planches sont gorgées d'eau et l'ongle peut y creuser des rigoles sans le moindre effort. Une maison de balsa, ce bois dont on fait les cercueils factices destinés aux incinérations. Tout y est décrépit, comme dans ces reconstitutions du vieil Ouest qu'on peut visiter à Calico. Il y a là des objets que Jane n'a jamais vus qu'au cinéma : une lampe à pétrole, une cafetière en émail, des quarts bosselés, des assiettes de fer-blanc. Tout un tas de choses qui semblent dater d'avant l'invention du Coca-Cola, c'est-à-dire l'âge des cavernes. La baraque est malpropre. Une odeur de vieillesse plane. Il y a des caleçons douteux en tas dans un panier, et des bestioles qui courent partout, de ces bestioles qui vivent dans les taudis et dont Jane a entendu parler parce que M'man et P'pa en ont fait un personnage de dessin animé : Buggy le Cafard Sympa. Une télé noir et blanc trône sur une caisse retournée, alimentée par une éolienne installée sur le toit. Quand le vent faiblit, l'écran s'éteint. Jane n'a jamais vu de télé noir et blanc. Elle suppose que cela n'existe plus que chez les gens très pauvres. Elle grelotte, en petite culotte, l'eau dégoulinant de ses vêtements. Le vieux la déshabille sans lui demander son avis ni faire mine de détourner les yeux. Il l'épluche comme si elle était une poupée ou un mannequin dans une vitrine. Il a des mains râpeuses avec, au bout des doigts, ces ongles jaunes, très épais, de vieillard, qui ressemblent à des griffes. Il la laisse toute nue au milieu de la pièce et va tordre les habits sur la véranda. Elle ne sait pas quoi faire. Elle attend qu'il lui donne des ordres. Elle n'est plus rien et ça lui convient tout à fait. Il pourrait l'échanger contre une caisse de bière qu'elle n'y trouverait rien à redire.

Il rentre, lui jette une couverture mexicaine qui sent la sueur. Ça gratte, c'est désagréable. Il fait réchauffer du café sur un antique fourneau relié à une bouteille de gaz. Il met du sel dans sa tasse, à la manière des trappeurs. Il examine Jane, lui ordonne de laisser tomber la couverture et de tourner sur elle-même. Il l'observe comme s'il n'avait pas vu de femme en chair et en os depuis des lustres. Avec un intérêt d'entomologiste. Il lui demande son âge, ricane quand elle dit dix-sept ans.

Plus tard, il lui rend sa culotte sèche, mais fait brûler les chaussures et les autres vêtements. « À cause des chiens policiers. Les K-9 renifleraient un poil de cul dans une meule de paille ! » explique-t-il. Il donne à Jane des vêtements de bûcheron qu'elle doit raccourcir. Il lui saccage les cheveux avec une tondeuse mécanique pour qu'elle ait l'air d'un garçon. Ça fait mal car il n'a pas le coup de main régulier et les cheveux se coincent dans les dents de métal qui arrachent sans couper. Il lui donne une bande de tissu pour qu'elle se comprime les seins. Heureusement, elle a peu de poitrine. Avec une chemise large l'illusion est parfaite. Elle a l'air d'un gamin de quatorze ans encore imberbe. Dès les premiers jours il lui apprendra à changer d'apparence. À modifier sa démarche trop féminine, à prendre des attitudes garçonnières.

— Assieds-toi en écartant les cuisses, commande-t-il. Les filles ont l'habitude de la jupe, elles gardent toujours les genoux collés, ça peut te trahir. Les hommes ne s'assoient jamais comme ça. Ils n'ont pas de culotte à cacher.

Il la force à cracher, à siffler dans ses doigts. Et, le plus important : à faire semblant d'uriner contre un arbre ou un mur. Il lui donne un flacon de plastique souple rempli d'une solution de bière additionnée d'eau. Quand elle feint de pisser, elle doit sortir cette bouteille de sa poche, la tenir à la hauteur de sa braguette et presser dessus. Le jet jaunâtre et mousseux qui en jaillit imite l'urine à la perfection.

— C'est important, dit le vieux, ça peut convaincre quelqu'un qui aurait des doutes sur ton sexe que tu es bien un mâle.

Jane trouve ça amusant. Elle prend l'habitude de porter un mouchoir en boule dans son slip pour gonfler son pantalon entre les jambes. Elle a maintenant les ongles crasseux et ébréchés. Le vieux lui apprend à épaissir le petit duvet qu'elle a sur les joues et la lèvre supérieure avec un produit qui ressemble au mascara. Ça donne l'illusion d'un début de barbe adolescente. Mais le plus important ce sont les attitudes générales, les gestes : se gratter l'entrejambe, cracher droit devant soi, roter après avoir sifflé une bouteille de Michelob, se coincer une cigarette derrière l'oreille.

La police est venue. Elle a rôdé autour du lac car quelqu'un a déclaré avoir vu une adolescente répondant au signalement de la disparue prendre le chemin de l'ancienne carrière. Ils avaient des chiens et Jane a eu peur qu'ils la repèrent. Elle ne veut plus revenir en arrière. Pendant tout le temps que les flics ont mis pour inspecter le pourtour du lac artificiel, elle est restée cachée dans le grenier de la baraque, à observer leurs allées et venues par un interstice des planches. Le vieux ne l'a pas menacée, elle a fait ça d'instinct. Elle ne lui a pas dit qu'elle était enceinte. Elle est heureuse d'être devenue un garçon, elle ne veut plus penser à ce qu'elle était avant. Elle devine qu'il va l'aider à devenir forte. Il va lui apprendre à se défendre, à ne plus se comporter comme une victime. Il connaît la vie, lui, il ne passe pas des nuits blanches à déterminer la longueur de la trompe d'un éléphant de dessin animé.

Les policiers sont repartis. Jane ne cherche même pas à savoir ce qu'on dit d'elle à la télévision. Elle a vu ses parents au journal télévisé. Ils lançaient un appel à d'éventuels ravisseurs. P'pa a plusieurs fois mentionné qu'il travaillait à l'élaboration du nouveau parc d'attractions. Les reporters ont filmé M'man en larmes devant les esquisses de Fanty. On voyait très bien sur les différents dessins que la trompe de l'éléphanteau n'était jamais pareille. Jane n'a rien éprouvé, ni peine ni remords. C'est vide et creux à l'intérieur d'elle. Elle a l'impression que le vieux est pareil. Il dit : « Ça va se tasser. Il y a tellement de gosses qui disparaissent que personne ne regarde plus leurs photos sur les bidons de lait. »

Jane et le vieux font le tour du lac. Jane s'entraîne à faire semblant de pisser debout contre les arbres, au cas où quelqu'un les surveillerait. Le vieillard l'habitue à cette idée : toujours faire comme si on était filé, épié, toujours donner le change, jouer la comédie. Quand ils se promènent, le vieux joue lui-même les grands-pères arthritiques. Il s'appuie sur une canne, tord ses mains pour faire croire qu'il souffre de rhumatismes déformants. Il tousse beaucoup, feint de haleter au moindre effort alors qu'en réalité il est taillé comme un vieux bûcheron encore capable d'abattre un arbre en douze coups de cognée. Elle le sait, elle le voit tout nu quand il fait sa toilette devant l'évier. Il y a de gros muscles sous sa peau couverte de poils blancs. Pas mal de cicatrices aussi, souvent pas très bien rafistolées, et qui ont fini par former de gros bourrelets violacés.

Peu de gens fréquentent le lac à cause du danger que représente le plan d'eau sans fond. Quelques retraités viennent pêcher. Le vieux leur présente Jane comme son petit-fils, un gamin pas trop finaud qui n'aime pas parler. Le vieux a dit à la jeune fille : « Appelle-moi Tolokine, mes papiers sont à ce nom-là, c'est tout ce que tu as besoin de savoir pour le moment. »

Dans la cabane, ils vivent sans pudeur, tels des compagnons de chambrée. Le regard de Tolokine n'est jamais lubrique ou insistant. La plupart du temps il semble perdu dans un rêve éveillé. Tous les mois, ils prennent le pick-up pour aller chercher le chèque de pension que le vieux reçoit poste restante, dans un village de bûcherons qui sent la sciure de bois parce qu'une scierie y tourne du matin au soir. Le chèque émane d'un organisme officiel. Le Département d'État ou l'Armée. Jane n'a pas bien pu voir l'en-tête. Tolokine semble avoir exercé des fonctions importantes, mais Jane a tendance à confondre tous les grades. Elle sait qu'elle a tort. Les grades, c'est un truc de garçon. Important. Désormais il faut qu'elle connaisse sur le bout du doigt toutes ces choses-là : les grades, les marques de voitures, d'avions, de bombardiers. Le nombre de cartouches qu'il y a dans un chargeur de pistolet. Tolokine a commencé à lui apprendre la mécanique. Elle a démonté et remonté deux fois de suite le moteur du pick-up et le vieil Evinrude de la barque. Ses mains se couvrent de cals et de cicatrices. Elle dort dans le même lit que le vieux, car la cabane est rudimentaire et il n'y a pas la place d'installer une autre couche. Le bois est trop spongieux pour qu'on puisse planter les crochets d'un hamac ; quant à dormir sur le sol, c'est hors de question à cause des insectes qui sortent d'entre les planches dès la tombée de la nuit. Ils se couchent nus, tous les deux, car il faut économiser les vêtements. Tolokine n'a jamais le moindre geste déplacé. Cette indifférence sexuelle conforte Jane dans l'idée qu'elle est devenue un garçon.

Elle apprend peu à peu que Tolokine ne vit pas là toute l'année mais qu'il possède une maison dans la banlieue de Los Angeles, dans un mauvais quartier peu à peu envahi par les gens de couleur, ce qui provoque la fuite des familles blanches. « Quand tu seras prête nous rentrerons là-bas, dit le vieux. Il faut que tu travailles l'expression de ta bouche, que tu lui donnes un côté blasé, méprisant. Les filles ont tendance à faire des mines, à trop sourire. Scrute les gens effrontément, la plupart du temps ils détourneront les yeux. Rote ou pète en public. Dès qu'on provoque la gêne on devient invisible, personne n'ose plus vous regarder. »

Jane assimile les préceptes, s'entraîne devant la petite glace fendue.

— Plus tard, lui dit Tolokine, si tu veux parfaire

ton déguisement, on te fera prendre des hormones. Ça modifiera ta voix et ta pilosité. Il est possible aussi que tu te mettes à aimer les femmes, mais ça c'est secondaire, ce qui compte c'est la couverture.

Jane hoche la tête, elle est prête à tout pour ne plus être une victime. Elle a deviné que dès qu'elle aura triomphé des premières difficultés Tolokine lui apprendra à tuer.

19

Sarah arrêta le mobil-home dans un camp de trailing car la nuit tombait et la douleur des os brisés devenait difficile à supporter. Elle régla les formalités d'inscription en serrant les dents, et verrouilla le véhicule. Il suffisait d'enfoncer un bouton sur le tableau de bord pour activer un pigment qui opacifiait les vitres. Grâce à ce gadget il était impossible de voir à l'intérieur du camion alors que ses occupantes pouvaient, elles, surveiller ce qui se passait audehors comme au travers d'une glace sans tain.

Jane bondit hors du camping-car dès celui-ci arrêté. Elle n'en pouvait plus de rester cloîtrée dans ce cube de tôle monté sur roues. Tout l'après-midi elle avait regardé défiler le paysage de part et d'autre de la route. Partout c'était le même panorama pelé crevassé par les secousses telluriques. Des montagnes plates, de la roche rouge, une herbe rare. À plusieurs reprises elle avait regardé Sarah du coin de l'œil, cherchant à sonder ses sentiments. Elle avait eu envie de lui dire : « Arrête de me coller, je ne suis pas ta fille. Je ne suis pas là pour te permettre de te racheter. Je n'ai pas envie d'une famille de remplacement. Je dois m'en tirer toute seule. Tu ne comprends pas ? Personne ne peut m'aider, pas plus toi que les autres. Je ne dois compter que sur moi-même. »

Dans la journée elle déployait des efforts insensés pour oublier les rêves de la nuit, pour les gommer de sa mémoire. Elle faisait du « brouillage » en se bâtissant un futur imaginaire. Elle se projetait dans les séquences fantasmatiques d'une vie ordinaire, rassurante, où elle tenait le rôle d'institutrice ou de mère au foyer. Elle se bâtissait des existences délicieusement étriquées, monotones. Elle devenait alors secrétaire de direction, agent immobilier, bibliothécaire de province, surveillante de pensionnat. Ces romans-photos l'occupaient des heures durant, la plongeant dans un mutisme que Sarah devait prendre pour le symptôme d'un dérèglement mental grandissant. C'était si bon de s'imaginer sous les traits d'une fille banale, préoccupée de choses ordinaires. Une fille à la tête remplie de petits soucis sans importance. Lorsqu'on s'arrêtait dans un drugstore, Jane lorgnait les petits romans à l'eau de rose sur leur tourniquet. Parfois, ne pouvant résister à la tentation, elle s'emparait d'un titre pour dévorer le résumé de l'histoire au dos du bouquin. Là, ce n'était que secrétaires amoureuses d'un beau patron indifférent, jeunes veuves recommençant leur vie dans les bras d'un aristocrate en exil, divorcées meurtries tremblant de céder aux sirènes de l'amour renaissant. Elle aurait voulu les lire, tous. En acheter de pleines brassées, s'en repaître jusqu'à l'épuisement, ne plus exister que par le truchement de ces héroïnes perdues à la croisée des chemins, et dans l'incapacité de demander leur itinéraire à quiconque.

S'inspirant de leurs expériences, elle se préparait à sauter le pas.

Elle en était presque arrivée à la conclusion qu'elle devait profiter du sommeil de Sarah pour filer à l'anglaise. Il suffisait pour cela d'un peu d'argent, d'un baluchon et d'un foulard qu'elle nouerait sur sa tête à la manière des corsaires pour dissimuler sa cicatrice. Elle avait emprunté cette idée à une fille faisant du stop au bord de la route. Une inconnue dont les cheveux se cachaient sous un bandana rouge vif attaché sur la nuque. C'était un subterfuge formidable et elle s'étonnait de n'y avoir pas pensé plus tôt.

La cicatrice occultée, elle redevenait attirante. Elle n'aurait donc aucun mal à se faire ramasser par un camionneur.

Sans plus s'occuper de ce que faisait Sarah, tournant le dos au mobil-home, elle déambula à travers le camp les mains dans les poches, repérant les lieux sans en avoir l'air. De l'autre côté du grillage s'étendait la route qui filait jusqu'à la ligne d'horizon. Elle songea qu'elle aurait pu se planter là, le pouce levé, et attendre qu'un véhicule s'arrête. Ce ne serait sûrement pas très long.

Elle avait envie de liberté, d'insouciance. De traverser les États-Unis sans but précis, de s'arrêter dans les cafés pour manger des frites avec les doigts. Elle avait envie de grosses nourritures bourratives : des spaghettis avec des boulettes de viande épicée, des pommes de terre au four arrosées de crème fraîche. Des gourmandises insoupçonnées lui venaient. L'envie de jouer à la gamine qui découvre la vie au sortir du collège, avec pour tout viatique un diplôme qui ne lui servira à rien et des rudiments de vie sexuelle hâtivement assimilés sur la banquette arrière d'une voiture d'occasion. Hélas, elle n'avait plus dix-sept ans. Ces fringales lui venaient trop tard. Elle était aussi décalée qu'une nonne défroquée qui s'en retourne dans le monde réel après avoir jeté son voile aux orties.

Pendant qu'elle se promenait, des garçons l'interpellèrent. Ils avaient dressé une petite tente entre deux motos. Ils étaient torse nu, barbus, un anneau dans l'oreille, semblables à des milliers d'autres vagabonds croisés sur la route.

Son premier mouvement fut de leur tourner le dos

et de s'enfuir, puis elle se ravisa. Elle ne pouvait pas continuer à jouer les sauvageonnes. Si elle ne voulait pas sombrer dans la folie et la déréliction il fallait faire le contraire de ce que lui chuchotaient les rêves de la nuit. Elle devait se comporter comme un être humain, non comme un robot détraqué par la paranoïa. Il était temps qu'elle guérisse ! Son cas n'était pas désespéré puisqu'elle avait lu dans *USA Today !* qu'on pouvait même « déprogrammer » les pitbulls dressés pour tuer et les transformer en d'adorables chiens de compagnie.

Elle s'obligea à sourire et fit face aux jeunes gens. Ils s'appelaient Jud et Bubba, ils avaient vingt-cinq ans, filaient vers Laguna Beach pour participer à une épreuve de surf et étaient d'une bêtise reposante.

Jane s'assit à côté d'eux et accepta le Coca qu'ils lui offrirent. Ils avaient des corps bien musclés, imberbes, comme ceux qu'on voit dans les publicités.

— C'est ta mère qui conduit le mobil-home ? demanda Jud. Elle n'a pas l'air marrante. Tu sors de désintox ?

— Non, s'étonna la jeune femme. Pourquoi ?

— J'sais pas, marmonna le jeune homme, t'es maigre, tout ça. Je me disais que t'avais bien une tête à sortir du Betty Ford.

— Non, éluda Jane, j'ai eu un accident. Je suis en convalescence.

Elle s'écouta mentir en se disant qu'il serait agréable de suivre ces deux imbéciles sans se poser de questions. De les accompagner dans leurs vaines tribulations le long des plages. De rouler à toute vitesse au bord des précipices, les bras noués autour de ces hanches bien tournées, sans un pouce de graisse. Ils avaient des corps aussi parfaits que leurs motos. Leur Q.I. devait approcher celui d'un carburateur en bon état de fonctionnement, mais cela avait peu d'importance.

Quelque chose en elle lui soufflait de parier sur la naïveté, de se laisser enfin aller, de faire taire sa méfiance instinctive. Elle regardait les garçons en se demandant si elle serait capable de faire l'amour avec eux, si elle aurait le cran de s'abandonner entre leurs bras, de cesser de se surveiller.

« Tu dois faire le contraire de tout ce que te raconte la fille de la nuit ! » se dit-elle une fois de plus.

Il y avait la fille des rêves, et il y avait Jane Doe. Si Jane voulait repartir de zéro, elle devait tourner le dos aux chuchotis effrayants de l'inconnue à la valise pleine de choses sombres et collantes.

Elle regardait les muscles des garçons. Elle s'imagina sous la tente, en train de gémir de plaisir. C'était comme un défi qu'on lui lançait. L'occasion de faire un pied de nez radical aux sacro-saints principes du « Cactus ». Oui, elle s'offrirait à eux, elle s'abandonnerait entre leurs mains dans toute sa vulnérabilité. Elle devait le faire, rien que pour se prouver qu'elle n'avait plus rien de commun avec la fille étrange dont lui parlaient ses rêves.

Il fallait qu'elle redevienne jeune, même si elle ne l'avait jamais été ; qu'elle réapprenne l'insouciance, même si elle ne l'avait jamais connue. C'était le seul remède réellement efficace contre les nageurs sous-marins qui essayaient de la saisir par les chevilles pour l'entraîner dans les abysses.

— C'est qui la vieille rouquine du camping-car ? interrogea Bubba. Si c'est pas ta mère c'est ta patronne ? Elle te paye pour l'accompagner ? Elle a du fric avec elle ?

— Ça l'intéresserait pas que tu lui rabattes deux jeunes gars bien montés ? s'enquit Jud. On a déjà fait ça à El Paso, dans les bars pour quadras. Les bonnes femmes on les faisait grimper aux rideaux, tu ne peux pas savoir ! Si ça la branche on peut lui faire un prix. À cet âge-là, ça a des fringales de chair fraîche.

Jane se leva, fit taire les protestations des garçons en leur jurant de revenir très vite. La nuit tombait, il lui fallait rejoindre le camping-car et, à cette seule idée, elle avait envie de crier à Jud et à Bubba de l'emmener avec eux, sur leurs motos, n'importe où. À la différence de Crook et de Sarah ils ne savaient rien d'elle, et c'était bien. Elle avait des besoins de feux de camp, de guimauve grillée au bout d'un bâton. De toutes ces niaiseries adolescentes qu'on se remémore un jour ou l'autre avec une boule dans la gorge. Avait-elle vécu cela ou bien inventait-elle ?

Elle traversa le camp avec le regard des garçons sur sa nuque. Jud et Bubba. Deux idiots qui pouvaient lui offrir son passeport pour le monde réel. Elle ne devait pas négliger cette porte entrouverte sur un avenir qui lui ressemblait si peu.

À l'intérieur du mobil-home, Sarah ôta sa chemise et s'allongea précautionneusement sur sa couchette. Elle aurait pu prendre des analgésiques, mais elle craignait que ceux-ci ne ralentissent davantage ses réflexes. Elle éteignit la lumière, ne laissa que les veilleuses. Elle songea que David avait déjà dû lancer une recherche informatique en tenant compte des données fournies par le monologue de Jane. À savoir la disparition inexpliquée, seize ou dix-sept ans plus tôt, d'une jeune fille dont les parents travaillaient à la conception d'un futur parc de loisirs.

Sarah gémit en essayant de se redresser. Ôter ses bottes lui semblait un exploit hors de sa portée.

— Je vais vous aider, proposa Jane qui venait juste de rentrer.

Elle s'approcha de Sarah et entreprit de la débarrasser de ses chaussures et de son jean. Elle avait des gestes d'une grande souplesse, si rapides qu'on sentait à peine ses doigts.

« Des gestes de pickpocket », pensa Sarah.

Elles restèrent immobiles dans la pénombre du véhicule. L'insonorisation parfaite — qui mettait leur respiration en relief — avait quelque chose d'oppressant.

— Ici on n'a rien à craindre, murmura l'Irlandaise.

C'est comme si nous étions dans un sous-marin en plongée. La climatisation est équipée de filtres spéciaux. Si on essayait de nous asphyxier en introduisant un gaz mortel dans le circuit de ventilation, une alarme se déclencherait aussitôt et tous les évents se fermeraient.

Jane ne parut pas impressionnée. Sarah eut l'impression qu'elle avait l'habitude de ce type de précautions.

— Est-ce que je peux m'allonger à côté de vous ? demanda la jeune femme. Je ne remuerai pas.

— Si vous voulez, fit Sarah.

Elle avait parlé avec une fausse indifférence. Brusquement sa gorge se noua car elle se rappela que Sandy lui faisait souvent la même demande lorsqu'elle était encore petite fille. Elle arrivait, encombrée de son attirail nocturne réglementaire (un oreiller, une demi-tablette de chocolat aux raisins, un lutin-veilleuse, un album de ritournelles de Miss Moffet) et se plantait au pied du lit en se dandinant. *Est-ce-que-je-peux-m'allonger-à-côté-de-toi-je-ne-remuerai-pas ?*

Sarah ferma les yeux, serra les paupières pour endiguer ses larmes, bénissant la pénombre qui cachait son désarroi. Mon Dieu ! Sandy avait été une si adorable petite fille. Qu'est-ce qui s'était détraqué ? Et à quel moment ?

— Vous voulez que je continue à parler ? s'enquit Jane. Vous croyez que c'est important ?

— Bien sûr, murmura Sarah. Allez-y, ça me fera oublier la douleur.

Elle ne savait plus si elle parlait de sa côte cassée ou d'autre chose.

20

Malgré son dégoût, Jane doit s'immerger dans le rêve. Plonger les doigts dans cette valise noire pleine de choses humides et poisseuses qu'elle discerne mal. C'est comme si on la forçait à fouiller dans un amoncellement de poissons morts tout englués de pétrole. Elle doit surmonter son envie de vomir et serrer les doigts sur ces petits cadavres qui risquent d'exploser si elle commet l'erreur de les serrer un peu trop fort. C'est là, c'est sale. Ça sent mauvais. Et la valise est très lourde sur ses genoux. Ça parle de la fille qu'elle était avant, de cette fille avec qui elle ne veut plus rien avoir de commun. Elle maudit Sarah de la contraindre à évoquer cette époque de crimes et de complots. Elle voudrait courir rejoindre Jud et Bubba, boire de la bière avec eux, fumer un joint et faire l'amour, comme toutes les autres filles qui traînent sur les routes de Californie et font du stop sans savoir où elles seront demain. Elle voudrait être une idiote toute simple, avec un petit pois dans la tête. Au lieu de cela, elle doit encore et encore fouiller dans la valise ténébreuse, dans cette boue indélébile qui lui tache les bras jusqu'au coude.

Ça y est. Elle se rappelle.

Il a fallu un moment à Jane pour deviner ce que désirait son mentor, l'homme qui l'a empêchée de se noyer, l'homme qui lui apprend à devenir invisible.

Elle n'a compris qu'il était malade que lorsqu'elle l'a vu un matin chiffonner le journal dans ses gros poings couverts de poils blancs. Tout d'abord, elle a pensé que les flics avaient retrouvé sa trace et elle s'est dépêchée de déchiffrer les gros titres, mais il n'y avait rien d'alarmant.

— Je ne sais plus lire, a enfin murmuré Tolokine. Je n'arrive plus à reconnaître les lettres. Ça fait déjà un moment que les choses s'en vont de ma tête. Les toubibs m'ont dit qu'il n'y avait rien à faire, sinon entrer dans un asile de vieux où l'on s'occupera de moi. Tu comprends, petit, je suis en train de devenir un légume. Il y a six mois, je savais encore écrire, mais c'est parti. Quand j'ai un crayon dans les doigts, je ne suis plus capable d'aligner trois mots. Il me faut des heures pour former les lettres... et des fois j'en fais qui n'existent pas.

Il lui a montré des cahiers d'écolier tirés d'une vieille caisse de munitions en métal cachée sous le plancher. Jane, en les feuilletant, a compris qu'il s'agissait de ses mémoires, les mémoires d'un exécuteur au service d'une agence parallèle aux formidables pouvoirs occultes. Au fil des cahiers, l'écriture se dégrade, s'étire, devient illisible puis fantaisiste au point de se changer en grouillement d'idéogrammes sans signification.

— J'ai voulu coucher ça par écrit quand mes souvenirs ont commencé à s'effacer, dit Tolokine. Je me disais que de cette manière ma vie ne disparaîtrait pas pour de bon, qu'il resterait quelque chose, une trace. Mais je me rends compte aujourd'hui que je ne suis même plus capable de me relire. Est-ce que tu voudrais le faire pour moi ?

C'est ainsi que Jane est devenue la lectrice particulière du vieux tueur. La maladie dont il souffre porte un nom compliqué. On n'y connaît pas de remède, cela commence par des trous de mémoire anodins, des numéros de téléphone qu'on oublie, l'heure qu'on n'arrive plus à lire sur le cadran d'une horloge, des machines ou des outils qu'on ne sait plus faire fonctionner alors qu'on s'en est servi chaque jour durant une vie entière. Les médecins parlent de sénilité, de dégénérescence neuronale. Le nom a peu d'importance, ce qui compte c'est cet écoulement permanent, cette fuite du réservoir qui fait que la tête se vide au fil des mois.

Jane décrypte les cahiers. Souvent, elle est forcée de revenir en arrière car Tolokine a oublié ce qu'elle lui avait lu la veille. Elle découvre un monde d'intrigues incroyables et effrayantes, de manipulations sanglantes, un univers en marge dont peu de gens soupçonnent l'existence. Tolokine lui a demandé d'enregistrer le texte sur des cassettes qu'il pourrait réécouter à tout moment. Elle a obéi, mais pour découvrir finalement que le vieil homme ne savait plus se servir d'un magnétophone. Et puis, il n'aime pas sa voix. Il trouve qu'elle lit mal, et qu'une voix de fille ne convient pas au récit de ses exploits guerriers. Il insiste encore pour qu'elle accepte de se faire « hormoner » ; c'est facile, il connaît des filières clandestines utilisées par les transsexuels. Il pourrait se procurer les produits sans gros risques. « Tu aurais enfin une voix d'homme ! » dit-il. Mais Jane a peur, elle pense (rarement mais de temps en temps tout de même) au bébé qui pousse en elle. Elle redoute que ces drogues ne fassent de lui un monstre. Tolokine n'est pas content. Il grogne. La maladie, le sentiment de déchéance font de lui un être acariâtre. Il regarde souvent le calendrier, se demandant combien de temps il lui reste avant de « perdre la boule ». Il ne veut pas aller à l'hospice, il veut partir dans une dernière apothéose. Jane s'est renseignée, a lu des livres. La maladie dont il souffre peut durer des années ; rester stationnaire pendant six mois, puis s'emballer... et ainsi de suite. Il n'y a rien à faire, que prendre son mal en patience en attendant d'être submergé par la grande nuit de l'abêtissement.

Un jour, Tolokine surprend Jane en train de crayonner dans la marge d'un journal. Il est stupéfié par son talent. Elle essaye de protester, de lui dire que ce n'est rien du tout. Il y a tout un monde entre dessiner des bonshommes et réussir à tracer en trois coups de pinceau un idéogramme chinois parfait, mais le « Cactus » ne veut rien entendre. Jane ne le contrarie pas car il a ce regard fixe qui préside aux grandes décisions.

— Je ne sais plus écrire, grogne-t-il, je ne sais plus

lire, alors tu vas dessiner. Le contenu des cahiers, tu vas le mettre en images, comme ça je pourrai les regarder quand j'en aurai envie. Tu lis mal, mais tu sais tenir un crayon. Tu vas faire ça pour moi.

Il l'a laissée seule dans la maison pour se rendre à l'E-Z Mark du coin avec la liste des fournitures dont Jane aura besoin. Elle a dessiné les objets sur la feuille de papier pour qu'il puisse les reconnaître. Il a grogné, mécontent.

— Ce n'était pas utile, tu pouvais l'écrire. J'aurais dit au vendeur que je n'avais pas mes lunettes de lecture, il l'aurait lue à ma place.

Dès qu'il est parti, Jane sent l'angoisse l'envahir. La maison est laide, le quartier est affreux. Des lotissements de pavillons plats bon marché, entourés de jardins à l'herbe rare et jaune. Il y a là beaucoup de vieux qui attendent la mort. Les jeunes, les familles ont pris la fuite devant l'invasion des immigrés. Au lieu de se serrer les coudes, ils se détestent et se cherchent chicane tout au long de la semaine. Les femmes sont les plus féroces, elles passent les après-midi sur leur véranda, surveillant les alentours à la jumelle. Tous possèdent un chien, pour la sécurité. Officiellement Jane est venue de l'Arkansas prêter main-forte à son grand-père qui ne s'en sort plus tout seul. Elle joue à la perfection les nigauds de la campagne. Elle chique et crache des jets de tabac à trois mètres. Madame Bettina Mikovsky l'a insultée en la découvrant en train de pisser contre sa palissade, une main sur la hanche.

« Sale morveux ! a-t-elle hurlé, remets tout de suite ton petit tuyau dans ta culotte si tu ne veux pas que je te le coupe avec mon sécateur ! »

Jane est ravie. Ici tout le monde la prend pour un adolescent de treize ans. On la juge gracile. « Pas très costaud, vot'gamin ! a grogné Flagstone, le retraité d'à côté. Faudrait peut-être le nourrir un peu mieux ? »

Tolokine est revenu du supermarché avec le matériel à dessin. Jane a décidé de s'inspirer de l'ouvrage de la reine Mathilde, la fameuse tapisserie de Bayeux qu'elle a pu admirer lors d'un voyage avec ses parents. Elle va coller les feuilles les unes à la suite des autres de manière à former une immense bande qu'on pourra rouler. L'idée du rouleau la séduit. Un rouleau c'est moins encombrant qu'un carton à dessins, et c'est aussi plus solide. Elle a lu quelque part que Kerouac avait composé son premier manuscrit de cette façon, en collant des pages mal dactylographiées bout à bout. Elle parle de la tapisserie de Bayeux à Tolokine, il ne sait pas ce que c'est, elle doit lui expliquer qu'elle représente des exploits chevaleresques. Il se détend ; un moment — à cause du mot tapisserie — il a cru qu'il s'agissait de petites fleurs ou de trucs comme ça.

Jane peint. Elle s'y est mise tout de suite, illustrant les chapitres qu'elle a déjà lus. Ce travail lui fait du bien. Elle aime tout ce qui lui occupe les mains et l'empêche de penser au bébé qui flotte dans son ventre. Elle est terrifiée à l'idée que Tolokine puisse la chasser lorsqu'il découvrira son état. Il ne doit pas aimer les femmes. Encore moins les femmes enceintes. Pourtant, Jane pense que cela constituerait un déguisement magnifique. Qui soupçonnerait une fille enceinte jusqu'aux yeux d'être une tueuse ?

Elle peint, elle retrouve son agilité d'avant, son talent de coloriste. Tolokine s'empare des images dès qu'elles sortent de ses mains, il les scrute des heures durant, les yeux exorbités, comme s'il espérait découvrir une porte pour entrer dans le dessin.

Parfois, la maladie le fait déraper dans le délire, et ses monologues deviennent incohérents, invraisemblables.

— Ils m'ont trafiqué, dit-il, c'était en Asie, pendant la guerre. Une unité de l'OSS où l'on procédait à des essais génétiques. Ils ont modifié mon organisme pour que je devienne un combattant invincible. Ils m'ont greffé deux cœurs, doublé toutes mes artères.

J'ai des boutons déclencheurs sous l'épiderme, à des endroits secrets. Si j'appuie dessus, ça libère des sécrétions hormonales qui décuplent mes possibilités. Mes muscles deviennent dix fois plus puissants, je peux sauter à dix mètres de hauteur sans élan, je suis capable de me retenir de respirer pendant quarante-cinq minutes.

Jane ne proteste pas, mais elle sent une grosse boule se former dans sa gorge. Elle connaît tous ces prodiges, ils sortent d'un vieux feuilleton télévisé de science-fiction intitulé *Destroy, le commando des mutants*. Tolokine ne semble pas réaliser qu'il est en train de confondre la réalité avec un film entrevu sur sa vieille télé noir et blanc.

— Je ne suis pas un vieillard, dit-il avec véhémence. En réalité j'ai trente ans. Mon apparence provient de ces produits qui coulent dans mon corps. Ils décuplent les pouvoirs mais font vieillir l'organisme. Plus on accomplit d'exploits, plus on se flétrit. Il y a un antidote, mais ILS ne vous l'administrent que si on se conforme à leurs directives, comme une récompense. Après chaque mission, quand on est devenu un grand-père, la direction vous envoie une infirmière, avec la seringue de jouvence. C'est une espèce de chantage. On sait que si on ne file pas droit, on restera condamné à vivre dans la peau d'un octogénaire. La plupart des gars se conforment à la règle, mais pas moi. Moi j'en avais assez de massacrer sur commande, d'organiser des coups d'État, des exécutions de président, de faux attentats terroristes. J'ai donné ma démission... et ILS m'ont puni. J'ai trente ans, mais je dois vivre comme un vieux débris. Et ça continuera jusqu'à ce que j'accepte de reprendre du service.

Quand il a ses crises de délire, Jane se mord les lèvres pour ne pas fondre en larmes. Cela peut durer une journée ou deux. Il faut alors entrer dans son jeu, accepter qu'il se mette tout nu et tâter du doigt son vieux corps pour sentir les fameux « boutons magiques » implantés sous son épiderme. Jane fait semblant de les trouver, d'appuyer dessus.

— Oh ! tu peux y aller, lance Tolokine, ça ne me fera rien, les réserves sont vides, je ne risque pas de me transformer en prince charmant.

Le reste du temps Jane peint. Il y a dans le cahier des révélations troublantes sur des mystères historiques qui ont longtemps défrayé la chronique et auxquels Tolokine semble avoir été mêlé. L'assassinat de Kennedy, de fausses catastrophes naturelles destinées à masquer l'annihilation de membres du Congrès mouillés dans une affaire louche. La liquidation « accidentelle » de dizaines de témoins gênants. Le Cactus a mis en scène d'innombrables exécutions secrètes dont personne n'a soupçonné la véritable nature. Jane apprend avec stupeur qu'une vedette de la chanson dont elle collectionnait les disques était en réalité un agent du KGB dont on a maquillé l'élimination en overdose. C'est comme si elle plongeait les mains dans un coffre-fort empli de ténèbres et de sang. Elle dessine ces horreurs, s'inspirant de journaux jaunis lorsqu'il faut faire « ressemblant ». Quand Tolokine reconnaît quelqu'un, il est content.

— C'est bien lui ! s'exclame-t-il. Ah ! Tu ne l'as pas raté !

Il fait une pause, puis ajoute : « Moi non plus du reste ! Il est mort en pleurnichant. Lui qui aimait tant jouer les héros. »

Et il éclate de son affreux rire sifflant auquel Jane ne parvient pas à s'habituer.

Grâce au cahier, elle apprend les adresses des « fournisseurs », les codes de reconnaissance, la manière dont on peut fabriquer des explosifs à partir de produits ménagers en vente dans les supermarchés. Et puis, lorsqu'ils partent en « promenade », Tolokine lui présente des gens. Des vieillards comme lui. Jane a l'impression qu'un gigantesque complot d'octogénaires se déploie dans l'ombre. Ils ont tous le même regard glacé derrière leurs lunettes à double foyer. Ils parlent peu, affectionnent les propos à double sens, les phrases qui restent en suspens.

Tolokine a entamé le dressage de Jane. Il l'envoie faire les courses dans des supermarchés différents, très éloignés les uns des autres, jamais à proximité de la maison. Il lui enseigne la technique du « marquage » des conserves.

— Je sais trop de choses, chuchote-t-il. ILS cherchent à me localiser depuis des années. Plus le temps passe, plus ils se rapprochent. Quand ils m'auront « logé », ils organiseront un accident. C'est pour ça qu'il faut être sur le qui-vive.

Quand elle est seule dans la salle de bains, Jane se pèse et mesure son ventre. Elle n'a pas encore grossi, mais elle a lu que pendant les trois premiers mois une femme peut demeurer plate comme une limande, c'est ensuite que les choses se gâtent. Elle a peur de la réaction du Cactus. Elle se dit qu'il l'étranglera peut-être lorsqu'il apprendra la vérité. Elle doit devenir forte en attendant ce jour. Assez forte pour être capable de se défendre... et le tuer.

Un jour, elle a demandé au vieux pourquoi il l'avait sauvée lorsqu'elle tentait de se noyer. Il a répondu : « Je ne sais pas, j'ai voulu voir ce que ça faisait, je n'ai pas l'habitude. Les médecins passent leur temps à sauver des tas de gens médiocres, moi je suis plutôt habitué à supprimer des personnalités d'exception, des célébrités. Des types dont les noms figureront dans les manuels d'histoire. Souvent même, c'est parce que je les ai assassinés qu'ils deviennent immortels ! Si je les avais laissés vieillir, décevoir leurs électeurs, ils seraient tombés dans l'oubli. Grâce à moi, ils s'en vont en pleine gloire, au sommet de leur popularité. C'est moi qui fais d'eux des héros, des mythes... et si on pouvait leur poser la question, du fond de leur tombeau ils nous diraient qu'ils sont en réalité très contents de ce qui leur est arrivé !

Qu'ils n'auraient jamais imaginé passer aussi brillamment à la postérité. Quand je t'ai vue te débattre dans le lac, mon premier réflexe a été de te donner un coup de rame sur la tête pour que tu cesses de m'éclabousser. Puis je me suis demandé quel effet ça faisait de sauver quelqu'un de médiocre. Alors j'ai essayé. »

Jane ne s'est pas vexée puisque Tolokine parle de ce qu'elle était avant. C'est intéressant de savoir comment raisonne un tueur professionnel, de découvrir qu'une philosophie très structurée sous-tend ses actes.

Tolokine feuillette souvent son carnet d'adresses. Tout y est codé, illisible... et comme il a oublié de quel code il s'agissait, l'agenda ne lui sert plus à rien.

— Il y avait là-dedans tous les noms des gars de la légion Destroy, explique-t-il. Des mutants, comme moi. Ils sont dans un hôpital secret maintenant. Pour les voir il faut montrer patte blanche. Les greffes se sont détraquées, certains d'entre eux sont devenus monstrueux. Ils ont le corps couvert de muscles qui n'existent pas chez les hommes normaux, et des organes invraisemblables dans le ventre. Ça pousse comme ça, sans qu'on sache à quoi ça sert. Alors il faut les leur enlever. Au début j'allais leur rendre une petite visite. Je m'asseyais à leur chevet pour parler du bon vieux temps, mais aujourd'hui je ne me rappelle même plus où c'est. J'ai tendance à oublier les choses récentes alors que je me souviens très bien des trucs que j'ai faits dans ma jeunesse. C'est drôle, hein ? Un jour tu seras peut-être forcée de me dire qui tu es tous les matins !

Jane dessine l'hôpital des monstres. Le rouleau prend de l'épaisseur. La jeune fille colle les aquarelles bout à bout dès qu'elles sont bien sèches. Tolokine passe le plus clair de ses journées à scruter les peintures en hochant la tête.

Puis Jane commet son premier crime.

C'est arrivé à cause de Naky, le chat de Tolokine.

Un chat récupéré dans un laboratoire pharmaceutique faisant des tests sur les produits capillaires. Naky avait perdu tous ses poils et était devenu très frileux. Il vivait dans le jardin, paressant au soleil. Le voisin, le vieux Brooze Flagstone, le détestait parce qu'il le croyait atteint de pelade contagieuse et lui reprochait d'être à l'origine de sa propre calvitie.

— Avant que cette bestiole arrive ici j'avais tous mes cheveux ! radotait-il par-dessus la haie. Du jour où elle s'est frottée contre moi, je suis devenu aussi chauve qu'une fesse de nouveau-né !

De plus, Naky pissait sur ses rosiers, les faisant crever. Brooze Flagstone a plusieurs fois menacé Tolokine de tuer Naky. Brooze Flagstone croit Tolokine gâteux et lui parle comme à un enfant, le morigénant avec la morgue d'un instituteur s'adressant à un cancre.

Hier matin, Jane a trouvé Naky sur la pelouse. On lui avait cassé les reins d'un coup de bâton ou de canne. Or Flagstone marche avec une canne dont il est très fier parce qu'il l'a achetée à Londres, dans un magasin de Savile Row, pendant la guerre.

— Tu sais comme moi qui a fait ça, a murmuré Tolokine. C'est à toi de le punir. Je te laisse libre de choisir la méthode, mais il faut que ça ait l'air d'un accident.

Jane a hoché la tête. Elle tond la pelouse du bonhomme toutes les semaines pour deux dollars et une bouteille de *root beer*. Cela fait partie de son personnage de nigaud, et le retraité est très satisfait de l'exploiter pour un salaire qu'on pourrait qualifier d'aumône. Jane sait que le vieux prend un bain tous les matins sur le coup de dix heures. Il remplit la baignoire d'herbes médicinales achetées par correspondance (*Retrouvez la vigueur du bison avec la médecine magique du Sachem Cœur-de-lynx !*) et trempe dans ce bouillon en lisant un journal qui finit par se déliter entre ses doigts.

Avant d'entrer dans l'eau, il pose sa vieille radio

Philco sur un tabouret, à proximité, et met le son très fort pour suivre les nouvelles de la Bourse, car il se vante d'être un rentier, nanti d'un flair sans égal qui lui permet de dénicher à coup sûr les placements qui vont crever le plafond.

Jane s'introduit dans la maison en s'assurant que personne ne peut la voir. Elle serre au creux de sa paume une attache-trombone en gros fil de fer, conçue pour retenir les liasses de papier plutôt épaisses. Elle se faufile jusqu'à l'installation électrique vétuste, retire le fusible qui commande le circuit de la salle de bains, et remplace le fil de plomb par le trombone qu'elle tord pour lui donner la forme adéquate. Elle essuie chaque surface effleurée avec son mouchoir et remet le fusible de porcelaine en place. Tout tombe en ruine ici, la poussière qui recouvre meubles et objets a pris peu à peu l'aspect du velours gris. Jane pousse doucement la porte de la salle de bains, s'immobilise sur le seuil. Flagstone trempe dans ses herbes anti-prurit comme une grenouille dans un étang boueux. Il relève le nez, aperçoit l'intrus.

— Qu'est-ce que tu fiches là, mon garçon ? lance-t-il agacé. Ce n'est pas aujourd'hui que tu tonds la pelouse, c'est demain ! Tu ne sais même pas lire un calendrier ? Je vais finir par croire que tu es aussi stupide que ton grand-père ! Fiche le camp, je travaille. Tu m'empêches de gagner de l'argent avec tes bêtises !

Jane sourit. Elle déboutonne sa chemise, laisse tomber son pantalon, s'amuse à faire glisser sa culotte. Elle est nue devant le vieillard dont la mâchoire se décroche.

— Mais... mais... bégaye-t-il en fixant le triangle noir entre les cuisses de Jane.

Ses lunettes dégringolent de son nez et plongent dans le bain. Jane lève la jambe comme une danseuse pour permettre à Flagstone de mieux distinguer son sexe puis, d'un mouvement gracieux, expédie un coup de pied dans le tabouret qui soutient le poste de radio. Le gros cube de Bakélite au cadran illuminé tombe dans la baignoire.

Elle ne reste pas pour voir ce qui se passe. Elle ramasse ses vêtements et se rhabille dans l'entrée, l'œil sur le fusible trafiqué dont le trombone vire à l'incandescence, sans fondre sous l'effet de la surtension comme l'aurait fait un fil de plomb réglementaire. Elle sort, efface ses empreintes. Tolokine lui a inculqué ce réflexe : toucher très peu de choses, et essuyer ses traces avec un chiffon, comme si on faisait le ménage. Ici, ça n'a pas trop d'importance puisqu'il est admis qu'elle travaille pour le vieux.

C'est elle qui feindra de découvrir le cadavre, le lendemain matin lorsqu'elle viendra tondre la pelouse. Les flics concluront à l'accident. « Il aura voulu monter le son, dira un patrouilleur, il a fait basculer la radio dans la baignoire, c'est classique. »

Jane rira longtemps en pensant à la tête du vieux bougre quand il a découvert qu'elle était une fille. À ce moment-là est passé dans ses yeux quelque chose qui ressemblait à une terreur mêlée d'extase. Elle ne l'a pas regardé frire, elle n'est pas malsaine. Elle a essayé d'agir en professionnelle. Le strip-tease était bien sûr de trop. Elle n'en a pas parlé à Tolokine.

Quand il est dans une bonne période, le Cactus lui fait rencontrer des gens, la présente à d'éventuels employeurs. Il lui a procuré un jeu de faux papiers parfaitement imités, des passeports, des extraits de naissance, des souvenirs fictifs qu'elle doit classer dans des boîtes à chaussures et connaître par cœur. Elle dispose ainsi de plusieurs panoplies complètes avec faux diplômes, fausses photos de famille, et même des coupures de presse fictives que Tolokine a fait imprimer et qui la représentent en reine d'un bal de promo ou en « Miss tarte aux airelles » dans un concours de province. Tout cela est destiné à épaissir ses identités d'emprunt. Le Cactus a poussé le vice jusqu'à faire figurer sa photo au dos d'un gros roman sentimental acheté chez un brocanteur pour qu'elle puisse prétendre être écrivain si le besoin s'en faisait sentir.

Quand il est au contraire dans ses mauvais jours, Tolokine se plante derrière la fenêtre et guette au travers des lamelles du store la venue de l'infirmière des services secrets qui doit lui administrer la fameuse piqûre de jouvence destinée à lui rendre son allure de jeune homme.

— Tu verras, dit-il, je ne suis pas mal du tout quand j'ai de nouveau trente ans. Si ça se trouve tu tomberas même amoureuse de moi !

Il reste debout en maugréant après cette foutue nurse qui se fait attendre.

— Pourtant je leur ai bien dit que j'étais d'accord pour reprendre du service, pleurniche-t-il. J'en ai assez d'être vieux. Je m'étais habitué... et puis à force de te voir, avec ton petit corps tout frais, ça m'a donné des nostalgies. Alors je leur ai téléphoné. Ils vont venir, j'aurai ma piqûre et tu verras. Cette fois, quand on se couchera, ce ne sera plus pour dormir !

Et il éclate de son rire affreux. Jane est malheureuse. Elle n'aime pas le voir comme ça, diminué, en train de perdre la tête. Son regard prend une expression glauque, presque bête, et sa bouche se plisse en un sourire de gamin content de lui.

Une nuit, Jane s'est réveillée pour découvrir qu'elle était seule dans le lit. Elle s'est levée pour trouver Tolokine dans la cuisine, en train de découdre la doublure de son vieux manteau gris. Sur la paillasse de l'évier, il avait aplati au préalable une grande quantité de plastic C-4 avec un rouleau à pâtisserie, comme si c'était de la vulgaire pâte à tarte. Jane a compris qu'il avait l'intention d'installer l'explosif à l'intérieur du manteau, entre doublure et tissu.

— Je ne me laisserai pas prendre vivant, a marmonné le Cactus. S'ils essayent de m'embarquer à l'hospice je fais tout sauter. Faudra une petite cuiller pour ramasser l'ambulance et les infirmiers ! Regarde un peu ça ! J'ai tout prévu.

Très fier, il a montré à Jane comment le cordon du détonateur était fixé à la vieille décoration pendant sur sa poitrine. En cas d'alerte il lui suffirait d'empoigner le Purple Heart et de tirer dessus d'un coup sec pour provoquer la déflagration.

— C'est futé ! a-t-il ricané, parce qu'une médaille comme ça, personne n'osera y toucher, c'est sacré.

Dès lors, les jours de dépression, il enfile le manteau chaque fois qu'il met le nez dehors. Il fait vivre Jane dans un tel état de tension que la jeune fille s'attend à tout moment à voir surgir les sinistres infirmiers. Elle, qui n'était pas très physionomiste, apprend à mémoriser chaque visage. Au retour d'une promenade, elle s'oblige à tracer en quelques coups de crayon les portraits-robots de tous les gens qu'elle a croisés. Elle a l'impression de vivre avec Tolokine depuis des années alors qu'il y a seulement trois mois qu'ils partagent le même lit. La maladie du vieil homme empire. Le matin, au réveil, il reste parfois une heure sans reconnaître Jane, puis les choses se remettent en place. Certains mots lui échappent, il les remplace en disant « le truc... », « le machin... ». Au fil des semaines les trucs et les machins envahissent sa conversation, rendant la communication difficile. À une ou deux reprises il a pissé dans son pantalon sans s'en apercevoir.

— Tu peux partir, lui a-t-il dit dans un moment de lucidité. Maintenant tu en sais assez pour te débrouiller toute seule. Je t'ai donné des armes, tu n'es plus la loque que j'ai repêchée dans le lac.

Mais Jane ne veut pas le quitter. Elle a changé, elle en a pris conscience en croisant une seconde fois sur la plage de Santa Monica l'un des garçons qui l'a violée... *jadis*.

Elle a trouvé cela amusant car il lui aurait été facile de l'entraîner à l'écart pour le tuer au moyen de l'une des prises de close-combat que lui a enseignées

Tolokine. *Les deux pouces de chaque côté du cou, pour comprimer les carotides, ces artères qui irriguent le cerveau par exemple... ou encore un coup violent donné avec la paume de la main à la base du nez.* Aujourd'hui elle maîtrise très bien ces techniques et sa puissance musculaire s'est considérablement développée.

Mais elle a réalisé qu'elle n'en avait même pas envie.

« Je devrais plutôt le remercier, a-t-elle pensé avec stupeur. Après tout c'est grâce à lui que j'ai cessé de me comporter en victime. »

Et puis il y a la grande crise, le commencement de la fin. Une nuit Tolokine se lève au comble de l'agitation, persuadé que les infirmiers de l'hospice vont venir se saisir de lui. Il tremble, claque des dents. Il a enfilé son manteau-suicide et tripote la médaille à son revers. Au moindre crissement de frein il court à la fenêtre pour scruter les ténèbres. Il ordonne à Jane de sortir le pick-up. Ils fuient la maison au beau milieu de la nuit et mettent le cap sur le désert en scrutant le rétroviseur pour s'assurer que personne ne les file. Jane tremble à l'idée qu'ils puissent croiser une ambulance. Du coin de l'œil, elle regarde se balancer la médaille ternie sur la poitrine du vieillard. Il n'hésitera pas une seconde à les faire sauter s'il s'imagine encerclé, or il y a assez de plastic dans le manteau pour pulvériser dix voitures et leurs passagers, ou même expédier un autobus sur le toit d'un immeuble.

Ils ont pris la direction du Nevada. Ils pénètrent dans le désert par une route non patrouillée où les automobilistes s'engagent à leurs risques et périls. Tolokine a l'air de savoir où il va. Bientôt ils arrivent en vue d'un village aux maisons plates, sans lumières, et qu'entourent de hautes murailles de barbelés à demi abattues par les tempêtes de sable. C'est vide, mort. La poussière recouvre tout. Il fait froid et Jane ne peut s'empêcher de claquer des dents. Tolokine lui explique qu'il s'agit d'un ancien lieu d'expérimentation nucléaire. Le village est factice, uniquement destiné à mesurer les effets du souffle. Le Cactus ricane, personne n'osera venir le chercher ici !

Jane a peur des radiations. Et si elles affectaient le bébé ? Si elles faisaient de lui un monstre ? Pour la première fois depuis qu'ils se sont rencontrés, elle a une brusque bouffée de haine pour le vieil homme. Ils entrent dans l'une des bicoques. Le sable, à force de pénétrer par les fenêtres, a recouvert le mobilier. Tolokine est content de lui. Il dégage un fauteuil et s'installe en ordonnant à Jane de faire du feu. La jeune fille n'a plus qu'une idée en tête : fuir les radiations qui imprègnent peut-être encore le sol et les rochers. Elle en parle au vieux. Il hausse les épaules, grogne que la dernière expérience remonte à... à quand ? Il ne sait plus, d'ailleurs.

Ils resteront là jusqu'à l'aube, Jane les mains plaquées sur le ventre, dans un réflexe de défense puéril.

— Y'a rien à craindre, grogne le vieux. Je connaissais un Niséi qui vivait ici, par solidarité avec les victimes d'Hiroshima. Il était un peu cinglé et personne ne faisait attention à lui. Les radiations ne lui ont jamais déclenché aucune maladie. Il est mort très vieux, d'une insolation. Son fourbi doit être quelque part par là. Je me souviens qu'il avait érigé un autel pour ses ancêtres et toute sa famille morte là-bas. J'ai installé des caches ici. De l'argent, des armes, des vêtements. Plus tard il faudra que tu fasses pareil. Dans chaque État enterre une valise de secours, avec le matériel habituel, de quoi te déguiser et des faux papiers. Ça peut te sauver la vie.

Ils ont pris le chemin du retour quand le soleil s'est levé et que la chaleur est devenue insupportable. Le vieux avait l'air épuisé, il ne pensait plus à tripoter sa médaille.

Le lendemain, Jane est allée consulter un médecin dans un quartier où personne ne la connaissait. Elle s'est changée dans les toilettes de la gare routière.

Entrée en garçon, elle en est ressortie en fille. Porter une jupe lui a fait tout drôle. Pendant le trajet en bus elle a failli s'évanouir à la pensée qu'elle portait sans doute un enfant difforme dans son ventre.

Le généraliste qui l'a examinée lui a appris qu'elle n'était nullement enceinte, il a parlé d'aménorrhée psychosomatique résultant d'un choc psychologique.

Elle n'aura pas de bébé. Elle est vide. En quittant le cabinet elle ne parvient pas à déterminer si elle est soulagée ou déçue. Elle s'était habituée à la venue prochaine de l'enfant.

Deux semaines plus tard, Tolokine est pris d'une crise de démence dans un supermarché de Reseda. Faisant ses courses, il se met soudain à gribouiller au moyen d'un gros feutre noir des signes cabalistiques sur les étiquettes des produits entassés dans son caddie. Quand on essaie de l'en empêcher, il frappe une vendeuse à la tête avec une boîte de *chili con carne*, lui ouvrant le front. Les vigiles doivent intervenir. Occupée à peser des fruits à l'autre bout du magasin, Jane assiste à la scène sans bouger.

Tolokine porte son manteau piégé et la décoration pend à son revers, attendant d'être arrachée telle la goupille d'une grenade. Jane voudrait fuir, mais ses jambes ne la portent plus. Si le vieux actionne la bombe dont il est revêtu, le supermarché tout entier fera un bond de trente mètres vers le ciel. La jeune fille se dit qu'elle devrait lui porter secours. Dire aux vigiles : « C'est mon grand-père, il est malade, laissez-le, je vais le ramener à la maison. »

Ce serait facile, et les flics du centre commercial accepteraient sans doute, mais quelque chose tient Jane clouée derrière la balance du rayon des légumes. Ce n'est pas seulement la peur de la bombe... non, il y a autre chose. L'idée confuse qu'il est temps de couper le cordon ombilical. Elle regarde la police embarquer le vieillard. Tolokine, l'air hagard, le cou strié de tendons, ressemble à un poulet plumé qui ne comprend pas ce qui est en train de lui arriver. Il se laisse entraîner vers le fourgon sans penser à tirer la goupille du manteau piégé. À ce moment-là, Jane comprend qu'il a sans doute oublié jusqu'à l'existence des explosifs dont il est enveloppé.

L'après-midi même, les flics lui apprendront que Tolokine a été hospitalisé en raison de sa confusion mentale extrême et d'une légère crise cardiaque survenue durant son interrogatoire. Jane vide la maison de tout ce qu'elle contient de compromettant : armes, faux papiers, explosifs, outils de cambriolage, liasses de billets de banque. Elle n'oublie pas non plus le rouleau de dessins souvenirs.

Quand elle se rend à l'hôpital, elle est habillée en femme, méconnaissable. Surprenant son reflet dans un miroir, elle est étonnée de la maturité de son visage. Pour un peu elle ne se reconnaîtrait pas.

Elle se présente à la réception comme la fille de Tolokine. Le vieillard est au troisième étage. Frappé d'hémiplégie, il a la bouche tordue et parle avec difficulté.

— Il est dans un grand état confusionnel, annonce l'infirmière, il est possible qu'il ne sache plus qui vous êtes, ne paniquez pas.

Jane reste seule avec le bonhomme dont l'œil hagard explore ses traits.

— Qui... qui êtes-vous ? parvient-il enfin à articuler.

— Je suis l'infirmière de votre unité, murmure Jane. C'est le bureau du Destroy qui m'envoie. Je viens pour la piqûre de jouvence. Vous savez bien : celle qui doit vous rendre votre jeunesse.

— Ah oui ! soupire Tolokine en souriant. Mon Dieu ! Je vous attends depuis si longtemps.

Jane ouvre son sac, en tire la seringue qui s'y trouve couchée dans un mouchoir. Elle est pleine de Dilaudide pur. Tolokine mourra sans même s'en rendre compte.

— Voilà, dit-elle en retirant l'aiguille de la veine

percée. Vous allez vous endormir ; quand vous vous réveillerez, vous aurez à nouveau trente ans.

— Merci, balbutie le vieux. Dites aux autres que je suis content de réintégrer le service action. Ça me manquait. Je ferai du bon boulot, vous verrez. Vous verrez !

Il s'endort. Jane s'en va.

Elle vient de tourner la page.

Voilà, c'est fini. Il n'y a presque plus rien dans la valise ténébreuse. Jane a tout déballé. Ce qui reste est collé au fond, comme du goudron séché, et elle se retournerait les ongles si elle essayait de l'arracher.

La fille de la nuit a raconté son histoire. Il faut maintenant espérer qu'elle se taira, pour toujours. Car Jane ne veut plus l'entendre prononcer un mot.

Plus un seul.

21

— Qu'avez-vous fait ensuite ? interrogea Sarah.

— Je ne sais pas, c'est confus... répondit Jane. Je suppose que j'ai commencé à voler de mes propres ailes. J'ai dû proposer mes services aux gens que m'avait présentés Tolokine.

Sarah fit un rapide calcul mental. Si Jane avait débuté sa carrière de tueuse à dix-sept ans, cela signifiait qu'elle avait exercé pendant treize ou quinze ans. Combien de victimes avait-elle fait disparaître pendant ce laps de temps ?

Les deux femmes étaient allongées sur la même couchette. Elles avaient dormi ainsi durant les trois dernières nuits, le temps que Jane, d'une voix hésitante, complète peu à peu le puzzle de ses souvenirs. Sarah avait du mal à démêler ses sentiments. Un dégoût horrifié mitigé d'attendrissement. De la fascination aussi. Il y avait beaucoup de points communs entre leurs deux trajets. Sarah avait, elle aussi, subi la terrible pression d'un dressage forcené lorsqu'elle était jeune. Par bien des côtés, Tolokine lui rappelait son père.

Il était temps qu'elles se remettent en route. Les gens du camping commençaient à regarder de travers ces deux femmes qui passaient la plus grande partie de leurs journées cloîtrées dans un mobilhome aux vitres teintées. On jasait, certains s'interrogeaient sur leurs mœurs. La vérité était plus simple : Sarah souffrait trop de sa côte brisée pour être en mesure de conduire très longtemps. Jane ayant tout oublié de la manière dont on pilotait un véhicule, l'Irlandaise ne pouvait même pas espérer lui confier le volant.

Un soir que Sarah, ayant cédé à la tentation des analgésiques, dormait sur sa couchette, Jane quitta le camping-car pour aller rejoindre Jud et Bubba. Elle n'en pouvait plus de l'interminable tête-à-tête avec sa garde du corps. Les questions de Sarah la renvoyaient sans cesse à ce qu'elle désirait par-dessus tout oublier. Par sa curiosité malsaine l'Irlandaise lui gâchait ses chances de naïveté, l'obligeait à redescendre aux enfers en marchant à reculons. Il fallait réagir. Se remplir les poumons d'air frais.

La nuit tombait quand Jane s'assit près du feu de camp allumé par les deux routards. Ils étaient bêtes mais reposants. Comme elle avait découvert qu'elle aimait rire à leurs plaisanteries débiles elle se prenait soudain à penser que tout n'était peut-être pas perdu.

— Hé ! lança Jud ce soir-là. Pourquoi tu ne laisserais pas tomber ta vieille pour partir avec nous ? Tu serais notre femme à tous les deux, je suis sûr que ça ne te ferait pas peur. Là-bas, à Laguna Beach, on connaît plein de petites combines pour vivre sans travailler.

— Affirmatif ! fit Bubba. Y'a un type plein aux as

qui file du fric aux jeunes s'ils se laissent filmer en train de baiser. C'est pas sorcier, c'est pour sa collection personnelle. Avec une séance de temps en temps on peut vivre sans se fouler.

— C'est vrai ! haleta Jud qui s'excitait. Et puis à trois c'est encore mieux payé. Ça te gênerait de faire ça avec nous deux en même temps ?

— Je ne sais pas, dit Jane, je n'ai jamais essayé.

— C'est pas bien méchant, éluda Bubba. Des tas de filles le font tous les jours. À ton âge, si tu l'as pas encore fait c'est que t'es un peu coincée.

Jane regarda en direction de la tente. C'était le type même de danger auquel la fille formée par Tolokine ne se serait exposée pour rien au monde. Et c'est pour cette raison même qu'elle décida de tenter l'expérience. Si elle voulait échapper à la malédiction de son passé elle devait briser tous les conditionnements, se prouver qu'on pouvait survivre sans se conformer à des règles aberrantes et tyranniques.

— Tu veux bien ? supplia Jud.

Il mendiait, comme un petit garçon qui réclame une seconde part de dessert. Elle s'en amusa.

— D'accord, fit-elle, mais pas tous les deux en même temps. L'un après l'autre. Il faut que je m'habitue.

Elle se répéta que c'était un bon moyen de casser l'enchantement : faire le contraire de ce qu'on lui avait inculqué ! S'offrir sans défense à des inconnus. Le Cactus allait s'en retourner dans sa tombe ! La fille de la nuit s'en arracherait les cheveux ! Bien fait pour eux.

Elle se glissa dans la tente pendant que Jud et Bubba se querellaient pour savoir qui passerait le premier. L'abri sentait la sueur de garçon, la bière et la chaussette moite. Jane se déshabilla très vite et s'étendit sur le sac de couchage, les yeux fermés, les bras le long du corps.

« S'ils sont venus pour me tuer ce sera facile, pensa-t-elle, je ne ferai rien pour me défendre. »

Elle ne chercha même pas à savoir qui s'allongeait sur elle, s'emparait de son corps, manipulait ses jambes. C'était une épreuve qu'elle s'imposait, et elle devait en sortir triomphante. Pendant que le garçon transpirait, la voix de la fille de la nuit hurlait dans la tête de Jane : « Pauvre idiote ! Ne fais pas ça ! Il va t'étrangler ! Tu ne te rends pas compte à quel point tu es vulnérable ! »

Mais Jane refusait de l'écouter. Quand les mains de l'homme effleurèrent sa gorge, elle se contraignit à rester impassible et n'esquissa pas un geste pour le repousser.

S'ils avaient été envoyés pour la liquider c'était le moment ou jamais. Elle s'offrait. C'était tenter le diable mais elle ne voyait aucun autre moyen pour conjurer le maléfice. Si elle s'était trompée, dans trente secondes elle serait morte.

Elle se mit à trembler, le garçon crut que c'était de plaisir. Il se retira, et son compagnon vint le remplacer. Jane le laissa faire ce qu'il voulait, ça n'avait aucune importance, elle savait maintenant qu'ils ne la tueraient pas. Ils étaient aussi inoffensifs que deux bouvillons dans un enclos.

« J'ai réussi, pensa-t-elle, gagnée par une curieuse exaltation. J'ai réussi à me comporter comme une femme normale. Rien n'est écrit. »

Elle était trop plongée dans ses pensées pour avoir du plaisir mais les deux garçons n'y virent pas malice. L'acte achevé, ils allumèrent des joints et se serrèrent tous les trois dans la tente, au milieu des volutes de fumée âcre.

— Maintenant tu nous appartiens, annonça Jud. C'est comme si on avait signé un pacte. Demain tu diras à ta vieille que tu la laisses tomber et on filera sur la côte. Ça va être super là-bas. Pour des jeunes pas trop coincés c'est facile de vivre sans se casser le cul. Il y a une communauté dans les dunes, sur la plage. On y partage tout. Pour y être accepté, faut juste amener une fille. Maintenant que t'es là ça roulera au petit poil. Tu seras notre ticket d'entrée. Au début, bien sûr, comme tu seras nouvelle, les mecs te sauteront tout le temps, mais ça ne durera pas plus d'une semaine.

— Faudra te remplumer, observa Bubba, parce que pour le moment tu fais un peu sac d'os. Les types aiment bien les filles moelleuses, si tu vois ce que je veux dire. T'auras qu'à bouffer quelques marmites de haricots mexicains.

Jane les laissa délirer. Ce qu'ils disaient ne comptait pas à côté de l'épreuve qu'elle venait de passer haut la main. Elle ne s'en serait pas crue capable mais elle avait transgressé toutes les règles. Elle avait été capable de dire non à la fille de la nuit.

Elle regarda Jud, Bubba. C'étaient deux imbéciles et elle s'était servie d'eux alors qu'ils croyaient le contraire. Elle s'amusa de leur petit cinéma macho. De Jud, principalement, qui ne cessait de répéter qu'elle leur appartenait, qu'elle était désormais leur « petite femme ».

Elle se demanda si elle ne devait pas saisir la chance au bond. Abandonner Sarah pour se dissoudre dans la nature en compagnie de ces deux crétins. Pourquoi pas ?

Le hasard n'était-il pas le meilleur remède à ses problèmes ? Quelque chose la retenait, elle ne savait quoi. L'imbécillité des deux garçons peut-être ?

« Ce n'est pas grave, décida-t-elle. Si je ne pars pas avec eux, je suivrai quelqu'un d'autre. Je sais maintenant que je ne suis pas programmée à perpétuité, que j'ai un libre arbitre, que je suis autre chose qu'un chien bien dressé. »

Elle se rhabilla malgré les protestations des jeunes gens et se faufila hors de la tente.

— N'oublie pas ! lui souffla Jud. On part à l'aube.

— Si tu peux, ajouta Bubba, essaye de piquer le pognon de ta vieille !

Jane traversa le campement dans la nuit et se rendit aux douches pour se savonner. Elle ne se sentait pas souillée et elle n'éprouvait aucune honte. La fougue des deux gamins n'avait rien eu de déplaisant et, à la différence des médecins de l'hôpital, eux au moins ne l'avaient pas traitée comme un quartier de viande à qui on refuse tout droit à la pudeur.

Quand elle regagna le mobil-home, Sarah dormait toujours.

Cette nuit-là Jane ne fit aucun rêve désagréable.

Le lendemain elle avait tout oublié de ses projets de départ avec les deux garçons.

C'est à ce moment que les choses se gâtèrent. Jud et Bubba, mécontents d'avoir été laissés sur la touche, commencèrent à la harceler. Plusieurs fois par jour leurs visages mal rasés venaient se coller aux vitres du mobil-home dans l'espoir de surprendre les deux occupantes dans leur intimité. Par bonheur la pigmentation photosensible du polycarbonate rendait ces tentatives inutiles. Toutefois, ces faces de crétins plaquées contre le verre, les yeux exorbités, finissaient par vous mettre les nerfs à fleur de peau. Jane supportait mal ces intrusions, et elle commit l'erreur d'invectiver les jeunes gens depuis le marchepied du véhicule.

— Salope ! lui cria Jud, t'as rompu le pacte ! T'es notre femme maintenant, tu dois nous obéir ! On t'attend pour partir !

Jane lui claqua la porte au nez.

— Qu'est-ce qui se passe avec ces garçons ? s'inquiéta Sarah. Vous les connaissez ?

— Un peu, fit la jeune femme de manière évasive. Ne vous occupez pas de ça, c'est sans intérêt.

L'Irlandaise sentit qu'il était temps de larguer les amarres. Elle régla les frais de location sous les regards lourds et les sourires en coin des occupants du camp. Son instinct l'avertit que Jane avait commis quelque imprudence et elle se maudit de n'avoir pas eu l'œil sur elle vingt-quatre heures sur vingt-quatre.

En rentrant, elle profita de ce que Jane était sous sa douche pour appeler David.

— Je n'ai rien trouvé, maugréa le jeune homme. Il n'est fait nulle part mention pour le moment d'une adolescente disparue sans laisser de traces et dont les parents auraient travaillé à la conception d'un centre de loisirs. Mais, tous les États confondus, il y a *énormément* de disparitions. C'est à croire que la moitié des citoyens américains passent leur temps à chercher l'autre moitié de leurs semblables !

— Continue, soupira Sarah. Vois si tu peux trouver quelque chose à propos d'un certain Tolokine mort d'une overdose de Dilaudide au cours d'une hospitalisation. Cela a dû se passer il y a douze ou quinze ans, en 81-84, quelques mois après la disparition de la gamine.

— C'est vieux, grogna David. L'informatique en était encore à ses premiers balbutiements, et si ces anciens fichiers n'ont pas été mis sur ordinateur j'ai peu de chance de dénicher ton vieillard assassin ! Il faudrait faire une recherche manuelle. Aller dans tous les hôpitaux. C'est un travail de titan. Sans compter que nous ne sommes pas flics et qu'on refusera de nous laisser accéder aux archives.

— Essaye de pénétrer par effraction dans les banques de données informatiques, dit Sarah. Cela nous donnera déjà une idée. Il faut bien commencer par quelque chose.

— J'ai écouté tout ce qu'elle a raconté, murmura David. Ça fait froid dans le dos. Tu penses que c'est vrai ?

— Sans aucun doute.

Sarah dut raccrocher précipitamment car Jane sortait de la cabine, enveloppée dans une serviette.

Lorsqu'elles quittèrent le camp, des gosses s'amusèrent à jeter des pierres sur les flancs du mobil-home et un homme leur fit une grimace obscène en agitant la langue.

Elles étaient sur la route depuis moins de vingt

minutes quand elles repérèrent les motos dans leur sillage.

— Ce sont ces deux crétins, Jud et Bubba, fit Jane. J'ai eu tort de sympathiser avec eux. Ils ne nous lâcheront plus.

Cette filature compliquait inutilement les choses et alourdissait l'atmosphère déjà pesante qui régnait dans l'habitacle du camping-car.

L'incident se produisit alors que Sarah faisait le plein à une pompe automatique. Le gros inconvénient des véhicules blindés c'est qu'ils consomment énormément d'essence en raison de leur poids, et le mobil-home ne faisait pas exception. Pendant que Sarah s'occupait de remplir le réservoir, Jane faisait les cent pas sur l'aire de stationnement. Elle étouffait à l'intérieur de l'ancien fourgon et ne laissait passer aucune occasion de prendre l'air.

Les deux motos surgirent alors que Sarah surveillait l'approvisionnement en carburant. Jud et Bubba se mirent à tourner autour de Jane, à l'autre bout du parking, en faisant mine de lui arracher un vêtement à chaque passage. Tantôt ils tiraient sur sa jupe, tantôt sur son corsage, faisant craquer les coutures des étoffes malmenées.

— Tu t'es bien foutue de nous ! vociféraient-ils. Si tu crois que ça va se passer comme ça !

Jane demeurait immobile, blême, figée par la terreur, incapable du moindre geste de défense. En la regardant brinquebaler entre les motards qui se la renvoyaient avec de gros rires, Sarah mesura à quel point la jeune femme était aujourd'hui inoffensive... *désarmée*. Avant son accident, elle aurait probablement réagi avec une violence froide, extrême, qui aurait provoqué le recul immédiat des deux garçons, mais, à présent que la balle l'avait lobotomisée, elle était dans l'incapacité totale de mobiliser assez d'agressivité pour tenter quelque chose contre ses tourmenteurs.

Jud avait coincé Jane, et Bubba essayait maintenant de la contraindre à grimper derrière lui sur sa machine.

Cette fois, Sarah abandonna la pompe pour se porter au secours de Jane. Quand elle fut à cinq mètres des deux motards, elle dégaina le Walther PPK et mit les garçons en joue.

— Lâchez-la et foutez le camp, grogna-t-elle.

— Tiens ! ricana Bubba, voilà Maman qui essaye de nous faire peur avec son tout petit pistolet. Heureusement que je ne suis pas monté comme ça, je serais tout juste bon à baiser les canaris !

Jud éclata de rire. Sarah tira deux fois. La première balle sectionna l'anneau d'or accroché à l'oreille gauche de Bubba, la seconde fit exploser le transistor ficelé sur le réservoir de la machine de Jud.

Les deux motards lancèrent leurs moteurs et disparurent à l'horizon. Sarah prit Jane par le bras et la ramena au mobil-home. La jeune femme paraissait anéantie par sa propre passivité.

— Vous avez vu ? balbutia-t-elle... J'ai été nulle. J'étais paralysée. Le pire, c'est que je savais exactement comment il aurait fallu réagir. La façon dont j'aurais dû les frapper, mais mon corps ne répondait plus.

Elle tremblait et claquait des dents. Sarah la força à s'allonger sur la couchette et l'enveloppa dans une couverture, puis elle alla régler l'essence et reprit le volant.

Le soir même, alors qu'elles dormaient dans un nouveau camp de trailers, Jane se réveilla en hurlant aux alentours d'une heure du matin. Sarah la découvrit assise sur sa couchette, le visage tordu de terreur, le doigt pointé vers l'une des fenêtres.

— Il est revenu ! balbutiait-elle. L'Indien ! Il était là... Il avait collé sa figure au carreau et me regardait dormir.

Sarah enfila péniblement son jean, sa chemise, empoigna son pistolet et sortit du véhicule. Il n'y avait personne. Par bonheur les parois insonorisées du camping-car avaient en grande partie étouffé le hurlement de Jane, si bien qu'aucun attroupement ne s'était formé. Elle en fut soulagée. Elle fit le tour du camp, l'automatique plaqué contre sa cuisse pour plus de discrétion, sans repérer aucune silhouette suspecte.

Le visiteur nocturne s'était évaporé.

« Si toutefois il a bel et bien existé ! » songea-t-elle en regagnant le véhicule.

— Il n'y a rien, annonça-t-elle. Vous avez probablement rêvé. L'incident du parking vous a impressionnée et...

— Vous me prenez pour une cinglée ! siffla Jane. Depuis le début. Vous êtes comme les autres. Vous pensez que je suis une mythomane !

— Pas du tout, plaida Sarah. Mais il fait nuit, et avec les vitres teintées je me demande comment vous avez fait pour distinguer la physionomie du bonhomme.

— C'était un Indien ! s'entêta Jane. Avec une tête énorme qui remplissait toute la fenêtre. Une tête de géant !

L'Irlandaise jugea inutile d'insister. Jane était manifestement en état de choc. Elle lui fit boire un verre d'eau, lui passa un linge humide sur le visage et la força à se rallonger.

— Restez à côté de moi, balbutia la jeune femme en lui saisissant la main. Si vous êtes là il n'osera pas revenir.

Elle s'endormit ainsi, comme une enfant, et Sarah demeura à son chevet, fixant le carré noir de la fenêtre pour voir si quelque chose se décidait enfin à sortir de la nuit.

Elles roulèrent toute la journée du lendemain, Jane décidant de l'itinéraire comme à son habitude. Elle était de plus en plus nerveuse et sa méfiance se développait. À midi, elle exigea que Sarah lui confie le Polaroïd contenu dans la boîte à gants et entreprit de photographier systématiquement les gens qu'elles rencontraient dans les snacks où elles s'arrêtaient pour se dégourdir les jambes devant un café et une part de tarte aux pommes. Elle datait ensuite les clichés, inscrivait au dos le nom de l'endroit où ils avaient été pris et les rangeait dans une enveloppe. Le soir, elle prenait tous les sachets, les vidait sur la table pliante du mobil-home et comparait les photographies pour tenter de déterminer si certains visages revenaient trop fréquemment. Avec une loupe, elle scrutait les figures afin de détecter d'éventuels déguisements.

— Il faut se concentrer sur les yeux, répétait-elle. Le regard, c'est ce qu'on a le plus de mal à changer quand on se grime. Ce sont toujours les yeux qui vous trahissent.

Quand elle repérait ce qu'elle nommait « une fréquence », son excitation montait de plusieurs crans.

— Celui-là ! lançait-elle. Il était déjà là hier... Regardez ! C'est lui ! Seulement là il porte une perruque.

Sarah examinait le cliché, grimaçait.

— Vous vous trompez, murmurait-elle. Ce n'est pas le même homme. Il y a une vague ressemblance, c'est tout.

— Vous ne savez pas regarder ! grognait alors Jane excédée. Vous n'êtes pas une professionnelle. Vous n'avez pas le coup d'œil.

Les photos s'entassaient. Il fallait désormais s'arrêter de plus en plus fréquemment pour acheter de la pellicule dans les drugstores des petites villes traversées. Une nuit, Jane vit de nouveau l'Indien. Cette fois, il était grimpé sur un cheval rouge. Sarah se demanda si la jeune femme n'était pas en train de s'engager sur le chemin de la schizophrénie.

Un matin le téléphone sonna. C'était David. Il paraissait en proie à une grande agitation.

— Écoute ! haleta-t-il. Christian Shane vient de

m'adresser un type qui s'est présenté à l'hôpital. Un certain Bob Callahan. Le mec ne veut pas prendre contact avec la police. Il prétend connaître Jane. En fait, il dit qu'il est son mari.

22

La nouvelle laissa Sarah abasourdie. Elle ne parvenait pas à imaginer Jane en compagnie d'un époux.

— Qu'a-t-il dit d'autre ? demanda-t-elle d'une voix peu assurée.

— Rien, fit David. Il ne veut pas s'expliquer. Il désire te voir, toi, et personne d'autre. Je vais te faxer sa photo. Les caméras l'ont filmé sous tous les angles. Tu comptes le rencontrer ?

— Bien sûr, soupira Sarah. C'est peut-être la seule chance que nous ayons d'élucider cette histoire. Je vais revenir.

— Avec Jane ?

— Non, je préfère être prudente. Si l'histoire de ce type est crédible je verrai alors ce qu'il convient de faire. Je ne suis pas certaine que Jane accepte de le voir. Elle a l'air décidée à tirer un trait sur son passé... et j'avoue que je la comprends un peu.

L'Irlandaise attendit avec impatience que la photographie jaillisse de la fente de l'appareil de télécopie. Elle fut un peu agacée de constater que ses doigts tremblaient lorsqu'elle saisit la feuille de papier.

Bob Callahan était un bel homme d'environ trente-six ans, avec un visage énergique et un menton carré. La figure était celle d'un homme habitué à la vie au grand air, aux décisions rapides et tranchées. L'épaisseur du cou laissait supposer qu'il avait peut-être mené une carrière sportive dans sa jeunesse. Sarah n'aurait pas été étonnée qu'il ait été *quarterback* dans une quelconque équipe universitaire. Il y avait une ombre de barbe sur ses joues, il portait une veste de bûcheron qui sortait d'un drugstore de campagne et non d'une boutique de sport pour yuppies. Mais le plus étonnant c'était ses yeux, d'un bleu très clair, presque décoloré.

Quand elle pivota sur elle-même, Sarah découvrit Jane dressée au milieu du salon aux meubles pliants. Elle avait entendu toute la conversation et se tenait raidie, le visage blême, les poings serrés, comme si elle se préparait à un affrontement physique. Sarah lui tendit la photo.

— Je ne veux pas le voir ! siffla Jane. Je ne veux même pas savoir la tête qu'il a ! Je m'en fous.

— Il va falloir que je le rencontre, annonça l'Irlandaise le plus calmement possible. Vous resterez ici. Une fois enfermée dans le fourgon personne ne peut plus vous atteindre. Vous n'avez rien à craindre. Il y a assez de nourriture et de boisson pour soutenir un siège. Je ne serai pas absente longtemps.

— Tu en as marre de moi, hein, c'est ça ? explosa Jane. Tu es tellement pressée de te débarrasser de moi que tu me fourguerais au premier venu !

Sarah la saisit aux épaules. La jeune femme se dégagea.

Son visage s'était contracté sous l'effet de la haine.

— Tu ne comprends pas ? hurla-t-elle. C'est une manœuvre ! C'est une ruse pour t'éloigner de moi ! Pendant que tu seras avec ce type ils viendront me régler mon compte.

— C'est parce que je n'écarte pas l'idée d'une manœuvre que j'évite justement de te ramener avec moi, dit Sarah. Si tu as des ennemis, en ce moment ils ne savent plus où tu te trouves, et c'est bien ainsi. Je vais rencontrer cet homme, le passer au crible. Au pire cela prendra vingt-quatre heures. Tu ne peux pas rester seule une journée et une nuit ?

— Fous le camp ! geignit la jeune femme. Après tout je m'en fiche.

Elle tourna le dos à Sarah, s'allongea sur sa couchette et se mit à bouder. Elle n'avait pas jeté un seul regard au fax que l'Irlandaise tenait toujours à la main.

Sarah quitta le camp pour louer une voiture à l'agence Budget de la ville. Elle était inquiète à l'idée de laisser Jane toute seule mais il lui était difficile de faire autrement. L'amnésique était bien plus en sécurité ici, loin de ses poursuivants, qu'à Los Angeles où les abords de l'agence étaient peut-être surveillés. Bien sûr, il y avait l'Indien. Mais cette menace semblait en définitive peu réelle, surtout depuis que Jane avait aperçu ce dernier monté sur un cheval rouge !

Sarah prit la route après avoir montré à l'amnésique comment utiliser les mille perfectionnements du mobil-home. Si la jeune femme s'astreignait à ne pas mettre le nez dehors personne ne pourrait lui faire le moindre mal à moins de lâcher du haut du ciel une bombe d'une tonne sur le véhicule.

Jane ne desserra pas les dents, et Sarah dut se résoudre à partir sans avoir obtenu d'elle un seul regard.

Elle se demanda si cette conduite infantile ne préfigurait pas quelque délabrement mental en cours d'évolution. Il faudrait qu'elle pose la question à Christian Shane dès qu'elle en aurait le temps.

23

— Elle s'appelle Virginia, dit l'homme. Son père était matelot dans la Navy, sa mère chanteuse de burlesque au Pérou. C'est pour cette raison qu'elle a cette peau dorée, si belle. Ses vieux se sont saignés à blanc pour lui donner une bonne éducation. Ça a fait de leur fille quelqu'un qui a toujours eu le cul entre deux chaises. Au collège, à Sweet Briar, elle a fréquenté des filles de riches qui lui ont mis des idées de grandeur dans la tête. Elle les singeait, elle avait honte de ses parents.

Il avait étalé de nombreuses photographies sur la table. Elles représentaient toutes Jane à des âges différents, avec des coiffures variées. Une Jane moins maigre qu'aujourd'hui, mais toujours aussi peu souriante, et même légèrement guindée. Elle ne paraissait heureuse que sur les clichés pris au collège, au milieu d'un groupe de filles en toge, des diplômes plein les bras. Ces dernières avaient d'ailleurs relégué Jane au dernier plan, mais elle ne semblait pas leur en vouloir. Elle avait quelque chose d'une dame d'honneur couvant la mariée d'un regard ébloui. Ou plutôt de la demoiselle de compagnie en robe grise qui mange la jeune comtesse des yeux pour l'imiter, le soir, devant la glace de sa petite chambre.

Virginia ? Sarah avait un mal fou à se familiariser avec ce prénom.

— Ce n'est qu'un échantillon, murmura Bob Callahan. J'ai pris ça dans les albums, à la maison, pour prouver ma bonne foi.

Sarah hocha la tête.

— Votre histoire est un peu embrouillée, dit-elle, je voudrais que nous reprenions tout depuis le début. D'abord, pourquoi n'avez-vous pas réagi à la diffusion de l'avis de recherche, il y a six mois ?

— C'est tout simple, fit Bob avec lassitude, je ne l'ai pas vu. J'étais dans les Montagnes Rocheuses, en train de construire un ranch. Là-haut la réception est très mauvaise, on ne reçoit pas la télé avec une antenne ordinaire. Je suis tombé tout récemment sur l'annonce, à mon retour, et par le plus grand des hasards, en regardant une vieille cassette vidéo prêtée par un copain. Il y avait cinq minutes de journal télévisé précédant l'enregistrement d'un match de football. C'est là que j'ai appris que Virginia avait perdu la mémoire et qu'elle se trouvait dans un hôpital à L.A. Nous étions séparés depuis un an. Pas divorcés, séparés, mais nous n'avions plus aucun contact, pas même un coup de fil, rien. Quand j'ai appris qu'elle avait reçu une balle dans la tête, j'ai compris que j'avais toujours eu raison, et qu'elle avait fini par se laisser embarquer dans de sales histoires.

— Que faisait-elle ?

— Quand nous nous sommes connus, elle était bibliothécaire dans un collège. Ça l'ennuyait mais elle ne voulait pas rester à la maison. Elle faisait de temps à autre des recherches de documentation pour un écrivain, un de ses anciens professeurs, un vieux type du nom de Swarm. Jonathan Swarm. Elle battait la campagne pour mettre la main sur de vieux bouquins poussiéreux, des annales, des mémoires bouffés par la moisissure. Le type l'exploitait, mais elle aimait ça. Elle disait qu'elle avait l'impression de collaborer à une grande œuvre. Tu parles ! C'est lui qui encaissait les droits d'auteur, pas elle !

— Qu'écrivait donc Swarm ?

— Des mémoires... des trucs commerciaux du genre : *Autobiographie d'un chercheur d'or...* ou encore : *Enlevée à huit ans par les Indiens d'Amazonie, elle retrouve ses vrais parents trente ans plus tard !* Vous voyez. Ces bouquins dont on parle beaucoup à la télé, dans les talk-shows. Swarm se fait un fric fou avec ces conneries. Il vit la plus grande partie de l'année aux îles Caïmans, ou en Floride pour ne pas payer d'impôts.

Sarah prit le pot de café et remplit une nouvelle fois les tasses. Elle avait besoin de réfléchir. L'homme était sympathique, solide. Son regard se plantait dans le vôtre et ne le lâchait pas. Il avait des yeux magnifiques comme on n'en voit qu'aux vedettes d'Hollywood. Avec des yeux comme ça on pouvait se payer le luxe de s'habiller n'importe comment. On n'était jamais ridicule, même avec une barbe de trois jours et des vêtements chiffonnés.

Il avait avoué sans détours disposer de très peu d'argent car son affaire de construction de maisons en bois marchait mal. Récemment, l'un de ses lotissements avait été victime des termites, ce qui n'avait pas contribué à sa publicité. Il avait des mains épaisses, couvertes de cals et de cicatrices, mais ses ongles étaient très soignés. Il parlait d'une voix fatiguée, en homme qui a eu sa part d'emmerdements mais s'accroche encore, bien décidé à se battre jusqu'au bout. Ses cheveux épais laissaient voir des touches de gris aux tempes.

— Donc Jane... pardon : *Virginia* était bibliothécaire, récapitula Sarah. Et elle arrondissait les fins de mois en jouant les documentalistes.

— Oui, fit Bob. Je crois en fait qu'elle était plus ou moins le « nègre » de ce type. Je l'ai vue rédiger des chapitres entiers que j'ai ensuite retrouvés tels quels dans les bouquins.

— Okay, abrégea Sarah. À partir de quand votre femme s'est-elle retrouvée impliquée dans les « sales histoires » que vous évoquiez tout à l'heure ?

— Quand Swarm s'est mis dans la tête de rédiger la biographie d'une tueuse professionnelle... Une certaine Netty Doggan qu'il avait rencontrée par l'entremise d'un agent de la C.I.A. à la retraite. Cette femme avait travaillé au noir pour eux. Elle avait liquidé un tas de gens. C'était quelqu'un de très dangereux et Swarm a eu la trouille de l'approcher. Il a demandé à Virginia d'aller rendre visite à cette femme, et d'entamer une série d'interviews. Elle était paraît-il malade, plus ou moins ruinée à la suite de placements malheureux. Elle avait besoin d'argent, et surtout : elle voulait laisser une trace avant de disparaître. C'était un sujet explosif, mais Swarm ne voulait pas quitter sa plage, son transat et ses *piñas coladas*.

— Virginia a accepté ?

— Oui, ça l'excitait beaucoup. Le secret, la mort,

les complots. Elle était très romantique. Elle s'ennuyait avec moi. Je lui avais offert une vie saine, normale, sans bouleversements, ce n'était pas ce qui lui convenait. Elle a sauté sur l'occasion. Elle a commencé à s'absenter, à faire de fréquents voyages avec son magnétophone en bandoulière. Elle ne voulait pas me dire où elle allait, elle invoquait le secret professionnel. Elle enregistrait ses cassettes avec un filtre de codage, pour que personne à part elle ne puisse les écouter. Vous devez connaître ça ?

— Oui, il suffit de taper un code pour décrypter l'enregistrement, sinon on n'entend que des cris de souris.

— Ouais, exactement. Elle écoutait ces conneries tard dans la nuit, avec des écouteurs pour que je ne puisse pas entendre ! Elle était...

— Hypnotisée ?

— Oui, cette bonne femme lui en mettait plein la vue. Un jour j'ai commis l'erreur de lui dire que ce n'était sans doute qu'une mythomane à court de fric qui débloquait dix bobards à la minute, elle a très mal pris la chose. Notre vie de couple a commencé à se détraquer. Moi, j'avais les chantiers, Virginia ses entretiens secrets. Elle avait donné sa démission à la bibliothèque de l'école pour pouvoir se consacrer à plein temps à son enquête. Elle ne dormait presque plus. Elle prenait des excitants.

— Vous parlait-elle de cette Netty Doggan ?

— Non, jamais. Je n'étais pas digne de partager le secret. Elle n'en rendait compte qu'à Swarm.

— À cette époque vous avez eu l'impression qu'elle perdait la tête ?

— Oui, elle était comme vampirisée, vous savez. Netty Doggan la fascinait. Je me suis même demandé si Virginia n'était pas plus ou moins amoureuse de cette tueuse... un truc de ce genre. C'est arrivé à la femme de l'un de mes contremaîtres. Elle a quitté son mari pour partir vivre avec sa coiffeuse.

— Vous aviez peur pour elle ?

— Oui, elle devenait malsaine. Je ne trouve pas d'autre mot. Elle avait maigri, elle était nerveuse. Elle sursautait au moindre bruit. Nous faisions chambre à part. Elle dormait dans son bureau sur un canapé. Un jour j'ai découvert qu'elle gardait un revolver dans son sac. Une arme que lui avait donnée la femme en question. Jamais elle n'avait accepté de venir chasser l'élan avec moi, mais elle envisageait de tirer sur des gens, ça, ça ne la gênait pas !

— Elle se sentait peut-être menacée ?

— C'est ce qu'elle m'a dit. Je ne parvenais plus à démêler le vrai du faux. Si elle se faisait du cinéma ou quoi. Elle vivait dans un monde à part, elle avait pris des allures de comploteuse. Elle donnait à entendre qu'elle savait désormais des tas de choses très confidentielles et très importantes, des secrets d'État, que les événements les plus courants cachaient des complots mystérieux. Ça m'énervait. Je lui ai ordonné d'arrêter, d'envoyer promener Swarm et sa tueuse à la retraite. Elle m'a ri au nez. Je n'avais pas encore compris que je ne pesais plus rien dans la balance. J'ai été assez idiot pour lui demander de choisir entre Netty Doggan et moi. Le lendemain matin elle avait fichu le camp en emportant toutes ses affaires. Elle n'a plus jamais donné signe de vie. J'ai appelé Swarm, aux îles Caïmans, mais il m'a envoyé promener en disant qu'il n'était pas conseiller conjugal et que les affaires de lit de ses assistants ne l'intéressaient pas. Il m'a encore dit qu'il employait quinze personnes comme Virginia. Des gens qui collectaient pour lui des informations à travers le monde entier. Voilà toute l'histoire.

— Vous n'avez pas essayé de retrouver votre femme ?

— Au point où nous en étions arrivés, ça devenait difficile, voire superflu. Je me suis plongé dans le travail, j'ai cumulé les chantiers avec plus ou moins de bonheur. Je n'ai entendu de nouveau parler d'elle qu'en découvrant l'avis de recherche sur la cassette vidéo dont je vous parlais tout à l'heure.

— Pourquoi n'être pas allé à la police ?

— Par prudence. Je ne sais pas dans quelle histoire s'est fourrée Virginia mais je veux encore essayer de l'aider. Il se peut que ce ne soit pas très légal... vous voyez ce que je veux dire ? C'est pour ça que j'ai préféré me rendre à l'hôpital. Le toubib m'a branché sur votre agence en me disant que c'est vous qui vous occupiez de ma femme à présent.

— À votre avis, que s'est-il passé ? Pourquoi Virginia a-t-elle reçu une balle dans la tête ?

— Je crois qu'elle a voulu mettre son nez dans quelque chose qui ne la regardait pas. Elle a fouillé à droite et à gauche, découvert de vrais secrets. Et quelqu'un n'a pas aimé ça. Il est possible également que cette Netty Doggan lui ait confié quelque chose qui l'a mise en danger.

— À un moment Swarm a dû cesser de recevoir le matériel que lui expédiait Virginia, pourquoi ne s'est-il pas inquiété ?

— C'est un dégonflé. Il a probablement renoncé à publier le bouquin dès qu'il a senti que les choses tournaient mal.

Ils s'examinèrent en silence, chacun se retranchant derrière son gobelet de café tiède.

— Quand pourrai-je voir ma femme ? demanda Bob Callahan.

Sarah fit la grimace.

— Bob, fit-elle avec lassitude, vous êtes mignon, mais vous surgissez de nulle part avec six mois de retard. Vous devez comprendre que votre histoire mérite vérification.

— Okay ! lâcha Bob en levant les mains, je me rends, je me mets à votre place. Si vous voulez des preuves je suis prêt à vous les fournir, grimpez dans ma voiture et je vous emmène chez moi, au domicile conjugal, vous aurez le droit d'ouvrir tous les tiroirs, de lire tous les papiers.

— D'interroger les voisins ?

— Bien sûr.

Sarah hocha la tête.

— Je crois que nous allons faire ça, dit-elle en se levant.

Après le départ de Sarah, Jane resta prostrée sur sa couchette, le visage tourné vers la paroi métallique pour ne rien voir de l'espace intérieur du mobilhome. Toute énergie l'avait soudain désertée, et elle n'avait même plus la force de presser l'interrupteur pour allumer le plafonnier. Elle laissa l'obscurité s'installer en se maudissant d'ouvrir ainsi la porte aux fantômes. Sans Sarah, elle devenait étrangement perméable aux peurs superstitieuses. Les placards se remplissaient du petit peuple d'Halloween. Squelettes, chats noirs et sorcières. Tambours, cloches et chandelles. Depuis quelques minutes il lui semblait déjà qu'elle n'était plus seule. C'était comme si quelqu'un venait de s'introduire dans le véhicule en traversant les parois blindées. Quelqu'un qui aurait choisi de s'asseoir dans le coin le plus sombre de la caravane.

La fille de la nuit.

Elle était là, assise du bout des fesses sur une chaise pliante, sa vilaine petite valise de carton noir posée sur les genoux. Jane pouvait presque sentir son odeur. Une odeur de cheveux mouillés, de tricot de laine détrempé par la pluie.

Une odeur de salle d'attente, de sous-vêtements trop longtemps portés, de savon liquide pour toilettes de gare routière. Une odeur de café tiède, de bière éventée, de saucisse caoutchouteuse pour hot-dog racorni. Une odeur de drap humide, de crème dépilatoire, de lingerie qui trempe depuis trop longtemps dans l'eau savonneuse.

Elle était là, les mains jointes sur la poignée de son bagage rempli de choses gluantes. Ses ongles n'étaient pas très propres et ses souliers n'avaient pas été cirés depuis des semaines. Elle portait un méchant imperméable décoloré, et son visage n'avait pas de physionomie précise. Ce n'était rien qu'une tache blême pulsatile qui se déformait au rythme des battements de son cœur. Pas d'yeux, pas de bouche. Jane ne voulait pas la regarder de peur de lui donner davantage de consistance.

« Si tu fais comme si elle n'était pas là, songea-t-elle, elle finira par se dissoudre comme un sucre dans l'eau chaude. »

Mais elle n'y croyait pas. La fille de la nuit était revenue pour lui signifier son échec. Jane avait essayé de lui échapper. Elle avait multiplié les ruses, les stratégies, mais tout cela n'avait servi à rien. La fille à la valise noire avait fini par la rattraper. Elle disait : « Tu as voulu me semer, mais c'est impossible. Tu sais bien que nous sommes liées. Tu m'appartiens, j'habite dans ton corps, pas ailleurs. Tu as voulu m'en chasser mais tu as échoué. Je reviens à la maison, Jane. Je vais m'installer dans ta tête, dans ton cœur, dans ton ventre, pour toujours, et rien ne pourra plus m'en déloger. Il faudra t'habituer, Jane. C'est la vie. Nous sommes liées, et nous le resterons... jusqu'à la fin. »

Elle n'avait pas de bouche mais cela ne l'empêchait pas de parler d'une affreuse petite voix de pensionnaire trop sage. Elle se tenait bien droite, les genoux serrés. Il ne lui manquait qu'une Bible entre les mains. C'était sa grande force, elle savait à merveille prendre l'air effacé d'une colporteuse évangéliste distribuant aux enfants de fermiers des médailles en fer-blanc bénites par un quelconque prélat du Missouri.

Jane ne pouvait pas en supporter davantage, elle se redressa d'un bond, saisit son imperméable et sauta hors du camping-car sans chercher à voir ce qui se cachait réellement dans les coins sombres du véhicule.

Il ne faisait pas encore nuit mais le jour baissait,

et le ciel coulait rouge à l'horizon. Jane marcha d'un pas rapide vers la sortie du camp, zigzaguant entre les caravanes piquetées de rouille dont certaines ne reprendraient plus jamais la route.

En atteignant le ruban d'asphalte qui filait à perte de vue, elle eut un vertige, crut qu'elle allait s'évanouir.

Il était encore temps de partir. Elle n'avait qu'à lever le pouce, grimper dans le premier véhicule qui daignerait s'arrêter.

Elle pouvait casser le cordon ombilical, se laisser emporter par le flot telle une bouteille jetée du haut d'un pont. Qu'attendait-elle ? Il suffisait de lever le bras, de tendre le pouce. Un type allait forcément se ranger sur le bas-côté. Lever le bras... tendre le pouce.

Elle ne pouvait pas rester là à attendre que cette idiote de Sarah la livre à ses ennemis. L'Irlandaise était beaucoup trop crédule, elle n'avait aucune idée des univers étranges que la fille de la nuit avait traversés. Comme beaucoup de gens du monde réel, Sarah croyait que les complots n'existaient que dans les romans. Elle voulait y croire de toutes ses forces, parce que cela la rassurait, parce qu'admettre le contraire était insupportable et terrifiant. Mais Jane avait traversé l'enfer pieds nus, elle avait longtemps marché sur des braises ardentes sans se brûler, et les flammes de la géhenne l'avaient mille fois léchée sans jamais lui faire aucun mal. Oui, elle avait été un démon, elle avait fait partie des légions pourpres. Elle avait habité l'envers du décor, là où l'on planifiait les assassinats de présidents, les révolutions, les guerres bactériologiques clandestines.

Sarah n'était qu'une reposante idiote sanglée dans de confortables certitudes. Elle ne porterait jamais au front la marque de la Bête. Elle se laisserait mener à l'abattoir en léchant avec confiance la main de son bourreau. Elle ne savait pas.

Jane toucha sa cicatrice, cherchant à « lire » les

contours de la plaie. Qu'y avait-il d'inscrit sur sa chair ? Le chiffre du diable ? Le fatal 666 ?

Elle déchira le col de sa chemise en essayant de le dégrafer, elle étouffait. Elle aurait voulu qu'il pleuve, qu'un déluge s'abatte sur la terre pulvérulente et change la poussière rouge en sang frais.

Elle avait envie de courir le long de la route en hurlant, les bras au-dessus de la tête, comme ces folles qui, depuis des années, font des signaux aux extraterrestres sur la plage de Venice.

« Tu as échoué, murmurait une voix d'ombre dans sa tête. Tu n'étais qu'une coquille vide, tu n'avais aucune chance d'entreprendre une autre vie. Tu n'étais qu'un robot condamné à tourner en rond. Tu n'avais pas plus d'initiative qu'une caisse enregistreuse dans un supermarché de banlieue. Mais tout va rentrer dans l'ordre à présent. La fille de la nuit reprendra les choses en main, elle te montrera le chemin, elle te dira ce que tu dois faire. Écoute-la. Tu sais bien que tu n'existes pas sans elle. »

Jane se planta au bord de la route avec l'espoir diffus qu'un camion la happerait, la brisant en mille morceaux. Le ciel devenait de plus en plus rouge. La jeune femme regarda le soleil sombrer. N'y avait-il donc pas là-bas une petite place pour elle ? Un tout petit endroit où elle aurait pu se faire oublier ? Elle ne réclamait pas grand-chose : un simple café au carrefour de deux routes où elle aurait pu apprendre à faire la tarte aux airelles et les beignets. Un restaurant de routiers connu pour ses frites et son excellent café. Elle y aurait travaillé à la cuisine, dans les odeurs de hamburgers et d'oignons au vinaigre de cidre. Elle serait peu à peu devenue une célébrité locale. Quelque chose comme la reine de la tarte aux pommes, l'impératrice du pain de viande. C'était un souhait raisonnable, non ? Rien qui pût décourager un Santa Claus modérément bienveillant. Elle ne réclamait que le droit à l'anonymat, à l'oubli. Elle était le double négatif de toutes les filles de province qui montent à Hollywood pour devenir des vedettes du show-biz. Elle ne désirait que se fondre dans la grisaille du quotidien, devenir la plus transparente possible... mais même cela lui était refusé.

Il n'y avait donc personne qui cherchait une vendeuse, une serveuse ou une aide-cuisinière avide d'apprendre à maîtriser la technique du café aux coquilles d'œuf ?

« Non, ricana la voix dans sa tête. Car tes cicatrices couperaient l'appétit aux clients ! Ne t'obstine pas à fuir, tu n'échapperas pas à ton destin. Redeviens ce que tu as toujours été : un démon qui traverse l'enfer sans craindre de se brûler. Rentre à la maison, Jane, il y a si longtemps que nous t'attendons.

La jeune femme essuya les larmes qui coulaient sur ses joues. La route était toujours vide, aucun camion n'avait daigné venir l'écraser, c'était comme si toutes les puissances de l'enfer conspiraient à sa survie. Le peuple des ténèbres ne voulait pas qu'elle s'échappe. On attendait qu'elle recommence à faire ce pourquoi elle était douée : tuer. Encore tuer. Toujours tuer.

Elle rebroussa chemin, brisée de fatigue, vaincue.

La jeune fille de la nuit l'attendait dans le mobilhome. Dans quelques minutes elle se glisserait à l'intérieur de Jane comme on enfile un vieux manteau.

Jane Doe cesserait dès lors d'exister.

24

Après avoir quitté Bob Callahan, Sarah se rendit à l'hôpital pour voir comment se portait Crook. Le médecin, après avoir frôlé la mort au plus près, était enfin sorti du coma mais restait très faible. Il avait le plus grand mal à garder les yeux ouverts et ne put prononcer un mot quand elle s'assit à son chevet.

Sarah retrouva Christian Shane à la cafétéria. Elle n'appréciait guère la compagnie du bel interne trop sûr de lui. Toute femme entr'aperçue en sa compagnie était aussitôt suspectée d'avoir couché avec lui, et cette idée n'était pas aussi flatteuse qu'on pouvait l'imaginer.

Pour raccourcir le plus possible le temps de la confrontation, elle alla droit au but en lui racontant les derniers bouleversements de l'affaire Jane Doe 44-C.

— Je réalise aujourd'hui que les souvenirs de cette fille sont ceux d'une autre, chuchota-t-elle. Elle régurgite un monologue dont elle a dû écouter l'enregistrement des dizaines de fois. Cela explique bien des choses. Notamment son incapacité à passer aux actes. Elle connaît tout des méthodes employées par les tueurs professionnels, mais ces connaissances restent « livresques ». Elle est incapable de les appliquer. C'est pour cette raison qu'elle n'a pas su se défendre lorsque les motards l'ont molestée à la station-service. Sur le coup, j'ai cru à cette histoire de lobotomie accidentelle qui l'aurait privée de son potentiel d'agressivité, mais je me trompais. Elle n'a pas réagi en prédateur parce qu'elle n'est pas un prédateur ! Et qu'elle ne l'a jamais été.

— C'est un cas de figure assez courant, observa Shane. Nous avons eu dans le service une femme qui a été agressée en sortant d'un théâtre où l'on donnait une représentation de *Marie Stuart*. Elle a reçu un coup de crosse sur la tête qui a enfoncé l'os et comprimé la région préfrontale. Quand on l'interrogeait sur son passé, elle nous racontait la vie de Marie Stuart. Ce destin l'avait tellement frappée qu'elle l'avait fait sien et n'en démordait pas. Elle était persuadée d'avoir survécu au coup de hache du bourreau. Elle touchait son pansement et disait : « La lame a dû déraper sur le billot, quel coup de chance ! » Jane a fait la même chose. Son passé personnel ayant été effacé, elle s'est raccrochée à des bribes de souvenirs stockés quelque part dans son cerveau. Elle s'est attribué la vie de cette inconnue pour combler le vide de sa conscience. Il n'est pas certain qu'elle veuille renoncer à ce fantasme, surtout si cette fable lui donne de son existence une image valorisante. Le passé d'une tueuse redoutable lui semble peut-être plus excitant que celui d'une bibliothécaire de collège.

Sarah prit congé. Elle avait décidé de suivre Bob Callahan dans la maison qu'il avait partagée avec sa femme durant ces dernières années. Elle ne voulait rien laisser au hasard. À plusieurs reprises elle avait essayé d'appeler Jane, mais l'amnésique avait refusé de décrocher le téléphone. Toutefois, grâce aux micros installés dans le camping-car, David savait qu'il ne s'était rien passé de fâcheux. La jeune femme boudait, voilà tout.

Sarah boucla donc son sac de voyage et grimpa dans le break de chasse de Bob. Durant le trajet son regard fut souvent attiré par les mains de Callahan. Elles étaient belles et fortes, elles maniaient le volant sans faire montre d'une inutile virtuosité. Sarah s'irrita de la sympathie qui montait en elle. Elle était assez lucide pour se rendre compte qu'elle éprouvait une attirance physique très forte pour cet inconnu. Cela ne devait pas influencer son jugement. Elle se raidit en se disant qu'il faudrait être assez habile pour ne pas glisser vers l'agressivité, celle-ci étant trop souvent révélatrice d'un désir sexuel contre lequel on essaye de se défendre.

Tandis que la voiture filait en direction des montagnes, Bob monologuait, l'œil fixé sur la route. Les cactus défilaient, réduits par la vitesse à d'étranges ombres à peine perceptibles. « Des auto-stoppeurs hérissés d'épines », songea Sarah.

— Je ne suis pas un intellectuel, dit Bob, mon père sulfatait les champs en avion pour faire vivre la famille. Les pesticides lui ont bouffé les poumons, il est mort à quarante ans. J'ai un peu tâté de la fac de droit, mais je n'étais pas fait pour ça. J'ai toujours eu besoin de travailler de mes mains et de vivre au grand air. Je fais un peu d'ébénisterie pour me détendre. Ça agaçait Virginia. Dans les réunions, je n'avais pas de conversation et je portais mal le costume-cravate. Une fois, au cours d'un repas, j'ai fait éclater un verre entre mes doigts. J'ai tellement de corne au creux des paumes que je ne me suis même pas coupé. Virginia était rouge de honte, elle aurait préféré que je saigne comme un bœuf. Elle détestait les fêtes de bûcherons, les barbecues où les types grimpent à un tronc enduit de graisse ou font des concours de lancer de billots. Elle, ce qui la branchait, c'était de prendre le thé à *L'Algonquin*, avec Swarm et son éditeur, d'aller à des conférences-dédicaces dans les librairies de Greenwich Village.

— Comment vous êtes-vous rencontrés ? demanda Sarah.

— À un bal de promo, on était très jeunes. Elle avait peur de la vie réelle. Elle avait tellement passé de temps dans les bibliothèques, les concours de poésie, qu'elle ne s'était pas rendu compte que le monde était plein d'émeutes raciales, de viols, d'overdoses. Alors, au moment de quitter le collège, elle s'est cherché un mur derrière lequel s'abriter. J'étais ce mur. Au début ça a marché à peu près, j'ai essayé de la convertir à la vie au grand air et elle me lisait à haute voix les œuvres majeures de la littérature mondiale.

Sarah imaginait sans mal ce qui s'était passé. Bob était beau torse nu, en train d'élaguer les arbres à la tronçonneuse, ou penché sur le moteur d'une voiture, les mains dans le cambouis. Ses gros doigts devaient être capables de remonter les pièces délicates d'une Winchester 30/30 avec une rare habileté... mais il était sans doute beaucoup moins séduisant quand, penché sur un livre, il déchiffrait le texte mot à mot en suivant les lignes avec son doigt et en murmurant comme un écolier. Il devait lire Shakespeare avec un dictionnaire, en soulignant les termes qu'il ne connaissait pas. Il devait poser des questions agaçantes trahissant son inculture. Il gribouillait dans les marges des explications naïves qui exaspéraient Jane et lui donnaient l'impression d'être mariée à un imbécile. À un moment donné leurs routes s'étaient séparées. Jane était retournée à son petit monde d'intellectuels délicats et Bob avait délaissé Shakespeare pour reprendre avec délectation ses vieux westerns en édition de poche. Jane annotait Proust pendant que son mari dévorait *Le Pendu de l'Oklahoma,* ou *La Mine du squelette pourpre*.

Cela n'aurait pas gêné Sarah, la lourdeur de Bob avait quelque chose de reposant. C'était un homme fiable, aux nerfs solides. Un pur descendant des pionniers de l'Ouest. On se le représentait aisément en train de faire le coup de feu contre les Indiens, sa femme debout à ses côtés, rechargeant les fusils le plus vite possible. *Bite the bullet* ! comme dit le vieil adage.

Le soir tombait. Callahan parlait peu. Ses anecdotes étaient tristes mais sans amertume. C'était un homme blessé mais pas encore aigri. Il évoquait maintenant son métier, la joie qu'il éprouvait à bâtir de bonnes maisons bien solides, à l'ancienne, de ces maisons-fortins derrière lesquelles des générations de cultivateurs s'étaient retranchées pendant les guerres indiennes. Sarah l'écoutait sans l'interrompre, sous le charme.

Le break s'engagea sur les contreforts d'une montagne, et l'Irlandaise prit soudain conscience que le « domicile conjugal » déserté par Jane se trouvait loin de toute civilisation. Les pins de Douglas formaient un tissu serré et sombre qui retenait la lumière et installait une atmosphère bleutée un peu oppressante. Deux maisons se tenaient plantées face à face de part et d'autre de la piste.

— Les voisins, annonça sobrement Bob. Des

retraités. Ils aimaient bien Virginia, mais elle les trouvait rasoirs et trop conservateurs. Elle les snobait, cela me mettait dans une situation gênante. Les relations ont fini par s'aigrir. Aujourd'hui qu'elle est partie ils passent leur temps à essayer de me caser auprès de leurs nièces.

L'habitation des Callahan se dressait, elle, tout au bout de la piste, adossée à la montagne comme au fond d'un cul-de-sac. C'était un immense chalet de bois fait de troncs emboîtés à la manière des trappeurs.

— Pas un clou, annonça Bob, tout tient par tenons et mortaises.

Il y avait une fierté enfantine dans son regard. La porte n'était pas fermée à clef. Une chose impensable à L.A ! Quand ils entrèrent, Sarah fut submergée par l'odeur de résine et de feu de bois. Des poutres énormes soutenaient le plafond. Il y avait de la fourrure partout et d'innombrables trophées empaillés. C'était un solide abri de pionniers imbibés de vérités sans malice. Jane avait dû se convulsionner comme un diable plongé dans un bénitier au milieu de ces espadons naturalisés, de ces râteliers d'armes retenues par une chaîne cadenassée. Des tableaux de pacotille pendaient aux murs. Des scènes de bataille où la cavalerie taillait les Indiens en pièces sans l'ombre d'un remords. La bibliothèque croulait sous les romans d'aventures, les westerns de drugstore.

Bob attendit patiemment que Sarah ait fait le tour de la pièce.

— Elle avait son domaine à elle, dit-il. Elle l'avait exigé. Venez, c'est par là.

Il ouvrit une porte de bois fruste démasquant un univers insolite de métal et de verre, un cauchemar de froideur et d'impersonnalité sorti de l'imagination d'un designer japonais fort connu à New York.

— C'était son cadeau pour ses trente ans, fit Bob d'un ton désabusé. Elle appelait ça son « jardin zen ». Son caisson d'isolement. Elle prétendait que sans l'existence de cette pièce elle serait devenue folle. Vous trouvez que ça ressemble à un jardin, vous ?

Sarah fit quelques pas dans le bureau. L'ordinateur trônait sur une plaque de verre posée sur des tréteaux de chrome à demi fondus, comme si la chaleur d'une explosion nucléaire les avait déformés de son souffle.

— Ils ne sont pas abîmés, vous savez, précisa Bob. Ils étaient vendus comme ça... vachement cher, du reste. J'ai dépensé une fortune pour installer ce truc. Je n'y mettais jamais les pieds, je trouve que ça ressemble à la salle d'attente d'une firme d'informatique.

Sarah alluma l'ordinateur. Il n'y avait plus rien sur le disque dur.

— Elle a tout effacé avant de partir, dit Bob. Elle a vidé les classeurs, emporté tous les papiers.

Il eut un geste pour les étagères vides qui couvraient les murs.

— Je vais vous laisser, fit-il en battant en retraite. Fouillez à votre guise, je n'ai rien à cacher. Si vous avez besoin de moi je serai dehors, en train de couper du bois.

Il sortit. Quelques minutes plus tard, Sarah l'aperçut torse nu, qui fendait des bûches à l'entrée d'un hangar. Elle détourna les yeux pour ne pas se laisser prendre au piège de ce corps d'homme qui remuait des choses troubles en elle.

Il n'y avait rien d'utilisable dans le bureau, elle regagna donc l'univers sylvestre de la maison de rondins. Comme elle l'avait prévu, elle dénicha sur une étagère des romans victoriens dont certains mots étaient soulignés. Une écriture malhabile avait griffonné des définitions de dictionnaire dans la marge. D'un classeur, elle tira un cours par correspondance de « mise à niveau culturel » auquel Bob avait éprouvé le besoin de s'inscrire pour ne pas décevoir son épouse. Dans un coffre elle découvrit le plus important : les albums de photos qui retraçaient l'histoire du couple. Bob et Jane y figuraient en maillots de bain, tenues de ski ou chemises hawaïennes à l'occasion de multiples vacances. Au fur et à mesure qu'on feuilletait les pages, le sourire de Jane se faisait moins lumineux, moins coopératif. Sur un cliché de groupe pris lors d'un repas de Thanksgiving, il devenait évident qu'elle aurait donné n'importe quoi pour être ailleurs.

Sarah se pencha sur le volume, examinant les morceaux de carton de très près. C'était bien Jane. Une Jane au visage rond, plus jeune, et qu'aucune cicatrice ne défigurait encore.

Elle n'eut pas à déployer des trésors d'investigation pour mettre la main sur les lettres du couple. Les lire dans le détail aurait réclamé plusieurs heures. Elle se contenta de les feuilleter. Elles n'étaient guère différentes de celles qu'elle avait elle-même écrites à son mari vingt ans plus tôt. Seuls les titres des chansons changeaient.

Les tiroirs des commodes, des bahuts, recelaient une foule d'objets accumulés au cours des années : vieilles cartes de visite professionnelles, factures, billets de train ou d'avion, cartes de la Saint-Valentin ou du Nouvel An. La présence d'une femme se devinait à mille détails : barrettes, épingles à cheveux, tubes de rouge à lèvres desséchés, pots de cold cream entamés, colliers cassés, bas démaillés oubliés au fond du placard à chaussures.

De temps à autre Sarah interrompait sa fouille pour jeter un bref regard par la fenêtre. Bob Callahan continuait à fendre du bois. Sûrement s'agissait-il d'un prétexte. Il avait voulu la laisser seule pour qu'elle ne se sente pas gênée de perquisitionner devant lui. Elle lui en sut gré.

Elle se sentit soudain mal à l'aise, comme si on la forçait à jouer un mauvais rôle, celui de la méchante curieuse qui fourre son vilain nez partout. Elle laissa retomber les lettres avec un soupir de lassitude. La nuit s'installait. Bob rentra, des bûches plein les bras. Il s'agenouilla devant la grande cheminée et entreprit d'allumer le feu.

— Le soir il fait toujours froid dans les montagnes, dit-il.

Puis, sans se retourner, toujours penché au-dessus des flammes naissantes, il ajouta :

— Drôle d'inventaire, hein, la vie d'un homme et d'une femme ? À la fin, on s'aperçoit que ça tient dans un sac-poubelle... On se demande pourquoi on en fait tant d'histoires.

Il se gratta la tête.

— Vous êtes mariée ? s'enquit-il.

— Divorcée... et veuve, murmura Sarah. Je comprends ce que vous voulez dire. Quand mon père est entré à l'hospice, j'ai dû vider la maison pour la mettre en vente. Une fois les meubles expédiés, tout tenait dans trois cartons. Quelques photos, une boîte de décorations, un paquet de lettres. Je suppose que c'est pareil pour tout le monde. Finalement nous laissons peu de traces. On nous oublie très vite. On se demande pourquoi on se donne tant de mal.

— Il est trop tard pour rentrer à L.A., fit Bob. Le mieux c'est de dormir ici, vous prendrez la chambre d'amis.

Ils mangèrent dans la cuisine, fort simplement, comme s'ils en avaient l'habitude. Callahan ouvrit une bouteille de vin ainsi que plusieurs terrines de pâté. Ils firent décongeler du pain et dînèrent en silence, mais cette absence de paroles n'avait rien de pesant. Sarah sentit que la tête lui tournait, elle choisit de mettre ce malaise sur le compte du vin et de la fatigue. Elle savait pourtant que la proximité de cet homme la troublait. Elle aimait l'odeur qui montait de lui. Ce parfum de sciure et de résine mêlé de sueur. Elle détestait les jeunes gens d'aujourd'hui avec leur sacro-sainte horreur des émanations corporelles, leur déodorant, leur après-rasage, leurs mains manucurées et leur bronzage homogène. Cette dînette au crépuscule faisait remonter de vieux souvenirs, des scènes qu'elle situait au début de son mariage, quand les choses allaient encore bien avec Freddy. Des piques-niques tardifs sur la plage, des randonnées en forêt dans le Yosemite Park. Ils grignotaient des tacos, de la *carne asada*, vidaient un pack de bière mexicaine puis faisaient l'amour dans les buissons.

Elle aurait voulu dire quelque chose mais sa bouche avait du mal à formuler les mots.

— Comment va Virginia ? interrogea Bob. Comment a-t-elle réagi quand vous lui avez parlé de moi ? N'ayez pas peur de me dire la vérité.

— Mal, fit Sarah. Elle veut tout ignorer de son passé. Elle ne semble devenir vivante que lorsqu'elle évoque ses exploits de tueuse.

— Cette bonne femme lui a pourri la tête, grogna Callahan. Je l'ai tout de suite deviné. La seule fois où elle m'a parlé de Netty Doggan, ç'a été pour me dire qu'elle avait enfin rencontré une femme qui n'avait pas besoin d'un homme pour la protéger.

— Je pense que Jane... je veux dire : Virginia, est bien votre épouse, dit Sarah, mais que cela ne change rien à la menace qui pèse sur elle. Quelqu'un a essayé par deux fois de la supprimer, et cela veut dire qu'en haut lieu on a jugé qu'elle en savait trop. Netty Doggan a ouvert la vanne des confidences et ses bavardages représentent un danger pour quelqu'un. Il est d'ailleurs fort possible qu'on l'ait déjà supprimée à l'heure qu'il est. Votre femme est devenue un témoin gênant. Son amnésie ne la protège même pas. On a sûrement cru qu'elle était feinte. Si Virginia revenait vivre avec vous, la menace se mettrait à peser sur vos épaules.

— Je sais, fit Bob. Mais c'est ma femme. Je la protégerai nuit et jour. Et puis il y a autre chose : si elle a oublié nos querelles, il existe peut-être une chance pour que nous puissions tout reprendre à zéro ? Qu'en pensez-vous ?

Sarah haussa les épaules. Elle s'irrita d'éprouver au creux de l'estomac un pincement de jalousie.

— Vous l'aimez toujours ? demanda-t-elle.

— Oui, fit Bob. Pendant l'année de notre séparation elle m'a manqué chaque jour.

— Elle a de la chance, grogna Sarah. J'ai peur que vous n'alliez au-devant d'une désillusion. Elle est très braquée contre tout ce qui émerge du passé. Il vous faudrait la reconquérir.

— Ça ne me fait pas peur.

Une gêne s'installa, due en partie à la tristesse qui submergea l'Irlandaise.

— Je crois aussi qu'elle a changé, psychologiquement, ajouta-t-elle. Le médecin qui s'est occupé d'elle prétend que les blessures aux lobes préfrontaux bouleversent la psychologie des malades. Il est possible que vous ayez l'illusion de vous trouver en face d'une étrangère.

« Tais-toi donc ! songea-t-elle alors qu'elle prononçait ces mots. On dirait une fille éconduite qui dénigre une rivale. Qu'est-ce que tu cherches à faire ? Tu es là pour aider Jane ou pour lui piquer son jules ? »

— Il faut aller dormir, décida Bob. Je vous montre la chambre. Demain je vous présenterai aux voisins.

En dépit de la fatigue du voyage, Sarah ne put fermer l'œil. Seulement vêtue du maillot de footballeur qui lui servait de chemise de nuit, elle se mit à déambuler dans la maison, une torche électrique au poing. Tout était plongé dans le noir, on ne distinguait aucune lumière à l'horizon ; pour quelqu'un ayant l'habitude de la véritable « voie lactée » du Los Angeles nocturne c'était à la fois extraordinaire et effrayant.

Elle ouvrit encore quelques tiroirs à la recherche d'elle ne savait quoi. Elle finit par mettre la main sur un vieil agenda annoté par Jane. L'écriture était bien la même, un brin prétentieuse, avec une tendance aux boucles tarabiscotées. Dans une enveloppe défraîchie, au fond d'un secrétaire encombré de factures et de devis, elle trouva une dissertation rédigée par Bob deux ans auparavant. L'enveloppe portait l'adresse du « centre de mise à niveau culturel par correspondance ». Le devoir n'était pas très bon, et truffé de fautes d'orthographe, mais il y avait quelque chose de poignant dans cet effort maladroit déployé par un mari aux abois pour tenter de regagner l'estime de sa femme. En définitive, Jane n'avait-elle été qu'une garce ? Une snob de province ?

Sarah remit tout en place. Tout à coup elle sentit une présence dans son dos. Elle sut que c'était Callahan. Elle ne se retourna pas. Les mains râpeuses de l'homme se posèrent sur ses épaules, descendirent le long de ses flancs et remontèrent sous la chemise de nuit. Il y avait si longtemps qu'elle n'avait pas éprouvé une telle sensation que Sarah céda à un léger vertige. Elle se laissa aller, « s'adossant » au torse de Bob comme à une muraille. La nuit la rassura car à son âge elle n'aimait guère se laisser dénuder en pleine lumière par un homme plus jeune qu'elle. Il était impérieux mais doux, elle s'abandonna en se disant que sa conduite relevait de la faute professionnelle.

« Tu savais que ça arriverait, pensa-t-elle. Dès que tu l'as vu. »

Elle apprécia qu'il ne cherchât pas à la dominer. Par le passé, les hommes, qui souffraient généralement en face d'elle d'un complexe d'infériorité, avaient toujours essayé de l'humilier dans l'amour. Pas Bob. Elle joua à s'imaginer qu'elle ne repartirait jamais à L.A., que la maison de rondins était sienne et qu'elle allait couler là des jours paisibles, entre la montagne et la forêt de pins. Le plaisir lui fit tourner la tête comme un verre de mescal bu après un long sevrage. Elle prit conscience qu'elle avait cherché à oublier combien c'était bon. Comme beaucoup de femmes seules, elle s'était menti deux années durant en se répétant qu'elle n'en avait pas vraiment besoin... ou qu'elle était désormais trop vieille pour ces bêtises.

Après l'amour ils restèrent étendus côte à côte sur la fourrure de grizzly jetée devant la cheminée, se tenant par la main.

« On dirait la couverture d'un roman sentimental pour tourniquet de drugstore », songea Sarah en se retenant de pouffer, mais c'était foutrement bon de faire halte dans la guimauve de temps en temps. On en prenait conscience lorsqu'on commençait à vieillir. Après deux années de solitude on s'aperçoit qu'un homme qui prend toutes les couvertures ou ronfle comme un sonneur n'est pas *entièrement* dépourvu de charme, en dépit de tout ce qu'on peut penser à vingt ans !

Elle s'endormit avant d'avoir pu prononcer un mot. Quand elle se réveilla, elle était toujours étendue sur la fourrure, devant le feu éteint, mais Bob avait posé sur elle l'une de ces couvertures en patchwork très épaisses que cousaient jadis les femmes des pionniers. Il avait regagné sa chambre, sans doute pour ne pas la gêner. Elle l'en remercia mentalement, elle n'aurait pas aimé qu'il découvre son visage bouffi de sommeil dans la lumière cruelle du petit jour. Elle s'enveloppa dans le plaid et grimpa l'escalier qui menait à la chambre d'amis.

« Il était aussi seul que moi, songea-t-elle en ouvrant l'eau chaude dans la cabine de douche. Et dire que cette idiote ne veut même pas le rencontrer ! »

Elle se lava, se recoiffa, puis examina son visage dans le miroir. *Cela* se voyait-il ? Une étrange euphorie l'habitait, une allégresse mêlée de mélancolie. Quand elle fut prête, elle sortit son téléphone portable de son sac fourre-tout et forma le numéro du mobil-home. Cette fois Jane accepta de décrocher.

— C'est encore toi ? aboya-t-elle. Qu'est-ce que tu fiches ? Je suis en train de devenir folle à l'intérieur de cette bagnole !

Sarah lui raconta les derniers événements, en passant toutefois sous silence ceux de la nuit.

— C'est un chic type, conclut-elle. Et il t'aime. Il voudrait essayer de repartir de zéro puisque ton amnésie a effacé l'ardoise. Il aimerait que vous vous donniez une nouvelle chance. C'est une très belle maison.

— Où es-tu ? siffla Jane.

Sarah lui situa l'endroit.

— Ça ne me dit rien du tout ! gronda Jane d'un ton buté. Tu es complètement idiote et il t'a embobinée ! Cette baraque c'est un décor... une mise en scène. Tout y est fabriqué.

— Que veux-tu dire ?

— Bordel ! Que tu es cruche ! La C.I.A. a l'habitude de « montages » de ce genre. Il y a chez eux des services qui passent leurs journées à fabriquer des souvenirs et des identités sur commande. Cela va de la lettre d'amour à la photo de famille, en passant par les factures et les ordonnances médicales. Tout peut être reconstitué par ordinateur. Il suffit de programmer une machine pour qu'elle soit capable d'imiter n'importe quelle écriture. Pour les photos c'est pareil. Les montages les plus incroyables sont bricolés sur une simple palette graphique. *Réveille-toi !* Tout ce qui t'entoure est bidon. Ce type te ment depuis le début. Une seule chose l'intéresse : que tu le mènes à moi pour qu'il puisse m'exécuter. Je ne veux pas le rencontrer, c'est hors de question. Tu ferais mieux de ficher le camp en t'assurant qu'il ne t'a pas collé un mouchard !

— Je sais ce que j'ai à faire ! grogna Sarah. Et arrête cette paranoïa. Je pense que tu te montes la tête, que tu t'inventes une identité de pacotille. Tu n'es pas une tueuse, tu es simplement une bibliothécaire qui a mis le nez dans des affaires qui ne la regardaient pas.

Jane raccrocha et ne répondit pas aux tentatives

que fit Sarah pour essayer de renouer la conversation.

L'Irlandaise rangea le téléphone dans son sac. Elle avait l'estomac noué par la colère. Elle attendit d'avoir recouvré son calme avant de descendre. Bob l'attendait dans la cuisine, il avait préparé le petit déjeuner, l'air embaumait le lard grillé et les pancakes chauds.

Sarah s'efforça de sourire et de manger avec appétit, mais la conversation qu'elle venait d'avoir avec Jane lui avait gâché sa joie. Déjà le doute s'installait, gangrenant tout. Elle essayait de le repousser, mettant la méfiance de l'amnésique sur le compte de la paranoïa. Elle n'ignorait pas cependant qu'une mise en scène n'avait rien d'impossible. Si l'enjeu était assez important, la C.I.A. pouvait très bien avoir fait les choses en grand. Les maisons — isolées ! — appartenaient peut-être à des fonctionnaires du Département d'État qui ne les occupaient que quelques semaines par an. Dans ce cas il avait été facile de réquisitionner pour les « décorer » de souvenirs factices fabriqués dans les laboratoires de la Compagnie. Sarah se rappelait soudain tout ce que Freddy, son ex-mari, lui avait chuchoté jadis sur les étranges pratiques de l'Agence. La légende voulait que de tels tours de magie soient assez fréquents. Fred lui avait même raconté que les agents disposaient de vaporisateurs à poussière pour effacer leurs traces et créer l'illusion que les objets compromettants qu'on venait d'apporter étaient là depuis longtemps !

Bob essaya de lui prendre la main, elle se dégagea. Mi-honteuse mi-courroucée. Cette entreprise de séduction faisait-elle partie d'un plan visant à affaiblir sa méfiance ? Les femmes sont si faciles à berner, n'est-ce pas ?

Elle grignota du bout des dents sans écouter le monologue de l'homme qui prétendait s'appeler Callahan. Elle ne savait plus ce qu'elle devait croire. Le breakfast expédié, ils sortirent faire une promenade.

Le paysage était d'une beauté âpre, et le vent vous décapait le visage comme une pierre ponce invisible. Comme on était loin de l'atmosphère frelatée de L.A. ! Ici, tout semblait plus vrai, plus solide. (Mais on avait pu justement choisir ce décor à cause de cette impression rassurante...)

Sarah réalisa qu'elle examinait le sol pour tenter d'y détecter les empreintes du camion de déménagement qui avait apporté les faux souvenirs conjugaux du couple Callahan. Car il y a *toujours* un indice, c'est un principe de base auquel il faut croire de toutes ses forces. Elle remarqua des mégots de trois marques différentes écrasés dans la poussière alors que Bob ne fumait pas. Qu'est-ce que cela prouvait ? Qu'il avait reçu de la visite... et alors ? Elle serra les dents, c'était fichu, maintenant tout prendrait un double sens. Elle pouvait rouler sa romance à peine entamée au fond d'un sac, et poser une grosse pierre par-dessus !

Bob l'emmena chez les voisins. La maison de droite abritait les Patterson, un couple de sexagénaires volubiles. Lui, ancien artisan armurier, avait fabriqué durant quarante ans des fusils damasquinés à la commande. Il en conservait quelques-uns sur un râtelier. Des merveilles de ciselures rococo qui valaient une fortune. Elle avait été cuisinière pour une petite compagnie d'aviation dont elle avait assuré tous les repas jusqu'à ce que la ligne soit fermée. Ils se nommaient respectivement Kyle et Donna. Leur intérieur était un sommet de mauvais goût où les meubles « pionniers » voisinaient avec des totems en plastique et ces objets artisanaux en cuir cartonneux qu'on vend aux touristes dans les réserves indiennes. Pendant que Bob et Kyle allaient se pencher sur une tronçonneuse en panne, Donna abreuva Sarah de compliments outrés sur Callahan.

— Il est malheureux ! dit-elle en fourrant un verre de scotch rempli à ras bord dans la main de l'Irlandaise. Cette fille était une garce, une prétentieuse.

Elle ne se rendait pas compte de la chance qu'elle avait. Elle était abonnée à des revues littéraires new-yorkaises et se pavanait avec ces torchons pour nous en ficher plein la vue. Ici il est capital d'avoir de bonnes relations de voisinage car on n'a pas la télé pour se distraire. À cause de ces fichues montagnes, les ondes ne passent pas, même avec des antennes hypercompliquées. C'est pour cette raison qu'on est si isolés, peu de gens acceptent de vivre de cette façon. Il faut avoir un caractère bien trempé et aimer la nature, c'est notre cas. C'est aussi pour ça qu'on n'a pas pu voir l'avis de recherche quand il a été diffusé. D'ailleurs c'est aussi bien, ça m'aurait embêtée de devoir apprendre à Bob qu'on avait retrouvé sa garce de femme.

Sarah l'écoutait d'une oreille distraite. Une curieuse sensation d'irréalité la gagnait peu à peu. Elle en arriva à se demander si la maison n'était pas un décor de théâtre dont seul le salon avait été meublé à la va-vite. Si elle avait jeté un coup d'œil dans les autres pièces elle aurait peut-être découvert qu'elles étaient toutes vides, inoccupées depuis des années ? Brusquement tout sonnait faux : l'accoutrement de Donna, les platitudes qu'elle débitait. Qui étaient ces gens ? Des fonctionnaires de la Compagnie ayant appris leur rôle dans l'hélicoptère qui les avait jetés ici ?

À présent Donna vociférait contre la mode des régimes, les jeunes femmes filiformes, les produits allégés. Elle se présentait comme une ardente partisane du *home made cooking*, vantait les vertus du beurre frit, du sirop d'érable et de la crêpe de pomme de terre.

Bob revint au moment où Sarah se demandait comment prendre congé sans avoir l'air trop impolie.

La seconde maison était occupée par un couple de septuagénaires sautillants. Mike, un ancien caricaturiste qui avait fait toute sa carrière dans un journal militaire gratuitement distribué aux soldats d'un bataillon motorisé du Kentucky, et Ethel, fille d'officier supérieur et alcoolique souriante qui empestait déjà la gnôle de pomme à dix heures du matin.

Ils entonnèrent, eux aussi, le panégyrique de Bob, et Ethel récita l'habituel couplet sur Virginia-la-sale-gosse-trop-gâtée.

Mike essayait de faire rougir Sarah en l'abreuvant de blagues grasses. Les murs disparaissaient sous les caricatures et dessins humoristiques portant sa signature. Il excellait dans la plaisanterie scatologique et le gag à tonalité sexuelle.

— Cette fille, glissa-t-il à Sarah, je ne tiens pas à ce qu'elle se remette avec Bobby. C'était une peine à jouir, un cul serré. Je suis persuadé qu'elle ne valait rien au lit. Or, notre ami Bob c'est un gaillard... Il lui faut du répondant, vous voyez ce que je veux dire ? Ici, dans nos montagnes, il faut bien se réchauffer la nuit !

Sarah hocha la tête. Toute cette partie de la maison était tapissée de dessins datant de la Guerre du Pacifique stigmatisant les Japonais. Mike n'y allait pas de main morte avec ceux qu'on appelait à l'époque « les faces de citron ».

Sarah en avait assez. Ce qu'elle entendait ne lui apprenait rien. Elle ne cessait de penser que tous ces dialogues avaient pu être écrits par un « scénariste » de la C.I.A. Son mari ne lui avait-il pas dit que les bureaux de Langley abritaient des fonctionnaires dont tout le travail consistait à inventer des vies fictives à l'usage des agents du service « action » ?

Silencieuse, elle rejoignit Bob qui regagnait la maison d'un pas lourd.

— Alors ? fit Callahan. Ils ont dû te casser les oreilles avec leurs louanges, non ? Ils n'aiment pas beaucoup Virginia. Elle les snobait. Elle leur faisait un peu trop comprendre qu'elle les considérait comme des ploucs. Ici on n'apprécie guère les gens qui tentent de se singulariser, la notion de solidarité est encore très forte. On s'entraide, on se serre les coudes, ce n'est pas comme dans les grandes villes. Virginia a tout de suite refusé de jouer le jeu.

Pendant qu'il discourait, l'esprit de Sarah se mit à vagabonder. L'isolement des trois habitations éveillait sa méfiance. Aucun autre voisin à des lieues à la ronde. Un emplacement rêvé pour une mise en scène ! Mais elle avait eu beau ouvrir grand les yeux, elle n'avait repéré aucune erreur dans les déguisements ou les décors. Si on essayait de la mener en bateau, c'était avec un grand luxe de précautions.

De toute manière, elle ne devait à aucun prix laisser deviner sa méfiance, cela aurait pu avoir des conséquences fâcheuses... voire mortelles. Il fallait jouer les bécasses.

Comme Bob insistait une fois de plus pour savoir où et quand il pourrait voir Jane, Sarah laissa tomber :

— Je vais essayer de la convaincre qu'elle aurait tout intérêt à te rencontrer. Je ferai mon possible. Elle ne sait rien faire et n'a aucun avenir, il faut bien que quelqu'un la prenne en charge le temps qu'elle se réinsère, qu'elle réapprenne un métier.

— Elle n'a pas besoin de travailler, objecta Bob. On peut faire un gosse, ça l'occupera à plein temps.

— Je ne suis pas conseillère conjugale, fit sèchement Sarah. Vous ferez ce que vous jugerez bon de faire. Je ne te cacherai pas que j'ai hâte d'être débarrassée d'elle. Je perds beaucoup de temps et d'argent sur cette affaire que j'ai acceptée pour rendre service à un ami.

— Tu m'en veux pour cette nuit ? murmura Bob d'un ton malheureux.

— Oui. Non, je ne sais plus, éluda Sarah. Je crois que je suis un peu jalouse, n'y fais pas attention, c'est idiot.

Quand ils furent dans la maison, Sarah demanda la permission d'explorer le grenier. Elle ne savait pas si elle agissait ainsi pour éviter un tête-à-tête gênant avec Bob, ou si son instinct la poussait à continuer ses recherches avec méthode.

Les combles étaient tapissés de poussière. Il y avait là beaucoup d'animaux empaillés en mauvais état, et dont la pelade avait mis le cuir à nu. Par l'œil-de-bœuf, Sarah examina les maisons des retraités, cherchant en vain un détail révélateur. Mais quoi ? Un panneau *à louer* ou *à vendre* momentanément retiré de la pelouse ? C'était stupide ! Si ces gens étaient de vrais professionnels du renseignement, ils n'auraient pas commis d'aussi grossières erreurs.

Elle tournait en rond, déchirée entre la méfiance et le désir de croire que l'affaire Jane Doe se terminait ici.

Alors qu'elle ouvrait machinalement un coffre en teck, elle tomba sur un nécessaire à calligraphie. Une dizaine de rouleaux de papier de riz, des pinceaux, une pierre à encre. Il y avait également des pastels et des fusains en vrac, la plupart écrasés.

Elle se raidit, en alerte. Les souvenirs égrenés par Jane avaient plusieurs fois fait allusion à la calligraphie chinoise. Netty Doggan avait, semble-t-il, pratiqué cet art avec beaucoup d'application et de sérieux.

Mais si Jane n'était pas Netty Doggan, qu'est-ce que cet attirail faisait ici ?

Quelque chose clochait. Des agents de la C.I.A. n'auraient pas apporté ce matériel si leur intention avait été d'accréditer l'idée d'une Jane bibliothécaire de province. C'était la tueuse qui peignait des idéogrammes chinois, pas la documentaliste besogneuse.

Sarah se mordit l'ongle du pouce. Se pouvait-il que...

Et si Jane avait mené une double vie à l'insu de son mari, hein ? Bibliothécaire aigrie ici, exécutrice redoutable ailleurs. Les voyages de documentation n'avaient peut-être eu d'autre fonction que de justifier ses absences le temps d'une mission, d'un meurtre clandestin ?

Dans ce cas Bob était véritablement le mari de

Jane, et il ignorait tout de la véritable personnalité de sa femme.

Ou bien...

Ou bien la C.I.A. avait eu entre les mains le rapport du docteur Crook, celui où l'on notait la présence de poudre de fusain et d'encre de Chine sous les ongles de l'amnésique, et les agents préposés au « montage » de la mise en scène s'étaient sentis forcés d'expliquer ce détail pour éviter que ne subsiste une lacune troublante.

La porte du grenier s'ouvrit soudain dans le dos de Sarah, la faisant sursauter.

— Hé ! lança Bob, je ne t'entendais plus, je venais voir si tout allait bien.

Sarah, le nécessaire à calligraphie entre les mains, ne pouvait plus espérer dissimuler sa découverte.

— Qu'est-ce que c'est ? demanda-t-elle en feignant la curiosité.

— Du matériel pour peindre des lettres chinoises, répondit Bob sans désemparer. Virginia s'était entichée de ce truc mais elle n'avait pas la main, elle faisait des gribouillis mal fichus. Je crois que Netty Doggan avait essayé de l'initier à cet art. C'est d'ailleurs elle qui a dû offrir tout ce bazar à Virginia. Dans le coin, on ne saurait pas où acheter ce genre de machins.

— Elle ne l'a pas emporté, fit remarquer Sarah.

— Non, lâcha Bob avec un haussement d'épaules. Elle a dû penser qu'elle était trop nulle.

Sarah remit les objets dans le coffre et s'épousseta. L'hypothèse continuait à tourner dans sa tête à toute vitesse. Et si Bob avait tout ignoré de la double vie de son épouse, hein ? Et si Jonathan Swarm n'était qu'un pion dans les mains de la C.I.A., un homme de lettres à la façade respectable ? Et pourquoi pas l'officier traitant de Virginia Callahan alias Netty Doggan ?

— J'ai fait du café, annonça Bob, tu en veux une

tasse ? Ça pue le moisi ici, il faudrait que je me débarrasse de toutes ces vieilleries.

Ils descendirent. Sarah espéra que son trouble n'était pas trop visible. « Ça t'arrangerait, hein, la théorie de la double vie ? ricana-t-elle intérieurement. Ça innocenterait ce charmant monsieur. Tu n'aurais plus à te méfier de lui. Tu pourrais, ce soir, te rouler encore une fois dans ses bras avant de reprendre la route ! »

Elle n'était pas dupe d'elle-même.

Bob, afin de combattre le malaise qui s'installait, proposa une marche dans les bois. Ils partirent donc, un sac de sandwiches en bandoulière, pour explorer les environs. La maison dominait la vallée tel un nid d'aigle. Une fois là-haut on voyait venir de loin la moindre voiture, quant à la montagne, elle était assez tortueuse pour offrir mille cachettes. C'était, somme toute, la base de repli idéale pour une tueuse entre deux contrats. Plus elle y pensait, plus Sarah se persuadait que Jane avait mené une double vie à l'insu de tous, s'amusant à fignoler son personnage de bibliothécaire snob, s'inventant des occupations littéraires qui lui fournissaient une excellente couverture. Elle avait berné tout le monde, à commencer par son mari. Et puis, un jour, au cours d'un contrat, elle avait été blessée à la tête et avait perdu la mémoire. Cela expliquait beaucoup de choses : l'absence de papiers d'identité, la voiture volée. Aujourd'hui on essayait de la liquider de peur qu'elle n'étale au grand jour ce qui lui revenait en mémoire de façon anarchique. Elle avait trop parlé, et à n'importe qui. Elle se racontait avec complaisance, elle faisait du scandale, criait au meurtre. Puisqu'elle était devenue incontrôlable il était grand temps de la faire taire. Toute l'histoire se résumait en quelque sorte à un accident du travail ! À une victime qui n'avait pas accepté de se laisser faire. Pour une fois, Jane avait commis une erreur, et l'autre avait ouvert le feu, la blessant à la tête. La jeune femme avait pu s'enfuir par miracle, en dépit de la gravité de sa blessure, après avoir laissé tomber son arme sur le lieu du drame. Le scénario exact avait d'ailleurs peu d'importance, une seule chose comptait : Jane Doe, Virginia Callahan et Netty Doggan n'étaient qu'une seule et même personne.

Ils rentrèrent parce que le ciel s'assombrissait à l'horizon.

— Il va tomber des cordes, commenta Bob. Il vaudrait mieux partir demain. Les orages de montagne sont souvent dangereux. La foudre peut jeter un arbre en travers de la route, ça s'est déjà produit ici.

Sarah était fatiguée. La longue marche avait réveillé sa douleur au côté. Elle songea qu'elle avait eu tort de ne pas refaire son pansement.

De retour à la maison, ils s'assirent près de la cheminée et regardèrent l'averse se déchaîner. La vallée amplifiait les coups de tonnerre d'une manière effrayante. Ils dînèrent légèrement. Quand Sarah annonça son intention de monter se coucher, Bob essaya de l'attirer contre lui mais elle le repoussa.

— Si tu veux de nouveau vivre avec ta femme, tu ferais bien de commencer par lui être fidèle ! siffla-t-elle.

Il la regarda monter l'escalier avec cet air de chien battu que savent très bien prendre les hommes pour attendrir les femmes et les forcer à faire des choses dont elles n'ont pas envie.

Comme Sarah se préparait pour la nuit, le téléphone sonna au fond de son sac. L'Irlandaise enfonça le bouton de prise de ligne mais aucune voix ne sortit de l'écouteur. Alors qu'elle répétait « allô ? » pour la troisième fois, elle perçut l'écho d'un pleur. Quelqu'un sanglotait à l'autre bout de la ligne. Une femme.

— Jane ? murmura Sarah. C'est toi ? Calme-toi, tout est okay. Je rentre demain. Tu m'entends ?

Les sanglots continuèrent pendant une dizaine de secondes encore puis la communication fut coupée.

Sarah fut réveillée à l'aube par la sensation d'une présence au pied de son lit. D'abord elle crut qu'il s'agissait de Bob revenant à la charge, et elle se souleva sur un coude avec la ferme intention de l'éconduire. Le jour se levait à peine et une lumière grisâtre entrait dans la chambre, luttant contre les masses d'ombre agglutinées au coin des meubles. Mais la silhouette était bien trop élancée pour appartenir à Callahan. Sarah se crispa, en alerte. Un scénario catastrophe se déroulait déjà dans sa tête : elle avait trop fouiné, elle n'avait pas su dissimuler ses doutes... Les gens de la C.I.A. venaient la chercher pour la jeter dans un ravin...

À la seconde où elle allait saisir son arme, elle reconnut Jane emmitouflée dans un ciré noir dégoulinant de pluie.

— Qu'est-ce que tu fais là ? haleta-t-elle.

L'amnésique s'approcha, saisit les vêtements posés sur la chaise et les jeta sur le lit.

— Habille-toi ! ordonna-t-elle. Il faut ficher le camp avant qu'il ne s'aperçoive de quelque chose.

— Mais comment as-tu fait pour venir ? balbutia Sarah. Je croyais que tu ne savais plus conduire.

— Le stop, le Greyhound, énuméra Jane. Pour finir j'ai volé une moto. Tu m'avais dit où tu te trouvais. Viens, c'est un guet-apens, tu ne le sens pas ? Je n'ai jamais mis les pieds dans cette maison, c'est la première fois que je vois ces gens, ces baraques. C'est trop isolé, ça pue la mise en scène.

Sa nervosité était contagieuse. Sarah s'habilla rapidement, un nœud d'angoisse au creux de l'estomac. Elle avait soudain hâte de s'enfuir.

— Prends ton sac, chuchota Jane. On sortira sur la pointe des pieds. Il ne faut pas qu'on nous repère.

Elles se faufilèrent hors de la chambre, retenant leur souffle. Sarah songea à Bob qui dormait à cinq mètres de là. Elle était partagée entre le regret de ne pouvoir l'embrasser une dernière fois et le soulagement de lui échapper.

— Ils ont fait les choses en grand, ricana Jane en jetant un coup d'œil circulaire au salon. J'ai regardé ça tout à l'heure. Tu as eu droit à la mise en scène complète. Ils sont très forts, quand on ne sait pas de quoi ils sont capables on se laisse toujours avoir.

— Tais-toi ! souffla Sarah, tu vas le réveiller.

Elle grelottait, de froid et d'inquiétude. Elle regarda par la fenêtre. Et si les petits vieux des maisons voisines se mettaient en tête de les arrêter ? Avaient-ils vu Jane arriver ? Dans ce cas ils avaient peut-être déjà donné l'alerte ; un hélicoptère allait surgir au-dessus de la ligne des pins d'une minute à l'autre.

— J'ai coupé à travers bois, fit Jane surprenant le regard de sa compagne. Personne ne m'a vue approcher.

Sa main se referma sur le poignet de Sarah.

— Viens ! répéta-t-elle. C'est dangereux de traîner.

L'Irlandaise se dégagea, mais, dans le mouvement, sa main dérapa sur le ciré noir de l'amnésique et les gouttelettes de pluie mouillèrent sa paume. Elle allait s'essuyer sur sa chemise quand elle réalisa que ses doigts étaient couverts de sang. Ce que, dans la semi-obscurité, elle avait pris pour des gouttes d'eau, était en réalité des éclaboussures rouges.

— Tu es blessée ? demanda-t-elle. Tu saignes.

À la seconde où elle prononçait ces mots, la vérité la foudroya. Elle fit volte-face et courut vers la chambre de Bob. À peine avait-elle ouvert la porte que le spectacle lui coupa le souffle. Callahan reposait sur le dos, les yeux grands ouverts. On lui avait planté un couteau de cuisine dans la poitrine et le sang avait imbibé le matelas, donnant l'impression que la victime était couchée sur un coussin de velours rouge.

Sarah s'enfonça les ongles dans les paumes pour ne pas hurler.

— Tu l'as tué, hoqueta-t-elle. C'était ton mari... et tu l'as tué.

Jane la saisit par le bras. Ses doigts étaient durs.

— Arrête de délirer, siffla-t-elle. Je n'ai jamais vu ce type de ma vie. C'était un agent de la C.I.A. Si je ne l'avais pas supprimé tu sais ce qu'il aurait fait ? Il nous aurait liquidées toutes les deux. C'est pour ça que je suis venue te chercher. Je savais qu'il te roulerait dans la farine et que tu finirais par les amener jusqu'à moi. Tu es trop gourde. Tu ne comprends pas qu'ils l'ont choisi en fonction de tes goûts sexuels ? Il n'y avait qu'à voir ta tête quand tu contemplais sa photo. Bon sang ! Tu mouillais déjà !

Elle reprit sa respiration et cracha :

— Je suis certaine qu'il t'a baisée. Hein ? Ne dis pas le contraire ! C'était pour te mettre en confiance. Ça ne t'a pas paru bizarre ce roman d'amour soudain ? Tu te crois tellement irrésistible ? Tu ne les connais pas. Tu ne sais pas de quoi ils sont capables !

Sarah se laissa entraîner. Elle avait peur de Jane, son simple contact la hérissait de dégoût.

— Je n'avais pas le choix ! rugit celle-ci.

Elles sortirent sur le perron. L'air était glacé, le jour naissant dessinait une saignée rose dans le ciel, juste au-dessus de la vallée.

— Je croyais que tu étais lobotomisée ! lança Sarah. Que tu ne pouvais plus faire de mal !

Jane haussa les épaules.

— C'est revenu d'un coup, fit-elle. Quand j'ai compris qu'ils allaient venir me tuer, que tu les ramènerais au mobil-home. J'ai eu envie de sauver ma peau. Ça a débloqué quelque chose en moi.

Elle marchait d'un pas vif sans prêter attention au gravier qui crissait sous ses semelles. Sarah fut prise d'un doute horrible. Quittant la route, elle se précipita vers la maison des Patterson. Sans se soucier des appels de Jane, elle grimpa à l'étage, là où se trouvait sans doute la chambre conjugale.

Ils reposaient côte à côte, les yeux clos dans leurs draps trempés de sang. Ils n'avaient même pas eu conscience qu'on les assassinait. Sarah redescendit.

Jane l'attendait devant la porte, les poings enfoncés dans les poches, le visage fermé.

— Épargne-toi la peine d'aller en face, grogna-t-elle. Tu aurais l'impression d'avoir déjà vu le film.

— Tu les as tous tués dans leur sommeil... murmura l'Irlandaise.

— Oui, dit Jane. Pour un début c'était plus facile. La prochaine fois j'essaierai sur quelqu'un d'éveillé.

Puis, cédant à l'impatience, elle saisit Sarah aux épaules et la secoua.

— Il n'y avait pas d'autre solution ! lui cracha-t-elle au visage. Bougre d'idiote ! S'ils m'avaient repérée ils auraient donné l'alerte. C'est pour ça qu'il faut filer, ils sont sûrement astreints à des vacations radio régulières. Il y a un émetteur-récepteur dans le grenier de ceux-là, c'est un signe, non ?

— Nous sommes dans les montagnes, dit Sarah d'une voix sans timbre. Beaucoup de gens possèdent des émetteurs à cause des chutes de neige ou des incendies de forêts. Ce ne sont pas pour autant des espions !

— Tu es bornée ! gronda Jane. J'ai eu raison de venir, ils auraient fini par te convaincre. Tu les aurais menés jusqu'à ma cachette la bouche en cœur.

Sarah était assommée. La raison lui commandait de prévenir la police, mais la prudence lui chuchotait de n'en rien faire. À présent elle était certaine que Jane n'hésiterait pas à la supprimer si elle s'estimait en danger.

— Ne panique pas ! lança Jane. Dans deux heures le service s'étonnera de ne pas recevoir d'appel radio. Ils enverront quelqu'un en éclaireur, puis ce quelqu'un fera venir le service de nettoyage. Ils emmèneront les cadavres, démonteront le décor et nettoieront la place. Il ne restera rien et les flics ne sauront jamais ce qui s'est passé ici. C'est la procédure habituelle. Ton Bob et tes charmants petits vieux seront incinérés dans une quelconque déchetterie et le tour sera joué. Il n'y aura pas d'enquête, pas de poursuites officielles. Je sais comment les choses se passent.

Sarah s'abstint de la contrarier. Si Jane se trompait, les flics n'auraient aucun mal à relever les empreintes que les deux visiteuses avaient laissées dans les trois maisons.

« Surtout les miennes », songea Sarah avec un début de nausée.

Elles s'engagèrent sous les arbres. La terre détrempée rendait leur marche difficile.

— On aurait pu prendre l'une des voitures, observa Jane, mais c'est trop risqué. Elles sont sûrement équipées de mouchards qui permettent de les « tracer ». Il vaut mieux utiliser la moto jusqu'à ce qu'on trouve une gare routière.

Jane dégagea l'engin caché sous des buissons. Une vieille BSA monocylindre vert olive au réservoir proéminent, achetée aux surplus de l'armée.

— Allez, dit-elle en enfourchant la machine. Je ne t'attendrai pas jusqu'au Nouvel An. Si tu veux rester attendre l'équipe de nettoyage ça te regarde. Brûler un corps de plus, pour eux ça ne représente pas beaucoup de différence, tu sais.

Sarah se décida à obéir et referma les bras sur la taille de Jane. L'instant d'après la moto dévalait la pente en pétaradant.

26

Elles regagnèrent le camp de trailers par des chemins détournés, abandonnant la moto pour grimper dans des autocars remplis de voyageurs somnolents. Elles s'installaient à l'arrière, là où l'odeur des toilettes chimiques laissait toujours des places libres. Personne ne demanda quoi que ce soit à ces deux femmes blêmes aux yeux cernés. À chaque halte, Sarah descendait acheter les journaux. Aucun ne faisait encore mention du triple assassinat. Jane haussait les épaules.

— Tu te fais de la bile pour rien, soufflait-elle. On ne les retrouvera jamais. À l'heure qu'il est tout a été parfaitement nettoyé. C'est comme s'ils n'étaient pas nés. Je sais comment les gars de l'agence travaillent.

Elle avait peut-être raison. Sarah demeurait néanmoins en alerte. Elle revoyait la situation géographique des trois maisons, leur isolement. Il ne devait pas passer grand monde là-haut, et si les journaux ne disaient rien des trois meurtres c'était tout aussi bien parce que personne ne les avait encore découverts. Il pouvait s'écouler des semaines avant que quelqu'un ne s'inquiète enfin du silence des retraités. D'ailleurs avaient-ils encore seulement de la famille ?

On tournait en rond, les hypothèses contradictoires finissaient par se mordre la queue.

Elles quittèrent le camp sans attendre. Sarah se sentait très fatiguée mais Jane paraissait au comble de la surexcitation. Elle avoua que les somnifères du docteur Crook n'avaient plus aucun effet sur elle, et qu'il lui était arrivé d'en tripler la dose sans pouvoir fermer l'œil. Cette exubérance inquiétait Sarah. Elle aurait aimé pouvoir appeler David ou Christian Shane, mais Jane ne la laissait jamais seule assez longtemps. L'Irlandaise prenait son mal en patience, se répétant que l'amnésique serait bien contrainte de dormir lorsque son organisme serait à bout de forces.

Elles prirent la route, choisissant l'itinéraire d'après les indications de Jane. Sarah nota qu'elles revenaient sur leurs pas après avoir décrit un grand nombre de détours, comme si la jeune femme avait, par principe, essayé de déjouer une éventuelle filature. « Elle va m'emmener dans son repaire, songea-t-elle en fixant la route. Pendant mon absence elle a dû enfin se rappeler où se trouvait son Q.G. »

Jane avait les yeux brillants. Elle se tenait plus droite, avec un brin d'arrogance. Toutes ses attitudes trahissaient un aplomb nouveau.

— Maintenant je sais qui je suis, déclara-t-elle alors que le camping-car traversait le comté d'Orange. Je suis Netty Doggan. J'ai longtemps essayé de croire le contraire, de me persuader que ces souvenirs étaient ceux d'une autre, d'une étrangère que j'appelais « la fille de la nuit », mais il ne subsiste plus aucun doute aujourd'hui. Je pense que j'agissais ainsi pour rejeter la responsabilité des exécutions sur une inconnue. Je suis Netty Doggan ; il ne sert plus à rien de nier l'évidence. J'ai refoulé mes pulsions d'agressivité parce que je voulais repartir de zéro, me conduire comme une fille bien. J'ai joué à la victime incapable de se défendre pour me convaincre que je n'étais pas une tueuse, mais c'était de la foutaise, de la comédie. Je suis quelqu'un de dangereux. Je sais des choses. Si je ne m'en souviens pas encore, elles vont me revenir bientôt, ça ne saurait plus tarder. Je représente un danger pour l'État.

Elle semblait curieusement fière de son importance, de sa singularité. Sarah ne savait plus ce qu'elle devait croire. Tout cela n'avait rien d'impossible ; beaucoup de tueurs de haut niveau finissaient par travailler pour les différentes agences gouvernementales œuvrant dans la clandestinité. Ils y faisaient fonction de contractuels, d'agents « noirs », épargnant ainsi aux fonctionnaires d'entretenir un corps d'exécuteurs au sein de la machine administrative. C'était commode, car en cas de scandale ou d'enquête ordonnée par le Congrès, il était alors très difficile de prouver que lesdits tueurs avaient des liens avec le Département d'État. Ce petit subterfuge permettait d'accuser la Mafia qui faisait, aujourd'hui encore, un bouc émissaire très présentable.

Elles durent faire halte sur une aire de repos car

Sarah était trop épuisée pour continuer à conduire sans risque d'accident. Elles s'allongèrent chacune sur leur couchette et, cette fois, Jane finit par s'endormir d'un sommeil agité. Sarah s'empressa de prendre son téléphone et de quitter le mobil-home sans faire de bruit. Dès qu'elle fut sur le parking elle forma le numéro de David.

— Enfin ! s'exclama le jeune homme. Je me demandais quand tu allais te décider à m'appeler ! Je n'osais pas prendre l'initiative de peur de faire un impair. Qu'est-ce qui se passe ? Pourquoi ce silence ? Je sais que Jane a déserté le camping-car deux jours entiers, les micros ne me retransmettaient plus les bruits habituels. Je vous capte à peu près clairement, mais je ne comprends pas très bien à quoi vous faites allusion. C'est quoi, ces histoires de morts dans la montagne ? Il y a eu du dégât ?

— Je n'ai pas beaucoup de temps, haleta Sarah, écoute bien.

Et elle lui résuma en quelques phrases les derniers événements.

— Quel bordel ! souffla David. De mon côté j'ai du nouveau, c'est pour ça que je voulais te joindre. J'ai enfin trouvé une coupure de presse relatant la disparition d'une jeune fille de dix-sept ans dont les parents travaillaient à l'élaboration d'un parc de loisirs. Ça colle aux paramètres que tu m'avais fournis.

— Super ! s'exclama Sarah, on va enfin connaître le vrai nom de Jane.

— Attends, fit sombrement David. Il y a un os. Cette fille — elle se nomme Alexandra Madigan — a disparu en 1962, *il y a trente-quatre ans* ! Si elle avait dix-sept ans à l'époque, ça veut dire qu'elle en a cinquante et un aujourd'hui. Il ne peut pas s'agir de Jane. C'est pour ça que j'ai mis du temps à trouver. Il n'y avait rien dans la fourchette temporelle que tu m'avais indiquée. Pour que ça donne quelque chose j'ai dû remonter beaucoup plus loin en arrière. J'ai également trouvé un entrefilet annonçant la mort par overdose d'un vieillard inidentifié hospitalisé après un scandale sur la voie publique. Ce pourrait bien être le Tolokine dont parlait Jane. Ça se passait huit mois après la disparition de la jeune fille, en 1963.

— Redis-moi son nom.

— Alexandra Madigan. Ses parents sont morts dans un accident d'avion en 1966, j'ai vérifié. Le parc d'attractions n'a jamais ouvert ses portes, la compagnie qui le finançait a fait faillite. Après la disparition de leur fille ils ont travaillé comme *cartoonists* à Hollywood, sans faire d'étincelles. C'étaient des médiocres, ils profitaient depuis les années 50 des places laissées vides par la chasse aux sorcières. Ils n'ont pas causé grande impression. J'ai eu leur agent au téléphone, un vieux type qui loge à la maison de retraite des artistes. Ce qui nous a aiguillés sur une fausse piste c'est la façon dont Jane évoquait le passé. On avait l'impression que c'était beaucoup plus proche de nous.

— Oui. Dans ses rêves elle a « réactualisé » les souvenirs d'une autre. D'une femme plus âgée. Elle nous a raconté les années soixante telles qu'elle se les imaginait, en accumulant les anachronismes.

— Que penses-tu de tout ça ?

— Je crois que Jane n'est pas Netty Doggan, murmura Sarah. Elle était bien la femme de Bob Callahan... Bon Dieu ! Et elle a tué son mari sans le reconnaître.

— Alors la C.I.A. n'a jamais été à ses trousses ? demanda David.

— Je ne sais pas, fit Sarah. Je crois plutôt que si quelqu'un cherche à tuer Jane c'est la vraie Netty Doggan... ou plutôt cette Alexandra Madigan. Essaye de contacter Christian Shane, explique-lui le problème, dis-lui que Jane est très agitée et que j'ai peur qu'elle devienne incontrôlable à brève échéance.

— Okay.

— La balise du mobil-home est toujours branchée ?

— Oui, je sais où vous êtes. Je pourrai vous localiser sans peine si le besoin s'en fait sentir.

— Tu nous entends ?

— Oui, mais vous ne dites pas grand-chose.

— C'est normal, je dois désormais surveiller ce que je raconte. Reste tout de même à l'écoute, en cas de pépin tu seras le premier prévenu. Je te rappellerai sur la ligne protégée dès que je pourrai m'isoler, comme en ce moment. Ne cherche surtout pas à me joindre, j'ai peur que Jane ne soit en train de sombrer dans la paranoïa. Si elle se met dans la tête que je travaille moi aussi pour la C.I.A. elle me fera subir le même sort qu'à son mari.

Elle coupa la communication et regarda par-dessus son épaule pour s'assurer que Jane ne la surveillait pas par l'une des fenêtres du véhicule.

Elle tremblait. Ainsi Bob avait dit la vérité. Tout était vrai : la bibliothèque, les interviews... Jane, incapable de reconnaître son propre époux, l'avait assassiné parce qu'elle le soupçonnait d'être un agent de la C.I.A. lancé à sa poursuite. C'était horrible et grotesque. Les souvenirs qui lui emplissaient la tête n'étaient pas les siens, mais ceux d'une tueuse à la retraite dont elle avait écouté les confidences jusqu'à les connaître presque par cœur. Elle avait tout oublié de sa vie personnelle pour ne se rappeler que ces bribes anarchiques d'une existence bien plus fascinante que la sienne. Elle s'était crue quelqu'un d'autre. Quelqu'un qu'elle n'était pas... et elle s'était mise à agir comme son modèle.

Où se cachait la véritable Netty Doggan à l'heure actuelle ? Essayait-elle de retrouver la trace de Jane pour la liquider ? Et pourquoi ?

Sarah frissonna, cacha le téléphone sous sa chemise et grimpa dans le mobil-home. Jane ouvrit les yeux au moment même où l'Irlandaise refermait la porte.

— Que faisais-tu dehors ? dit-elle avec méfiance.

— Je vérifiais les pneus, mentit Sarah. La pression

n'est pas égale à l'arrière. C'est courant sur ce type de véhicule, nous sommes très lourds et les chambres à air en prennent un sérieux coup.

— Hum... fit Jane. Tu es reposée maintenant ? On peut repartir ?

— On peut, lâcha Sarah.

Elle feignait le détachement, mais quand elle posa les doigts sur le volant elle s'aperçut que ses paumes étaient moites. Elle avait peur. Elle espéra que Jane ne s'en rendrait pas compte.

« Si elle voit que tu trembles, pensa-t-elle en essayant de ne pas céder à l'affolement, elle croira que c'est parce que tu l'as trahie... et ton compte sera bon. »

Elles traversèrent L.A. pour rejoindre le comté de San Bernardino. Là, Jane indiqua à la conductrice un chemin de traverse qui plongeait dans la forêt. Les arbres étaient secs et jaunes, maladifs. L'herbe rare. Quant à la terre, la friction des pneus la changeait en une fumée jaune qui bouchait l'horizon. Le fourgon se heurta bientôt à une haute muraille de barbelés. Des pancartes annonçaient que la zone était interdite en raison de l'intense pollution d'un point d'eau surnommé « Sticky Pond ». Il ressortait de la lecture des différents avis que tout le périmètre se trouvait frappé d'insalubrité à la suite d'une intoxication au mercure due à des résurgences industrielles.

— Ça n'a pas d'importance, fit Jane. Continue. Longe la barrière. Il y a un endroit où le grillage est déchiré.

Sarah obéit. Le lieu était effrayant avec ses arbres empoisonnés, ses buissons squelettiques. Toute la végétation des alentours transpirait la maladie. Les troncs secs, serrés les uns contre les autres, évoquaient ces pieux dressés vers le ciel que les Allemands plantaient à l'intention des parachutistes alliés pendant la Seconde Guerre mondiale, et qu'on surnommait alors « les asperges de Rommel ». Les oiseaux et les rongeurs avaient fui l'endroit depuis longtemps déjà et peu de gens devaient oser venir pique-niquer ici, sauf peut-être quelques Hell's Angels en mal de panorama satanique. Sarah trouva le trou dans le grillage et y engagea le fourgon. Tout de suite après, le terrain s'inclinait en pente vive, comme si l'on descendait à l'intérieur d'un cratère, et l'Irlandaise se rappela ce qu'avait raconté l'amnésique à propos du lac artificiel au bord duquel se dressait la cabane de pêcheur de Tolokine. Elle eut la conviction que Jane la conduisait vers ce point d'origine, ce lieu magique où tout avait commencé. Mais les années avaient passé, la forêt touffue qu'avait connue la jeune Alexandra Madigan à l'aube de ses dix-sept ans s'était changée en un cimetière stérilisé par les déchets chimiques.

Sarah dut peser sur le frein car la pente entraînait le mobil-home. Une tache plombée apparut soudain en contrebas. Le lac. Des irisations étranges se déployaient à sa surface. Sur tout son pourtour on avait fiché des pancartes déclarant la pêche interdite. Quels poissons mutants pouvaient bien encore survivre dans ces eaux ? Des truites aveugles, sans écailles, sans yeux ? Les blocs de pierre de la carrière encerclaient le lac. De fréquents éboulements avaient émietté cette falaise, comme si le roc était lui aussi malade, à l'exemple de tout ce qui l'entourait. Des cabanes effondrées entassaient leurs poutres et leurs planches sur le rivage. Très peu d'entre elles tenaient encore debout. Il n'y avait pas d'oiseaux, pas d'insectes. Seuls quelques squelettes de mouettes éparpillés sur la berge semblaient indiquer que l'endroit avait un jour abrité une vie animale. Sarah coupa le contact. L'acoustique permettait d'entendre craquer une brindille à cent mètres à la ronde. Un lieu idéal pour quelqu'un que son métier oblige à rester en permanence sur le qui-vive.

— C'est là, murmura Jane en désignant l'une des

trois maisons encore debout. C'est la cabane de Tolokine.

Sans plus s'occuper de sa compagne, elle se mit en marche, avançant à la façon d'une somnambule vers le cabanon monté sur pilotis. Plusieurs véhicules étaient garés derrière la construction : un vieux pick-up rouillé, une moto Sarasota 500 cc, une bicyclette, un cabriolet Ford des années soixante. Mais aussi un Chris-Craft au vernis écaillé et dont les bordages avaient tendance à se disjoindre. Les craquements des galets sous les pas des deux femmes faisaient naître des échos qui tournaient autour du lac, prisonniers du cercle rocheux. Jane empoigna l'échelle permettant d'accéder à la cabane.

— C'est là ! dit-elle d'une voix altérée. C'est là.

Sarah regarda la tache d'eau empoisonnée derrière elle. C'était effectivement là qu'Alexandra Madigan, la jeune fille violée au cours d'une surprise-partie, avait essayé de se noyer, trente-quatre ans plus tôt. C'était de là que tout était parti. Le dressage, les meurtres en série.

Sarah se propulsa en haut des barreaux. Jane se tenait sur la véranda, raidie, le regard fixe, les bras pendant le long du corps, en transe. Son regard scrutait le trou noir de la porte béante.

Sarah la contourna pour entrer dans la maison. Dans un réflexe de prudence, elle dégaina son arme.

C'était inutile. La silhouette qui l'attendait là, couchée sur le sol, un automatique à la main, ne pouvait plus faire de mal à personne depuis longtemps.

Le cadavre était si ancien qu'il n'avait déjà presque plus d'odeur. Il avait pourri, puis s'était momifié une fois toutes les humeurs évaporées. Les fluides corporels avaient taché les planches du parquet sous lui, et les vêtements paraissaient collés à la chair durcie comme si on les avait enduits de cire.

C'était le cadavre d'une femme âgée si l'on en jugeait d'après les cheveux gris adhérant encore au crâne. L'absence d'animaux lui avait valu de rester intacte en dépit de la longue exposition à l'air libre. Ses doigts étaient soudés sur la crosse d'un pistolet automatique qui n'avait tiré qu'une cartouche. La douille éjectée se trouvait encore à cinquante centimètres du corps. Au moment où elle s'était effondrée, la morte portait une chemise de nuit en pilou. Ainsi que des pantoufles roses à pompon. L'une d'elles adhérait encore à son pied gauche, collée par le suintement de la décomposition.

— Elle est morte il y a environ six mois, murmura Sarah. À l'époque où tu as été blessée.

— Qui... qui est-ce ? balbutia Jane.

— C'est Netty Doggan, fit Sarah.

À la seconde même où elle prononçait ces mots, elle reçut sur la tête un coup qui lui fit perdre connaissance. Elle vit le parquet lui sauter au visage et sa dernière pensée fut : « Pourvu que je ne tombe pas le nez sur le cadavre ! »

27

Elle fut tirée de l'évanouissement par l'odeur âcre du nitrite d'amyle dont on agitait une capsule écrasée sous son nez. Elle était toujours couchée sur le plancher de la cabane et Christian Shane se tenait penché au-dessus d'elle.

— Vous avez un léger traumatisme crânien, diagnostiqua-t-il. Vous allez souffrir de vertiges et de nausées durant quelques jours. Il faudrait également vous poser une ou deux agrafes car le cuir chevelu est entamé sur trois centimètres. Je vous ai fait une piqûre antitétanique.

— Comment m'avez-vous trouvée ? balbutia Sarah.

— C'est votre fils qui m'a donné vos coordonnées,

répondit le médecin. Il paraît que votre véhicule est équipé d'une balise qui permet de le situer où qu'il se trouve. C'est vrai ?

— C'est vrai, soupira Sarah en se redressant.

Son premier réflexe fut de chercher son arme. Le Walther avait disparu. Jane l'avait emporté.

— Qui est-ce ? demanda Shane avec un coup de pouce en direction du cadavre.

— Netty Doggan, probablement, soupira l'Irlandaise. J'estime qu'elle est morte depuis six mois. Et vous, qu'en pensez-vous ?

— Je suis d'accord, fit Shane. Au pifomètre ça semble coller. Mais je ne suis pas expert en médecine légale, c'est une spécialisation qui n'attire que deux sortes de toubibs : ceux qui ont la trouille de commettre une erreur de diagnostic sur un patient vivant, et les timbrés turlupinés par une quelconque pulsion morbide. Je ne fais partie d'aucune de ces deux catégories.

Sarah se redressa. Elle dut faire un effort pour ne pas vomir. Tout tournait autour d'elle. Le cadavre, la cabane, le lac, l'Amérique tout entière.

— Racontez-moi ce qui s'est passé, ordonna Shane. J'ai besoin de savoir. D'après David, Jane aurait perdu la boule.

Sarah fit de son mieux pour être brève et claire. Quand elle eut fini, le jeune médecin grimaça.

— Nous sommes dans la merde, grogna-t-il. Crook, moi, vous. Jamais nous n'aurions dû laisser sortir Jane. Elle n'était pas prête. Nous nous sommes trompés, moi le premier. J'étais persuadé qu'elle ne s'intéressait pas au passé. Je ne comprends pas comment tous ces « souvenirs » ont pu soudain la submerger. Elle paraissait si sereine pour une amnésique. Le contraire de la malade habituelle.

— Je crois que c'est la peur qui l'a « réactivée », dit Sarah. Dès qu'elle s'est sentie menacée le voile s'est déchiré. Tous les conseils de survie serinés par Netty Doggan lui sont revenus à l'esprit.

— Et elle ? fit Shane en désignant le cadavre. Qui l'a tuée ?

Sarah haussa les épaules.

— Je ne sais pas. J'ai cru un moment que c'était Netty qui poursuivait Jane pour l'abattre, mais c'est impossible. Cette femme n'a pas pu nous tirer dessus au *Café français*.

— Non, pas dans son état, ricana Shane. Je ne suis pas grand détective, mais sur ce point je suis de votre avis.

Sarah ignora la mauvaise plaisanterie et se pencha sur le cadavre.

— Il serait utile de faire une analyse balistique de cette arme, dit-elle.

— Peut-être, admit le médecin, mais pour le moment il vaudrait mieux laisser la police en dehors de tout ça. On peut nous tenir responsables de ce qui est arrivé, vous comprenez ça ? Les familles des gens assassinés par Jane peuvent nous poursuivre en justice et nous faire condamner si elles apprennent que nous avons laissé sortir une folle furieuse. Ma carrière sera foutue, sans parler de celle de Crook. À l'hôpital tout le monde pourra témoigner que j'ai souvent plaidé pour la remise en liberté de Jane. Je suis très jalousé, mes ennemis ne se priveront pas de m'accabler.

Il se leva et fit les cent pas, laissant transparaître son angoisse.

— Il faut régler ça en secret ! martela-t-il. Si nous fermons nos gueules, il existe une chance pour que personne ne remonte jusqu'à nous. Quand j'ai vu Bob Callahan, il m'a déclaré n'avoir aucune envie de rencontrer les flics. Si Jane a tué tout le monde, là-bas, dans la montagne, il ne reste plus aucun témoin.

Sarah le dévisagea. L'égoïsme de l'interne l'écœurait un peu mais elle devait admettre qu'il raisonnait bien. On pouvait effectivement les traîner en justice sous le prétexte qu'ils n'avaient su, ni les uns ni les autres, surveiller Jane et l'empêcher de nuire. Avec un avocat retors, les plaignants avaient une bonne chance de décrocher le gros lot. Il ne fallait pas se leurrer et rester réaliste. Que deviendrait David si Sarah se retrouvait contrainte de verser d'énormes dommages et intérêts aux familles des victimes ?

— Que proposez-vous ? s'enquit-elle.

— Retrouver Jane, énuméra Shane. La neutraliser « chimiquement » et la placer dans un service psychiatrique en attendant de trouver mieux. On ne peut pas la laisser vagabonder à travers la ville en se prenant pour quelqu'un qu'elle n'est pas. Vous savez ce qui va se passer si on reste les bras croisés ? Elle va assassiner tous les gens qui lui paraîtront suspects. Sa paranoïa va se développer à vitesse géométrique et tous ceux qui auront le malheur de croiser son chemin deux fois de suite seront éliminés. Les voisins, les commerçants, les gosses du concierge, tous deviendront à ses yeux des agents de la C.I.A. Elle les liquidera préventivement. Vous voulez être complice de ça ?

— Bien sûr que non, soupira Sarah. Mais il demeure que quelqu'un a bel et bien essayé de la tuer deux fois de suite. Une fois à l'hôpital, une seconde fois sous mes yeux, au café français. Si ce n'était pas Netty Doggan, qui donc alors ?

— L'Indien ? proposa Shane. L'Indien dont elle a plusieurs fois rêvé.

— Je ne sais pas, fit Sarah en se levant. Si ça ne vous emmerde pas trop je voudrais visiter la cabane pour essayer de comprendre ce qui s'est passé ici.

— Je vous attends en bas, lança le médecin. Ces petits jeux de flic ne me passionnent pas beaucoup.

Sarah fit le tour du cabanon, ouvrant placards et bahuts. Tout était très fruste, réduit au strict minimum. Deux personnes avaient dormi dans la chambre car elle y trouva deux sacs de couchage. Deux femmes, si l'on en jugeait aux parfums imprégnant les oreillers. Des parfums coûteux, que six mois de grand air n'avaient pas encore complètement évaporés.

Il y avait deux valises Samsonite au pied du premier lit. Elles appartenaient manifestement à une femme âgée car elles contenaient des médicaments contre l'hypertension, ainsi que des bas antivarices et un baume contre les douleurs rhumatismales. Des lunettes à double foyer s'empoussiéraient sur la table de chevet, à côté d'un crayon rouge, comme si on avait utilisé ces deux accessoires pour la correction d'un manuscrit.

Nulle part Sarah ne trouva de papiers d'identité ou de clefs d'appartement.

Elle sortit. Shane ne se retourna même pas. Les mains dans les poches, il fixait la surface du lac. L'Irlandaise contourna les pilotis. Sur le « parking » la moto avait disparu. Un vieux bidon métallique contenait des cendres froides et des débris de plastique fondu. Sarah les examina. Les morceaux carbonisés se révélèrent sans chaleur ni odeur. La pluie les avait lavés à plusieurs reprises. L'autodafé remontait probablement à la mort de Netty. Il y avait là des disquettes informatiques, des cassettes de micromagnétophone, des papiers dont on avait pilonné les cendres.

« Le manuscrit, songea Sarah. Les mémoires de Netty. »

Qui avait fait ça ? Un commando de nettoyeurs qui avait surgi en pleine nuit, surprenant Jane et Netty Doggan au lit ? Ils avaient tiré. Netty, blessée à mort, avait essayé de se défendre. Elle avait perdu une pantoufle et raté sa cible avant de s'effondrer.

Croyant Jane aussi morte que son amie, les hommes avaient rassemblé tous les éléments de la biographie pour les détruire. Et c'est pendant qu'ils étaient occupés à brûler les disquettes, que Jane avait réussi à se relever, à voler leur voiture et à s'enfuir.

Sarah hocha la tête, le scénario tenait debout. Qui commandait le commando ? L'Indien ? Cet Indien dont Jane avait entr'aperçu le visage derrière la vitre quelques secondes avant que les hommes des services secrets ne fassent irruption dans la cabane, l'arme au poing ?

Voilà pourquoi cette image la hantait chaque nuit.

Sarah poussa un soupir de lassitude. Toutes les hypothèses se valaient. Où était la vérité ?

Jane avait filé avec la moto, abandonnant le mobil-home sur la berge du lac. Sarah fit signe à Christian Shane de la suivre.

— Je rentre à Venice, dit-elle, j'ai besoin de prendre une douche et de changer de vêtements. Avez-vous le temps de me suivre à l'agence ?

— Oui, fit le médecin. Je vais aller chercher Crook. Il est sorti de l'hôpital pendant que vous vagabondiez à travers la Californie. Il est en convalescence dans sa villa des collines. Je l'ai mis au courant, il tient beaucoup à suivre cette affaire de près.

— Il est déjà sur pied ? s'étonna Sarah.

— Sur pied c'est beaucoup dire, lâcha Shane, mais il a repris du poil de la bête. C'est un sacré gaillard, et qui enrage de rester cloué dans un lit pendant que des choses importantes se déroulent à l'extérieur. Il ne faudra pas trop le fatiguer ni le faire parler. De toute manière, réfléchir sur le problème qui nous occupe l'empêchera de se morfondre et de battre sa coulpe.

De retour à l'agence, Sarah prit une longue douche sans se mouiller les cheveux, à cause de l'entaille qui béait sur son crâne. Shane lui avait promis d'amener le matériel nécessaire à la pose de sutures. Le téléphone sonna comme elle sortait de la cabine. Enveloppée dans une serviette, elle prit la communication. Elle ne perçut que l'écho d'un pleur lointain. Quelqu'un sanglotait sans prononcer un mot.

— Jane ? souffla l'Irlandaise. Je sais que c'est toi. Je ne suis pas ton ennemie. Dis-moi où tu es et je viendrai te chercher. Tu m'entends ? Je sais ce que tu éprouves. Ne cède pas à la panique, il n'y a que moi qui puisse t'aider, Jane. Il est encore temps d'arrêter les conneries. J'ai parlé au docteur Shane, il pense comme moi que nous pouvons régler tout ça sans faire appel à la police. Réfléchis, après il sera trop tard, nous ne pourrons plus rien pour toi.

On raccrocha. Sarah grogna un juron. Où se trouvait Jane en ce moment même ? Au fond d'un motel, épiant ses voisins par la fenêtre ? Démontant les pieds de lampe pour s'assurer qu'ils ne contenaient pas de micros ? Combien de temps lui faudrait-il pour décider que la Mexicaine préposée au ménage avait un air suspect ? Que le jeune couple du bungalow voisin regardait un peu trop dans sa direction ? Que ferait-elle alors ? S'introduirait-elle chez eux au beau milieu de la nuit pour les larder de coups de couteau comme elle l'avait fait dans la montagne ?

Sarah se sentait mal à l'aise, elle en voulait aux médecins d'avoir sous-estimé la folie de l'amnésique. À Crook surtout qui, obsédé par ses études, avait refusé de prendre au sérieux les délires de sa patiente. Aujourd'hui Jane se prenait pour une tueuse et elle agissait en conséquence. Ses dernières inhibitions étaient tombées, elle n'avait plus aucune raison de s'arrêter.

Sarah enfila des vêtements propres et avala deux Anacins car sa migraine ne se dissipait pas. Elle descendit à la cave, dans le laboratoire de David, pour attendre les médecins.

— Tu as une sale tête, observa le jeune homme. C'est du sang séché qu'il y a dans tes cheveux ?

Sarah le rassura sur la gravité de sa blessure et se laissa tomber dans un fauteuil en face de la grande paroi élastique de la tente stérile. David était en train de compiler les enregistrements des derniers jours pour rassembler toutes les confidences de Jane.

— Tu as une idée de l'endroit où elle se cache ? demanda-t-il.

— Non, soupira Sarah. Elle peut se trouver

n'importe où. Elle m'a appelée tout à l'heure. Elle pleurait. Je pense qu'elle traverse alternativement des phases de délire et de lucidité.

— On aurait dû lui coller une balise, fit remarquer le jeune homme. Installer un mouchard dans le talon de sa chaussure.

Sarah haussa les épaules.

— Elle l'aurait trouvé, murmura-t-elle. Tu n'as pas idée de la violence de sa paranoïa. À l'heure qu'il est elle a dû flanquer tous ses vêtements à la poubelle et se déguiser en je ne sais quoi.

— Qui lui a appris à le faire ? Netty Doggan ?

— Oui. C'était une femme solitaire, au bord de la vieillesse, qui s'ennuyait après avoir mené une existence chargée en sensations fortes. Je pense qu'elle n'a pas résisté au besoin d'étaler sa science devant Jane. Elle a dû lui enseigner mille trucs, lui montrer ses secrets. Au début, elle s'est peut-être fait tirer l'oreille pour parler, puis, peu à peu, elle a compris qu'elle tenait là le moyen de conserver cette fille chez elle. C'était un public, c'était de la compagnie. Quelque chose de docile et d'émerveillé qui peuplait sa solitude. Alors elle s'est mise à raconter, en multipliant les détails, pour retarder le moment où Jane s'en irait. Oui, je crois que toute cette affaire repose sur un problème de solitude. Une femme seule qui débitait au jour le jour le feuilleton de ses exploits, en délayant au maximum, jusqu'au moment où quelqu'un a pensé qu'elle en disait un peu trop.

— Mais elle avait pourtant vécu toute sa vie en observant la loi du silence, remarqua David.

— Justement ! grogna Sarah. Elle a eu peur d'emporter tout cela dans sa tombe. Elle a eu envie de se vanter, pour une fois ! D'être admirée par quelqu'un. Elle en avait sans doute assez d'être considérée comme une ménagère sans histoires. La clandestinité finit par peser aux êtres d'exception. Il lui fallait étaler son bilan devant témoin. Laisser une trace avant de mourir. Tu ne peux pas comprendre ça, tu es trop jeune.

David allait répondre quand le téléphone sonna de nouveau. Sarah décrocha.

— Hé ! Salut, grasseya une voix à l'autre bout du fil, c'est le lieutenant Donahue. Vous vous souvenez de moi ? On s'est rencontrés à l'hôpital, après la fusillade du *Café français*.

— Oui, marmonna Sarah. Qu'y a-t-il pour votre service ?

— Quelque chose de bizarre vient de se produire, annonça le détective. Ce matin on a reçu un appel d'une vieille femme qui nourrit les chiens errants du côté de Sticky Pond, vous savez, le lac artificiel empoisonné par la pollution ?

— Non, je ne vois pas, mentit Sarah.

— C'est une vieille dingue qui vit de l'autre côté de la route, elle surveille le grillage pour s'assurer que les bêtes ne vont pas boire l'eau polluée. Ce matin elle a signalé le va-et-vient suspect de plusieurs véhicules qui auraient franchi le périmètre interdit. C'est surprenant parce que personne ne met jamais les pieds là-bas depuis qu'il y a eu plusieurs cas de morts par empoisonnement. Une patrouille a décidé de faire une ronde, juste pour voir. Les gars ont trouvé un cadavre desséché dans l'une des cabanes au bord du lac.

— Où voulez-vous en venir, lieutenant ? lança Sarah en feignant une impatience grandissante.

— Le cadavre, grogna Donahue, c'était celui d'une femme proche de la soixantaine, et elle tenait une arme à la main. On a fait une analyse balistique du calibre. Une seule balle avait été tirée. C'est là que ça devient drôle. Les ordinateurs ont établi un lien entre les rayures du canon et un projectile répertorié chez nous. La balle tirée par le cadavre, vous savez où elle est allée se nicher ? Je vous le donne en mille : dans la tête de cette amnésique dont vous assurez la protection. Marrant, n'est-ce pas ? Les rayures sont identiques, pas moyen de se tromper. Je voudrais organiser une petite confrontation entre le cadavre et votre amie, cette Jane Doe 44-C, il serait utile que vous passiez très vite à nos bureaux. Vous pouvez faire ça ?

— Okay, dit Sarah, demain matin, ça vous va ? Mais je ne crois pas qu'il en sortira grand-chose. Savez-vous au moins qui est cette femme ?

— Non, on fait des recherches. Mais une chose est sûre, quelqu'un lui a planté un couteau dans la poitrine, ça explique qu'elle n'ait pu enfoncer la détente qu'une seule fois. Elle avait un sacré pétard, soit dit en passant, un gros 45. Ce n'est pas une arme de grand-mère rhumatisante, ça.

— Peut-être le tenait-elle de son mari ? éluda Sarah. C'est tout ce que vous aviez à me dire ?

— Ouais, on n'a pas retrouvé le couteau, ricana Donahue, c'est embêtant. Je suis à peu près sûr qu'on aurait pu relever les empreintes de votre petite amie sur le manche.

— Ce ne sont que des spéculations, fit Sarah. Je ne suis pas l'avocate de cette fille, mon rôle se borne à la protéger, c'est tout.

— Okay ! siffla Donahue, c'est bon pour moi tant que vous n'essayez pas de la soustraire à la justice. Je vous attends demain à la première heure. Soyez ponctuelle, traitons ça à l'amiable, ça m'ennuierait de vous envoyer une citation à comparaître pour recel de suspect.

Il raccrocha.

— Hé ! lança David qui avait suivi la conversation sur haut-parleur, tu crois que c'est vrai ? Ça voudrait dire que Netty et Jane se sont battues.

— Oui, chuchota Sarah. Mais laquelle des deux a commencé ? Qui était en état de légitime défense ? Netty ou Jane ?

Ils ne purent disserter davantage sur le problème car on les avertit que les docteurs Shane et Crook venaient de se présenter à la réception. Sarah alla les accueillir.

Crook était assis dans une chaise roulante et portait un masque à oxygène transparent sur le bas du visage. Il avait terriblement maigri et paraissait au bord de la consomption. Shane se tenait derrière lui, poussant le siège d'infirme auquel on avait fixé la bouteille du respirateur ainsi que différents flacons destinés à alimenter les perfusions d'antibiotiques. Sarah les conduisit jusqu'au monte-charge qui permettait de descendre au sous-sol les machines dont David avait besoin pour ses assemblages.

— Vous n'auriez pas dû venir, lança-t-elle à Crook. J'aurais pu me rendre chez vous.

— Non, non, murmura le blessé, c'est mieux ici. Nous serons à pied d'œuvre, nous disposons de peu de temps. La police est déjà venue me voir. Il faut la prendre de vitesse, retirer Jane de la circulation avant que Donahue ne lance un mandat d'arrêt contre elle.

Il parlait au moyen d'un collier amplificateur fixé à son cou. Le laryngophone captait ses murmures et les restituait par le truchement d'un haut-parleur vissé à l'un des accoudoirs. Il paraissait plus âgé de dix ans et flottait dans ses vêtements.

— Vous êtes certain de pouvoir tenir le coup ? s'inquiéta Sarah.

— Bon sang ! grogna Crook du fond de son masque, qui est médecin ici, vous ou moi ?

Ils s'installèrent dans le laboratoire de David, face à la membrane translucide qui isolait le jeune homme des poisons du dehors. Christian Shane dissimulait mal son impatience.

— Le temps presse, attaqua-t-il à peine assis. Il est nécessaire de localiser Jane avant les flics. S'ils lui mettent la main dessus, ils la feront parler, elle racontera tout... Les meurtres dans la montagne et le reste. La presse fera ses choux gras d'une histoire pareille ! Nous serons mis au pilori. On nous blâmera, on nous traitera d'apprentis sorciers et l'ordre des médecins nous tombera dessus à bras raccourcis.

Il fit une pause, parut réfléchir à quelque chose et dit, un ton plus bas :

— Évidemment, elle a volé votre arme et, dans l'état d'excitation qui est le sien, il n'est pas exclu qu'elle ouvre le feu sur les flics quand ils viendront l'arrêter. Ils répliqueront... Dans ce cas, il existe une bonne chance pour qu'elle soit abattue, ce qui simplifierait les choses.

Crook se convulsa dans son fauteuil.

— Merde ! grogna-t-il, je vous ai toujours considéré comme un petit salopard, Shane, mais là vous m'en bouchez un coin ! Je ne veux pas qu'on fasse le moindre mal à Jane. C'est à cause de moi qu'elle en est arrivée là. Je veux lui épargner la prison, ou l'asile. Si nous parvenons à la récupérer, je la soignerai le temps qu'il faudra pour la remettre sur pied.

Sa voix jaillissait du haut-parleur avec une étrange tonalité métallique. Il dut s'interrompre car le souffle lui manquait.

— Vous parlez trop, persifla Shane. Si vous continuez vous allez rouvrir vos cicatrices et vous cracherez le sang. Contentez-vous du rôle d'observateur, vous avez fait assez de conneries comme ça.

Sarah se fit la réflexion que l'erreur d'appréciation commise par Crook en lâchant Jane dans la nature allait permettre à Shane d'avoir désormais barre sur lui. L'inversion des rôles était déjà sensible ; jamais par le passé l'interne n'aurait osé s'adresser à son chef de service comme il venait de le faire.

— Vous êtes un petit salaud ! haleta encore Crook avant de se mettre à tousser.

Sarah pensait la même chose mais elle s'abstint de le dire. Le moment était mal choisi pour entamer une querelle.

— Pour être plus constructif, lança David de l'autre côté de la paroi, je vous propose de réécouter tous les enregistrements des confidences de Jane, et d'y chercher une possible indication. Moi j'ai ma petite idée, elle vaut ce qu'elle vaut mais j'y tiens.

— Une indication de quoi ? aboya Shane.

— C'est évident, intervint Sarah. Netty Doggan ne vivait pas toute l'année dans la cabane du lac. C'était juste pour elle un lieu de pèlerinage, l'endroit où elle avait rencontré Tolokine, et où toute son existence s'était décidée. Elle possédait forcément un autre appartement, une autre maison, que sais-je ? La présence des valises à la tête du lit le prouve. Elle a emmené Jane au bord du lac pour les besoins de la biographie... et là quelque chose s'est passé. Une querelle a éclaté.

Elle livra aux deux médecins les informations que venait de lui communiquer Donahue.

— Qui a commencé ? conclut-elle, nous n'en savons rien. Et nous ne le saurons peut-être jamais. Netty a-t-elle tiré alors que Jane la poignardait ? Jane a-t-elle essayé de se défendre alors que Netty s'apprêtait à lui expédier une deuxième balle dans la tête ? Nous ne possédons aucun élément de réponse. Le problème qui nous intéresse, c'est de savoir où logeait habituellement Netty. L'employeur de Jane, ce Jonathan Swarm, le saurait sûrement, mais il est peu vraisemblable qu'il accepte de nous livrer ses sources d'information.

— Vous pensez que Jane est partie se cacher dans la maison de Netty ? interrogea Shane.

— Oui, elle a pu se rappeler ce détail. Nulle part ailleurs elle ne sera davantage en sécurité que là-bas. Que pourrait-elle faire d'autre ? Elle n'a pas d'argent, ou très peu. Si elle m'a assommée pour prendre la fuite, c'est qu'elle s'est rappelé quelque chose au moment précis où elle a vu le cadavre. Quelque chose qui lui a fait comprendre qu'elle n'avait plus besoin de moi et qu'elle pouvait enfin couper le cordon ombilical. Elle m'a larguée parce que je ne lui servais plus à rien. Il n'y a pas d'autre explication.

— Je le pense aussi, approuva David. Ma théorie c'est qu'il existe sûrement des indications codées dans les rêves de Jane. Nous ne leur avons jamais réellement prêté attention, mais je les ai réécoutés pendant l'absence de Sarah. Ils comportent des images récurrentes apparemment incompréhensibles, des mots qui reviennent comme un refrain, je pense que vous vous en êtes rendu compte ?

— Allez au fait ! lança Shane. Nous ne sommes pas à un congrès de psychanalyse.

— Okay, fit David, conciliant. Je me suis intéressé à plusieurs mots : Indien, cheval rouge, galop. Si l'on admet que c'est Netty qui a tiré sur Jane, cette histoire d'Indien voyeur apparaissant la nuit à la fenêtre ne tient plus debout, d'accord ?

— Non, balbutia Crook d'une voix à peine audible. Car quelqu'un a bel et bien tiré sur Jane au *Café français*, j'en sais quelque chose. Ça ne pouvait pas être Netty puisqu'elle était morte depuis six mois, c'est donc quelqu'un d'autre... et pourquoi pas dans ce cas, ce fameux Indien ?

David s'agita derrière sa console. Il n'avait pas l'habitude qu'on le contredise.

— Voulez-vous me laisser parler ? lança-t-il. Une phrase prononcée par Jane m'a tout particulièrement intéressé. C'était peu de temps avant que Sarah ne quitte le mobil-home pour rencontrer Bob Callahan. Apparemment c'est un délire sans queue ni tête, mais quand on prend la peine d'y réfléchir, ça devient intéressant. Écoutez ça. La scène se passe en pleine nuit, Jane vient de se réveiller en hurlant qu'elle a vu le visage de l'Indien collé à la vitre de la voiture, au-dessus de sa couchette.

Il pianota sur la console et les voix enregistrées des deux femmes emplirent la salle.

« — Il n'y a rien, annonçait Sarah. Vous avez probablement rêvé. L'incident du parking vous a impressionnée et...

« — Vous me prenez pour une cinglée ! rétorquait

Jane. Depuis le début. Vous êtes comme les autres. Vous pensez que je suis une mythomane !

« — Pas du tout, plaidait Sarah. Mais il fait nuit, et avec les vitres teintées je me demande comment vous avez fait pour distinguer la physionomie du bonhomme.

« — C'était un Indien ! s'entêtait Jane. Avec une tête énorme qui remplissait toute la fenêtre. Une tête de géant ! »

David interrompit la course de l'enregistrement.

— Voilà, dit-il, c'est là : *Une tête énorme qui remplissait toute la fenêtre. Une tête de géant.*

— Bordel ! s'impatienta Shane, où voulez-vous en venir ? Tout ça n'a aucun sens. J'entends des délires aussi aberrants chaque fois que je fais le tour de mes malades !

— Vous savez à quoi me fait penser cette description ? interrogea David. À une fresque murale. À l'une de ces peintures qui s'étalent sur les façades ou les pignons des maisons, à Venice, mais aussi à Little China, ou Little Tokyo, ou encore dans le Barrio.

Sarah frémit.

— C'est vrai, souffla-t-elle. Une peinture. Un mural.

— Oui, renchérit David. Imaginez que vous êtes couché sur votre lit. Vous regardez dehors, par la fenêtre, et vous apercevez sur le mur d'en face une tête d'Indien. Une tête énorme qui semble vous fixer avec un air menaçant. Une tête de géant. À cause de l'éclairage de la rue, vous voyez peut-être cette tête nuit et jour, et elle finit par vous mettre mal à l'aise.

— Ça tient debout, observa Sarah.

— Je me suis toujours intéressé aux murals, reprit David. Mon plus grand désir serait d'en peindre un moi-même, et j'ai dressé un catalogue sur CD-Rom de toutes les fresques murales peintes à Los Angeles ou San Francisco. Je suis en relation avec d'autres amateurs qui me transmettent par Internet les photos de toutes les nouvelles peintures exécutées au cours des dernières semaines. Mon fichier est aussi à jour que possible, mais on dénombre plusieurs dizaines de nouvelles fresques chaque jour, et il est difficile de s'en rappeler tous les détails. Aussi j'ai programmé l'ordinateur pour une recherche sur l'inventaire des sujets traités. Le paramètre « Indien » a fait surgir une profusion d'occurrences, car c'est un thème fréquent. Il y a beaucoup de têtes d'Indiens sur les murs de L.A. Je me suis donc mis en relation avec un spécialiste de l'histoire indienne en lui soumettant des copies des fresques recensées. J'attends sa réponse.

— Il y en a beaucoup ? demanda Shane.

— Deux cent soixante-dix-huit, répondit David. Certaines très grandes, d'autres plus petites. Aux quatre coins de L.A.

— On ne peut pas aller les voir l'une après l'autre, fit Sarah. C'est impossible, nous n'aurons jamais le temps. Quand espères-tu obtenir une réponse ?

— Dans la nuit, au plus tard demain matin.

— Putain ! rugit Shane. Ça veut dire qu'on va rester cloués ici sans rien faire pendant tout ce temps ! Cette histoire de peinture me paraît grotesque, je n'y crois pas une seconde.

— Nous ne disposons que de cette nuit pour agir, observa Sarah sans tenir compte de l'intervention de l'interne. Demain, si je ne me présente pas à la police en compagnie de Jane, un mandat d'amener sera lancé, et tout deviendra beaucoup plus difficile.

— Il faut la trouver avant le lever du soleil, chuchota Crook. Nous l'internerons sous un faux nom, c'est facile. Je ne veux pas que les flics la tuent !

— Vous en parlez à votre aise ! grogna Christian Shane. Si vous croyez que nous pourrons la maîtriser si facilement ! Elle est armée, ne l'oubliez pas, et elle a déjà tué. Elle est capable de nous fusiller à bout portant quand elle nous verra débarquer chez elle !

— Pas du tout ! murmura Crook. Je lui parlerai. Je trouverai les mots. C'est pour cette raison que j'ai tenu à venir. Je saurai la mettre en confiance. J'ai travaillé six mois sur son dossier, ne l'oubliez pas.

— Six mois ! ricana Shane, et pour quel résultat !

— Ça suffit ! lança Sarah. Vous réglerez vos comptes plus tard.

— Je lui parlerai, répéta Crook. Je la mettrai en confiance, et pendant ce temps-là, Shane s'approchera d'elle par-derrière pour lui administrer une piqûre calmante. Elle s'endormira immédiatement et nous n'aurons plus qu'à la transporter jusqu'à la voiture. Si vous me laissez faire il n'y aura pas de bavure, pas de violence inutile. J'ai toujours eu un bon contact avec elle.

— Okay, soupira Sarah. On fera comme vous voulez. Je vais faire descendre des sandwiches et du café. J'ai peur que la nuit soit un peu longue. Vous pouvez vous allonger sur les canapés si vous le désirez. Pour ma part je vais essayer de dormir un peu. Je serai dans mon bureau s'il se passe quelque chose.

Crook ferma les yeux comme s'il se préparait à dormir assis, entre les bras de son fauteuil d'infirme. Shane émit un grognement et tira un paquet de cigarettes de sa poche.

— J'aimerais que vous vous absteniez de fumer ici, lança Sarah. À cause de la membrane de protection de la tente stérile, elle est sensible à la chaleur.

— *Maman ! s'insurgea David. Arrête de me couver ! Je suis assez grand pour assurer ma sécurité moi-même !*

Sarah ravala la réplique qui lui montait aux lèvres, haussa les épaules et se retira dans ses quartiers. Elle avait le plus grand mal à garder les yeux ouverts.

28

La sonnerie du téléphone la tira d'un rêve oppressant dans lequel une tête d'Indien démesurée essayait de s'introduire dans la maison en pulvérisant les vitres et les montants de la fenêtre. Elle roula sur elle-même, faillit tomber du Chesterfield de cuir vert et attrapa enfin le combiné. De nouveau, elle entendit l'écho d'un sanglot lointain. Elle se redressa, songeant qu'elle avait peut-être une chance de convaincre Jane de venir se réfugier à l'agence.

— Jane, dit-elle d'une voix calme. Écoute, tout peut encore s'arranger.

— Ce n'est pas « Jane », lança soudain la voix d'une jeune fille en colère. C'est moi, maman, tu n'es même pas capable de me reconnaître au téléphone.

Sarah eut un sursaut de stupeur. *Maman ?*

— Sandy ? balbutia-t-elle. C'est toi ?

— Oui, tu avais déjà oublié que tu avais une fille, c'est ça ? siffla Sandy à l'autre bout du fil. Chaque fois que je t'appelle tu me parles de cette Jane. C'est qui ? Une fille adoptive ? Une petite amie ? Tu es devenue lesbienne depuis mon départ, c'est ça ?

— Sandy, bégaya Sarah, tu veux dire que c'est toi qui pleures au téléphone sans dire un mot ?

— Oui, murmura la jeune fille d'une toute petite voix. Je n'arrive pas à parler. C'est plus fort que moi. Ça ne veut pas sortir.

— Que se passe-t-il ? interrogea Sarah le plus calmement possible. Tu as des problèmes ? Je peux t'aider ?

Sandy s'était remise à pleurer. Une minute s'écoula sans qu'une parole ne soit échangée. Puis, d'une voix de très petite fille, Sandy chuchota :

— C'était moi.

— Quoi ? demanda Sarah. Qu'essayes-tu de me dire ?

— C'était moi au *Café français*, avoua Sandy. J'ai

tiré sur toi. Ils m'avaient donné un pistolet en m'ordonnant de supprimer la personne que je déteste le plus.

— Qui ça « ils » ?

— Mon maître à penser, Shankra. La secte a entrepris une grande croisade contre les serviteurs du démon. On a ordonné à chacun de nous de supprimer l'être le plus néfaste qu'il lui était donné de connaître.

Sarah était pétrifiée. Elle crut qu'elle ne parviendrait pas à reprendre la parole.

— Tu veux dire que c'est toi qui nous as agressés au restaurant ? hoqueta-t-elle. C'est toi qui as tiré sur Jane ?

— Encore cette foutue Jane ! hurla Sandy. Je ne sais pas qui c'est... Je t'ai visée, *toi*, et seulement toi, mais ma main tremblait tellement que je t'ai ratée. Les balles sont parties dans tous les sens. J'ai appris dans les journaux que tu n'étais pas morte. Ça... ça m'a soulagée.

— Je suis heureuse de le savoir, soupira Sarah en espérant que sa voix ne charriait aucune ironie.

— J'ai été blâmée par Shankra, fit Sandy, ils m'ont punie, mais ça ne fait rien. Ça m'a permis de comprendre que je ne te détestais pas autant que je le croyais. Je voulais te le dire, c'est tout. Voilà, c'est fait.

— Attends ! cria Sarah, ne raccroche pas déjà. Je voudrais te voir, je...

Mais Sandy avait coupé la communication. Sarah se cacha le visage dans les mains et se mit à pleurer.

Ce n'est qu'au bout d'un moment que ses facultés d'analyse reprirent le dessus, refoulant sa peine. Elle en fut irritée, mais c'était plus fort qu'elle.

Sandy n'avait pas visé Jane. Contrairement à ce qu'avait toujours cru Sarah, l'attentat du *Café français* n'avait donc rien à voir avec les menaces pesant sur l'amnésique. Cela signifiait que personne ne la poursuivait. Qu'aucun agresseur n'avait jamais été lancé à ses trousses. Jane avait tout imaginé. Crook avait eu raison sur ce point. La pseudo-agression dont elle avait été « victime » à l'hôpital n'était qu'un fantasme d'insécurité, la matérialisation hystérique d'une menace diffuse.

« Mon Dieu, songea Sarah, et dire que nous avons fait tout le tour de la Californie pour semer un suiveur qui n'existait pas ! »

Mais cette nouvelle rendait tout à coup la théorie de David beaucoup plus crédible, et l'Irlandaise s'en trouva réconfortée.

Elle avait conscience de chasser hors du champ de sa conscience une donnée principale, à savoir que sa propre fille avait essayé de la tuer ; pour le moment elle ne voulait pas y penser. Plus tard, sans doute, quand cette affaire serait réglée.

Le signal de l'intercom la rappela à la réalité.

— Ça y est ! annonça David. Tu peux descendre, on a la réponse.

Elle se leva et gagna l'ascenseur d'un pas mal assuré. Elle avait d'ores et déjà décidé de ne rien révéler à David de la tentative de sa sœur.

En bas, les deux médecins s'étaient rapprochés de la membrane défendant le territoire de David pour examiner l'écran d'un ordinateur sur lequel s'étalait l'image d'une fresque murale représentant des Indiens dansant autour d'un feu. Un seul des participants avait l'air de regarder en direction de la rue.

— Voilà, expliqua David. Selon mon correspondant ce serait la copie d'un tableau anonyme du XIXe siècle intitulé *Le Dernier Galop de Cheval Rouge*, Cheval Rouge étant un sachem mort à la fin des guerres indiennes, lorsqu'on a parqué sa tribu dans une réserve insalubre. Il se serait laissé mourir de faim pour obtenir des autorités une terre mieux située.

— Épargnez-nous le cours d'histoire ! grogna Shane. Où se trouve ce foutu mur peint ?

— À la frontière du Barrio, dans une ruelle qui s'appelle Santa Catalina Lane. L'une des fenêtres de l'appartement de Netty Doggan ouvre probablement à la hauteur de la tête du sachem. Cela vous fournira un excellent point de repère.

— Allons-y, décida Sarah. Jane est déjà là-bas... ou du moins elle y sera dans très peu de temps. Vous êtes certains de vouloir vous y prendre de cette manière ?

— Ne vous inquiétez pas, dit Crook de sa voix sans force, tout se passera bien si vous m'obéissez. Je dois négocier seul, c'est important. Regardez dans quel état je suis. Vous pensez sérieusement que je représente une menace pour Jane ? Vous croyez qu'elle aura le cœur de tirer sur moi ?

— Ne soyez pas naïf, rétorqua Sarah. N'oubliez pas qu'elle a poignardé son mari pendant qu'il dormait.

— J'ai confiance, fit Crook. Tout se passera bien. Je lui demanderai de me donner son arme. Dès qu'elle l'aura fait, il faudra que Shane lui administre l'injection. Vous entendez, Shane ? Tout dépendra de votre rapidité. Je ne pourrai vous être d'aucune utilité.

— Ça va, grogna l'interne, gardez votre souffle pour votre bla-bla de tout à l'heure. Je ne suis pas certain que Jane soit tellement disposée à vous entendre jouer les télévangélistes. À mon avis nous ferions mieux de donner son adresse aux flics. Elle leur tirerait dessus en les voyant arriver, ils répliqueraient, lui mettraient une balle dans la tête et le dossier serait classé.

— Vous êtes un salopard, lâcha Sarah. Passez devant, je ne veux pas vous voir toucher un téléphone jusqu'à ce que nous soyons arrivés là-bas.

29

Ils traversèrent L.A., remontant les artères désertes qui, la nuit, appartenaient aux gangs et sur lesquelles il ne fallait pour rien au monde se promener à pied. Sarah avait coutume de dire qu'on aurait pu utiliser à Los Angeles une pancarte analogue à celle qu'on trouve habituellement à l'entrée des réserves de fauves : « Ne descendez jamais de votre voiture et gardez vos vitres levées, quoi qu'il arrive ! »

Heureusement, le mobil-home constituait un abri sûr tant que les portières en demeuraient verrouillées. L'Irlandaise s'était munie d'un autre revolver, un 38 Special Bodyguard qu'elle gardait en réserve, mais qui ne représentait pas une force de frappe très impressionnante dans un univers où les gamins de douze ans possédaient au minimum un pistolet-mitrailleur Uzi. On ne comptait plus les fusillades entre bandes d'adolescents, les tueries à l'arme automatique dont les cadavres atteignaient à grand-peine l'âge moyen de quatorze ans.

À l'intérieur du véhicule l'atmosphère était très tendue. À L.A., les honnêtes gens ne sortaient pas la nuit, et s'ils le faisaient, c'était dans les limites d'un périmètre soigneusement contrôlé par les services de sécurité dans les quartiers considérés comme encore habitables ».

Shane paraissait mal à l'aise, quant à Crook, dont on avait hissé le fauteuil roulant à l'arrière, sa respiration sifflante emplissait tout le fourgon.

Sarah se maudissait d'avoir embarqué les deux médecins dans cette aventure. Elle doutait de leur aptitude à gérer la situation. Crook, notamment, victime de son éternel paternalisme, se faisait beaucoup d'illusions. La Jane à laquelle il allait se trouver confronté n'avait plus grand-chose en commun avec la jeune femme déboussolée qu'il avait connue à l'hôpital, et la rencontre pouvait facilement tourner au désastre.

Ils atteignirent enfin Santa Catalina Lane, une ruelle déserte entre deux blocs de maisons basses. D'anciennes écuries du Poney Express qu'on avait reconverties en lofts, ne conservant que les enseignes d'époque à l'usage des touristes. L'une d'elles proposait d'embaucher des « jeunes gens coriaces, de moins de dix-huit ans, pour un travail dangereux, orphelins si possible ».

La fresque murale se trouvait sur l'immeuble d'en face. Sarah arrêta le mobil-home à l'entrée du passage. Le sachem Cheval Rouge semblait fixer les fenêtres du troisième étage, de l'autre côté de la rue.

— C'est là, murmura Sarah. Si Jane a pu avoir l'impression que l'Indien regardait dans sa chambre, c'est qu'elle dormait au troisième. Mais on ne peut pas laisser le mobil-home ici, il est trop visible.

Elle ouvrit la portière, saisit d'une main sa trousse de cambrioleuse.

— Je vais examiner la porte, annonça-t-elle. Elle est probablement protégée. Pendant ce temps allez garer le camion ailleurs.

Shane ne proposa pas de l'accompagner. L'Irlandaise se dirigea vers l'entrée de l'immeuble. L'accès était défendu par un système de carte à puce, mais c'était une protection facile à forcer pour une professionnelle munie d'un scanner de décryptage. Elle déverrouilla le battant, le coinça avec une brique, et alla récupérer ses deux compagnons. Crook, sous l'effet de l'angoisse, respirait de plus en plus mal. Sarah n'osait penser à ce qui arriverait s'il faisait une attaque au beau milieu de l'action. Dans le hall, il lui fallut encore une fois contourner le système de sécurité de l'ascenseur. Ils se propulsèrent au troisième. Comme Sarah l'avait supposé, le vieil immeuble cachait un condominium haut de gamme pour yuppies branchés. Partout les battants blindés régnaient en maître. Des appliques en pâte de verre s'allumaient automatiquement dès qu'on sortait de l'ascenseur. À part la porte d'entrée, il n'y avait aucune ouverture sur l'extérieur. Des lampes restituant la lumière solaire permettaient à des cactus en pot de survivre dans cette atmosphère de sous-marin en plongée profonde. Sarah localisa l'appartement. Une plaque en cuivre annonçait, en anglaises élégantes : *Madame Stormfield, professeur de piano. Ancienne élève de Magnus Wittenstein. Lauréate de la Juilliard School de New York.*

Était-ce là le repaire de Netty Doggan ? Sarah s'agenouilla. La serrure comportait un clavier à touches alphabétiques. Il fallait taper un mot code pour désactiver le système d'alarme et provoquer l'ouverture du battant. Dans ce type de verrou, une sirène se déclenchait au troisième essai infructueux, mais l'instinct de l'Irlandaise lui soufflait que Netty avait choisi quelque chose comme « Cactus » ou « Tolokine » en guise de sésame. Cactus était plus facile à taper parce que plus court. Elle décida d'essayer avant de se résoudre à démonter le boîtier pour se connecter sur le système électronique.

C-A-C-T-U-S. Elle entendit les vérins pneumatiques se débloquer et n'eut plus qu'à pousser la porte. Elle entra sans tirer son arme. L'appartement était plongé dans l'obscurité. Il n'y avait pas de rideaux mais un film polarisant sur les vitres. L'intérieur était très sobre. Netty Doggan avait même poussé le souci de la vraisemblance jusqu'à acheter un piano. De fausses affiches de concerts ornaient les murs. Les étagères croulaient sous les partitions musicales et les disques, de vieux soixante-dix-huit tours en cire. Fidèle à l'enseignement de son mentor, elle avait forcé sur le côté « vieille dame » qui inspirait confiance aux voisins. La plupart des gens qui la côtoyaient étaient sans aucun doute à mille lieues d'imaginer qu'elle avait tout juste cinquante et un ans !

Sarah se déplaça rapidement de pièce en pièce. Il n'y avait personne. Elle vérifia que la fenêtre de l'une des chambres s'ouvrait à la hauteur de la tête d'Indien. David avait vu juste. Couché sur le lit, on n'apercevait plus que cet énorme visage courroucé qui semblait vouloir entrer dans la maison. Lorsqu'on ouvrait les yeux, dans les brumes d'un demi-sommeil, l'impression ne devait pas être très agréable.

Le logement n'avait pas été habité depuis longtemps. Toutes les factures étaient probablement réglées par un cabinet d'avoués. Quant au courrier, Netty Doggan ne devait pas beaucoup en recevoir. Rien ne traînait, les tiroirs ne dissimulaient aucun papier personnel. Les placards, eux, étaient remplis de valises bouclées contenant chacune une « panoplie » différente : nurse, officier de l'Armée du salut, *executive woman*. Chaque bagage recelait un trousseau complet comprenant les vêtements appropriés, en passant par la perruque et les faux papiers assortis. Sarah recensa une quinzaine de valises, en plastique imputrescible et armature renforcée. Elle n'avait pas le temps de les ouvrir toutes.

— Alors ? s'impatienta Shane, c'est là ?

— C'est là, confirma Sarah. C'est ici que vivait Netty. Elle avait pris sa retraite. Aux yeux de ses voisins, elle devait passer pour une ancienne virtuose que les rhumatismes avaient contrainte de renoncer à son art. Je suppose qu'elle s'ennuyait. Probablement ne connaissait-elle personne. Est-ce qu'une tueuse professionnelle peut avoir des amis ? Si elle était aussi paranoïaque que je le pense, elle devait se méfier de tout le monde. C'est d'ailleurs ça la raison du drame : elle a dû finir par se méfier de Jane également.

— On s'en fout ! grogna Christian Shane. Pourquoi Jane n'est-elle pas encore arrivée ?

— Parce qu'elle doit être en train de faire mille détours pour déjouer une éventuelle filature, répondit Sarah. De la même façon qu'elle nous a fait faire le tour de la Californie avant de rejoindre le lac empoisonné. Elle va arriver dans peu de temps. Il faut l'attendre. Ne fumez surtout pas, elle le sentirait. Je vous propose de prendre notre mal en patience et de nous cacher dans l'une des pièces. N'oubliez pas qu'elle est armée.

Shane s'agita.

— Elle va nous flinguer dès qu'on se montrera ! lança-t-il. À force de vouloir jouer les humanistes on va se faire trouer la peau !

Sarah se demanda ce qui le forçait à rester s'il craignait tant pour sa personne. Avait-il peur de perdre la face devant Crook en s'enfuyant ? Ou bien obéissait-il à un motif plus secret, moins avouable ? Pourquoi souhaitait-il tellement que la police abatte Jane ? Par simple peur des foudres du Conseil de l'Ordre... vraiment ?

L'Indien n'existait que sous la forme d'une couche de peinture apposée sur un mur.

Le tireur du *Café français* avait nom Sandy.

La balle que Jane avait reçue dans la tête avait été tirée par Netty Doggan.

Mais qu'en était-il *vraiment* de la tentative de strangulation perpétrée sur la jeune femme alors qu'elle était encore hospitalisée ?

« Et si c'était Shane qui avait essayé d'étrangler Jane à l'hôpital ? » songea tout à coup Sarah. Mais dans quel but ? Ça ne tenait pas debout. Pourquoi un jeune interne plein d'avenir aurait-il tenté de supprimer une amnésique sans famille ?

C'était grotesque. À moins... À moins qu'il n'ait eu peur justement qu'elle retrouve un jour la mémoire et... *le reconnaisse* ?

Shane avait-il quelque chose à voir avec Netty Doggan ? Jane l'avait-elle rencontré chez la vieille femme avant son accident ? Était-ce... son fils ?

« Arrête ! pensa Sarah. Tu perds les pédales. Tu fabriques un roman. Tu deviens paranoïaque à ton tour. Shane n'est qu'un crétin imbu de lui-même, rien de plus. »

Oui, c'était sans doute la bonne définition... mais il faudrait rester sur le qui-vive. Cette affaire n'avait pas encore livré tous ses secrets.

Ils se retranchèrent dans l'une des chambres dont ils laissèrent la porte entrouverte.

— Je vous rappelle que nous sommes là pour éviter un drame, dit Crook. Sarah, je ne veux pas que vous exhibiez votre arme, et vous, Shane, cachez la seringue jusqu'à la dernière seconde. J'ai souvent négocié avec des psychotiques, je sais comment m'y prendre. Si vous ne vous lancez pas dans des initiatives hasardeuses, tout devrait bien se passer. Nous n'aurons peut-être même pas à utiliser le tranquillisant.

— Vous rêvez ! grogna Shane. On ferait mieux de la piquer dès qu'elle poussera la porte. Il suffirait de s'embusquer derrière le battant.

— Non, insista Crook, si on agit de cette façon on aura l'air de la piéger comme un animal, elle ne me fera plus confiance.

Il avait coupé le haut-parleur du laryngophone si bien que sa voix étouffée par le masque à oxygène était à peine audible.

Shane haussa les épaules et sortit de la poche intérieure de sa veste un étui métallique contenant une seringue remplie d'un produit incolore. Il ôta le capuchon de protection recouvrant l'aiguille et disposa le cylindre de verre sur un mouchoir plié en quatre.

— Ça me fait le même effet que si je devais entrer dans la cage d'un lion pour l'anesthésier ! dit-il amèrement.

— Ça agit vite ? s'enquit Sarah.

— C'est foudroyant, murmura l'interne. On utilise ce truc sur les fous en crise. Ça parvient même à stopper les mecs défoncés au PCP.

Ils se turent et demeurèrent immobiles dans l'obscurité. Sarah s'était assise sur le sol. Les muscles des jambes et du dos lui faisaient mal tant ils étaient crispés. Ils attendirent trois heures et demie avant de percevoir le bruit de l'ascenseur à travers l'épaisseur du mur. Sarah se redressa en grimaçant, toutes ses articulations hurlèrent sous l'effet de l'ankylose.

Crook fit signe à Shane de pousser son fauteuil vers la porte entrebâillée. Il respirait mal, et Sarah se demanda si Jane n'allait pas entendre l'écho de son souffle rocailleux dès qu'elle aurait mis le pied dans l'appartement. De l'autre côté du battant blindé on pianotait sur le clavier de la serrure alphabétique. Les verrous chuintèrent et la porte s'entrebâilla. Habitués à l'obscurité, les yeux de l'Irlandaise identifièrent sans mal le profil de Jane. La jeune femme hésitait sur le seuil. La lumière du palier accusait les traits de son visage émacié. Elle inspira à fond, puis s'avança, laissant le battant se refermer dans son dos. Ses vêtements étaient chiffonnés et ses cheveux sales. Elle paraissait épuisée et inquiète. Elle resta trente secondes figée au milieu du hall, puis se décida enfin à presser le bouton commandant l'éclairage.

Dans la chambre, Crook leva la main pour signifier qu'il fallait attendre. Jane semblait nerveuse. Elle plongea la main dans la poche de son imperméable et en sortit le Walther PPK volé à Sarah, puis elle traversa la salle de séjour et ouvrit un placard. Au bruit qu'elle faisait, Sarah devina qu'elle sortait des valises du cagibi.

« Les valises à déguisements, songea-t-elle. Elle veut changer d'apparence pour déjouer les filatures, son obsession de la métamorphose l'a reprise. »

Au bout d'une dizaine de minutes le vacarme cessa. Crook poussa la porte de la chambre, actionna le moteur électrique de son fauteuil et traversa l'appartement.

— Jane, dit-il d'une voix calme. C'est le docteur Crook. N'ayez pas peur. Je ne vous veux aucun mal.

L'amnésique eut un hoquet de surprise, et son

premier réflexe fut de braquer le pistolet vers le médecin, mais l'aspect pitoyable de celui-ci parut la désarçonner. Elle baissa le canon de l'arme vers le plancher. Sarah et Shane sortirent à leur tour. L'interne avait dissimulé la seringue dans la poche de sa veste et posé la main par-dessus.

Jane se tenait au seuil de la chambre de Netty Doggan, au milieu des valises jetées en vrac. On eût dit qu'un chariot à bagages venait de se renverser sur un quai de gare. La jeune femme avait isolé une valise dont elle serrait la poignée dans sa main gauche.

— Regardez dans quel état je suis, plaida Crook de sa voix mourante, je ne représente pas une menace pour vous. Je viens vous aider, Jane. La police est après vous. Elle découvrira ce refuge avant qu'il soit longtemps, c'est l'affaire de quelques jours tout au plus. Vous venez d'arriver, mais vous n'êtes déjà plus en sécurité. Suivez-moi, je vous mettrai à l'abri à l'hôpital, sous un faux nom, personne n'ira vous chercher là-bas.

Une quinte de toux l'interrompit. Il porta la main à sa poitrine comme s'il souffrait.

— Je ne suivrai personne, riposta Jane. Je n'ai pas besoin de vous, je suis assez grande pour me débrouiller toute seule. Dès demain je serai hors d'atteinte. Il y a tout ce qu'il faut ici pour déjouer la police : des déguisements, des faux papiers.

— Donnez-moi cette arme, supplia Crook. Nous ne vous voulons pas de mal. Jane, vous savez bien que vous êtes fatiguée et que vous avez envie de dormir. Tous ces rêves qui vous ont persécutée ces derniers temps, c'était épuisant n'est-ce pas ? Vous aviez peur de vous endormir. Si vous m'accompagnez, je veillerai sur votre sommeil, je resterai à côté de votre lit, vous pourrez enfin dormir en paix. Cela ne vous fait pas envie, une vraie nuit de repos ?

Sa voix avait pris un débit hypnotique. Jane, troublée, avait abaissé son arme. Shane en profita pour amorcer un mouvement tournant. Il avait sorti la seringue de sa poche et la tenait le long de sa cuisse, cachée par sa main.

— Jane, murmura Crook sur le même ton, je suis votre ami. Vous allez faire une cure de sommeil et après tout ira beaucoup mieux. Depuis combien de temps n'avez-vous pas fermé l'œil ?

— Je ne sais pas, bégaya la jeune femme. Il y avait tous ces rêves, toutes ces images... dès que j'essayais de fermer les yeux elles bouillonnaient dans ma tête.

— Et cela continuera si je n'interviens pas, fit Crook. Vous ne dormirez plus jamais. Vous vivrez un enfer. Vous savez de quoi je veux parler, n'est-ce pas ? C'est terrible de se sentir tout le temps fatiguée, à bout de forces.

— Oui, avoua Jane. Je n'en peux plus.

Crook tendit la main, paume à plat. La jeune femme y déposa le pistolet automatique que la moiteur de sa paume avait embué. Shane choisit ce moment pour bondir sur elle et piquer l'aiguille de la seringue dans son biceps. Jane le repoussa en rugissant, mais l'interne avait déjà enfoncé le piston à bout de course.

— Salauds ! hoqueta l'amnésique. Salauds.

Elle voulut faire un pas vers Crook pour reprendre son arme, ses jambes plièrent sous elle. Elle lâcha la valise, écarquilla les yeux et fixa ceux qui l'entouraient avec stupeur. Puis elle s'effondra. Sa tête cogna durement sur le plancher. Ce bruit arracha une grimace à Sarah qui se précipita.

— Aidez-moi à la retourner, ordonna-t-elle à Shane. Elle a dû se faire mal.

L'interne obéit de mauvaise grâce.

— Nous perdons du temps ! grogna-t-il. Fourrons-la dans la voiture et fichons le camp, le jour va bientôt se lever. Vous voulez qu'on nous arrête pour kidnapping ?

— Attendez ! lança Sarah. Quelque chose ne va pas. Elle respire à peine. Regardez, elle est cyanosée. Que lui avez-vous injecté ?

L'Irlandaise posa son oreille sur la poitrine de la jeune femme. Le cœur ne battait déjà plus normalement et la respiration devenait laborieuse comme si les muscles de la poitrine se paralysaient.

Sarah se redressa, dévisageant Shane.

— Vous ne lui avez pas injecté un tranquillisant, cracha-t-elle, vous l'avez empoisonnée. Bon sang ! J'ai été idiote ! J'aurais dû m'en douter, c'est vous qui avez tenté de l'étrangler à l'hôpital... mais pourquoi ? Pourquoi ?

L'interne avait blêmi, il hocha la tête dans un signe de protestation.

— Vous êtes dingue ! bégaya-t-il. Je n'ai jamais touché à cette fille.

— La piqûre ! aboya Sarah, qu'est-ce que c'était ?

— Je ne sais pas, avoua Shane, c'est... c'est lui qui l'a préparée.

Il s'était retourné vers Crook comme un petit garçon pris en faute et sommé de se justifier. Ses yeux s'agrandirent de stupeur. Sarah suivit son regard et tressaillit. Crook braquait sur l'interne le canon du Walther PPK que lui avait remis Jane un instant plus tôt.

— Hé ! lança Sarah, à quoi jouez-vous ?

Elle n'eut pas le temps d'en dire plus. Crook avait pressé la détente. La détonation ne fit pas grand bruit et, en raison de l'épaisseur des murs, les voisins ne l'entendirent sans doute même pas. Shane, atteint en pleine poitrine, tomba sur le dos, les yeux écarquillés. Sarah n'eut pas besoin de se pencher sur lui pour savoir qu'il était mort.

— Vous êtes cinglé ! hurla-t-elle à l'adresse de Crook. Vous n'aviez pas à faire justice vous-même ! La police pouvait se charger de lui.

Les mots moururent dans sa bouche à la seconde où les dernières paroles de Shane furent enfin digérées par son cerveau : « Ce n'est pas moi... c'est lui qui a préparé la seringue ! »

Elle éprouva une brusque sensation d'étouffement.

— Doc ? dit-elle en fixant Crook. *C'est vous* ? C'est vous qui l'avez empoisonnée ?

— Reculez ! ordonna le médecin en tournant le canon de l'arme vers elle. Et ne faites pas l'imbécile. Je sais que vous portez un gilet en Kevlar et je prendrai soin de viser la tête. Je ne suis pas un grand tireur mais à cette distance je ne peux pas vous manquer. Allez vous adosser au mur et restez à genoux.

— Je ne comprends pas, murmura Sarah. Pourquoi tout ce cirque. Quel besoin aviez-vous de tuer Jane ? Vous n'avez aucun mobile.

Crook attendit que Sarah soit dos au mur pour contourner les deux corps et s'approcher de la valise qu'avait lâchée Jane avant de s'effondrer.

— Vous savez ce qu'il y a dans cette valise ? chuchota-t-il.

— Un déguisement, des faux papiers, supposa l'Irlandaise.

— Non, fit Crook avec un brin d'agacement. Dans les autres oui, mais pas dans celle-là. Cette valise contient toutes les économies de Netty Doggan. Le butin d'une vie entière consacrée à l'exécution de ses semblables. Trois millions de dollars. C'est Jane elle-même qui me l'a dit, à son insu. Une nuit, après l'opération, alors que j'allais lui rendre visite dans sa chambre, à l'hôpital, elle a murmuré : « La moitié des six millions de dollars... elle est cachée dans le repaire du cheval rouge. » J'ai eu l'impression qu'un courant électrique me traversait tout le corps. La moitié de six millions, ça fait trois millions de dollars. Ce n'est déjà pas mal, non ?

— Quel besoin avez-vous de cet argent ?

Crook arracha le masque transparent du respirateur et le jeta par terre.

— Je suis fini, dit-il. Mes théories ne sont pas prises au sérieux, et l'anxiolytique que j'essayais de mettre au point depuis des années ne sera pas commercialisé ; la *Food and Drug Administration* s'y oppose. J'ai investi de grosses sommes dans mes recherches, j'aurais pu devenir riche mais au final je suis criblé de dettes. J'ai perdu ma crédibilité. Si je ne tente rien pour redresser la barre je me retrouverai bientôt en train de vacciner des gosses de *peones* dans un dispensaire mexicain. Je suis trop vieux pour repartir de zéro sans un sou en poche.

Il se leva avec lenteur, se débarrassant d'un coup sec des perfusions fichées dans ses bras.

— Vous voyez, souffla-t-il, je ne suis pas en si mauvaise forme.

Sarah comprit qu'il allait la tuer. Sa seule chance était de le fatiguer avec l'espoir qu'il perdrait connaissance.

— Pourquoi avoir tenté d'étrangler Jane à l'hôpital ? demanda-t-elle.

— Cette idiote ne voulait pas se décider à sortir... répondit Crook. Il fallait la motiver, la pousser à quitter le nid. C'était le seul moyen pour moi de savoir où se cachait le repaire du cheval rouge. Je lui ai juste serré un peu le cou, suffisamment pour lui faire peur. Quand elle est enfin sortie, je lui ai prescrit des somnifères. En réalité, il s'agissait d'un produit favorisant l'émergence des rêves. Un truc qu'on utilise chez certains malades dont l'activité onirique est inhibée. Ça favorise les constructions imaginaires, on appelle ça une drogue de renflouement. Je savais qu'à haute dose ça réveillerait les souvenirs enfouis. Je comptais décrypter ces rêves pour localiser l'endroit où se trouvait l'argent. C'est pour ça que je vous ai engagée, il me fallait les enregistrements des séquences mimées par Jane, ainsi que ses sténogrammes de rêves. J'ai vite compris qu'elle se confierait mieux à une femme.

Il se tut car il commençait à haleter. Il se pencha précautionneusement pour ramasser la grosse valise.

— Qu'espérez-vous faire ? lança Sarah.

— Shane a tué Jane, dit-il. On retrouvera ses empreintes sur la seringue. Avant de mourir, elle a toutefois eu le temps de tirer sur Christian et... sur vous. Je replacerai l'arme dans sa main avant de m'en aller. Je plierai le fauteuil roulant, et je le pousserai avec la valise dans l'ascenseur. Je crois que j'aurai assez de force pour le faire. Puis je prendrai le mobil-home. Il s'écoulera sans doute des semaines avant qu'on ne vous retrouve ici. La porte est étanche et l'odeur aura du mal à filtrer à l'extérieur. Vous voyez, c'est jouable. J'aurai la moitié des six millions de dollars. Dans quelque temps je donnerai ma démission et je partirai au Mexique. Avec trois millions de dollars on peut recommencer sa vie dans de bonnes conditions.

La sueur ruisselait sur son visage cireux. Sarah songea que si elle parvenait à le fatiguer quelques minutes de plus, il tomberait en syncope.

La main libre de Crook courut sur les fermoirs de la valise, faisant jouer les serrures. Il souleva le couvercle. D'où elle se tenait, Sarah distingua l'énorme masse verte des billets rangés en liasses. Crook, lui, paraissait statufié. Il y avait dans son regard quelque chose qui ressemblait à de la terreur. Sa bouche s'ouvrit pour laisser échapper un gémissement de souffrance. Il se passait quelque chose d'imprévu, quelque chose que Sarah ne comprenait pas.

30

Tu es en train de mourir, Jane, tu le sais. Tu le sens. Tout s'éteint dans ton corps comme si quelqu'un abaissait des interrupteurs les uns après les autres. Clac. Clac. Clac, et chaque fois un nerf cesse de fonctionner, un muscle d'exister. Tu es là, étendue sur le plancher et tu entends les autres parler. Ce qu'ils disent n'a plus tellement d'importance. Tu te souviens de tout à présent. Tu te rappelles les premiers temps avec Netty, quand tu as débarqué, ton magnétophone sous le bras. Tu n'en revenais pas à l'idée que cette vieille dame tordue par l'ostéoporose et les rhumatismes avait pu être un jour une exécutrice impitoyable. Elle avait l'air si... propre, si inoffensive avec son intérieur plein de meubles anglais en bois ciré, ses petits napperons, ses porcelaines de collection du Staffordshire, son service en cristal de Waterford. Comment aurait-on pu se douter ?

D'abord tu as cru à une erreur de Jonathan Swarm, un canular. Netty était méfiante, elle aussi, avec des petits yeux de requin affreusement perçants derrière ses lunettes à double foyer. Il t'a fallu l'apprivoiser. Elle ne voulait pas parler, elle lâchait des confidences secondaires du bout des dents. Une vieille dame...

Comment imaginer que ces mains déformées par l'arthrite avaient pu tenir des pistolets, des couteaux, manier des explosifs ? Elle te disait : « Quand j'étais jeune j'avais une passion pour la calligraphie chinoise, mais je n'ai même plus cette satisfaction aujourd'hui. Tous mes idéogrammes ressembleraient à des araignées. Je vous donnerai des cours si ça vous intéresse. »

Tu as dit oui, pour gagner son amitié. Tu as appris à manier la pierre à encre, le pinceau. Tu passais ton temps à t'en coller sous les ongles, ce qui te condamnait à te brosser les mains pendant des heures, le soir.

Et puis tu as fini par comprendre qu'à l'imitation de Tolokine elle jouait les vieillardes à la perfection et qu'elle venait tout juste de franchir le cap de la cinquantaine. Les cheveux gris, les robes démodées, les pantoufles relevaient de l'écran de fumée. Du camouflage. Seuls les rhumatismes étaient réels. Polyarthrite rhumatoïde précoce apparue à la quarantaine. Après avoir si longtemps joué les grand-mères aux mains déformées, elle avait été rattrapée, elle aussi, par son propre personnage.

Finalement, c'est l'incrédulité qu'elle lisait dans tes yeux qui l'a décidée à parler. Elle en a eu assez d'être prise pour une mythomane. Elle a éprouvé le besoin de te donner des preuves. Tu l'avais piquée au vif, insultée. Alors elle a tout étalé. Une confidence en entraînait une autre. Le vertige du grand déballage. L'ineffable plaisir de faire le bilan et d'exhiber ses trésors, ses performances. Elle t'a raconté ses crimes avec un grand luxe de détails. Elle a même tenté de t'initier au maniement des armes mais tu étais trop gourde. Tu poussais des cris de souris effrayée qui l'amusaient.

C'était une fausse vieille dame, fragile à l'extérieur, mais froide et dure en dedans. Tu l'amusais, tu meublais sa solitude. Elle t'a raconté comment elle avait pris sa retraite parce qu'elle avait découvert que les pistolets étaient désormais trop lourds pour son poignet et qu'elle ne pouvait plus les brandir sans se mettre à trembler. Elle n'avait pas d'humour, elle ne cherchait pas à faire rire. Elle te montrait des photos d'elle jeune. On ne l'y reconnaissait pas.

Tu partageais son appartement avec fierté, crainte et excitation. Elle t'avait logée dans la chambre d'amis, cette chambre dont la fenêtre ouvrait sur l'affreuse fresque du mur d'en face. Cette tête d'Indien courroucé qui semblait te fixer derrière les carreaux dès que tu ouvrais les yeux.

Netty était insomniaque, la nuit, tu l'entendais trottiner dans l'appartement. Une fois, il devait être minuit, tu as entrebâillé les paupières, avertie d'une présence par ton instinct. Tu l'as découverte là, debout à ton chevet, t'observant de son regard scrutateur, comme si elle cherchait à lire dans ta tête à la faveur du sommeil. Tu as fait semblant de ne pas la voir et de te rendormir, mais la peur s'est glissée en toi et ne t'a plus quittée.

C'était Netty Doggan. D'abord muette, puis parlant

d'abondance, ne pouvant plus s'arrêter, ouvrant les vannes après des années de silence. Les cassettes s'accumulaient, tu les numérotais. Tu les retranscrivais sur ton ordinateur portable. Elles t'envahissaient, ces confidences sanglantes, elles te poursuivaient dans tes rêves. C'était comme si tu avais ouvert la boîte de Pandore. Tu logeais chez le diable, tu buvais son thé et tu mangeais sa confiture d'oranges. Et toujours ces petits yeux, si noirs, si durs.

Elle avait des rires de gamine, des coquetteries. Elle t'emmenait à Rodeo Drive faire du lèche-vitrines, mais elle n'achetait jamais rien. Tu la croyais avare ou dans le besoin, mais elle t'a expliqué qu'elle était au contraire très dépensière.

— L'argent me brûle les doigts, t'a-t-elle confié un jour. Si je m'écoutais je claquerais tout mon magot en six mois.

Elle t'a parlé de sa peur de manquer, de ses collègues qu'elle avait vus finir dans le ruisseau, clochards ayant dilapidé toute leur fortune dans les casinos. Comme elle a vu que tu la croyais fauchée, elle t'a jeté comme un défi : « Je suis riche. J'ai économisé toute ma vie. J'ai six millions de dollars de côté. Ça en représente du sang versé, hein ? »

Tu ne l'as pas crue. Tu as pensé qu'elle se vantait. Elle l'a senti. Elle avait de l'instinct, une sorte de don de double vue acquis au contact du danger. Elle t'a dit qu'elle se méfiait des banques, qu'un compte est trop facile à bloquer, qu'elle avait connu des types qui s'étaient fait avoir comme ça, sur la simple injonction d'un juge. Fauchés, raides, du jour au lendemain, avec des fortunes coincées dans un coffre numéroté.

— Il faut toujours garder son magot à portée de la main, a-t-elle murmuré.

— Dangereux pour une femme à qui l'argent brûle les doigts, non ? as-tu fait remarquer avec un petit rire agaçant.

C'est là que tu as commis une erreur. En la provoquant une fois de plus. Elle ne supportait pas d'être critiquée, elle voulait toujours être la meilleure. Elle a voulu te le prouver.

— J'ai mis un truc au point, a-t-elle soufflé avec satisfaction. Une protection contre moi-même. C'est simple comme bonjour mais c'est bougrement efficace.

Et le soir, elle a sorti la valise. La valise perdue au milieu de toutes les autres valises remplies de déguisements. Elle t'a demandé de l'aider parce que le bagage était trop lourd pour ses poignets fragiles. Elle l'a posé par terre et a soulevé le couvercle.

Il y avait là la moitié de six millions de dollars en grosses coupures. Pas trois millions, non... la moitié de six millions en liasses, mais aux billets coupés en deux par le milieu et dont il manquait la partie gauche. Ça ne faisait pas trois millions, mais bien six millions... six millions inutilisables, mutilés, absurdes.

— L'autre moitié des billets est cachée loin d'ici, a expliqué Netty, dans un endroit difficile à atteindre. Quand j'ai besoin d'argent, je prélève la somme dont j'ai besoin ici, puis je vais la compléter là-bas, en collant la moitié des billets manquants. C'est fastidieux et fatigant, surtout à mon âge. Il ne faut pas se tromper de morceaux, tenir compte des numéros. De cette façon, je ne claque pas mon magot. Je suis protégée contre moi-même. C'est un joueur professionnel qui m'a enseigné ce truc-là. Quand il allait à Las Vegas, il coupait son fric en deux pour ne pas être tenté de tout jouer. Il disait : « Le temps de recoller les billets on reprend ses esprits et on se rend compte qu'on est en train de faire une connerie ! » J'ai toujours pensé que ce n'était pas idiot comme méthode.

Tu as regardé la fortune absurde entassée dans la valise. Tu l'as touchée du bout des doigts. Tous ces moignons de dollars, ces visages de présidents coupés par le milieu. Tu as pensé que Netty était folle.

Elle a claqué la valise sous ton nez.

— C'est mon assurance-vieillesse, a-t-elle sifflé. J'ai l'intention de vivre jusqu'à quatre-vingt-quinze ans et je ne veux pas finir à l'hospice des pauvres. Jusqu'à maintenant cette petite astuce m'a protégée de ma fringale de dépenses. J'ai de mauvais doigts, et recoller les billets m'est pénible, aussi n'ai-je encore qu'ébréché mon magot. Ça ne marcherait pas comme ça si j'utilisais un carnet de chèques ou des cartes de crédit... Là le fric filerait à la vitesse du son. Je sais ce que c'est. Dans les premiers temps de ma retraite je trompais l'ennui en faisant les boutiques, et à Rodeo Drive on n'est pas riche très longtemps. J'ai compris que je devais me ressaisir ou me préparer pour l'asile de nuit.

Voilà, c'est ce soir-là que ton destin s'est scellé. Combien de temps a-t-il fallu à Netty pour comprendre qu'elle avait trop parlé ? Dès le lendemain tu as vu le doute dans ses yeux. Souvent, lorsque tu te retournais, tu la surprenais à te fixer d'un air cruel. La méfiance avait repris le dessus. Elle s'est peu à peu convaincue que tu l'avais manœuvrée pour la faire parler, que tes histoires de biographie n'étaient qu'un prétexte. C'est à ce moment-là qu'elle a décidé de te supprimer.

La peur s'est insinuée en toi, mais tu as été incapable de prendre la fuite. D'ailleurs comment aurais-tu fait puisqu'elle te surveillait jour et nuit ? Tu avais peur de tout, rappelle-toi ! Du thé que tu avalais le matin, de la nourriture qu'elle versait dans ton assiette. Tu as pensé qu'elle ne te tuerait pas chez elle parce qu'elle aurait trop de mal à transporter ton corps à l'extérieur. Tu as décidé que tu serais à l'abri tant que tu resterais au loft de Santa Catalina Lane.

Mais un jour elle t'a invitée à faire un petit voyage. Pour te montrer l'endroit où elle avait rencontré Tolokine. C'était important pour le livre, disait-elle. Il fallait que tu découvres le lac, la carrière. Elle était charmante, presque attendrissante ainsi enveloppée de mélancolie. Tout de suite, tu as su qu'elle avait décidé de te tuer, que le doute avait fait son chemin dans son esprit. Elle était paranoïaque. Elle l'avait été toute son existence, elle attribuait d'ailleurs son exceptionnelle survie à cette qualité. Elle avait commis une erreur en ne tenant pas sa langue, elle devait la réparer.

Tu te souviens de ce dimanche horrible... de ton estomac noué, du lac empoisonné, des rives où tes semelles craquaient sur les ossements de mouettes mortes éparpillés, des petits os fragiles et creux, desséchés. Tu as su qu'elle te tuerait ici, parce que personne ne venait plus en ces lieux à cause de la pollution, des résurgences toxiques. Même la terre suait la mort. Et puis tu as réalisé que Netty avait changé de voiture pour circuler sans courir le risque d'être repérée. Elle t'avait amenée dans un véhicule que tu n'avais jamais vu jusqu'alors, sans doute une voiture volée qu'elle avait l'intention d'abandonner ensuite sur un parking.

Netty t'a fait visiter la cabane de pêcheur. Vous avez fait une longue promenade autour du lac, et tu t'attendais à chaque minute à ce qu'elle te pousse dans l'eau plombée, saturée de poison, mais ses poignets malades ne lui permettaient pas un tel acte de violence. Tu as décidé de ne rien boire, de ne rien manger de ce qu'elle t'offrirait. Probablement donnerait-elle à ton exécution l'allure d'un accident ?

Elle avait insisté pour que tu apportes toutes les cassettes enregistrées au cours des entretiens, toutes tes notes. « Ce sera un week-end de travail ! claironnait-elle. Il faut mettre un point final au manuscrit. »

Le soir, au moment de te glisser dans ton sac de couchage, tu as trempé tes lèvres dans le verre de vin qu'elle te tendait, et tu as fait semblant de sombrer dans le sommeil. C'était un pari, mais c'était le bon. Elle s'est relevée au bout d'un moment, t'a violemment secouée pour voir si tu dormais, puis elle est sortie brûler les disquettes, les cassettes, tes papiers d'identité et le manuscrit dans un vieux bidon derrière la maison. Elle était nerveuse et ses gestes devenaient de plus en plus gauches au fil des minutes. Pendant que le manuscrit se recroquevillait dans les flammes, elle s'est mise à tourner en rond en proie à une grande agitation. Finalement elle s'est agenouillée au pied de l'un des pilotis soutenant la cabane. L'œil collé aux interstices des planches, tu l'as vue déterrer une valise.

Le bagage contenant la seconde moitié des billets. Elle n'avait pu s'empêcher de vérifier que son magot était toujours là.

Tu t'es habillée rapidement, tu as saisi un petit couteau à légumes sur la table de la cuisine. Tu tremblais de terreur. Ton premier réflexe a été de descendre l'escalier sans bruit et de sauter dans la voiture, mais elle ne t'en a pas laissé le temps. Quand tu t'es retournée, elle était là, derrière toi, le pistolet au poing. Alors la peur a fait le reste, ta main est partie toute seule, enfonçant le couteau dans son vieux corps, au hasard. Elle est tombée et tu t'es enfuie. Avant de partir tu as déterré la valise, tu l'as jetée dans la voiture. C'est au moment où tu démarrais que tu as vu Netty, dressée dans l'encadrement de la porte, appuyée à la rambarde faisant le tour de la cabane. Elle te visait. Tu n'as même pas entendu le coup de feu mais tu as eu l'impression que le soleil s'allumait en pleine nuit rien que pour toi. Tu as regardé Netty tomber. Tu n'avais pas encore conscience d'avoir été blessée. Tu as démarré, manœuvré la voiture pour t'éloigner du lac. Tu n'avais pas mal. Il t'a fallu un moment pour apercevoir le trou perçant ta tête. Tu as conduit longtemps sans éprouver de malaise.

Plus tard, en lisant les études consacrées au célèbre Phineas Gage à la bibliothèque de l'hôpital, tu as vu qu'il n'y avait là rien d'impossible. Phineas ayant lui-même conservé sa connaissance et tous ses moyens physiques alors même qu'il avait un trou énorme dans le crâne.

Tu as roulé au hasard. Tu savais que tu allais bientôt t'évanouir et qu'il te fallait cacher la valise. Plus tard, il te suffirait d'aller chercher le second bagage au repaire de l'Indien et de recoller les billets. Tu as essayé de graver toutes ces informations dans ta mémoire : le mot *cactus* ouvrant la serrure alphabétique, et surtout *Indien*, ainsi que *cheval rouge au galop*.

Avec terreur, tu as senti que ces renseignements risquaient de s'effacer. Tu as enterré la valise au moyen du petit couteau qui t'avait servi à tuer Netty, et que tu as jeté au fond d'une crevasse après l'avoir essuyé. Tu es repartie, tu as roulé pour t'éloigner le plus loin possible de la cache du trésor, et tu as fini par t'effondrer, sur une colline, au pied d'une inscription gigantesque.

C'était il y a six mois.

Tu sais où est la seconde valise... mais Crook l'ignore, lui. Tout t'est revenu en mémoire quand tu as vu le cadavre de Netty, c'est pour cette raison que tu as assommé Sarah. Tu n'avais plus besoin d'elle, tu étais riche. Il te suffisait de quelques kilomètres de ruban adhésif pour reconstituer la fortune de Netty Doggan. Tu es venue au repaire de Cheval Rouge pour récupérer la première valise. Ensuite il t'aurait suffi de gagner l'endroit magique où tu as enseveli l'autre bagage et de creuser pour faire sortir de terre la seconde moitié des billets. Le reste aurait relevé du jeu de patience. Un morceau de papier collant : cent dollars, un autre morceau, encore cent dollars. Et ainsi de suite.

Mais eux... eux ne savent pas. Ils ne sauront jamais puisque tu es en train de mourir. Ils ne sauront pas où chercher, et la route est longue entre le lac empoisonné et la colline surmontée du mot Hollywood ! La valise peut être n'importe où.

N'importe où.

C'est bien fait pour eux !

Bien fait.

Tu aimerais éclater de rire, Jane. Oh ! oui comme tu aimerais leur rire au nez, et tu le ferais — sûr ! — si tu n'étais pas déjà morte.

31

Crook, l'air hagard, fouillait dans la valise ouverte, éparpillant les liasses coupées en deux. Sarah le regardait faire. Elle comprenait maintenant ce qui avait provoqué la stupeur du médecin un instant plus tôt.

— Jane ne vous avait pas menti, docteur, lança-t-elle. Il y a bien la moitié de six millions de dollars. Le tout, bien sûr, est de s'entendre sur le sens du mot « moitié » !

Crook ne releva même pas la tête. Il respirait avec difficulté et ne songeait même plus à maintenir son arme braquée en direction de l'Irlandaise. Sa main libre allait et venait au milieu des liasses mutilées, tentant vainement de les assembler.

— C'est inutile ! cracha Sarah. Cette valise ne contient qu'une seule moitié. Vous n'avez pas encore compris ? Jane, elle, savait où se trouvait l'autre moitié des billets, vous l'avez tuée trop tôt !

Le médecin semblait anéanti. C'était le moment ou jamais. Prenant appui sur une main, Sarah lança sa jambe gauche en avant avec toute la puissance dont elle était capable, visant le petit homme à la hauteur de la poitrine. Elle entendit craquer les os et comprit que les plaies toutes récentes s'étaient rouvertes quand elle vit la chemise du médecin se tacher de sang. Crook eut un hoquet de souffrance, lâcha le pistolet et tomba en avant, la tête dans la valise de billets.

Sarah se redressa en grimaçant. Dans le mouvement sa côte mal ressoudée s'était de nouveau brisée et elle souffrait horriblement. Elle se traîna jusqu'à la chambre, attrapa son téléphone et forma le 911.

— Je voudrais parler à l'inspecteur Donahue, murmura-t-elle quand elle eut la police en ligne.

32

Nigel Crook mourut d'une hémorragie interne pendant son transport à l'hôpital. Les demi-billets furent classés comme pièce à conviction. Le trésor inutilisable de Netty Doggan termina donc sa carrière sur l'étagère métallique d'un dépôt grillagé.

Sarah passa des heures épuisantes dans le bureau de Donahue à essayer de lui expliquer les tenants et les aboutissants de l'affaire Jane Doe 44-C. Quand sa déposition fut enfin signée, l'Irlandaise retourna à Venice. Cette fois les médecins lui avaient prescrit le repos obligatoire jusqu'à ce que sa côte brisée à deux reprises soit parfaitement ressoudée.

— Alors elle est morte ? répétait souvent David comme s'il avait du mal à se convaincre de la réalité de la chose. Moi, elle me plaisait bien.

— Je sais, soupirait Sarah. Elle disait qu'elle voulait devenir quelqu'un d'autre, une femme très différente de celle qu'elle était avant l'accident. Elle n'a pas eu le temps de se rendre compte qu'elle y avait parfaitement réussi.

Sarah passait beaucoup de temps allongée, à fixer le téléphone posé sur le lit, dans l'espoir qu'il sonnerait et qu'elle entendrait de nouveau Sandy sangloter à l'autre bout du fil. Mais la jeune fille ne rappela jamais.

Du même auteur
Aux Éditions du Masque :

ARMÉS ET DANGEREUX (1993)
L'ARMURE DE VENGEANCE (1998)
LA CHAMBRE INDIENNE (2000)
LE CHÂTEAU DES POISONS (1997)
LE CHIEN DE MINUIT (1994)
CONAN LORD, CARNETS SECRETS D'UN CAMBRIOLEUR (1995)
CONAN LORD, LE PIQUE-NIQUE DU CROCODILE (1995)
LES ENFANTS DU CRÉPUSCULE (1997)
LA FILLE DE LA NUIT (1996)
LE LABYRINTHE DE PHARAON (1998)
LA MAIN FROIDE (1995)
LE MANOIR DES SORTILÈGES 1999)
LES PRISONNIÈRES DE PHARAON (1999)
LE SOURIRE NOIR (1994)
LE VISITEUR SANS VISAGE (1994)
PÈLERINS DES TÉNÈBRES (2000)

Composition réalisée par S.C.C.M. – Paris XIVe

Imprimé en France sur Presse Offset par

BRODARD & TAUPIN

GROUPE CPI

La Flèche (Sarthe).
N° d'imprimeur : 26917 – Dépôt légal Éditeur : 52806-12/2004
Édition 06
LIBRAIRIE GÉNÉRALE FRANÇAISE – 31, rue de Fleurus – 75278 Paris cedex 06.

ISBN : 2 - 253 - 17007 - 0

31/7007/3